Alain René Lesage

Der hinkende Teufel

Übersetzt von Levin Schücking

Alain René Lesage: Der hinkende Teufel

Übersetzt von Levin Schücking.

Erstdruck: Paris (Barbier) 1707. Druck der ersten deutschen Übersetzung von Levin Schücking, 2 Bde., Hildenburghausen (Verlag des Bibliographischen Instituts) 1865.

Neuausgabe mit einer Biographie des Autors
Herausgegeben von Karl-Maria Guth
Berlin 2019

Der Text dieser Ausgabe folgt:
Le Sage's der hinkende Teufel. Deutsch von Levin Schücking. Zwei Theile. Hildenburghausen: Verlag des Bibliographischen Instituts, 1866 [Bibliothek ausländischer Klassiker in deutscher Übertragung].

Dieses Buch folgt in Rechtschreibung und Zeichensetzung obiger Textgrundlage.

Die Paginierung obiger Ausgaben wird hier als Marginalie zeilengenau mitgeführt.

Umschlaggestaltung von Thomas Schultz-Overhage unter Verwendung des Bildes: T.A. Beaucé, Illustration zu »Der hinkende Teufel«, 1853

Gesetzt aus der Minion Pro, 11 pt

ISBN 978-3-7437-3014-4

Druck: Libri Plureos GmbH, Friedensallee 273, 22763 Hamburg

Die Deutsche Nationalbibliothek verzeichnet diese Publikation in der Deutschen Nationalbibliografie; detaillierte bibliografische Daten sind im Internet über www.dnb.de abrufbar.

Verlag: Henricus - Edition Deutsche Klassik GmbH
Mörchinger Str. 33, 14169 Berlin, info@henricus-verlag.de

Erster Theil.

Erstes Kapitel.

Was der hinkende Teufel für ein Teufel ist. Wo und durch welchen Zufall Don Cleophas Leandro Perez Zambullo seine Bekanntschaft machte.

Eine Oktobernacht hüllte die berühmte Stadt Madrid in dichte Finsterniß; schon hatte die Bevölkerung sich an den häuslichen Herd zurückgezogen und die Straßen den Verliebten freigelassen, die unter die Balkone ihrer Schönen von ihrem Glück oder ihren Schmerzen zu singen kamen; schon beunruhigte der Klang der Guitarren sorgliche Väter und erschreckte eifersüchtige Gatten; mit einem Wort, es war fast Mitternacht, als Don Cleophas Leandro Perez Zambullo, ein Student der hohen Schule von Alcala, zum Dachfenster eines Hauses hinausfloh, in das der ruchlose Sohn der Göttin von Cythere ihn gelockt hatte. Er suchte Ehre und Leben zu retten, indem er drei oder vier Raufbolden zu entwischen strebte, die ihm dicht auf den Fersen waren und ihn tödten oder ihn zwingen wollten, eine Donna zu heirathen, bei der sie ihn eben überrascht hatten.

Wenn auch allein gegen sie, hatte er sich doch herzhaft zur Wehre gesetzt und nur die Flucht ergriffen, weil sie ihm im Kampfe seinen Degen entrissen hatten. Eine Zeit lang verfolgten sie ihn auf den Dächern, aber im Schutz der Dunkelheit entkam er ihnen. Er nahm nun seine Richtung auf ein Licht zu, welches er in der Ferne erblickte und das, so schwach es war, ihm als ein Leuchtthurm auf seinem gefährlichen Wege diente. Nachdem er mehr als einmal Gefahr gelaufen, sich den Hals zu brechen, gelangte er an eine Dachkammer, aus der die Strahlen dieses Lichtes fielen, und er stieg durch das Fenster hinein, so froh wie ein Schiffer, der sein vom Schiffbruch bedrohtes Fahrzeug glücklich im Hafen sieht.

Zuerst blickte er nach allen Seiten um sich; er war erstaunt, Niemanden in dieser Bodenstube zu finden, die ihm ziemlich wunderbar vorkam, und begann sie sehr genau zu betrachten. Von der Decke hing eine kupferne Lampe nieder, Bücher und Papiere lagen wirr durcheinander auf dem Tische; hier waren ein Globus und Compässe, dort Phiolen und mathematische Instrumente zu sehn – offenbar mußte im unteren Stockwerk irgend ein Astrolog hausen, der in diesem ungemüthlichen Raume seine Beobachtungen machte.

Der Student dachte an die Gefahr, der sein guter Stern ihn hatte entkommen lassen, und überlegte sich, ob er bis zum Morgen hier verweilen oder einen andern Entschluß fassen solle – als er einen tiefen Seufzer neben sich ausstoßen hörte. Er glaubte im ersten Augenblick, daß es irgend eine Vorspiegelung seiner aufgeregten Sinne sei, eine Täuschung, wie sie die Nacht hervorruft; deshalb gab er sich bald, ohne weiter Gewicht darauf zu legen, wieder seinen Gedanken hin.

Da aber hörte er zum zweitenmale seufzen und zweifelte nun nicht länger, daß er es mit etwas Wirklichem zu thun habe; und obwohl er Niemand in der Kammer sah, rief er laut aus: Wer zum Teufel seufzt hier? – Ich, Herr Student, antwortete im selben Augenblick eine höchst merkwürdige Stimme. Ich stecke seit sechs Monaten in einer dieser zugestöpselten Phiolen. Es wohnt in diesem Haus ein gelehrter Astrolog, der ein Zauberer ist, und er ist es, der durch die Macht seiner Künste mich in diesem engen Gefängniß eingeschlossen hält. – Seid Ihr denn ein Geist? fragte Cleophas ziemlich betroffen über die Seltsamkeit dieses Abenteuers. – Ich bin ein Dämon, antwortete die Stimme; und Ihr kommt just zur rechten Stunde, um mich aus der Sklaverei zu befreien. Ich gehe in der Unthätigkeit zu Grunde, denn ich bin der regsamste und emsigste Teufel der Hölle.

Diese Worte setzten den Herrn Zambullo einigermaßen in Schrecken; aber da er ein verwegener Geselle war, so beruhigte er sich und sagte dem Geist mit fester Stimme: Erst, Herr Teufel, muß ich Euch bitten, mit zu sagen, welchen Rang Ihr unter euren Mitbrüdern einnehmt, ob Ihr ein adliger oder bürgerlicher Teufel seid? – Ich bin ein Teufel von Wichtigkeit, antwortete die Stimme, und der, welcher von allen in dieser und in jener Welt den größten Ruf hat. – Wärt Ihr vielleicht, entgegnete Don Cleophas, der Dämon, den man Lucifer nennt? – Nein, versetzte der Geist, das ist der Teufel der Marktschreier und Windbeutel. – Seid Ihr Uriel? fuhr der Student fort. – O Pfui, unterbrach ihn barsch die Stimme, das ist der Patron der Kaufleute, Schneider, Schlächter, Bäcker und der andern Spitzbuben aus dem Pöbel. – Ihr seid vielleicht Belzebub? sagte Leandro. – Wollt Ihr spotten? antwortete der Geist – das ist der Teufel der Duegnen und Stallmeister.

Das wundert mich, sagte Zambullo; ich glaubte, Belzebub sei eine der vornehmsten Persönlichkeiten in eurer Gesellschaft. – Eine der untersten, entgegnete der Teufel; Ihr macht Euch verkehrte Vorstellungen von unsrer Hölle.

So müßt Ihr wohl, fuhr Don Cleophas fort, Leviathan, Belphegor oder Astaroth sein! – Oh, was diese drei betrifft, sagte die Stimme, so sind sie allerdings Teufel vom ersten Rang; sie sind Hofteufel, sie kommen in die Berathungen der Fürsten, sie blasen den Ministern ein, sie bilden Verschwörungen, schüren Empörungen in den Staaten an und entzünden die Fackeln des Krieges. Das sind keine Duckmäuser wie die, welche Ihr zuerst nanntet. – Ach, seid so gut und sagt mir, versetzte der Student, was sind die Obliegenheiten Flagels? – Der ist die Seele der Chikane und der Geist der Rechtsgelehrten, entgegnete der Dämon. Er macht den Gerichtsvollziehern und Notaren die Protokolle. Er ist der Einbläser der Anwälte, reitet die Advokaten, und sitzt den Richtern im Nacken.

Was mich angeht, ich habe andre Beschäftigungen; ich stifte lächerliche Heirathen; ich bringe Graubärte mit Backfischen zusammen, Herrn mit ihren Mägden; Mädchen ohne Ausstattung mit zärtlichen Liebhabern, die kein Vermögen haben. Ich bin es, der in die Welt den Luxus, die Ausschweifungen, die Glücksspiele und die Alchimie eingeführt hat. Ich bin der Erfinder der Carroussels, des Tanzes, der Musik, der Theater und aller neuen französischen Moden: mit einem Wort, ich bin Asmodeus, zubenannt der hinkende Teufel.

Wie, rief Don Cleophas aus, wärt Ihr der berufene Asmodeus, dessen so rühmlich im Agrippa und im Schlüssel Salomonis erwähnt wird? Ihr habt mir dann aber wahrhaftig nicht Alles, womit Ihr Euch ergötzt, aufgezählt, das Beste habt Ihr verschwiegen. Ich weiß, daß Ihr Euch zuweilen damit unterhaltet, den unglücklichen Liebenden beizustehen; zum Beweise erinnere ich Euch daran, daß im vorigen Jahre einer meiner Freunde in Alcala, ein Baccalaureus, mit eurer Hülfe die Gunst der Frau eines Universitätslehrers gewann. – Das ist wahr, sagte der Geist; ich bewahrte mir das für den Schluß auf. Ich bin der Teufel der Wollust oder, um es sittsamer auszudrücken, der Gott Cupido; denn die Poeten haben mir diesen hübschen Namen gegeben und schildern mich mit sehr vortheilhaften Farben. Sie sagen, ich hätte vergoldete Schwingen, eine Binde um die Augen, einen Bogen in der Hand, einen Köcher voll Pfeile auf dem Rücken und dazu eine hinreißende Schönheit. Ihr werdet selbst sehen, was daran wahr ist, wenn Ihr mich in Freiheit setzen wollt!

Senhor Asmodeus, entgegnete Leandro Perez, ich stehe schon lange, wie Ihr wißt, vollständig in euren Diensten; der beste Beweis ist die Gefahr, der ich soeben entronnen bin. Ich bin sehr erfreut, die Gelegenheit zu finden, Euch zu verpflichten; aber das Gefäß, in welchem Ihr eingeschlossen seid, ist ohne Zweifel ein verzaubertes Gefäß; ich würde umsonst versuchen, es zu öffnen oder zu zerbrechen und deshalb ist mir nicht recht klar, auf welche Weise ich Euch aus dem Gefängniß werde befreien können. Ich habe nicht viel Uebung in dieser Art von Befreiungen; und unter uns, wenn Ihr, der Ihr ein so durchtriebener Teufel seid, Euch nicht aus der Sache zu ziehen wißt, wie könnte ich armseliger Sterblicher damit zu Stande kommen? – Die Menschen haben diese Macht, antwortete der Dämon. Die Phiole, in welche ich eingesperrt bin, ist nichts als eine einfache, leicht zu zerbrechende Glasflasche. Ihr braucht sie nur zu nehmen und sie auf die Erde zu werfen – und sofort werdet Ihr mich in menschlicher Gestalt dastehen sehen. – Auf diese Art, sagte der Student, ist die Sache leichter als ich dachte. Erklärt mir, in welcher Phiole Ihr steckt; ich sehe eine ziemlich große Anzahl von ähnlichen und kann sie nicht unterscheiden. – Es ist die vierte in der Reihe vom Fenster her, versetzte der Geist. Obwohl der Abdruck eines magischen Siegels auf dem Stöpsel ist, wird die Flasche nichts desto weniger zerbrechen.

Das reicht hin, fiel Don Cleophas ein. Ich bin bereit euren Wunsch zu erfüllen; nur ein kleines Bedenken hält mich noch zurück; ich fürchte, wenn ich Euch den verlangten Dienst erwiesen habe, werde ich für den Schaden zu Buche stehn müssen. – Es wird Euch nicht das geringste Unheil zustoßen, erwiederte der Teufel; im Gegentheil, Ihr werdet mit meiner Dankbarkeit zufrieden sein. Ich werde Euch über Alles belehren, was Ihr zu wissen verlangt; ich werde Euch Alles, was in der Welt vorgeht, enthüllen; ich werde die Schwächen der Menschen vor Euch aufdecken; ich werde euer Schutzgeist sein; und, erleuchteter als der Genius des Sokrates, werde ich Euch noch weiser machen als dieser große Philosoph war. Mit einem Wort, ich ergebe mich Euch mit meinen guten und schlimmen Eigenschaften, von denen die einen Euch nicht weniger nützlich sein werden als die andern.

Das sind schöne Versprechungen, entgegnete der Student; aber Ihr Herrn Teufel steht ein wenig in dem Ruf, nicht sehr gewissenhaft im Halten dessen zu sein, was Ihr uns versprecht. – Diese Beschuldigung ist nicht ohne Grund, erwiederte Asmodeus. Die meisten von meinen

Mitbrüdern machen sich kein Gewissen daraus, Euch ihr Wort zu brechen. Aber was mich angeht, so bin ich, abgesehen davon, daß ich den Dienst, den ich von Euch erwarte, nicht theuer genug bezahlen kann, der Sklave meiner Schwüre; und ich schwöre Euch bei Allem, was sie unverbrüchlich machen kann, daß ich Euch nicht täuschen werde. Zählt auf die Versicherung, die ich Euch gebe, und, was Euch sehr angenehm sein wird, ich bin bereit, Euch noch in dieser Nacht an Donna Thomasa zu rächen, der treulosen Dame, welche vier Raufbolde bei sich verborgen hatte, um Euch zu überraschen und Euch zur Heirath zu zwingen.

Der junge Zambullo wurde von diesem letzten Versprechen ganz besonders entzückt. Um die Erfüllung desselben zu beschleunigen, eilte er, die Phiole, worin der Geist war, zu ergreifen und ohne sich weiter um das, was daraus entstehen könne, zu kümmern, ließ er sie heftig fallen. Sie zerbrach in tausend Stücke und überschwemmte den Boden mit einer schwarzen Flüssigkeit, die nach und nach verdampfte und sich in einen Rauch verwandelte, der, sich plötzlich zerstreuend, den überraschten Studenten die Gestalt eines Mannes in einem Mantel, von der Höhe von ungefähr drittehalb Fuß und auf zwei Krücken gestützt, erblicken ließ. Das kleine hinkende Ungeheuer hatte Bockfüße, ein langes Gesicht mit spitzem Kinn, schwarzgelbem Teint und sehr plattgedrückter Nase; seine Augen schienen sehr klein, aber sie glühten wie zwei brennende Kohlen; sein weitaufgespaltener Mund hatte Lippen, die gar nicht zu beschreiben waren, und darüber einen rothen, in zwei Haken auffrisirten Schnurrbart.

Dieser anmuthige Cupido hatte eine Art Turban von rothem Krepp mit einem Busch von Hahnen- und Pfauenfedern daran um den Kopf gewickelt. Um den Hals trug er einen breiten Kragen von gelber Leinwand, auf welchem verschiedene Muster von Halsbändern und Ohrgehängen gezeichnet waren. Er war gekleidet in einen kurzen Rock von weißer Seide, in der Mitte gegürtet mit einem breiten Bande von weißem Pergament, das ganz mit Zauberzeichen bemalt war. Auf dem Rocke sah man mehrere, für die Büste sehr vortheilhaft auswattirte Schnürleiber, Schärpen, bunte Schürzen und neue Frisuren abgemalt, die einen noch abenteuerlicher als die anderen.

Dies Alles aber war nichts im Vergleich zu seinem Mantel, dessen Grundstoff auch aus weißer Seide bestand. Darauf war eine Unzahl von Gestalten mit chinesischer Tusche gemalt, mit so großer Freiheit der Erfindung und solcher Derbheit der Auffassung, daß man wohl sah, daß der Teufel dabei den Pinsel geführt. Auf der einen Seite sah man eine in ihre Mantille gehüllte Spanierin, die mit einem jungen Fremden auf der Promenade kokettirte; auf der andern eine Französin, die sich vor einem Spiegel ein neues Mienenspiel einstudirte, um seine Wirkung an einem jungen Abbé zu erproben, der am Thürvorhang ihres Zimmers erschien, geschminkt und mit Schönpflästerchen geziert. Hier sah man italienische Cavaliere unter den Balkonen ihrer Schönen singen und Guitarre spielen; dort umgaben deutsche Wüstlinge, trunkener und tabakbesudelter als französische Pflastertreter, eine mit den Spuren ihres Zechgelages überschwemmte Tafel. Man erblickte an einer Stelle einen aus dem Bade steigenden Türken, umgeben von allen Frauen seines Serails, die sich beeiferten, ihm Dienste zu leisten; an einer andern einen Engländer, der seiner Dame mit großer Galanterie eine Pfeife und Bier überreichte.

Man sah auch vortrefflich dargestellte Spieler; die einen füllten in großer Freude ihre Hüte mit Gold- und Silberstücken; die andern, die nur noch auf ihr Ehrenwort spielten, schleuderten dem Himmel gotteslästerliche Blicke zu und zerrissen ihre Karten in heller Verzweiflung. Kurz, man sah auf diesem Mantel so viel merkwürdige Dinge, wie auf dem bewundernswürdigen Schilde, den auf die Bitten der Thetis Vulkan anfertigte; aber zwischen den beiden Arbeiten dieser zwei hinkenden Geister war der Unterschied, daß die Gestalten auf dem Schild durchaus keinen Bezug auf die Heldenthaten des Achill hatten, während die auf dem Mantel im Gegentheil ebenso viele lebenswahre Abbildungen von Allem dem waren, was auf Betreiben des Asmodeus in der Welt ge- schieht. –

Zweites Kapitel.

Weiteres von der Befreiung des Asmodeus.

Der Dämon sah, daß sein Anblick den Studenten nicht zu seinen Gunsten einnahm und sagte lächelnd: Hier, Senhor Don Cleophas Leandro Perez Zambullo, seht Ihr den reizenden Liebesgott, den souveränen Beherrscher der Herzen vor Euch. Wie scheint Euch mein Aussehn und meine Schönheit? Sind die Dichter nicht ausgezeichnete Schilderer? – Offen gestanden, antwortete Don Cleophas, sie schmeicheln ein wenig. Ich darf voraussetzen, daß Ihr nicht in dieser Gestalt Psychen erschient! – Das in der That nicht, fiel der Teufel ein; ich nahm die eines kleinen französischen Marquis an, um sie plötzlich in mich verliebt zu machen. Wenn das Laster keine angenehme Hülle annähme, würde es nicht anlocken. Ich schlüpfe nach Belieben in jede Gestalt und ich hätte mich euren Augen in einer schöneren und idealeren Form darstellen können; aber da ich mich Euch ganz ergeben habe und Euch nichts zu verhüllen beabsichtige, so habe ich gewollt, daß Ihr mich in der Gestalt sähet, welche mit der Meinung, die man von mir und meinen Beschäftigungen hat, in Einklang steht.

Ich bin nicht überrascht, sagte Leandro, daß Ihr ein wenig häßlich seid … verzeiht mir den Ausdruck; der Verkehr, den wir zusammen haben werden, fordert Offenheit. Aber eure Züge stimmen sehr wenig zu der Vorstellung, welche ich mir von Euch machte; und ich bitte Euch, erklärt mir, weshalb Ihr denn hinkt?

Das stammt, antwortete der Teufel, von einem Streit her, den ich einst in Frankreich mit Pillardoc, dem Teufel des Eigennutzes, hatte. Es handelte sich darum, wer von uns beiden einen jungen, aus der Provinz Maine nach Paris gekommenen und da sein Glück suchenden Menschen besitzen sollte. Da es ein ausgezeichnetes Subjekt, ein Bursche von großen Talenten war, so geriethen wir in heftigen Zank seinetwegen. Wir schlugen uns in der mittleren Luftregion. Pillardoc war der stärkere und warf mich auf die Erde nieder in derselben Weise, wie einst Jupiter nach der Poeten Behauptung den Vulkan zur Erde niederschleuderte.

Die Aehnlichkeit dieser Geschichten war die Ursache, daß meine Genossen mich den hinkenden Teufel nannten. Sie gaben mir diesen Beinamen, um mich zu verhöhnen, und seitdem ist er mir geblieben. Uebrigens bin ich trotz dieses Fehlers flink genug auf den Beinen. Ihr werdet schon Zeuge meiner Behendigkeit werden.

Aber, fuhr er fort, beenden wir dieses Geplauder. Machen wir, daß wir aus dieser Bude fortkommen; der Zauberer wird bald heraufgestiegen kommen, um an der Unsterblichkeit einer schönen Sylphide zu arbeiten, die ihn jede Nacht hier besucht. Wenn er uns überraschte, würde er, ohne viel Umstände zu machen, mich wieder in die Flasche stecken, und wäre im Stande, Euch ebenso unterzubringen. Werfen wir vorher die Trümmer der zerbrochenen Phiole durchs Fenster, damit der Hexenmeister meine Befreiung nicht gewahr werde.

Wenn er sie nach unserer Entfernung bemerkte, sagte Zambullo, was würde dann die Folge sein? – Was die Folge sein würde? antwortete der Hinkende – man sieht wohl, daß Ihr das Buch vom Höllenzwang nicht gelesen! Wenn ich mich auch bis zu den Enden der Welt oder der Region, welche die Salamander in Flammen bewohnen, flüchtete, um mich zu verbergen; wenn ich niederstiege zu den Gnomen oder in die tiefsten Abgründe des Meeres, so würde ich da vor seiner Rache nicht geschützt sein. Er würde Beschwörungen anstellen, so stark, daß die ganze Hölle davon erbebte. Ich möchte ihm noch so hartnäckig widerstreben, ich müßte vor ihm erscheinen, um die Strafe über mich ergehen zu lassen, die er mir auferlegen würde.

Wenn das ist, nahm der Student das Wort, dann, fürchte ich, wird unsere Verbindung nicht von langer Dauer sein. Dieser fürchterliche Schwarzkünstler wird eure Flucht bald entdecken. – Das kann ich nicht wissen, versetzte der Geist, weil uns unbekannt ist, was sich ereignen wird. – Wie, rief Leandro Perez aus, die Dämonen blicken nicht in die Zukunft? – Nein, entgegnete der Teufel; diejenigen, welche sich in dieser Beziehung auf uns verlassen, sind große Narren. Darum auch bringen die Wahrsager und Wahrsagerinnen so viel Dummheiten vor und lassen so viele von den vornehmen Damen begehen, die von ihnen Aufschluß über zukünftige Ereignisse verlangen. Ich weiß also nicht, ob der Zauberer meine Entfernung bald bemerken wird; aber ich hoffe, daß er es nicht thun wird. Es sind mehrere solcher Phiolen wie die, worin ich eingesperrt war, da; es wird ihm nicht auffallen, daß diese fehlt. Zudem kann ich Euch sagen, daß ich in seinem Laboratorium bin wie ein Rechtsbuch in der Bibliothek eines Wucherers; er denkt nicht an mich; und wenn er an mich dächte – er erweist mir nie die Ehre, sich mit mir zu unterhalten; es ist der stolzeste Hexenmeister, den ich kenne. Seit der Zeit, daß er mich eingeschlossen hielt, hat er sich nicht ein einziges Mal herabgelassen, das Wort an mich zu richten.

Welch ein Mann! sagte Don Cleophas. Was habt Ihr denn gethan, Euch seinen Haß zuzuziehen? – Ich habe einen von seinen Plänen durchkreuzt, antwortete Asmodeus. Es war eine Stelle in einer gewissen Akademie erledigt; er verlangte sie für einen seiner Freunde; ich wollte sie einem Anderen ertheilen lassen; der Zauberer machte einen Talisman, zusammengesetzt aus den mächtigsten Charakteren der Kabala; ich dagegen brachte meinen Mann in den Dienst eines großen Ministers, dessen Name den Sieg davon trug über den Talisman. –

Nachdem er so geredet, raffte der Dämon alle Stücke der zerbrochenen Phiole zusammen und warf sie durchs Fenster. Senhor Zambullo, sagte er dann zu dem Studenten, machen wir uns jetzt so bald wie möglich aus dem Staube; nehmt den Zipfel meines Mantels und fürchtet nichts. So gefährlich dieser Vorschlag dem Don Cleophas auch erschien, so zog er doch vor, ihn anzunehmen, als der Rache des Zauberers ausgesetzt zu bleiben; er klammerte sich so gut er konnte an den Teufel an, der ihn im Augenblick hinwegführte.

Drittes Kapitel.

An welchen Ort der hinkende Teufel den Studenten versetzte und von den ersten Gegenständen, die er ihn erblicken ließ.

Asmodeus hatte nicht ohne Grund seine Behendigkeit gerühmt. Er durchschnitt die Luft wie ein von kräftiger Sehne geschleuderter Pfeil und dann ließ er sich nieder auf dem Thurm von San Salvador. Sobald er Fuß gefaßt, sagte er seinem Begleiter: Nun, Senhor Leandro, wenn man von einem hart stoßenden Wagen sagt, das sei ein Teufelswagen, drückt man sich dann nicht außerordentlich falsch aus? – Das habe ich soeben erfahren, antwortete Zambullo höflich. Ich kann versichern, daß euer Gefährt bequemer als eine Sänfte ist und dabei so schnell, daß man nicht Zeit hat, sich auf dem Wege zu langweilen.

Ihr wißt nicht, fuhr der Dämon fort, weshalb ich Euch hierher bringe; ich beabsichtige, Euch Alles zu zeigen, was in Madrid vorgeht; und da ich bei diesem Viertel hier beginnen will, so konnte ich keinen Ort wählen, der zur Ausführung meiner Absicht geeigneter wäre. Ich werde durch meine teuflische Kraft die Dächer von den Häusern fortnehmen und trotz der Finsterniß der Nacht wird das Innere vor euren Blicken offen daliegen. Bei diesen Worten streckte er einfach nur den rechten Arm aus, und im Augenblick verschwanden alle Dächer. Nun sah der Student, wie an hellem Mittage das Innere der Häuser, ganz so, sagt Luis Velez de Guevara,[1] wie man das Innere einer Pastete sieht, von der man die obere Kruste genommen hat.

1   Der Verfasser des spanischen »Hinkenden Teufels«, der unsrem Autor als Original diente.

Der Anblick war zu neu für ihn, um nicht seine ganze Aufmerksamkeit in Anspruch zu nehmen. Er ließ seine Blicke nach allen Seiten schweifen, und die bunte Mannigfaltigkeit der Gegenstände, die ihn umgaben, beschäftigte lange Zeit seine Neugier. Senhor Don Cleophas, sagte der Teufel zu ihm, dieser Wirrwarr von Dingen, den Ihr mit Vergnügen betrachtet, ist in der That sehr unterhaltend anzusehn; aber dies ist nur ein unerbaulicher Zeitvertreib. Es ist nöthig, daß ich Euch denselben nützlich mache; und um Euch eine vollkommene Kenntniß des menschlichen Lebens zu geben, will ich Euch das Thun und Treiben aller der Menschen, die Ihr seht, erklären. Ich will Euch die Beweggründe ihrer Handlungen enthüllen und bis zu ihren geheimsten Gedanken Euch offen legen.

Wo sollen wir beginnen? Fassen wir zuerst in jenem Hause dort rechts diesen Alten ins Auge, der Gold und Silber zählt. Es ist ein Geizhals aus dem Bürgerstande. Seine Carrosse, die er für fast nichts aus dem Nachlaß eines Hofmanns erhalten hat, wird von zwei jämmerlichen Maulthieren gezogen, welche er in seinem Stalle nach dem Gesetz der zwölf Tafeln füttert, das heißt, er giebt jedem täglich ein Pfund Gerste; er behandelt sie wie die Römer ihre Sklaven behandelten. Vor zwei Jahren ist er aus Indien zurückgekommen, beladen mit einer Menge Gold- und Silberbarren, die er in klingende Münze hat verwandeln lassen. Bewundert diesen alten Narren; mit welcher Glückseligkeit weiden sich seine Augen an seinen Reichthümern! Er kann sich gar nicht satt sehen! Aber gebt zu gleicher Zeit Acht auf das, was in einem kleinen Saale desselben Hauses vorgeht. Bemerkt Ihr zwei junge Bursche und eine alte Frau darin? – Ja, antwortete Cleophas, es sind wahrscheinlich seine Kinder! – Nein, entgegnete der Teufel; es sind seine Neffen, die ihn beerben werden und die in ihrer Ungeduld, seines Nachlasses habhaft zu werden, heimlich eine Wahrsagerin haben kommen lassen, um von ihr zu erfahren, wann er sterben werde!

Ich erblicke in dem benachbarten Hause zwei Schauspiele, die ergötzlich genug sind. Das eine bildet eine alte Kokette, die sich zu Bett legt, nachdem sie ihr Haar, ihre Brauen und ihre Zähne auf dem Nachttisch gelassen; das andre ein sechzigjähriger Galan, der heimkommt, nachdem er den Verliebten gemacht. Er hat sein Auge und seinen falschen Schnurrbart sammt der Perrücke, die den kahlen Schädel deckte, schon abgelegt und wartet, daß sein Diener ihm seinen hölzernen Arm und sein Bein abnehme; mit dem Reste will er zu Bette gehn.

Wenn meine Augen mich nicht trügen, sagte Zambullo, so sehe ich in diesem Hause ein hochgewachsenes junges Mädchen, das zum Malen ist. Welch ein reizendes Gesicht! – O, sagte der Hinkende, diese junge Schönheit, die Euch so auffällt, ist die ältere Schwester des Galans, der sich zu Bette begeben will. Man kann sagen, daß sie das Gegenstück zu der alten Kokette sei, die mit ihr in einem Hause wohnt. Die Taille, die Ihr an ihr bewundert, ist eine Maschine, die den Scharfsinn eines Mechanikers erschöpft hat. Ihre Brüste und ihre Hüften sind künstlich und es ist nicht lange her, daß sie in der Kirche während der Predigt ihre Aufpolsterungen fallen ließ. Trotz allem dem weiß sie sich das Ansehn einer Minderjährigen zu geben und zwei junge Cavaliere wetteifern um ihre Gunst. Sie sind sich darüber schon in die Haare gerathen. Die Wahnsinnigen! Sie kommen mir vor wie zwei Hunde, die sich um einen Knochen zanken.

Jetzt aber lacht mit mir über das Concert, das man ziemlich nahe dabei in einem Bürgerhause zum Ende eines Familienmahls aufführt. Man singt Cantaten. Ein alter Rechtsgelehrter hat sie in Musik gesetzt und die Worte sind von einem Alguazil,[2] der den Angenehmen spielt, einem Gecken, der zu seinem Vergnügen und zur Marter andrer Leute Verse macht. Eine Sackpfeife und ein Spinett bilden das Orchester. Ein Mensch wie eine Hopfenstange mit heller Stimme macht den Tenor, und ein junges Mädchen, das eine sehr dumpfe Stimme hat, vertritt den Baß. – Welche komische Scene! rief Don Cleophas lachend; wenn man geflissentlich ein Concert als Posse aufführen wollte, würde man kein so gutes zu Stande bringen.

Werft die Augen auf dies prächtige Hotel, fuhr der Dämon fort; Ihr seht darin einen Herrn, der sich in einem glänzenden Apartement zu Bette gelegt hat. Neben ihm steht ein Kistchen, das mit Billets-Doux gefüllt ist. Er liest sie, um sich auf eine wollüstige Art einzuschläfern, denn sie sind von einer Dame, welche er anbetet und die ihn so großen Aufwand machen läßt, daß er bald gezwungen sein wird, sich um eine Vicekönigstelle zu bewerben.

Wenn in diesem Hotel Alles zur Ruhe und still ist, so läßt man es dagegen in dem Nachbarhause zur Linken an Bewegung nicht fehlen. Unterscheidet Ihr darin eine Gestalt in einem Bette von rothem Damast? Es ist eine vornehme Dame, Donna Fabula, die soeben nach der Hebam-

---

2   Ein Alguazil hat ungefähr die Stellung eines Polizei-Commissärs.

me geschickt hat und im Begriffe ist, dem alten Don Torribio, ihrem Gemahl, den Ihr neben ihr seht, einen Erben zu schenken. Seid Ihr nicht entzückt über die Gutmüthigkeit dieses Gatten? Das Schreien seiner theuren Hälfte zerschneidet ihm die, Seele; er ist in Schmerz aufgelöst, er leidet eben so viel wie sie. Mit welcher Sorge und welchem Eifer müht er sich, ihr beizustehn! – In der That, sagte Leandro, der Mann ist in gewaltiger Aufregung, aber ich erblicke einen andern in demselben Hause, der in tiefem Schlummer zu liegen scheint, sehr unbekümmert um den Ausgang der Geschichte! – Und doch müßte ihn die Sache interessiren, nahm der Hinkende wieder das Wort, denn es ist ein Lakai, der an den Schmerzen seiner Gebieterin allein die Schuld trägt.

Blickt ein wenig weiter hinaus, fuhr er fort, und seht in einem niedern Saale den Heuchler, der sich mit Wagenschmiere einsalbt, um zu einer Versammlung von Zauberern zu eilen, welche diese Nacht zwischen San Sebastian und Fuentarabia gehalten wird. Ich würde Euch auf der Stelle hintragen, um Euch einen angenehmen Zeitvertreib zu gewähren, wenn ich nicht fürchtete, von dem Teufel erkannt zu werden, der bei dieser Feierlichkeit den Bock macht. –

Seid Ihr denn keine guten Freunde, Ihr Beide, dieser Teufel und Ihr? – Wahrhaftig nicht, entgegnete Asmodeus; es ist derselbe Pillardoc, von dem ich Euch erzählt habe. Der Schuft würde mich verrathen, er würde nicht unterlassen, den Zauberer von meiner Flucht zu unterrichten. – Habt Ihr vielleicht noch einen Zank mit diesem Pillardoc gehabt? – Ihr habt es gesagt, erwiederte der Dämon; vor zwei Jahren bekamen wir aufs neue Händel wegen einer jungen Pariser Pflanze, eines Bürschleins, das sich einen Wirkungskreis suchte. Wir gedachten beide die Hand darauf zu legen; er beabsichtigte, einen Commis daraus zu machen, ich einen Menschen, der bei Weibern sein Glück sucht; unsere Kameraden machten einen schlechten Mönch daraus, um dem Streit ein Ende zu setzen. Und dann versöhnte man uns; wir umarmten uns – und seit dieser Zeit sind wir Todfeinde!

So lassen wir diese schöne Versammlung, sagte Don Cleophas; ich begehre durchaus nicht, ihr beizuwohnen; fahren wir lieber fort, das, was sich unsrem Blicke darbietet, zu betrachten. Was bedeuten die Feuerfunken, die aus jenem Keller hervorsprühen? – Es ist eine der verrücktesten Beschäftigungen der Menschen, antwortete der Teufel. Der Mann, der in diesem Keller neben dem glühenden Ofen steht, ist ein Goldkoch; das Feuer verzehrt nach und nach sein reiches Erbe, und er wird doch nie finden, was er sucht.

Unter uns, der Stein der Weisen ist nichts als ein verlockendes Hirngespinnst, das ich selbst ausgedacht habe, um den menschlichen Geist, der die ihm einmal vorgeschriebenen Schranken überschreiten will, zu verhöhnen.

Der Goldkoch hat zum Nachbar einen guten Apotheker, der sich noch nicht zur Ruhe gelegt hat. Ihr seht, wie er mit seinem alten Weibe und seinem Lehrling in seiner Bude arbeitet. Wißt Ihr, was sie machen? Der Mann setzt eine Nachkommenschaft erweckende Pille für einen alten Advokaten, der morgen heirathen will, zusammen. Der Lehrling bereitet eine abführende Tisane, und die Frau stößt in einem Mörser Droguen, die das Gegentheil bewirken.

Ich erblicke in dem Hause, welches dem des Apothekers gegenüber liegt, sagte Zambullo, einen Mann, der sich erhebt und sich hastig ankleidet. – Pest, antwortete der Geist, das ist ein Arzt, den man wegen eines höchst wichtigen Falles beruft. Man hat nach ihm geschickt, um eines Prälaten willen, der seit einer Stunde, daß er zu Bett liegt, zwei oder drei Mal gehustet hat.

Werft eure Blicke darüber hinaus, nach Rechts, und sucht in einer Dachkammer einen Mann zu entdecken, der im Hemde, beim düstern Licht einer Lampe, auf und ab schreitet. – Ich sehe ihn, rief der Student – so gut, daß ich das Inventar der Meubeln, die in diesem armseligen Gelaß sind, machen könnte – es ist nichts da, als ein schlechtes Bett, ein Sessel und ein Tisch, und die Wände scheinen mir ganz mit Schwarz beschmiert. – Der Mann, der in solcher Höhe wohnt, ist ein Poet, antwortete Asmodeus, und was Euch schwarz vorkommt, sind tragische Verse seiner Fabrik, womit er seine Kammer tapezirt hat, da er aus Mangel an Papier gezwungen ist, seine Gedichte auf die Wände zu schreiben.

Nach dem Sturm und der Aufregung, in der er auf- und abläuft, sagte Don Cleophas, schließe ich, daß er ein wichtiges Werk componirt. Ihr habt mit dieser Vermuthung nicht Unrecht, antwortete der Hinkende; er legte gestern die letzte Hand an eine Tragödie, betitelt: die Sündfluth. Man wird ihm nicht vorwerfen können, daß er dabei die Einheit des Orts nicht beachtet habe, denn die ganze Handlung geht in der Arche Noäh vor.

Ich versichere Euch, daß es ein ausgezeichnetes Stück ist; alle Thiere sprechen darin wie Professoren. Er hat die Absicht, es einem großen Herrn zu widmen; seit sechs Stunden arbeitet er an der Widmungszuschrift; in diesem Augenblick ist er bei der letzten Phrase angekommen; man kann sagen, daß es ein Meisterwerk ist, diese Widmung; aller moralischen und politischen Tugenden Preis, alle Lobeserhebungen, welche man einem durch seine und seiner Ahnen Thaten berühmten Manne ertheilen kann, sind darin verschwendet; niemals hat ein Autor kühner Weihrauch gespendet. – Wem beabsichtigt er denn, ein so großes Lob darzubringen? nahm der Student wieder das Wort. – Das weiß er noch nicht, erwiederte der Teufel; für den Namen hat er die Stelle offen gelassen. Er sucht irgend einen reichen Herrn, der freigebiger ist, als diejenigen, denen er schon andere Bücher gewidmet hat; aber die Leute, welche Widmungsepisteln bezahlen, sind heutzutage selten; es ist ein Fehler, den die großen Herrn sich abgewöhnt haben, und dadurch haben sie einen großen Dienst dem Publikum geleistet, das mit jämmerlichen Geistesprodukten überschüttet wurde; denn die meisten Bücher wurden früher um dessentwillen gemacht, was die Widmung einbrachte.

Bei Gelegenheit der Widmungsepisteln, fügte der Dämon hinzu, muß ich Euch übrigens einen seltsamen Zug mittheilen. Eine Dame vom Hofe, welche die Widmung eines Werkes verstattet hatte, wollte die Zuschrift vor dem Drucke lesen und da sie fand, daß sie nicht genug und so wie sie's verlangte, darin gelobt war, so gab sie sich die Mühe, selber eine nach ihrem Geschmacke zu schreiben und sie dem Verfasser zu schicken, damit er sie seinem Buche vorsetze.

Es scheint mir, rief Leandro aus, ich sehe Diebe, die über einen Balkon in ein Haus einsteigen. – Ihr täuscht Euch nicht, erwiederte Asmodeus, es sind Nachtdiebe. Sie brechen bei einem Banquier ein; halten wir sie im Auge und sehen, was sie machen. Sie durchsuchen das Comptoir, sie stöbern überall umher; aber der Banquier ist ihnen zuvorgekommen; er ist gestern mit allem, was er an Baarem in seinen Kisten hatte, nach Holland abgereist.

Verfolgen wir, sagte Zambullo, einen andern Räuber, der auf einer seidnen Strickleiter zu einem Balkon emporsteigt! – Der da ist nicht, was Ihr voraussetzt, antwortete der Hinkende; es ist ein Marquis, der auf diesem Wege in das Zimmer einer Jungfrau zu kommen versucht, die aufhören will, es zu sein. Er hat ihr sehr leichthin geschworen, daß er sie heirathen werde und sie hat sich natürlich auf seine Eide hin ergeben, denn im Liebeshandel sind die Marquis Geschäftsleute, die einen großen Kredit am Platze haben.

Ich bin neugierig, fuhr der Student fort, zu erfahren, was ein Mensch macht, den ich in der Nachtmütze und im Schlafrock sehe. Er ist sehr fleißig am Schreiben und neben sich hat er eine kleine schwarze Figur, die ihm beim Schreiben die Hand führt. – Der Mann, der schreibt, antwortete der Teufel, ist ein Gerichtsschreiber, der, um sich einen sehr erkenntlichen Vormünder zu verpflichten, ein zu Gunsten eines Minderjährigen ergangenes Urtheil verändert; und die kleine schwarze Gestalt, die ihm die Hand führt, ist Griffael, der Teufel der Gerichtsschreiber. – Dieser Griffael, erwiederte Don Cleophas, bekleidet also die Stelle nur provisorisch; da Flagel der böse Geist der Gerichtsleute ist, so müssen auch die Gerichtsschreiber, scheint mir, zu seinem Sprengel gehören. – Nein, entgegnete Asmodeus, die Gerichtsschreiber sind für würdig gehalten worden, ihren besonderen Teufel zu haben, und ich schwöre Euch, daß er überflüssig zu thun hat.

Beachtet in einem Bürgerhause neben dem des Gerichtsschreibers eine junge Dame, die den ersten Stock bewohnt. Es ist eine Wittwe, und der Mann, den Ihr bei ihr seht, ist ihr Oheim, der im zweiten Stock wohnt. Bewundert die keusche Verschämtheit dieser Wittwe … sie will ihr Nachthemd nicht in Gegenwart ihres Oheims anlegen, sie geht dazu in ein Kabinet, um es sich von einem Liebhaber anlegen zu lassen, den sie dort versteckt hält.

Bei dem Gerichtsschreiber wohnt ein ihm verwandter dicker hinkender Junggeselle, der nicht seines Gleichen als Spaßmacher hat. Der von Cicero wegen seiner Schlagwörter und seines feinen Witzes so gepriesene Volumnius war kein so witziger Kopf. Man nennt ihn in ganz Madrid den Baccalaureus *par excellence,* und alle Leute vom Hofe oder in der Stadt, welche Diners geben, angeln nach Senhor Donoso um die Wette. Er hat ein ganz besonderes Talent, die Gäste zu ergötzen; er macht das Entzücken einer Tafelrunde aus; auch speist er täglich in irgend einem guten Hause, aus dem er nicht vor zwei Uhr nach Mitternacht heimzukehren pflegt. Er ißt heute bei dem Marquis von Alcazinas, zu dem er jedoch nur durch den Zufall gerathen. – Wie so, durch den Zufall? unterbrach Leandro. – Ich will mich deutlicher erklären, entgegnete der Teufel. Heute, gegen die Mittagsstunde, hielten fünf oder sechs Carrossen vor der Thüre des Baccalaureus, die ihn zu verschiedenen großen Herrn abholen sollten. Er hat ihre Lakaien in seine Wohnung herauskommen lassen und hat ihnen, indem er ein Spiel Karten nahm, gesagt: Meine Freunde, da ich eure Herrschaften nicht alle zugleich befriedigen kann, und da ich einen nicht vor dem andern begünstigen will, so sollen diese Karten darüber entscheiden. Ich werde speisen gehen zum Treffkönig – –

Welche Absicht mag auf der andern Seite der Straße jener Cavalier haben, fiel Don Cleophas ein, der auf der Schwelle eines Thores sitzt? Harrt er, bis eine Zofe kommt, um ihn ins Haus einzuführen? – Nein, nein, versetzte Asmodeus, es ist ein junger Castilianer, der den vollkommenen Liebhaber vorstellen will; er will aus lauter Galanterie nach dem Beispiel der Liebhaber der Vorzeit die Nacht an der Thüre seiner Geliebten zubringen. Von Zeit zu Zeit klimpert er auf einer Güitarre und singt Romanzen eigner Fabrik dazu; seine Donna aber, die in dem zweiten Stockwerk zu Bett liegt, hört ihm zu und weint über die Abwesenheit seines Nebenbuhlers.

Kommen wir zu diesem neuen Gebäude da, das zwei gesonderte Wohnungen enthält; die eine hat der Eigentümer inne, jener alte Cavalier, der bald in seinem Gemache auf und abgeht, und sich bald in einen Lehnstuhl fallen läßt. – Er muß, sagte Zambullo, in seinem Kopfe irgend einen großen Plan herumwälzen. Wer ist dieser Mann? Wenn man sich an den Reichthum hält, der in seinen Wohnräumen glänzt, so muß es ein Grande erster Klasse sein. – Und doch ist er nur ein Contador, antwortete der Teufel. Er ist in einträglichen Aemtern ergraut und besitzt ein Vermögen von vier Millionen. Da er nicht ohne Unruhe wegen der Mittel ist, mit denen er es zusammengescharrt hat, und den Augenblick vor sich sieht, wo er in der andern Welt seine Rechnung ablegen muß, so ist er fromm geworden; er gedenkt ein Kloster zu bauen; er schmeichelt sich mit der Hoffnung, nach solch einem guten Werke werde er sein Gewissen beruhigt fühlen. Die Erlaubniß, ein Kloster zu stiften, hat er bereits erhalten; aber er will keine andern Mönche darin aufnehmen als solche, die zugleich sittenrein, nüchtern und von der äußersten Demuth sind, – und ist in großer Verlegenheit, sie zu finden!

Die zweite Wohnung beherbergt eine schöne Dame, die sich eben in Milch gebadet und dann zu Bette gelegt hat. Dieses üppige Geschöpf ist Wittwe eines Ritters von San Jago, der ihr als Vermögen nichts weiter denn einen stattlichen Namen hinterlassen hat; glücklicher Weise hat sie zu Freunden zwei Mitglieder des hohen Raths von Castilien, auf deren gemeinschaftliche Kosten der Aufwand ihres Hauses bestritten wird.

Hört doch, hört, rief der Student, ich vernehme Schreie und Jammer-
rufe, die durch die Nachtluft schallen; hat sich denn irgend ein Unglück
ereignet? – Ich will Euch sagen, was es ist, antwortete der Geist; zwei
junge Cavaliere spielten zusammen Karten in jener Spelunke, worin Ihr
so viele Lampen und entzündete Kerzen seht. Sie haben sich dabei über
einen Stich erhitzt, haben die Degen zur Hand genommen und sich alle
Beide tödtlich verwundet; der ältere ist verheirathet und der jüngere
einziger Sohn; sie sind im Begriff, den Geist aufzugeben. Die Frau des
Einen und der Vater des Andern sind, von dem Unglück unterrichtet,
eben herbeigekommen; sie erfüllen mit ihren Weherufen die ganze
Nachbarschaft. Unglückseliges Kind, ruft der Vater aus, wie oft habe ich
dich ermahnt, das Spiel aufzugeben; wie oft habe ich dir vorausgesagt,
daß es dir das Leben kosten würde! Ich bin nicht Schuld daran, daß du
so elendiglich umkommst! Die Frau ihrerseits giebt sich der Verzweiflung
hin. Obwohl ihr Mann im Spiel Alles, was sie ihm zugebracht, verloren
hat, obwohl er alle Schmucksachen, die sie besaß und sogar ihre Kleider
verkauft hat, ist sie untröstlich über ihren Verlust; sie flucht den Karten,
die Schuld daran sind, sie flucht dem, der sie erfunden, sie flucht der
Spielhölle und Allen, die sie bewohnen.

Ich bedaure herzlich die Menschen, welche von der Spielwuth besessen
sind, sagte Don Cleophas; sie gerathen oft in furchtbare Gemüthsstim-
mungen. Dank dem Himmel, ich habe nichts von diesem Laster an mir.
– Ihr habt ein anderes, das nicht besser ist, entgegnete der Dämon. Ist
es nach eurem Dafürhalten gescheuter, Courtisanen zu lieben? und seid
Ihr nicht noch heute Abend Gefahr gelaufen, von Raufbolden getödtet
zu werden? Ich bewundre die Herrn Menschen – ihre eigenen Fehler
scheinen ihnen Kleinigkeiten, während sie die Andrer mit dem Vergrö-
ßerungsglase ansehen.

Ich muß fortfahren, sprach er weiter, Euch traurige Bilder zu zeigen.
Sehet in einem Hause, zwei Schritt von dem Spielhause, den dicken
Mann, der auf einem Bett ausgestreckt liegt; es ist ein unglücklicher
Kanonikus, den eben der Schlag getroffen hat. Sein Neffe und seine
Großnichte denken nicht daran, ihm zu Hülfe zu kommen, sie lassen
ihn sterben und bemächtigen sich seiner besten Habe, die sie zu Hehlern
bringen werden – nachher werden sie Zeit und Muße haben, zu weinen
und zu klagen.

Bemerkt Ihr nahe dabei das Begräbniß von zwei Männern? es sind
zwei Brüder, die an derselben Krankheit litten; aber sie behandelten sich

19

auf verschiedene Weise; der eine setzte blindes Vertrauen auf seinen Arzt, der andere wollte die Natur wirken lassen; gestorben sind sie alle Beide, der eine, weil er die Mixturen seines Doktors einnahm, der andere, weil er nichts einnahm. – Das ist sehr beunruhigend, sagte Leandro. Was soll denn nun ein armer Kranker machen? – Das weiß ich Euch nicht zu sagen, versetzte der Teufel; ich weiß wohl, daß es gute Mittel giebt, aber nicht, ob auch gute Aerzte!

Suchen wir ein anderes Schauspiel auf, fuhr er dann fort; ich habe Euch ergötzlichere zu zeigen. Hört Ihr in der Straße die Katzenmusik? Eine Frau von sechzig Jahren hat heute Morgen einen Cavalier von siebenzehn geheirathet. Alle Spottvögel im ganzen Viertel haben sich zusammengerottet, um ihre Hochzeit mit einem lauten Concert von Kesseln, Ofenstücken und Becken zu feiern. – Ihr habt mir gesagt, unterbrach ihn der Student, daß Ihr es wärt, der die lächerlichen Ehen machte; doch habt Ihr an dieser da keinen Theil. – In der That nicht, antwortete der Hinkende; ich konnte nichts damit zu schaffen haben, denn ich war nicht frei; aber wenn ich es gewesen wäre, so hätte ich mich doch nicht hineingemischt. Diese Frau ist fromm; sie hat sich nur wieder verheirathet, um ohne Reue Genüsse haben zu können, wie sie sie liebt. Ich befördere solche Verbindungen nicht; mir liegt viel mehr daran, die Gewissen in Unruhe zu bringen als sie zu beruhigen.

Trotz des Lärms dieser tollen Serenade, sagte Zambullo, dringt, scheint mir, ein andrer an mein Ohr. – Der, den Ihr ungeachtet der Katzenmusik vernehmt, antwortete der Hinkende, dringt aus einer Schenke, wo ein dicker flämischer Hauptmann, ein französischer Sänger und ein Offizier der deutschen Garde ein Trio singen. Sie sind bei Tisch seit acht Uhr diesen Morgen, und jeder bildet sich ein, die Ehre seiner Nation hänge davon ab, daß er die beiden andern betrunken mache.

Lenkt eure Blicke auf jenes einsame Haus gegenüber dem des Kanonikus; Ihr werdet drei berühmte Galizierinnen in einer Schwelgerei mit drei Herren vom Hofe sehen. – Ach, wie reizend ich sie finde, rief Don Cleophas; ich wundere mich nicht, wenn die vornehmen Herrn hinter ihnen drein sind. Wie sie zärtlich gegen ihre Anbeter sind! sie müssen gewaltig in sie verliebt sein. – Wie grün seid Ihr! erwiederte der Geist. Ihr kennt diese Art Damen schlecht! Ihr Herz ist noch geschminkter als ihr Gesicht. Welche Liebkosungen sie auch aufwenden, sie haben nicht das geringste Gefühl von Neigung für diese Herrn; sie schmeicheln dem einen, um seine Protektion zu haben und den andern Beiden, um ihnen

Rentenzusicherungen abzuschwindeln. So sind alle diese Koketten! Die Männer mögen sich ihretwegen lustig ruiniren, sie gewinnen sich darum von ihrer Neigung nicht das mindeste; im Gegentheil, jeder, der zahlt, wird wie ein Ehemann behandelt; das ist ein Gesetz, welches ich für solche Liebeshändel festgestellt und eingeführt habe. Aber lassen wir diese großen Herren in Genüssen schwelgen, die sie so theuer bezahlen müssen, während ihre Diener, die in der Straße auf sie warten, sich mit der süßen Hoffnung, dieselben umsonst zu haben, trösten.

Ich bitte Euch, unterbrach Leandro Perez, erklärt mir ein anderes Bild, welches mir ins Auge fällt. Alle Welt ist noch auf den Füßen in jenem großen Hause dort links. Woher kommt es, daß die Einen aus vollem Halse lachen, und daß die Andern tanzen? Man feiert sicherlich irgend ein Fest? – Es ist eine Hochzeit, sagte der Hinkende; alle Domestiken sind im Jubel; und vor drei Tagen noch herrschte in diesem selben Hotel die tiefste Niedergeschlagenheit. Es ist eine Geschichte, die ich Lust bekomme, Euch zu erzählen; sie ist allerdings ein wenig lang, aber ich hoffe, sie wird Euch nicht langweilen.

Zugleich begann er folgenderweise:

Viertes Kapitel.

Liebesgeschichte des Grafen von Belflor und der Leonore von Cespedes.

Der Graf von Belflor, einer der größten Herrn vom Hofe, war sterblich in die junge Leonore von Cespedes verliebt. Er hatte nicht die Absicht, sie zu heirathen; die Tochter eines einfachen Edelmanns schien ihm keine hinreichend glänzende Partie zu sein; aber er wollte sie zu seiner Geliebten machen.

In diesem Verlangen folgte er ihr überall hin und verlor keine Gelegenheit, um ihr seine Liebe durch seine Blicke auszudrücken; aber er konnte weder mit ihr reden noch ihr schreiben, weil sie fortwährend von einer strengen und wachsamen Duegna, genannt Dame Marcella, beaufsichtigt war. Er war darüber in Verzweiflung, und weil dies Hinderniß sein Verlangen desto glühender machte, dachte er unaufhörlich an die Mittel, den Argus, der seine Io bewachte, zu hintergehen.

Ihrerseits hatte Leonore, der die Aufmerksamkeit des Grafen für sie nicht entgangen war, nicht anders können als seine Neigung erwiedern und allmählich bemächtigte sich ihres Herzens eine Leidenschaft, die immer feuriger wurde. Und doch schürte ich diese nicht durch meine gewöhnlichen Mittel der Versuchung, weil der Zauberer, der mich damals gefangen hielt, mir alle meine Streiche verboten hatte; der natürliche Lauf der Dinge genügte eben. Die Natur ist nicht weniger erfolgreich als ich; der ganze Unterschied zwischen uns besteht darin, daß sie die Herzen allmählich verdirbt, statt daß ich dieselben mit einem Male verführe.

So standen die Dinge, als eines Morgens Leonore und ihre ewige Gouvernante beim Gang in die Messe einer alten Frau begegneten, welche einen der größten Rosenkränze, den die Heuchelei je fabricirt hat, in der Hand trug. Sie trat mit sanfter und lächelnder Miene zu den Damen und sagte, sich an die Duegna wendend: Möge der Himmel Euch erhalten; sein heiliger Frieden sei mit Euch; erlaubet mir, Euch zu fragen, ob Ihr nicht die Dame Marcella seid, die keusche Wittwe des verstorbenen Herrn Martino Rosetta? Die Gouvernante bejahte. Dann treffe ich Euch sehr glücklicher Weise, fuhr das Weib fort, um Euch mitzutheilen, daß ich in meiner Wohnung einen alten Verwandten, der danach verlangt, Euch zu sprechen, beherberge. Er ist vor wenig Tagen aus Flandern angekommen; er hat sehr, sehr gut euren Gatten gekannt und er hat Euch Dinge von der allergrößten Wichtigkeit mitzutheilen. Er würde zu Euch gegangen sein, sie Euch zu sagen, wenn er nicht krank geworden wäre; der arme Mensch liegt in den letzten Zügen. Ich wohne wenige Schritte von hier; habt nur die Güte, wenn es Euch gefällig ist, mir zu folgen.

Die Gouvernante, die gescheut und vorsichtig war, und irgend einen falschen Schritt zu thun fürchtete, wußte nicht, wozu sie sich entschließen sollte; aber die Alte errieth den Grund ihres Zögerns und sagte ihr: Meine theure Dame Marcella, Ihr könnt mir in voller Ruhe vertrauen, ich nenne mich die Chichona und der Licenziat Marcos de Figuerna und der Baccalaureus Mira de Mosqua werden für mich einstehn, wie für ihre Großmutter. Wenn ich Euch einlade, mir nach meinem Hause zu folgen, so geschieht dies nur zu eurem Besten. Mein Verwandter will Euch eine gewisse Summe erstatten, die euer Gatte ihm einst vorgestreckt hat. – Bei diesem Worte »erstatten« hatte Dame Marcella ihren Entschluß gefaßt. Gehen wir, meine Tochter, sprach sie zu Leonore, gehen wir, den Verwandten dieser guten Dame zu sehen. Es ist ein Werk der Barmherzigkeit, Kranke zu besuchen.

Sie gelangten bald in die Wohnung der Chichona, die sie in einen niedern Saal treten ließ, in welchem sie einen Mann im Bette fanden, der einen weißen Bart hatte und, wenn er nicht sterbenskrank war, doch sehr darnach aussah. Hier, Vetter, sagte die Alte ihm die Gouvernante vorstellend, hier ist die kluge Dame Marcella, mit welcher Ihr zu reden wünscht, die Wittwe des verstorbenen Herrn Rosetta, eures Freundes. Bei diesen Worten erhob der Greis seinen Kopf ein wenig, grüßte die Gouvernante, machte ihr ein Zeichen heranzutreten, und sprach, als sie neben seinem Bette war, mit schwacher Stimme zu ihr: Meine theure Senhora Marcella, ich danke dem Himmel, daß er mich bis zu diesem Augenblicke leben ließ; es war das einzige, was ich noch von ihm erflehte; ich fürchtete zu sterben, bevor mir die Genugthuung würde, Euch zu sehen und in eure eigenen Hände hundert Dukaten zurückgeben zu können, welche euer seliger Gatte, mein innigster Freund, mir borgte, um mich aus einer Ehrensache, die ich einst in Brügge hatte, loszuwickeln. Hat er Euch niemals von dieser Angelegenheit gesagt?

Ach nein, antwortete die Dame Marcella, er hat mir keine Silbe davon gesagt; bei Gott sei seine Seele. Er war so großmüthig, daß er die Dienste, die er seinen Freunden leistete, vergaß, und im Gegensatz zu jenen Prahlhänsen, die sich guter Handlungen, welche sie nie begangen haben, rühmen, hat er mir nie gesagt, daß er irgend einen Menschen verpflichtet habe. – Sicherlich, er war eine edle Seele, antwortete der Greis, ich habe mehr Grund als irgend Jemand, davon überzeugt zu sein; und um es Euch darzuthun, muß ich Euch die üble Lage erzählen, der ich glücklich durch seinen Beistand entgangen bin; aber da ich Dinge von der äußersten Wichtigkeit für das Angedenken an den Verstorbenen mitzutheilen habe, so würde es mir lieb sein, wenn ich sie nur seiner verschwiegenen Wittwe anvertrauen könnte.

Nun wohl, sagte darauf die Chichona, Ihr könnt ihr diese Erzählung unter vier Augen machen – während dieser Zeit werden wir in mein Cabinet treten, diese junge Dame und ich. Und bei diesen Worten ließ sie die Duegna bei dem Kranken zurück und zog Leonore in ein anderes Zimmer, wo sie ihr ohne weitere Umschweife sagte: Schöne Leonore, die Augenblicke sind zu kostbar, um sie unnütz zu verschwenden. Ihr kennt von Ansehn den Grafen von Belflor; seit langer Zeit liebt er Euch und stirbt vor Begierde, es Euch zu sagen; aber die Strenge und Wachsamkeit eurer Gouvernante haben ihm dies Glück bis jetzt nicht verstattet. In seiner Verzweiflung hat er seine Zuflucht zu meiner Anschlägigkeit genommen und ich habe ihre ganze Kraft für ihn aufgeboten. Der Greis, den Ihr eben sahet, ist ein junger Kammerdiener des Grafen, und Alles, was ich gesagt, ist nichts als eine List, welche wir ersonnen haben, um eure Gouvernante zu täuschen und Euch hierher zu locken.

Als sie diese Worte geendet, trat der junge Graf, der sich hinter einem Vorhang verborgen gehalten, hervor und warf sich zu Leonorens Füßen: Senhora, rief er aus, verzeihet diese Kriegslist einem Liebenden, der das Leben nicht mehr ertrug ohne zu Euch reden zu dürfen. Wenn diese gefällige Frau nicht Mittel gefunden hätte, mir ein solches Glück zu verschaffen, so würde ich mich der Verzweiflung hingegeben haben. Diese Worte, gesprochen in flehentlichster Weise, von einem Manne, der ihr nicht mißfiel, verwirrten Leonore. Sie blieb eine Weile unschlüssig, welche Antwort sie darauf geben sollte, aber zuletzt ihre Fassung wiedererlangend, blickte sie stolz den Grafen an und sagte zu ihm: Ihr glaubt vielleicht eine große Verpflichtung gegen diese hülfbeflissene Dame zu haben, die Euch so gut gedient hat; aber laßt Euch das gesagt sein, der Dienst, den sie Euch leistete, wird Euch wenig nützen!

Indem sie so sprach, machte sie einige Schritte, um in den Saal zurückzukehren. Der Graf hielt sie auf. O bleibt, angebetete Leonore, nur einen Augenblick würdigt mich eures Gehörs. Meine Leidenschaft ist so rein, daß sie Euch nicht erschrecken darf. Ihr habt Ursache, ich sehe es ja ein, über die Intrigue empört zu sein, deren ich mich bediente, um mit Euch sprechen zu können; aber habe ich nicht bis heute fruchtlos versucht, Euch zu nahen? Sechs Monate sind es, seit ich Euch zu den Kirchen, auf dem Spaziergange, in die Theater folge. Umsonst suche ich überall die Gelegenheit, um Euch zu sagen, wie sehr Ihr mich bezaubert habt. Eure grausame, unerbittliche Gouvernante hat immer mein Verlangen zu hintergehen gewußt. Ach, statt mir ein Verbrechen aus einer List zu machen, die ich gezwungen war anzuwenden, solltet Ihr mich beklagen, schöne Leonore, daß ich alle Qualen eines so langen Harrens erdulden mußte; und die tödtliche Pein, welche dies mir verursachte – die meßt nach der Größe eurer Reize ab.

Belflor unterließ nicht, in diese Worte jenen Ton der Ueberredung zu legen, den die jungen Herrn so erfolgreich anzuwenden wissen; er ließ sogar einige Thränen rinnen. Leonore wurde davon gerührt; wider ihren eigenen Willen begannen sich in ihrem Herzen Regungen der Zärtlichkeit und des Mitleids zu erheben; aber sie war weit entfernt, ihrer Schwäche nachzugeben, und je mehr sie sich gerührt fühlte, desto mehr

Eifer zeigte sie, sich zurückzuziehen. Graf, rief sie aus, alle eure Reden sind vergeblich; ich will Euch nicht anhören; haltet mich nicht länger auf, lasset mich fort aus einem Hause, in dem ich mich fürchte, oder ich werde durch meine Hülferufe die ganze Nachbarschaft hierher ziehen und eure Verwegenheit vor aller Welt offenbar machen. Sie sagte das mit so festem Tone, daß die Chichona, welche dringende Gründe hatte auf die Polizei Rücksichten zu nehmen, den Grafen anflehte, die Dinge nicht weiter zu treiben. Er hörte auf, Leonorens Verlangen zu widerstehn. Sie machte sich aus seinen Händen los; und was bis dahin noch keinem jungen Mädchen geschehen war, sie verließ das Cabinet, wie sie es betreten hatte.

Sie kam eilig zu ihrer Gouvernante zurück. Kommt, meine Gute, sagte sie ihr, brecht diese verlogene Unterredung ab, man betrügt uns, verlassen wir dies abscheuliche Haus. Was giebt es, meine Tochter? antwortete Donna Marcella überrascht – welchen Grund habt Ihr, Euch so ungestüm davon machen zu wollen? Ich werde es Euch sagen, antwortete Leonore. Fliehen wir; jeder Augenblick, den ich hier verweile, macht mir eine neue Qual! – Welche Begierde die Duegna nun auch hatte, die Ursache eines so raschen Forteilens zu erfahren, sie konnte augenblicklich keine Aufklärung bekommen; sie mußte thun, worauf Leonore bestand. Sie gingen alle Beide in Hast davon, die Chichona, den Grafen und seinen Kammerdiener sammt und sonders so betroffen zurücklassend wie Komödianten, die eben mit ihrem Stücke vom Publikum ausgepfiffen sind.

Sobald sich Leonore auf der Straße befand, begann sie in großer Aufregung ihrer Gouvernante Alles zu erzählen, was in dem Cabinet der Chichona vorgefallen war. Die Dame Marcella hörte ihr sehr gespannt zu, und als sie in ihrer Wohnung angekommen waren, sagte sie: Ich gestehe Euch, meine Tochter, daß ich außerordentlich gedemüthigt bin durch das, was Ihr mir da erzählt habt. Wie habe ich mich von diesem alten Weibe hintergehen lassen können! Ich habe anfangs Anstand genommen, ihr zu folgen. Weshalb blieb ich nicht dabei? Ich mußte ihrer sanften und unterwürfigen Miene mißtrauen; ich habe eine Dummheit begangen, die einer Person von meiner Erfahrung gar nicht zu verzeihen ist. O, weshalb habt Ihr mir nicht diese List noch in ihrem Hause entdeckt? ich hätte ihr die Maske abgerissen, ich hätte den Grafen von Belflor mit Schmähungen überschüttet, und diesem falschen Greise, der mich beschwindelte, den Bart abgerissen. Aber ich werde sofort mit dem

Gelde, das ich wie eine richtige Wiedererstattung annahm, zurückgehn; und wenn ich sie noch bei einander finde, sollen sie nichts dadurch verloren haben, daß sie einen Augenblick haben warten müssen. Nach diesen Worten griff sie zu ihrem Mantel, den sie eben abgelegt, und eilte zurück zur Chichona.

Der Graf war noch dort; er war in Verzweiflung über den schlechten Erfolg seines Anschlags. Ein Andrer an seiner Stelle hätte die Partie aufgegeben; er aber ließ sich nicht abschrecken. Bei tausend guten Eigenschaften hatte er eine wenig lobenswerthe; es war die, sich zu rückhaltlos seiner Neigung zu Liebeshändeln hinzugeben. Liebte er eine Dame, so war er zu leidenschaftlich bemüht, ihre Gunst zu erobern, und obwohl er sonst von Charakter ein Ehrenmann war, so war er doch dann im Stande, die heiligsten Rechte mit Füßen zu treten, um zur Erreichung dessen, was er erstrebte, zu gelangen. Er sagte sich, daß er seinen Willen nicht werde durchsetzen können ohne den Beistand der Dame Marcella, und er entschloß sich, nichts zu sparen, um sie für sein Interesse zu gewinnen. Er nahm an, daß diese Duegna, so strenge sie auch erschien, einem beträchtlichen Geschenke nicht würde widerstehen können und in dieser Voraussetzung betrog er sich nicht. Wenn es Gouvernanten giebt, die sich treu bewähren – so sind die Galans eben nicht reich oder nicht freigebig genug!

Im Anfang, als die Dame Marcella eintrat und die drei Personen erblickte, wider die sich ihr Zorn richtete, wurde sie von einer wahren Zungenwuth erfaßt; sie schüttete eine Million Schmähungen über den Grafen und die Chichona aus und warf das zurückerstattete Geld dem Kammerdiener an den Kopf. Der Graf ließ diesen Sturm geduldig über sich ergehen; und dann warf er sich vor der Duegna auf die Knie, um die Scene rührender zu machen, flehte sie an, die Börse, die sie fortgeworfen, zurückzunehmen und bot ihr tausend Pistolen als Zugabe, indem er sie beschwor, Erbarmen mit ihm zu haben. Mit so gewichtigen Gründen war nie in ihrem Leben noch ihr Mitleid in Anspruch genommen worden, und so blieb sie nicht unerbittlich; sie hörte mit ihrem Schimpfen sehr bald auf und verglich im Stillen die angebotene Summe mit der magern Belohnung, welche sie von Don Luis de Cespedes erwartete; sie fand, daß mehr Vortheil dabei sei, Leonore von ihrer Pflicht zu entfernen, als sie darin zu erhalten. Und deshalb nahm sie nach einigem Sträuben die Börse zurück, ließ sich das Anerbieten von tausend Pistolen gefallen, versprach des Grafen Liebe zu begünstigen und ging, um auf der Stelle für die Erfüllung ihres Versprechens zu wirken.

Da sie Leonore als ein tugendhaftes Mädchen kannte, so hütete sie sich wohl, ihr Veranlassung zu dem Argwohn zu geben, daß sie mit dem Grafen im Einverständniß sei, aus Furcht, daß Leonore ihren Vater davon unterrichte; wollte sie diese verführen, so mußte sie schlau sein und so sprach sie bei ihrer Rückkehr zu ihr: Leonore, ich habe meinen Zorn kühlen können; ich habe die drei Spitzbuben wieder gefunden; sie waren alle noch niedergeschmettert von der muthigen Art, womit Ihr Euch losgerissen. Ich habe der Chichona mit der Rache eures Vaters und der Strafe der Gerechtigkeit gedroht und ich habe dem Grafen Belflor alle Schmähungen an den Kopf geworfen, die der Zorn mir nur eingab. Ich hoffe, diesem großen Herrn wird die Lust vergangen sein, je wieder ähnliche Anschläge auszuführen und in Zukunft meine Wachsamkeit gegen seine Galanterien nöthig zu machen. Ich danke dem Himmel, daß Ihr durch eure Festigkeit der Schlinge entgangen seid, die er Euch gelegt hatte. Ich weine vor Freude darüber. Ich bin entzückt, daß er durch seine List nicht das Geringste erreicht hat; denn die großen Herrn machen sich ein Spiel daraus, junge Mädchen zu verführen. Die meisten von denen sogar, die das größte Wesen von ihrer Redlichkeit machen, haben nicht den geringsten Gewissensskrupel dabei, als ob es keine Abscheulichkeit wäre, Familien zu entehren. Ich sage damit nicht, daß der Graf von dieser Zahl ist, noch daß er beabsichtige, Euch zu täuschen; man darf von seinem Nächsten nicht immer schlecht urtheilen; vielleicht hat er ehrliche Absichten. Obwohl er von einem Range ist, um auf die ersten Partien in den Kreisen des Hofes Anspruch machen zu können, so kann ihn doch eure Schönheit haben den Entschluß fassen lassen, Euch zu heirathen. Ich erinnere mich sogar, daß er mir in den Antworten, die er auf meine Vorwürfe ertheilte, so etwas ausdrücklich zu verstehen gab.

Was sagt Ihr, meine Gute? unterbrach Leonore sie. Wenn er diese Absicht hätte, so würde er um mich bei meinem Vater geworben haben, der mich einem Manne seines Ranges nicht verweigert hätte! – Was Ihr sagt, ist richtig, versetzte die Gouvernante; ich theile diese Meinung; die Handlungsweise des Grafen macht ihn verdächtig, seine Absichten können keine guten gewesen sein; ich hätte fast Lust, mich noch einmal aufzumachen, um ihm neue Beleidigungen zu sagen. – Nun, meine Gute, versetzte Leonore, es ist besser das, was vorgefallen ist, zu vergessen und sich durch Verachtung zu rächen. – Es ist wahr, sagte die Dame Marcella, ich glaube, es ist das Beste, was man thun kann. Ihr seid vernünftiger als ich. Aber um alle Möglichkeiten zu erwägen, könnten wir nicht auch des Grafen Gesinnungen falsch beurtheilen? Was wissen wir, ob er nicht aus Zartgefühl so handelt? Bevor er die Einwilligung eines Vaters einholt, will er vielleicht mit langem Liebesdienst um Euch werben, sich eure Neigung verdienen, sich eures Herzens versichern, damit eure Verbindung desto mehr Glück gewähre. Wenn das wäre, meine Tochter, sollte es dann ein so großes Verbrechen sein, ihn zu hören? Was denkt Ihr darüber? Ihr wißt, wie lieb ich Euch habe. Fühlt Ihr eine Neigung für den Grafen? Oder widerstrebt Euch der Gedanke, ihn zu heirathen?

Bei dieser boshaften Frage schlug die allzu offenherzige Leonore errö-thend die Augen nieder und gestand, daß sie durchaus keinen Widerwillen gegen ihn habe; aber da ihre Züchtigkeit sie abhielt, sich offener zu erklären, drängte die Duegna sie, ihr nichts zu verschweigen. Sie ließ sich endlich von den zärtlichen Betheuerungen der Gouvernante verlocken und sagte: Da ich Euch Alles ganz offen sagen soll, so gesteh ich Euch, daß mir Belflor als meiner Liebe würdig erschien; ich habe ihn so hübsch gefunden und so viel Vortheilhaftes von ihm gehört, daß es mir nicht möglich war, bei seinen Aufmerksamkeiten ungerührt zu bleiben. Die unermüdliche Wachsamkeit, die Ihr hattet, diese zu verhindern, hat mich oft sehr verdrossen, und ich bekenne Euch, daß ich ihn im Stillen oft beklagt und durch meine Seufzer für den Schmerz entschädigt habe, den eure Wachsamkeit ihm zufügte. Um Euch nichts zu verschweigen – selbst in diesem Augenblicke, nach seinem verwegenen Unterfangen, entschuldigt ihn wider Willen mein Herz, statt ihn zu hassen, und wirft die Schuld auf eure Strenge. – Meine Tochter, antwortete die Gouvernante, da Ihr mir andeutet, daß seine Bewerbung Euch angenehm sein würde, so will ich Euch diesen Freier verschaffen. – Ich bin Euch sehr dankbar, fiel Leonore gerührt ein, für den Dienst, den Ihr mir leisten wollt. Wenn der Graf auch nicht den höchsten Hofkreisen angehörte, wenn er nichts wäre als ein einfacher Edelmann, würde ich ihn doch allen andern Männern vorziehen; aber hintergehn wir uns nicht; Belflor ist ein großer Herr, ohne Zweifel bestimmt für eine der reichsten Erbinnen des Königreichs. Erwarten wir nicht, daß er sich mit der Tochter des Don Luis begnüge, die ihm so wenig mitzubringen hat! Nein, nein, fuhr sie fort, er hat für mich nicht so gütige Absichten, er sieht in mir nicht die Person, die würdig ist, seinen Namen zu tragen; er sucht nichts, als was mich beleidigt!

Aber, sagte die Duegna, woher wißt Ihr, daß er Euch nicht genug liebt, um Euch zu heirathen? Die Liebe vollbringt täglich größere Wunder! Wenn man Euch hört, sollte man meinen, der Himmel hätte zwischen Euch und ihm eine unübersteigliche Kluft gebildet. Seid gerechter gegen Euch, Leonore, er erniedrigt sich nicht, wenn er sein Schicksal an das eure knüpft. Ihr seid von altem Adel und er braucht nicht über eine Verbindung mit Euch zu erröthen. Weil Ihr eine Neigung für ihn habt, fuhr sie fort, will ich mit ihm reden; ich will seine Absichten ergründen; wenn sie so sind wie sie sein sollten, will ich ihm einige Hoffnung durchblicken lassen. – O, thut das ja nicht, rief Leonore aus; ich gebe meine Einwilligung nicht, daß Ihr ihn aufsucht; er würde argwöhnen, ich hätte an diesem Schritte einen Antheil, und er würde dann aufhören, mich zu achten. – O, ich bin geschickter als Ihr denkt, versetzte die Dame Marcella. Ich werde damit beginnen, ihm vorzuwerfen, daß er die Absicht gehabt habe, Euch zu verführen. Er wird dann nicht ermangeln, seine Rechtfertigung zu versuchen; ich werde ihn anhören, ich werde ihn sich aussprechen lassen; lasset mich nur machen, meine Tochter, ich werde eure Ehre eben so gut zu wahren wissen, wie die meinige.

Die Duegna verließ das Haus beim Einbruch der Nacht. Sie fand Belflor in der Nähe von Leonorens Wohnung. Sie berichtete ihm die Unterredung, welche sie mit seiner Geliebten gehabt hatte, und unterließ nicht, hervorzuheben, mit welcher Geschicklichkeit sie das Geständniß, daß er geliebt sei, ihr entlockt habe. Nichts konnte dem Grafen angenehmer sein, als diese Entdeckung; auch dankte er der Dame Marcella in den lebhaftesten Ausdrücken, das heißt, er versprach ihr schon am folgenden Tage die tausend Pistolen einzuhändigen, und sah den Erfolg seines Unterfangens schon als völlig verbürgt an, da er wohl wußte, daß ein Mädchen, dessen Gunst man nur erst gewonnen, schon halb verführt ist. Man trennte sich also überaus zufrieden mit einander und die Duegna kehrte nach Hause zurück.

Leonore, welche ängstlich ihrer Gouvernante harrte, fragte, was sie ihr zu verkünden habe. Die beste Nachricht, die Ihr vernehmen könntet, antwortete ihr die Gouvernante; ich habe den Grafen gesehn. Ich sagte es Euch ja, meine Tochter, seine Absichten sind keine schlechten; er hat kein andres Ziel, als sich mit Euch zu verheirathen; er hat es mir geschworen bei allem, was dem Menschen nur heilig sein kann. Aber wie Ihr denken könnt, habe ich mich dadurch nicht fangen lassen.

Wenn Ihr diesen Willen habt, habe ich ihm eingeworfen, weshalb thut Ihr denn nicht bei Don Luis den gewöhnlichen Schritt?

Ach, meine theure Marcella, hat er mir geantwortet ohne durch diese Frage in Verlegenheit gebracht zu scheinen, würdet Ihr denn billigen, daß ich, ohne zu wissen, mit welchem Auge Leonore mich betrachtet und im bloßen Drange einer blinden Leidenschaft, sie von ihrem Vater zu erhalten suchte? Nein, ihre Ruhe ist mir theurer als mein Verlangen, und ich bin ein zu ehrlicher Mann, um mich der Gefahr auszusetzen, sie unglücklich zu machen.

42

Während er so sprach, fuhr die Duegna fort, beobachtete ich ihn mit der größten Aufmerksamkeit und wandte alle meine Erfahrung auf, um in seinen Augen zu lesen, ob er in Wirklichkeit von so viel Liebe, wie er auf der Zunge trug, entbrannt sei. Was soll ich Euch sagen? Er schien mir von einer wahren Leidenschaft erfaßt; ich habe darüber eine Freude gehabt, die ich große Mühe hatte, ihm zu verbergen; nichts destoweniger habe ich, als ich von seiner Aufrichtigkeit überzeugt war, geglaubt, daß es wohlgethan sei, ihm eure Gefühle anzudeuten, um Euch einen Geliebten von solchem Werth zu sichern. Senhor, habe ich ihm gesagt, Leonore fühlt keinen Widerwillen gegen Euch; ich weiß, daß sie Euch schätzt und so viel ich darüber urtheilen kann, wird ihr Herz durch eure Bewerbung nicht in Kummer versinken. Großer Gott, rief er nun ganz entzückt vor Freude aus, was höre ich? Ist es möglich, daß die reizende Leonore so günstig für mich gestimmt sei? Welchen Dank schulde ich Euch, gütige Marcella, daß Ihr mich einer so qualvollen Ungewißheit entrissen. Ich bin durch diese Nachricht um so mehr entzückt, weil Ihr es seid, die sie mir verkündet, Ihr, die, meinen Gefühlen feindselig, mir immer so viel Pein verursacht hat; aber vollendet mein Glück, theure Marcella, verstattet mir, mit der göttlichen Leonore zu reden; ich will ihr mein Gelübde der Treue ablegen, ich will ihr in eurer Gegenwart schwören, daß ich ewig nur ihr gehören werde.

Diesen Worten, fuhr die Gouvernante fort, fügte er noch andre rührendere hinzu, und endlich, meine Tochter, hat er mich so dringend gebeten, ihm eine geheime Unterredung mit Euch zu verschaffen, daß ich nicht unterlassen konnte, sie ihm zu versprechen. – Ach, weshalb habt Ihr ihm dies Versprechen gemacht? rief Leonore aufgeregt aus. Ein vernünftiges Mädchen, habt Ihr mir hundert Mal gesagt, müsse durchaus

solche Unterredungen vermeiden, die nur gefährlich sein könnten. –
Allerdings habe ich Euch das gesagt, versetzte die Duegna, und es ist
das ein vortrefflicher Grundsatz; aber Ihr braucht ihn bei dieser Gelegenheit nicht zu befolgen, weil Ihr Belflor als euren zukünftigen Gatten betrachten könnt. – Er ist es aber noch nicht, fiel Leonore ein, und ich
darf ihn nicht eher sehn, als bis mein Vater seine Bewerbung genehmigt
hat.

Die Dame Marcella bereute in diesem Augenblicke, das junge Mädchen
so gut erzogen zu haben, daß es ihr jetzt schwer wurde, die Zurückhaltung desselben zu besiegen. Aber sie wollte um jeden Preis damit zu
Ende kommen und deshalb sagte sie: Meine theure Leonore, ich wünsche
mir Glück dazu, daß ich Euch so sittenstreng sehe. Es ist das ein schönes
Ergebniß meiner Bemühungen. Ihr habt alle Lehren, die Ihr von mir
erhieltet, wohl beherzigt. Ich bin entzückt über mein Werk. Aber, meine
Tochter, Ihr geht in dem, was ich Euch gelehrt, weiter als ich selbst; Ihr
übertreibt meine Moral, und eure Tugend finde ich ein wenig zu zurück-
stoßend. Wie viel ich mir auch auf meine Strenge zu gute thue, eine
menschenscheue Tugendhaftigkeit, welche sich ohne Unterschied gegen
das Laster wie gegen die Redlichkeit in den Harnisch wirft, kann ich
nicht billigen. Ein Mädchen hört darum nicht auf, tugendhaft zu sein,
wenn sie einen Geliebten anhört, dessen reine Absichten sie kennt; und
dann ist es auch kein größeres Verbrechen, eine Leidenschaft zu erwiedern, als dadurch gerührt zu sein. Verlasset Euch auf mich, Leonore,
ich habe zu viel Erfahrung und nehme zu viel Antheil an Euch, um
Euch einen Schritt thun zu lassen, der Euch nachtheilig werden könnte.

Und an welchem Orte, sagte Leonore, wollt Ihr denn, daß ich den
Grafen sprechen soll? In eurem Zimmer, antwortete die Duegna, das ist
der sicherste Ort. Ich werde ihn morgen während der Nacht einführen.
– Denkt daran nicht, meine Gute, versetzte Leonore; was, ich sollte
dulden, daß ein Mann … Ja, ja, Ihr werdet es dulden, unterbrach die
Gouvernante sie; es ist das nichts so Besonderes, wie Ihr Euch einbildet.
Das kommt alle Tage vor, und wollte der Himmel, daß alle jungen
Mädchen solche Besuche mit eben so reinen Absichten empfingen, wie
die euren sind. Uebrigens, was hättet Ihr denn zu befürchten? Werde
ich nicht bei Euch sein? – Wenn mein Vater käme und uns überraschte,
antwortete Leonore. – Seid darüber ruhig, entgegnete die Dame Marcella,
euer Vater beunruhigt sich wegen eurer Aufführung nicht; er kennt
meine Treue, er setzt sein ganzes Vertrauen auf mich.

So lebhaft von der Duegna und im Geheimen von ihrer Liebe gedrängt, konnte Leonore nicht länger widerstehen; sie gab ihre Einwilligung zu dem, was man von ihr verlangte.

Der Graf war bald davon unterrichtet. Er gerieth darüber so in Entzücken, daß er auf der Stelle seiner Zwischenträgerin fünfhundert Pistolen mit einem Ringe von dem gleichen Werthe schenkte. Als die Dame Marcella sah, wie gut er sein Wort hielt, wollte sie nicht weniger gut das ihre halten. Schon in der folgenden Nacht, sobald sie alles im Hause zur Ruhe gegangen wußte, befestigte sie eine seidene Strickleiter, die der Graf ihr gegeben, an einen Balkon und ließ auf diese Weise den Senhor in das Zimmer seiner Geliebten eindringen.

Unterdeß gab sich das junge Mädchen Ueberlegungen hin, die sie in die größte Aufregung versetzten. Welche Neigung sie auch für Belflor haben mochte und trotz allem, was ihre Gouvernante ihr sagen konnte, machte sie sich Vorwürfe, so leicht in einen Schritt eingewilligt zu haben, der ihre Pflicht verletzte; die Reinheit ihrer Absichten beruhigte sie dabei nicht. In der Nacht einen Mann in ihrem Zimmer zu empfangen, der die Zustimmung ihres Vaters nicht hatte, und dessen wahre Gesinnung ihr doch unbekannt war, schien ihr nicht allein ein sündhaftes Beginnen, sondern sie auch der Verachtung ihres Geliebten auszusetzen. Dieser letztere Gedanke beängstigte sie am meisten und sie war ganz erfüllt davon, als der Graf bei ihr eintrat.

Er warf sich ihr sofort zu Füßen, um ihr für die Gunst, die sie ihm gewährte, zu danken. Er schien durchdrungen von Liebe und Dankbarkeit und er versicherte sie, daß er entschlossen sei, sie zu heirathen. Da er sich über diesen Punkt aber nicht so klar ausdrückte, wie sie es wohl gewünscht hätte, sprach sie nichtsdestoweniger zu ihm: Ich will gern annehmen, daß Ihr keine andren Absichten als diese hegt, Graf; aber welche Zusicherungen Ihr mir auch geben mögt, sie werden immer einen Argwohn in mir zurücklassen, bis sie von der Einwilligung meines Vaters bekräftigt sein werden. – Senhora, antwortete Belflor, diese würde ich schon lange erbeten haben, wenn ich nicht gefürchtet hätte, sie zu erhalten auf Kosten eurer Ruhe. – Ich werfe Euch nicht vor, daß Ihr diesen Schritt noch nicht machtet, versetzte Leonore, ich lobe sogar euer Zartgefühl in diesem Punkte; aber jetzt hält Euch nichts mehr zurück und jetzt müßt Ihr aufs baldigste mit Don Luis reden oder Euch entschließen, mich niemals wieder zu sehn.

45

Und warum, fiel er ein, sollte ich Euch nie wieder sehn, schöne Leonore? Wie wenig Gefühl zeigt Ihr für die Seligkeit der Liebe. Wenn Ihr so gut zu lieben verständet wie ich, so würde es euer Glück sein, heimlich mein Werben anzunehmen und euren Vater, für einige Zeit wenigstens, nichts davon ahnen zu lassen. Welchen Zauber hat solch ein heimlicher Verkehr für zwei engverbundene Herzen! – Für Euch mag er ihn haben, sagte Leonore, für mich würde er aber nur peinlich sein. Ein solches Versüßen der Zärtlichkeit schickt sich nicht für ein tugendhaftes Mädchen. Rühmet mir nicht mehr die Reize eines solchen schuldvollen Verkehrs. Wenn Ihr mich achtetet, hättet Ihr ihn mir nicht zugemuthet; und wenn eure Absichten so sind, wie Ihr es mich glauben machen wollt, so müßt Ihr im Grunde eurer Seele mir Vorwürfe machen, daß ich nicht dabei in Zorn gerathen bin. Aber, ach, meiner Schwäche allein kann ich ja diese Beleidigung zuschreiben, ich habe sie verdient, indem ich that, was ich jetzt für Euch thue!

Anbetungswürdige Leonore, rief der Graf, Ihr seid es, die mir eine tödtliche Beleidigung zufügt. Eure zu strenge Gewissenhaftigkeit ängstigt sich ohne Grund. Wie? Weil ich so glücklich war, Euch durch meine Liebe zu erweichen, fürchtet Ihr, ich könne aufhören, Euch zu achten? Welche Ungerechtigkeit! Nein, Senhora! ich kenne den ganzen Werth eurer Güte, sie kann Euch meine Achtung nicht rauben, und ich bin bereit zu thun, was Ihr von mir verlangt. Schon morgen werde ich mit Don Luis reden; ich werde Alles aufbieten, was in meiner Macht ist, um ihn mein Glück besiegeln zu lassen; aber, um Euch nichts zu verbergen, ich habe wenig Hoffnung dazu. – Was sagt Ihr, versetzte Leonore mit dem äußersten Erstaunen, wie könnte mein Vater die Bewerbung eines Mannes von eurem Range bei Hofe verwerfen? Es ist eben dieser Rang, entgegnete Belflor, der mich sein Nein fürchten läßt.

Diese Worte überraschen Euch; Ihr werdet aufhören, darüber erstaunt zu sein!

Vor einigen Tagen, fuhr er fort, erklärte mir der König, daß er mir eine Frau geben wolle. Er hat mir die Dame, die er mir bestimmt, nicht genannt; er hat mir nur angedeutet, daß es eine der ersten Partien am Hofe ist und daß ihm diese Heirath sehr am Herzen liegt. Da ich nicht wußte, wie Ihr gegen mich gesinnt sein könntet, denn Ihr wißt wohl, daß eure Härte gegen mich mir bis jetzt nicht verstattet hat, darüber ins Klare zu kommen, so habe ich ihm kein Widerstreben, seinen Willen zu thun, gezeigt. Sagt Euch nun selbst, Senhora, ob Don Luis sich in die

Gefahr begeben wird, den Zorn des Königs auf sich zu ziehn, indem er mich zum Schwiegersohn annimmt.

Nein, sicherlich nicht, sagte Leonore, ich kenne darin meinen Vater. Wie vortheilhaft für ihn auch die Verbindung mit Euch sein mag, er wird lieber darauf verzichten, als sich der Ungnade des Königs aussetzen. Aber wenn mein Vater sich unserer Verbindung nicht widersetzen würde, so würden wir darum nicht glücklicher sein; denn wie überhaupt, Graf, könntet Ihr mir eine Hand geben, über die der König anders verfügen will? – Senhora, antwortete Belflor, ich gestehe Euch ganz aufrichtig, daß ich in dieser Beziehung in einer ziemlich großen Verlegenheit bin; aber ich hoffe nichts destoweniger, daß, wenn ich mich dem König gegenüber vorsichtig betrage, ich mir sein Wohlwollen und die Freundschaft, die er für mich hat, erhalten und doch dabei ein Mittel finden werde, dem Unglück zu entgehen, das mich bedroht. Ihr, schöne Leonore, könntet mir sogar dabei helfen, wenn Ihr mich für würdig erachtet, mich an Euch zu fesseln. – Und auf welche Weise, sagte sie, kann ich dazu beitragen, die Heirath, welche der König für Euch beschlossen hat, zu hintertreiben? – Oh, Senhora, erwiederte er mit leidenschaftlichem Tone, wenn Ihr meine Gelübde erhören wolltet, so würde ich mich Euch schon zu erhalten wissen, ohne daß jener Monarch mir darum zürnen könnte.

Gestattet mir, reizende Leonore, fuhr er fort, indem er sich ihr zu Füßen warf, gestattet mir, daß ich mich Euch vermähle in Gegenwart der Dame Marcella; sie ist eine Zeugin, die bürgen wird für die Heiligkeit unserer Verbindung. Dadurch werde ich mich ohne Mühe den drückenden Banden, mit denen man mich fesseln will, entziehen; denn wenn nachher der König mich drängt, die Dame, welche er mir bestimmt, anzunehmen, so werde ich mich zu den Füßen dieses Monarchen werfen; ich werde ihm sagen, daß ich Euch seit langer Zeit liebte und Euch im Geheim geheirathet habe. Wie sehr er dann auch wünschen mag, mich mit einer andern zu verheirathen – er ist zu gütig, um mich dem entreißen zu wollen, was ich anbete, und zu gerecht, um eurer Familie eine solche Schmach anzuthun.

Was denkt Ihr, kluge Marcella, fügte er hinzu, sich an die Gouvernante wendend, was denkt Ihr von diesem Plane, den mir die Liebe soeben eingiebt? – Ich bin entzückt darüber, sagte die Dame Marcella, man muß gestehen, daß die Liebe sehr erfinderisch ist! – Und Ihr, anbetungswürdige Leonore, fuhr der Graf fort, was sagt Ihr dazu? Wird euer immer mit Mißtrauen gewappneter Geist sich weigern, ihn zu billigen? – Nein, antwortete Leonore, vorausgesetzt, daß es nicht hinter dem Rücken meines Vaters geschieht; ich zweifle nicht, daß er ihn billigt, sobald Ihr ihn davon unterrichtet haben werdet.

Man muß sich wohl hüten, es ihm anzuvertrauen, unterbrach sie in diesem Augenblick die abscheuliche Gouvernante; Ihr kennt den Senhor Luis nicht; er ist in Ehrensachen zu kitzlich, um mit heimlichen Liebesgeschichten zu thun haben zu wollen. Der Vorschlag einer geheimen Ehe wird ihn beleidigen und nebenbei wird seine Vorsicht nicht unterlassen, ihn die Folgen einer Verbindung fürchten zu machen, welche die Absichten des Königs durchkreuzen wird. Durch einen solchen unbesonnenen Schritt werdet Ihr ihn argwöhnisch machen; seine Augen werden ohne Unterlaß alle unsre Handlungen bewachen; und er wird Euch alle Gelegenheiten nehmen, Euch zu sehen!

Ich würde aus Schmerz darüber sterben, rief unser Höfling aus. Aber, Senhora Marcella, fuhr er fort, die Miene des Verdrusses annehmend, glaubt Ihr, daß Don Luis wirklich den Vorschlag einer heimlichen Ehe verwerfen wird? – Zweifelt nicht im Mindesten daran, antwortete die Gouvernante; aber nähmen wir auch an, er willigte darein, dann würde er, gesetzmäßig und gewissenhaft wie er ist, doch nicht zugeben, daß man die kirchlichen Ceremonien wegließe; und wenn man sich ihnen bei eurer Vermählung unterzöge, dann wäre die Sache auch bald stadtkundig!

Ach, meine theure Leonore, sagte nun der Graf, die Hand seiner Geliebten zärtlich in seinen beiden drückend, müssen wir, um einem leeren Vorurtheil der Schicklichkeit zu genügen, uns der fürchterlichen Gefahr, für immer getrennt zu werden, aussetzen? Bedürft Ihr eines Andren noch, um Euch mir zu geben? Die Einwilligung eines Vaters erspart Euch vielleicht einige innere Unruhe; aber da die Dame Marcella uns die Unmöglichkeit auseinandergesetzt hat, sie zu erhalten, so ergebt Euch meinem unschuldigen Verlangen. Nehmt mein Herz und meine Hand an, und wenn es an der Zeit sein wird, Don Luis von unserm Bunde zu sagen, werden wir ihm die Gründe klar machen, die wir hatten, ihm denselben zu verbergen. – Gut denn, Graf, sagte Leonore, ich willige ein, daß Ihr nicht so bald mit meinem Vater redet. Erkundet vorher den Willen des Königs, bevor ich im Geheimen eure Hand erhalte, sprecht mit diesem Fürsten, sagt ihm, wenn es sein muß, daß Ihr mir heimlich vermählt seid. Suchen wir durch diese Vorspiegelung ... Oh, nein, das nicht, Senhora, entgegnete Belflor; ich bin ein zu großer Feind der Lüge, um eine solche Erdichtung zu wagen; ich kann nicht in solchem Maße mir selber untreu werden. Ueberdies ist der Charakter des Königs so, daß er es mir nie in seinem Leben verzeihen würde, wenn er zu der Entdeckung gelangen sollte, daß ich ihn betrogen hätte.

Ich würde kein Ende finden, Senhor Don Cleophas, fuhr der Teufel fort, wenn ich Wort für Wort wiederholte, was Belflor sprach, um das junge Mädchen zu verführen; ich sage Euch nur, daß er ihm alle die leidenschaftlichen Reden hielt, die ich den Männern bei solcher Gelegenheit einblase; aber er mochte noch so eifrig schwören, daß er sobald wie es ihm nur möglich sein würde, öffentlich das Gelübde bekräftigen wolle, welches er ihr im Geheim ablege; er mochte noch so oft den Himmel zum Zeugen seiner Schwüre anrufen – die Tugend Leonorens zu besiegen gelang ihm nicht, und der Tag, der zu erscheinen begann, zwang ihn wider Willen, sich zu entfernen. 49

Die Duegna aber glaubte, daß sie es ihrer Ehre oder besser gesagt ihrem Interesse schuldig sei was sie begonnen, durchzusetzen, und so sagte sie am andern Morgen zu der Tochter des Don Luis: Leonore, ich weiß nicht mehr, wie ich zu Euch sprechen soll; ich sehe Euch gegen die Leidenschaft des Grafen empört, als ob er nichts wie einen gewöhnlichen Liebeshandel beabsichtige. Habt Ihr an seiner Person vielleicht irgend etwas bemerkt, was ihn Euch zuwider gemacht hätte? – Nein, meine Gute, antwortete Leonore ihr, er ist mir nie liebenswürdiger erschienen; was er sprach, hat mir neue Vorzüge in ihm gezeigt. – Wenn das ist, erwiederte die Gouvernante, so begreife ich Euch nicht. Ihr seid für ihn eingenommen durch eine warme Neigung und Ihr weigert Euch, in etwas zu willigen, dessen Nothwendigkeit man Euch klar gemacht hat!

Meine Gute, antwortete die Tochter des Don Luis, Ihr habt mehr Klugheit und mehr Erfahrung als ich; aber habt Ihr Wohl nachgedacht über die Folgen, die eine ohne die Einwilligung meines Vaters geschlossene Ehe haben kann? – Ja, ja, entgegnete die Duegna, ich habe darüber alle nöthigen Betrachtungen angestellt und ich ärgere mich, daß Ihr mit so viel Eigensinn dem glänzenden Schicksal widerstrebt, welches sich Euch darbietet. Nehmt Euch in Acht, daß eure Hartnäckigkeit euren Geliebten nicht ermüde und nicht zurückstoße; es steht zu befürchten, daß ihm die Augen über seinen eigenen Vortheil aufgaben, den die Heftigkeit seiner Leidenschaft ihn hat hintansetzen lassen. Da er Euch seine Hand reichen will, nehmt sie ohne langes Zögern an. Sein Wort bindet ihn, für einen Mann von Ehre giebt es nichts Heligeres; überdem bin ich Zeugin, daß er Euch als seine Frau anerkennt; wißt Ihr nicht, daß ein solches Zeugniß wie das meine hinreicht, um einen Liebhaber, der treulos zu werden wagte, gerichtlich verurtheilen zu lassen?

Durch solche Reden bewirkte die falsche Marcella daß Leonore erschüttert wurde. Sie ließ sich über die Gefahr, von welcher sie bedroht war, täuschen und in gutem Glauben überließ sie sich einige Tage nachher den bösen Absichten des Grafen. Diesen führte die Duegna alle Nächte über den Balkon in das Zimmer ihrer Gebieterin, und ließ ihn vor Tagesanbruch entschlüpfen.

In einer Nacht, als sie ihn ein wenig später wie gewöhnlich gemahnt hatte, sich zu entfernen und die Morgenröthe bereits die Dunkelheit zu scheuchen begann, machte er hastig Anstalt, auf die Straße niederzukommen. Aber zum Unglück benahm er sich so unvorsichtig dabei, daß er ziemlich schwer zu Boden fiel.

Don Luis de Cespedes, der in dem Zimmer über dem seiner Tochter schlief und der an diesem Tage sehr früh aufgestanden war, um mit einigen dringlichen Angelegenheiten fertig zu werden, hörte das Geräusch dieses Falles. Er öffnete sein Fenster, um zu sehen, was es sei. Er gewahrte einen Mann, der sich mühsam wieder aufrichtete, und die Dame Marcella auf dem Balkon, beflissen, die Strickleiter, deren der Graf sich geschickter beim Heraufsteigen als beim Hinabsteigen bedient hatte, abzulösen. Er rieb sich die Augen, er hielt im ersten Moment dies Schauspiel für einen Traum – aber nachdem er es noch einmal überblickt, sah er, daß nichts in der Welt mehr Wirklichkeit hatte, und die Helle des Tages, so schwach sie auch noch war, enthüllte ihm nur zu sehr seine Schmach.

Bestürzt von diesem verhängnißvollen Anblick und von gerechtem Zorn entbrannt, eilt er in seinem Schlafrock, seinen Degen in der einen, ein Licht in der andern Hand, in Leonorens Zimmer. Er ist entschlossen, sie und ihre Gouvernante seiner Rache zu opfern. Er pocht an die Thüre ihres Zimmers und befiehlt zu öffnen; sie erkennen seine Stimme; sie gehorchen zitternd. Er stürmt mit wuthentstelltem Gesichte herein und seinen bloßen Degen ihren erschrockenen Augen zeigend, ruft er aus: Ich will im Blute einer Schamlosen die Schmach abwaschen, welche sie ihrem Vater angethan hat und zu gleicher Zeit die schurkische Gouvernante züchtigen, welche mein Vertrauen verräth!

Beide warfen sich ihm zu Füßen und die Gouvernante nahm das Wort: Senhor, sagte sie, hört mich, bevor Ihr uns straft, nur einen Augenblick an. – Elende, schrie der Greis, so sprich, ich will meine Rache für einen Augenblick aufschieben, sag mir alle Umstände meines Unglücks ... aber, was sag ich, alle Umstände – ich sehe sie ja, nur den Namen des Unglücklichen, der mein Haus entehrt, habe ich noch zu erfahren! – Senhor, versetzte die Dame Marcella, der Graf von Belflor ist der Cavalier, um den es sich handelt. – Der Graf von Belflor? rief Don Luis. Wo hat er meine Tochter gesehen, durch welche Mittel hat er sie verführt? Verbirg mir nichts. – Senhor, erwiederte die Gouvernante, ich will es Euch berichten mit aller Aufrichtigkeit, deren ich fähig bin.

Nun schwätzte sie mit unendlicher Verstellungskunst alle die Reden daher, welche sie schon Leonoren vorgespiegelt, als ob der Graf sie ihr gehalten hätte. Sie schilderte ihn mit den schönsten Farben; er war ein zärtlicher, aufrichtiger, zartfühlender Liebhaber. Da sie sich bei der Entwickelung der Geschichte nicht von der Wahrheit entfernen konnte, so war sie gezwungen, sie einzugestehen; aber sie verbreitete sich über die Gründe, welche man gehabt, hinter dem Rücken des Vaters diese heimliche Ehe zu schließen und sie stellte sie in einem so guten Lichte dar, daß Don Luis' Wuth beschwichtigt wurde. Sie gewahrte dies sehr wohl und um den Greis völlig zu erweichen, sagte sie ihm: Senhor, das ist, was Ihr wissen wolltet. Jetzt straft uns! Stoßt den Degen in Leonorens Brust. Aber was sag ich, Leonore ist unschuldig, sie that nichts als dem Rathe einer Person folgen, welche Ihr mit ihrer Leitung beauftragt habt; gegen mich allein müssen eure Schläge sich richten; ich bin's, die den Grafen in das Zimmer eurer Tochter eingeführt hat, ich bin es, welche die Bande, die sie vereinen, schmiedete. Ich habe die Augen geschlossen über das, was wider die Regel in einer Verbindung war, die Ihr nicht genehmigt hattet – um Euch einen Schwiegersohn zu sichern, dessen Gunst, wie Ihr selber wißt, der Kanal ist, durch den alle Gnaden des Hofes heute fließen; ich habe nichts im Auge gehabt, als das Glück Leonorens und den Vortheil, den eure Familie aus einer so glänzenden Verbindung ziehen könnte; das Uebermaß meines Eifers hat mich meine Pflicht vergessen lassen!

Während die durchtriebene Marcella so sprach, sparte ihre Gebieterin ihre Thränen nicht; sie legte einen so großen Schmerz an den Tag, daß der gutmüthige Greis nicht widerstehen konnte. Er wurde dadurch gerührt, sein Zorn verwandelte sich in Mitleid; er ließ seinen Degen fallen, und, die Mienen eines gereizten Vaters ablegend, rief er, Thränen in den Augen, aus: Oh, meine Tochter, welch eine entsetzliche Leidenschaft ist die Liebe! Ach, du kennst nicht alle Gründe, die du hast, dich dem Schmerze hinzugeben. Die Beschämung vor einem Vater, der dich überraschte, entlockt dir in diesem Augenblick allein deine Thränen. Du ahnst nichts von dem Schmerze, den dein Geliebter dir vielleicht bereiten wird! Und Ihr, thörichte Marcella, was habt Ihr gethan? In welchen Abgrund stürzt uns euer unberathener Eifer für meine Familie! Ich räume ein, daß die Verbindung mit einem Manne, wie der Graf, Euch hat verblenden können und das ist, was Euch vor mir rettet; aber, Unglückliche, die Ihr seid, mußtet Ihr denn nicht auf der Hut sein vor einem Liebhaber von diesem Charakter? Je mehr Ansehen er hat, je höher er in Gunst steht, desto mehr Vorsicht mußtet Ihr bei ihm anwenden. Wenn er sich kein Gewissen daraus machen wird, Leonore sein Wort zu brechen, was soll ich dann beginnen? Soll ich den Schutz der Gesetze anrufen? Eine Person von seinem Rang wird es schon verstehen, ihrer Strenge zu entschlüpfen. Ich will zugeben, daß er seinen Schwüren treu bleiben und meiner Tochter sein Wort halten möchte; wenn aber der König, wie er Euch gesagt hat, die Absicht hegt, ihn eine andere Dame heirathen zu lassen, so ist zu fürchten, daß dieser Monarch ihn durch seine Macht dazu zwingt!

Oh, daß er ihn zwinge, Senhor, unterbrach Leonore ihn, das ist nicht, was wir zu fürchten haben. Der Graf hat uns fest versichert, daß der König seinen Gefühlen nicht in solchem Grade Gewalt anthun würde. – Ich bin überzeugt davon, sagte die Dame Marcella; außerdem, daß der Monarch seinen Günstling zu sehr liebt, um solche Tyrannei über ihn auszuüben, ist er zu edelmüthig, um einen tödtlichen Kummer dem tapfern Don Luis de Cespedes zuzufügen, der seine besten Tage dem Dienst des Staats geopfert hat.

Gebe der Himmel, entgegnete seufzend der Greis, daß meine Sorgen eitle seien! Ich gehe zum Grafen, um darüber eine Aufklärung von ihm zu verlangen; die Augen eines Vaters sind scharf, ich werde bis auf den Grund seiner Seele sehn; wenn ich ihn in einer Gesinnung finde, wie ich sie wünsche, so werde ich euch das Vergangene verzeihen; aber, setzte er in festerem Tone hinzu, wenn ich in seinen Worten ein falsches Herz wahrnehme, so wandert ihr Beide in ein Kloster, um dort für den Rest eurer Tage eure Unbesonnenheit zu beweinen. Bei diesen Worten griff er seinen Degen auf, und während die Frauen sich von dem

Schrecken, den er ihnen eingejagt, erholten, stieg er zu seiner Wohnung hinauf, um sich anzukleiden.

Bei dieser Stelle seiner Erzählung wurde Asmodeus von dem Studenten unterbrochen, der ihm sagte: Wie anziehend die Geschichte, welche Ihr mir erzählt, auch ist, etwas, das ich erblicke, hindert mich doch, Euch so aufmerksam zuzuhören, als ich es möchte. Ich entdecke in einem Hause eine Frau, die mir hübsch scheint, zwischen einem jungen Manne und einem Greise. Sie trinken, wie es scheint, alle drei etwas sehr Gutes; und während der alte Cavalier die Dame küßt, reicht die Schelmin hinter ihrem Rücken eine ihrer Hände dem jungen Manne zum Küssen hin, der ohne Zweifel ihr Liebhaber ist.

Ganz im Gegentheil, antwortete der Hinkende. Dieser ist ihr Mann und der andere ihr Liebhaber. Dieser Greis ist ein Mann von Einfluß, ein Comthur des militärischen Ordens von Calatrava. Er ruinirt sich für diese Frau, deren Mann eine kleine Anstellung bei Hofe hat; sie macht ihrem alten Seufzerer Liebkosungen aus Eigennutz, und Treulosigkeiten aus Neigung zu ihrem Mann!

Das Bild ist ergötzlich, versetzte Zambullo. Sollte dieser Ehemann nicht ein Franzose sein? – Nein, erwiederte der Teufel, es ist ein Spanier. Glaubt Ihr, die gute Stadt Madrid hätte nicht auch in ihren Mauern gutmüthige Ehemänner? Aber freilich, es wimmelt hier nicht so davon, wie in Paris, was ohne Widerspruch die an solchen Einwohnern reichste Stadt der Welt ist. – Verzeihung, Senhor Asmodeus, sagte Don Cleophas, wenn ich den Faden von Leonorens Geschichte durchschnitten habe; fahrt darin fort, ich bitte Euch; sie fesselt mich unbeschreiblich; ich finde darin Kunstgriffe der Verführung, die mich entzücken. Der Dämon nahm sie folgender Weise wieder auf:

54

Fünftes Kapitel.

Fortsetzung und Schluß der Liebesgeschichte des Grafen von Belflor.

Don Luis verließ zu früher Stunde das Haus und begab sich zu dem Grafen, der, ohne Ahnung davon, daß er bemerkt worden, von diesem Besuche überrascht war. Er schritt dem Greise entgegen und nachdem er ihn mit Umarmungen überhäuft, rief er aus: Welche Freude für mich, den Don Luis hier zu sehn! Käme er, mir eine Gelegenheit zu bieten, ihm einen Dienst zu leisten? Senhor, antwortete ihm Don Luis, habt die Güte zu befehlen, daß man uns allein läßt.

Belflor that, was er wünschte. Sie setzten sich beide und der Greis nahm jetzt das Wort. Senhor, sagte er, meine Ehre und meine Ruhe verlangen eine Aufklärung, um welche ich Euch zu bitten komme. Ich habe Euch an diesem Morgen das Zimmer Leonorens verlassen sehn. Sie hat mir alles gestanden. Sie hat mir gesagt ... Sie hat Euch gesagt, daß ich sie liebe, unterbrach ihn der Graf, um eine Eröffnung abzuschneiden, die er nicht anhören wollte; aber sie hat Euch nur schwach das, was ich für sie empfinde, ausgedrückt; ich bin bezaubert von ihr, sie ist ein anbetungswürdiges Geschöpf; Geist, Schönheit, Tugend, nichts fehlt ihr. Man hat mir gesagt, daß Ihr auch einen Sohn besäßet, der zu Alcala studirt; gleicht er seiner Schwester? Wenn er ihre Schönheit und sonst nur ein wenig von seinem Vater hat, muß er ein vollkommner Cavalier sein; ich sterbe vor Begierde, ihn zu sehn und biete Euch all meinen Einfluß für ihn an.

Ich bin Euch verbunden für dies Anerbieten, sagte ernst Don Luis, aber kommen wir zu dem, was ... Man muß ihn sogleich in den Dienst eintreten lassen, unterbrach wieder der Graf, ich nehme dann seine Laufbahn auf mich; er soll nicht im Range der Subalternoffiziere grau werden, dafür kann ich Euch gutstehn! – Antwortet mir, Graf, sagte jetzt lebhaft der Greis, und hört auf, mir ins Wort zu fallen. Habt Ihr die Absicht oder habt Ihr sie nicht, euer Versprechen zu halten? – Ja, ohne Zweifel, unterbrach ihn Belflor zum dritten Male, ich werde das Versprechen halten, das ich Euch gebe, eurem Sohn meine ganze Gunst zuzuwenden; zählt auf mich, ich bin ein Mann, auf den man bauen darf. – Nun wird mir's zuviel, Graf, rief Cespedes sich erhebend aus; nachdem Ihr meine Tochter verführt habt, wagt Ihr noch, mich zu höhnen; aber ich bin ein Edelmann und die Beleidigung, die Ihr mir zugefügt habt, wird nicht ungerächt bleiben! Nach diesen Worten schritt er hinaus und ging heim, das Herz voll Gedanken der Rache und tausend Pläne, diese Rache zu vollführen, entwerfend.

Sobald er in seinem Hause war, sagte er in größter Aufregung zu Leonore und zu der Dame Marcella: Der Graf war mir nicht ohne guten Grund verdächtig; er ist ein Verräther, an dem ich mich rächen will. Was euch angeht, so wandert ihr schon morgen alle beide ins Kloster; bereitet euch ohne Weiteres darauf vor und dankt dem Himmel, daß mein Zorn euch nicht noch strenger züchtigt. Dann begab er sich in sein Cabinet und schloß sich darin ab, um über die Schritte nachzudenken, die er in einer so schwierigen Lage zu thun habe.

In welche Verzweiflung gerieth Leonore, als sie vernommen hatte, daß Belflor treulos sei! Sie blieb eine Weile wie erstarrt; eine tödtliche Blässe ergoß sich über ihr Gesicht, ihre Lebensgeister verließen sie und sie sank ohnmächtig in die Arme ihrer Gouvernante, die glaubte, daß sie verscheiden werde. Die Duegna bot alle Sorgfalt auf, um sie aus ihrer Betäubung zum Bewußtsein zurückzurufen. Es gelang ihr. Leonore fand die Besinnung wieder, öffnete die Augen und als sie ihre Gouvernante beflissen sah, ihr beizustehn rief sie aus: O wie grausam seid Ihr – weshalb habt Ihr mich aus dem glücklichen Zustande, in dem ich war, gerissen – ich fühlte die Schrecken meiner Lage nicht mehr! Warum ließet Ihr mich nicht sterben? Ihr könnt ja all die Schmerzen, welche die Ruhe meines Lebens vernichten werden, ermessen, weshalb wollt Ihr mir dies Leben erhalten?

Marcella versuchte sie zu trösten, aber sie bewirkte nichts, als sie nur zu erbittern. Alle eure Reden sind eitel, rief die Tochter des Don Luis – ich will nichts davon hören; verliert die Zeit nicht, meine Verzweiflung bekämpfen zu wollen; Ihr solltet sie lieber stacheln, Ihr, die Ihr mich in den entsetzlichen Abgrund, in dem ich bin, gestürzt habt! Ihr seid es, die mir für die Aufrichtigkeit des Grafen gebürgt hat; ohne Euch würde ich der Neigung, die ich für ihn hatte, nicht nachgegeben haben; ich hätte sie nach und nach besiegt; wenigstens hätte er niemals den geringsten Vortheil daraus gezogen. Aber, fuhr sie fort, ich will Euch mein Unglück nicht zuschreiben, ich klage nur mich selbst deshalb an; ich hätte eure Rathschläge nicht befolgen und die Schwüre eines Mannes nicht anhören sollen, ohne daß mein Vater darum wußte. Wie sehr mir auch die Bewerbung des Grafen Belflor schmeicheln konnte, ich hätte ihn eher verachten, als ihm auf Kosten meiner Ehre Gehör schenken sollen; mit einem Wort, ich hätte ihm mißtrauen sollen, wie Euch und mir selber. Nachdem ich so jämmerlich schwach war, mich von seinen treulosen Schwüren fangen zu lassen, nach dem Kummer, den ich dem unglücklichen Don Luis mache und der Schande, die ich über meine Familie bringe, verabscheue ich mich selbst. Weit entfernt die Einsperrung zu fürchten, womit man mich bedroht, möchte ich meine Schmach in dem schaurigsten Aufenthalte der Welt verbergen!

Indem sie so sprach, begnügte sie sich nicht damit, Ströme von Thränen zu vergießen; sie zerriß ihre Kleider und schien an ihrem schönen Haar die Gewissenlosigkeit ihres Geliebten rächen zu wollen. Die Duegna sparte dabei, um sich dem Schmerze ihrer Herrin anzuschließen, die Grimassen nicht, sie erpreßte sich glücklich einige Thränen und häufte tausend Verwünschungen auf die Männer im Allgemeinen und auf den Grafen Belflor insbesondere. Ist es möglich, rief sie aus, daß der Graf, der voll aufrichtigster Ehrlichkeit schien, so lasterhaft sein kann, um uns alle beide zu betrügen! Ich kann noch immer nicht daran glauben!

In der That, sagte Leonore, wenn ich ihn mir vorstelle, wie er zu meinen Füßen lag, welches Mädchen hätte nicht seiner zärtlichen Miene, seinen Schwüren bei allen Mächten des Himmels, seinem immer neu ausbrechenden Verzücktsein getraut? Seine Augen strahlten mir eine noch glühendere Liebe aus, als sein Mund sie schwur! mit einem Wort, er schien bezaubert von meinem Anblick; nein, er betrog mich nicht, ich kann es nicht glauben! Mein Vater hat vielleicht nicht mit hinreichender Schonung zu ihm geredet; sie sind gereizt, verletzt gewesen alle beide und der Graf hat ihm weniger als Liebhaber wie als großer Herr geantwortet. Aber vielleicht täusche ich mich auch. Ich muß aus dieser Ungewißheit heraus; ich will Belflor schreiben und ihm sagen, daß ich ihn diese Nacht hier erwarte; ich will, daß er kommen soll, mein geängstigtes Herz zu beruhigen – oder um mir selbst seinen Verrath zu gestehen!

Die Dame Marcella pflichtete diesem Entschlusse bei; sie faßte selbst einige Hoffnung, daß der Graf trotz all seines Ehrgeizes von den Thränen, die Leonore bei dieser Gelegenheit vergießen würde, gerührt werden könnte, und sich entschlösse, sie zu heirathen.

Während dessen sann der Graf Belflor, des Biedermanns Don Luis entledigt, in seinem Zimmer über die Folgen nach, welche die Aufnahme, die er ihn bei sich hatte finden lassen, für ihn selber haben könnte. Er verhehlte sich nicht, daß alle Cespedes im Zorn über die empfangene Beleidigung sie zu rächen suchen würden; das aber beunruhigte ihn nur wenig; das Interesse seiner Liebe beschäftigte ihn weit mehr. Er dachte sich, daß Leonore in ein Kloster gebracht oder wenigstens, daß sie von nun an unter scharfer Bewachung gehalten werden würde, daß er sie aller Wahrscheinlichkeit nach niemals wieder sehen würde. Dieser Gedanke betrübte ihn und er suchte in seinem Geiste ein Mittel, solch einem Unglück vorzubeugen, als sein Kammerdiener ihm einen Brief brachte, den die Dame Marcella ihm eben übergeben hatte; es war ein Billet Leonorens in folgenden Ausdrücken:

»Ich werde gezwungen, morgen aus der Welt zu scheiden, um mich in einem Kloster zu begraben. Ich sehe mich entehrt, von meiner Familie verabscheut und von mir selbst verachtet – das ist der traurige Zustand, in den ich gebracht bin, weil ich Euch angehört habe. Ich erwarte Euch zum letzten Male an diesem Abende. In meiner Verzweiflung suche ich neue Qualen; kommt, um mir zu gestehen, daß Euer Herz keinen Theil hatte an den Schwüren Eures Mundes, oder kommt, sie zu rechtfertigen durch eine Handlungsweise, die allein die Härte meines Geschicks sänftigen kann. Da bei dieser Begegnung nach dem, was zwischen Euch und meinem Vater vorgefallen, Gefahr zu befürchten sein kann, so laßt Euch durch einen Freund begleiten. Obwohl Ihr das Unglück meines Lebens ausmacht, fühle ich mich noch um das Eure besorgt.

Leonore.«

Der Graf las zwei oder drei Mal diesen Brief, und sich die Tochter des Don Luis in der Lage, worin sie sich beschrieb, vorstellend, fühlte er sich gerührt. Er hielt Einkehr bei sich selber, die Vernunft, die Redlichkeit, die Ehre, deren Gesetze ihn seine Leidenschaft insgesammt hatte mit Füßen treten lassen, begannen die Herrschaft über ihn zu gewinnen. Er fühlte plötzlich seine Verblendung schwinden und wie ein Mann, der aus einem heftigen Fieberanfall aufwacht und nun über die Worte und den Wahnsinn erröthet, der ihm entschlüpfte, schämte er sich all der elenden Kunstgriffe, deren er sich bedient hatte, um Befriedigung für seine Sinne zu finden.

Was that ich, ich Elender? Welcher Dämon hat mich besessen? Ich habe versprochen, Leonoren zu heirathen; ich habe den Himmel dabei zum Zeugen angerufen; ich habe gethan, als ob der König mir eine Partie vorgeschlagen hätte; Lüge, Falschheit, Meineid, ich habe Alles aufgewendet, um die Unschuld zu verderben! Welche Tollheit! War es nicht besser, so viel aufzubieten, um meine Liebe zu unterdrücken, statt sie durch so verbrecherische Mittel zu befriedigen? Aber es ist nun einmal geschehen – ein Mädchen von Rang verführt, und von mir dem Zorn ihrer Verwandten bloß gestellt, die ich mit ihr entehre; ich habe sie elend gemacht zum Lohn dafür, daß sie mich glücklich machte! Welche

Undankbarkeit! Muß ich nicht statt dessen die Schmach, die ich ihr angethan, wieder gutmachen? Ja, es ist meine Pflicht, und ich will dadurch, daß ich sie heirathe, das Wort lösen, das ich ihr gegeben habe. Wer könnte sich einer so redlichen Handlung widersetzen? Soll ihre Güte gegen ihre Tugend zeugen? Nein – ich weiß, wie viel es mich gekostet hat, ihren Widerstand zu besiegen. Sie hat sich weniger meiner Leidenschaft, als meinen Treueschwüren ergeben … Freilich andrerseits schade ich mir ganz bedeutend durch solche Wahl. Soll ich, der die reichsten und vornehmsten Erbinnen im Königreich freien kann, mich mit der Tochter eines einfachen Edelmanns, der so geringes Vermögen hat, begnügen? Was wird man von mir am Hofe denken? Man wird sagen, ich hätte eine lächerliche Heirath geschlossen.

So zwischen Liebe und Ehrgeiz getheilt, wußte Belflor nicht, wofür sich entscheiden, aber obwohl er noch mit sich selber stritt, ob er Leonore heirathen solle oder nicht, war er doch sofort entschlossen, daß er sie den nächsten Abend aufsuchen wolle, und er beauftragte seinen Kammerdiener, die Dame Marcella davon in Kenntniß zu setzen.

Don Luis seinerseits brachte den Tag damit zu, an die Wiederherstellung seiner Ehre zu denken. Die Lage der Dinge schien ihm sehr schwierig. Seine Zuflucht zu den Gesetzen nehmen, das hieß seine Schande öffentlich machen; und obendrein hatte er allen Grund anzunehmen, daß die Gerechtigkeit auf der einen Seite und die Richter auf der anderen sein würden. Ebenso wenig wagte er, sich dem Könige zu Füßen zu werfen; da er glaubte, daß dieser Fürst die Absicht habe, Belflor zu verheirathen, so fürchtete er einen vergeblichen Schritt zu thun; und so blieb ihm nichts übrig, als zu den Waffen zu greifen, und bei diesem Entschlusse beharrte er.

In der Hitze seiner Entrüstung war er versucht, den Grafen herauszufordern; aber weil er sich gestand, daß er zu alt und zu schwach sei, um wagen zu können, sich auf seinen Arm zu verlassen, zog er vor, es seinem Sohn zu übertragen, der sicherere Hiebe als er selber zu führen verstand. Er sandte deshalb einen seiner Diener nach Alcala mit einem Briefe, in welchem er seinen Sohn aufforderte, sofort nach Madrid zu kommen, um einen der Familie der Cespedes angethanen Schimpf zu rächen.

Dieser Sohn, der Don Pedro heißt, ist ein Cavalier von achtzehn Jahren, von schöner Gestalt und so tapfer, daß er in der Stadt Alcala für den gefürchtetsten Studenten der Universität gilt. Aber Ihr kennt ihn ja, fügte der Teufel hinzu, und es ist nicht nöthig, daß ich mich darüber verbreite. – Es ist wahr, sagte Don Cleophas, er hat allen Muth und alle ausgezeichneten Eigenschaften, die man nur besitzen kann.

Dieser junge Mann, hob Asmodeus wieder an, war damals nicht in Alcala, wie sein Vater es voraussetzte. Das Verlangen, eine Dame, die er liebte, wiederzusehen, hatte ihn nach Madrid geführt. Das letzte Mal, wo er seine Familie besucht, hatte er diese Eroberung im Prado gemacht. Er kannte ihren Namen noch nicht; man hatte von ihm verlangt, daß er keinen Schritt thun solle, um ihn zu erfahren, und er hatte sich dieser grausamen Nothwendigkeit, wenn auch mit vielem Schmerz, unterworfen. Es war ein Mädchen von Stande, die eine Neigung für ihn gefaßt und die in der Ueberzeugung, der Verschwiegenheit und Treue eines Studenten mißtrauen zu müssen, es für gerathen hielt, ihn tüchtig auf die Probe zu stellen, bevor sie sich zu erkennen gab.

Er war mit seiner Unbekannten mehr als mit der Philosophie des Aristoteles beschäftigt und die kurze Strecke zwischen hier und Alcala war Ursache, daß er oft, wie Ihr selbst, die Schule schwänzte; mit dem Unterschied, daß er es um eines Gegenstandes willen that, der es besser als eure Donna Thomasa verdiente. Um Don Luis, seinem Vater, die Kenntniß seiner Reisen in Liebesangelegenheiten zu entziehen, pflegte er in einem Wirthshause am letzten Ende der Stadt, wo er sich sorglich unter einem falschen Namen verborgen hielt, Herberge zu nehmen. Nur zu einer bestimmten Stunde des Morgens verließ er es; er mußte sich dann zu einem Hause begeben, wo die Dame, die ihn so löblich in seinen Studien förderte, die Güte für ihn hatte, in Begleitung einer Kammerfrau zu erscheinen. Während des übrigen Tages blieb er also in seiner Herberge eingeschlossen; um sich zu entschädigen, spazierte er, sobald die Nacht gekommen war, in der ganzen Stadt umher.

Während einer Nacht nun, als er eine entlegene Straße durchschritt, hörte er Stimmen und Instrumente, die ihm seiner Aufmerksamkeit würdig erschienen. Er blieb stehen, um zu horchen; es war eine Serenade; der Cavalier, der sie brachte, war betrunken und ein roher Gesell. Er hatte kaum unsern Studenten gewahrt, als er auf ihn zugeeilt kam und ohne zu grüßen in grobem Tone sagte: Mein Freund, geht eures Weges; neugierigen Leuten weist man hier ihre Wege! – Verletzt von diesen Worten antwortete Don Pedro: Ich würde mich zurückziehen können, wenn Ihr mich höflicher darum ersucht hättet; aber jetzt werde ich bleiben, um Euch zu lehren, wie man seine Ausdrücke wählt! Sehen wir, entgegnete der Ständchenveranstalter seinen Degen ziehend, wer von uns beiden vor dem andern vom Platze weicht!

Don Pedro erfaßte nun auch den Degen, und sie begannen sich zu schlagen. Obwohl der Herr von der Serenade sich gewandt genug dabei benahm, vermochte er doch nicht, einen tödtlichen Stich, der ihm versetzt wurde, abzuwehren, und er stürzte auf's Pflaster hin. Alle die, welche bei dem Concert mitwirkten und längst ihre Instrumente verlassen und ihre Degen gezogen hatten, um ihm beizustehen, drängten jetzt heran, ihn zu rächen. Sie fielen alle zusammen über Don Pedro her, der bei dieser Gelegenheit bewies, was er vermochte. Er wehrte mit einer wunderbaren Geschicklichkeit alle Stiche, die man gegen ihn führte, ab und fiel selbst dabei wüthend aus und beschäftigte alle seine Feinde zu gleicher Zeit.

Jedoch, sie waren so erbittert und in so großer Zahl, daß er trotz all seiner Fechtergewandtheit nicht lebend von der Stelle gekommen wäre, wenn der Graf von Belflor, der in diesem Augenblick durch die Straße daherkam, sich nicht zu seinem Vertheidiger aufgeworfen hätte. Der Graf war brav und edelmüthig. Er konnte nicht so viel Leute gegen einen Einzigen bewaffnet sehen, ohne Theilnahme für ihn zu fühlen. Er zog seinen Degen und rasch sich neben Don Pedro stellend, drang er so lebhaft auf die Serenadenkünstler ein, daß sie alle die Flucht ergriffen, die einen verwundet und die andern in der Furcht, es zu werden.

Nach ihrem Rückzuge wollte der Student dem Grafen für den Beistand danken, den er von ihm empfangen; aber Belflor unterbrach ihn: Lassen wir diese Reden, sagte er zu ihm; seid Ihr nicht verwundet? Nein, versetzte Don Pedro. Entfernen wir uns von hier, fuhr der Graf fort; ich sehe, Ihr habt einen Menschen getödtet; es ist gefährlich, länger in dieser Straße zu verweilen, die Gerechtigkeit könnte Euch hier überraschen. Mit langen Schritten eilten sie nun davon und gelangten in eine andere Straße; erst als sie weit von der Stelle waren, wo der Kampf Statt gefunden, hielten sie an.

Im Drange einer sehr natürlichen Dankbarkeit bat Don Pedro den Grafen, ihm nicht länger den Namen des Cavaliers vorzuenthalten, gegen den er eine so große Verpflichtung habe. Belflor machte keine Schwierigkeit, ihm denselben mitzutheilen und ersuchte ihn auch um den seinigen; der Student aber wollte sich nicht zu erkennen geben; er antwortete, daß er Don Juan de Maros heiße und versicherte, daß er nimmer vergessen werde, was Belflor für ihn gethan.

Ich will Euch schon diese Nacht eine Gelegenheit bieten, Euch gegen mich bezahlt zu machen, sagte der Graf darauf. Ich habe ein Stelldichein, das nicht ohne Gefahr ist, und ich war auf dem Wege zu einem Freunde, der mich begleiten sollte; ich war Zeuge eures Muths – darf ich Euch vorschlagen, mit mir zu kommen, Don Juan? Ein Zweifel würde mich beleidigen, entgegnete der Student; ich würde keinen bessern Gebrauch von dem Leben, das Ihr mir erhalten habt, machen können, als es für Euch auf's Spiel zu setzen! Gehen wir, ich bin bereit, Euch zu folgen. So führte Belflor selber den Don Pedro zum Hause des Don Luis und sie stiegen alle beide über den Balkon in die Wohnung Leonorens ein.

Don Cleophas unterbrach den Teufel hier; Senhor Asmodeus, sagte er, wie ist es denn aber möglich, daß Don Pedro seines Vaters Haus nicht erkannte? – Es konnte keine Rede von erkennen sein, antwortete der Teufel, denn es war eine neue Wohnung. Don Luis war umgezogen und wohnte in diesem Hause seit acht Tagen, was Don Pedro nicht wußte; ich wollte es eben bemerken, als Ihr mich unterbracht. Ihr seid zu lebhaft, Ihr habt die böse Angewohnheit, den Leuten in die Rede zu fallen; bessert Euch darin!

Don Pedro, fuhr der Hinkende fort, ahnte also nicht, daß er bei seinem Vater war; eben so wenig, daß die Person, welche sie einführte, die Dame Marcella war, weil sie die beiden Cavaliere ohne Licht in einem Vorzimmer empfing, wo Belflor seinen Begleiter zurückzubleiben und zu warten bat, während er im Zimmer seiner Dame sei. Der Student war damit einverstanden und nahm Platz auf einem Stuhl, den entblößten Degen aus Furcht vor einem Ueberfall in der Hand. Er begann sich in Gedanken mit der Gunst zu beschäftigen, welche die Liebe, wie er sich vorstellte, Belflor gewähren werde und er wünschte sich ebenso glücklich als dieser zu sein. Obwohl er von seiner unbekannten Dame nicht mißhandelt wurde, so hatte sie für ihn doch noch nicht die ganze Hingebung, die Leonore für den Grafen hatte.

Während er darüber alle die Betrachtungen anstellte, die ein leidenschaftlicher Liebhaber sich machen kann, hörte er, daß man sacht eine Thüre, welche nicht die zum Zimmer des Liebespaars war, zu öffnen suchte und er sah durch das Schlüsselloch Licht erglänzen. Er erhob sich hastig, eilte zu der Thüre, die sich öffnete und streckte die Spitze seines Degens seinem Vater entgegen, denn dieser war es, der in das Gemach Leonorens kam, um zu sehen, ob der Graf nicht da sei. Der gute Mann glaubte nach dem, was geschehen, nicht, daß seine Tochter und Marcella wagen würden, diesen noch bei sich einzulassen; darum hatte er nicht für nöthig gefunden, sie in einem anderen Gemache schlafen zu lassen; doch war der Gedanke in ihm aufgestiegen, daß sie vielleicht zum letzten Male mit ihm zu reden gewünscht hätten, bevor sie am folgenden Tage ins Kloster gebracht würden.

Wer du auch seist, sagte der Student laut, tritt nicht herein oder es kostet dich das Leben. Bei diesen Worten sah Don Luis dem Don Pedro ins Gesicht, der seinerseits ihn anstarrte. Sie erkannten sich. O, mein Sohn, rief der Greis, mit welcher Ungeduld erwartete ich dich! Warum hast du mir keine Nachricht von deiner Ankunft gegeben? Fürchtetest du mich in meinem Schlaf zu stören? Ach, er naht sich mir nicht, in der verzweiflungsvollen Lage, in der ich mich befinde! O mein Vater! sagte Don Pedro ganz niedergedonnert – seid Ihr es, den ich erblicke? Täuscht nicht eine trügerische Aehnlichkeit meine Sinne? – Woher kommt dir dieses Ueberraschtsein? fuhr Don Luis fort. Bist du nicht im Hause deines Vaters? Habe ich dir nicht geschrieben, daß ich seit acht Tagen in diesem Hause wohne? – Gerechter Himmel, fiel der Student ein – was höre ich? Ich bin also hier in der Wohnung meiner Schwester?!

Als er diese Worte gesprochen, trat der Graf, der Geräusch gehört hatte und glaubte, daß man seinen Begleiter angreife, mit dem Degen in der Hand aus Leonorens Zimmer. Sobald der Greis ihn erblickte, gerieth er in Raserei, und ihn seinem Sohne zeigend rief er aus: Da siehst du den frechen Räuber, der mir den Schlummer stiehlt und unsrem Hause seine Ehre! Rächen wir uns, strafen wir auf der Stelle den Verräther! Bei diesen Worten zog er den Degen hervor, den er unter seinem Schlafrocke verborgen hatte und wollte auf Belflor losstürzen; aber Don Pedro hielt ihn zurück. Haltet ein, mein Vater, rief er aus, mäßigt, ich bitte Euch, die Wallungen eures Zornes; was wollt Ihr thun? – Mein Sohn, antwortete der Greis, du hältst meinen Arm zurück? Du glaubst ohne Zweifel, daß ihm die Kraft mangelt, um uns zu rächen. Nun wohl, nimm dir denn selber Genugthuung für die Beleidigung, die man uns zugefügt hat; ich habe dich ja auch deshalb nach Madrid zurückberufen. Wenn du umkommst, werde ich an deine Stelle treten; der Graf muß unter unsern Streichen fallen oder uns Beiden das Leben nehmen, nachdem er uns die Ehre genommen!

Mein Vater, entgegnete Don Pedro, ich kann eurer Ungeduld nicht so willfahren, wie sie von mir verlangt. Weit entfernt, dem Grafen ans Leben zu wollen, bin ich nur hierher gekommen, um sein Leben zu schützen. Mein Wort ist dabei verpfändet; meine Ehre verlangt es. Entfernen wir uns, Graf, fuhr er zu Belflor gewendet fort. – Ah, Elender, unterbrach ihn Don Luis, indem er Don Pedro wüthend anblickte, du 65 widersetzest dich einer Rache, nach der du mit allen Kräften verlangen solltest? Mein Sohn, mein eigener Sohn ist im Einverständniß mit dem Ruchlosen, der meine Tochter verführt hat? Aber hoffe nicht meinem Zorne zu entgehen; ich werde alle meine Diener zusammen rufen; ich werde mich durch sie rächen lassen, an seinem Verrath und deiner Niederträchtigkeit!

Senhor, antwortete Don Pedro, laßt eurem Sohn mehr Gerechtigkeit widerfahren. Hört auf, ihn als einen Niederträchtigen zu behandeln; er verdient dieses Schimpfwort nicht! Der Graf hat mir diese Nacht das Leben gerettet. Er hat mir, ohne mich zu kennen, vorgeschlagen, ihn zu diesem Stelldichein zu begleiten. Ich habe mich erboten, die Gefahren, die er dabei laufen könne, zu theilen, ohne zu ahnen, daß meine Dankbarkeit unkluger Weise meinen Arm gegen die Ehre meiner Familie in Beschlag nehme. Mein Wort also zwingt mich, an dieser Stelle sein Leben zu vertheidigen; dadurch werde ich gegen ihn quitt. Aber ich fühle nicht minder lebhaft als Ihr die Beleidigung, die er uns zugefügt hat und schon morgen werdet Ihr mich bestrebt sehen, sein Blut zu vergießen – mit demselben Eifer, von dem Ihr mich jetzt belebt seht, es zu behüten.

Der Graf hatte bisher kein Wort hervorbringen können, so sehr war er bestürzt von der Seltsamkeit dieses Zusammentreffens; jetzt sagte er, zum Studenten sich wendend: Mit der Schneide der Waffen könntet Ihr diese Beleidigung nur schlecht rächen; ich will Euch ein sichreres Mittel bieten, eure Ehre wieder herzustellen. Ich will Euch eingestehn, daß ich bis auf diese Stunde nicht die Absicht gehabt habe, Leonore zu heirathen; aber am heutigen Morgen habe ich von ihr einen Brief erhalten, der mich gerührt hat und ihre Thränen haben eben das Uebrige gethan; das Glück, ihr Gatte zu werden, macht das theuerste Ziel meiner Wünsche aus! – Wenn aber der König Euch eine andere Frau zudenkt, sagte Don Luis, wie werdet Ihr Euch dem entziehen können? … Der König hat mir keine Partie vorgeschlagen, unterbrach ihn Belflor erröthend; ich bitte Euch diese Vorspiegelung einem Manne, dessen Vernunft durch die Liebe verwirrt war, zu verzeihen; sie ist ein Verbrechen, das die 66 Heftigkeit meiner Leidenschaft mich hat begehen lassen und das ich sühne, indem ich es Euch gestehe.

Senhor, erwiederte der Greis, nach diesem Geständniß, das einem großen Herzen so wohl ansteht, zweifle ich nicht mehr an eurer Aufrichtigkeit; ich sehe, daß Ihr in Wirklichkeit die Schmach, so uns geschehen, wieder gut machen wollt; mein Zorn weicht den Versicherungen, die Ihr uns darüber macht; laßt mich deshalb meinen Groll in euren Armen vergessen. Nach diesen Worten näherte er sich dem Grafen, der heran getreten war, um ihm zuvorzukommen. Sie umarmten sich Beide zu wiederholten Malen; dann wandte sich Belflor zu Don Pedro: Und Ihr, falscher Don Juan, Ihr, sagte er, der schon meine Hochachtung besitzt wegen seines unvergleichlichen Muths und seiner hochherzigen Gesinnungen, kommt, laßt mich Euch die Freundschaft eines Bruders geloben. Indem er dies sagte, umschloß er auch Don Pedro, der mit der Haltung der Ergebenheit und der Ehrfurcht seine Umarmungen aufnahm und ihm antwortete: Senhor, indem Ihr mir eine so hoch zu schätzende Freundschaft versprechet, gewinnt Ihr Euch die meinige; Ihr mögt auf einen Mann bauen, der Euch ergeben sein wird bis zum letzten Augenblick seines Lebens.

Während die Männer solche Reden wechselten, verlor Leonore, die sich neben der Thüre ihres Zimmers hielt, kein Wort von Allem, was man sagte. Im Anfang hatte sie sich versucht gefühlt, sich zu zeigen und sich ohne Besinnung zwischen die entblößten Degen zu werfen. Marcella hatte sie daran verhindert; aber diese schlaue Duegna sah bald, daß die Dinge friedlich verliefen und hielt deshalb dafür, daß die Gegenwart ihrer Herrin und ihre eigene nichts dabei schlimmer machen könne. Deshalb erschienen sie alle Beide, das Schnupftuch in der Hand und eilten, sich weinend Don Luis zu Füßen zu werfen. Sie fürchteten mit Recht, daß, nachdem er sie die vorherige Nacht überrascht hatte, er ihnen wenig Dank für diesen Rückfall wissen würde. Aber er hob Leonore vom Boden auf und sagte: Meine Tochter, trockne deine Thränen, ich werde dir keine neuen Vorwürfe machen; weil dein Geliebter die Treue bewahren will, die er dir geschworen, so willige ich darein, das Vergangene zu vergessen.

Ja, Senhor Don Luis, sagte der Graf, ich werde Leonoren meine Hand reichen und um die Beleidigung, die ich Euch angethan, noch besser wieder gut zu machen, um Euch eine noch vollständigere Genugthuung und zugleich eurem Sohne ein Pfand der Freundschaft zu geben, die ich für ihn hege, trage ich ihm die Hand meiner Schwester Eugenia an. O, Senhor, rief Don Luis mit Entzücken aus, wie dankbar bin ich für die

Ehre, die Ihr meinem Sohne erweist! Welcher Vater war je glücklicher! Ihr gebt mir so viel Freude, wie Ihr mir Schmerz bereitet habt!

Wenn der Alte bezaubert schien von dem Anerbieten des Grafen, so war es nicht eben so mit Don Pedro. Da er sehr verliebt in seine Unbekannte war, blieb er so verwirrt, so bestürzt, daß er kein Wort hervorbringen konnte; aber ohne auf seine Verwirrung zu achten, nahm Belflor Abschied, um, wie er sagte, die Zubereitungen zu dieser doppelten Verbindung einleiten zu lassen, da er es nicht abwarten könne, mit Leonore und Pedro durch so enge Bande vereint zu werden.

Nach seinem Fortgehen ließ Don Luis Leonore in ihrer Wohnung und stieg mit Don Pedro in die seine hinauf, wo der letztere ihm mit aller Unumwundenheit eines Studenten sagte: Senhor, ich bitte Euch, mich nicht zu zwingen, die Schwester des Grafen zu heirathen; es ist genug, daß er Leonore heirathet. Diese Verbindung genügt, um unsere Familienehre zu wahren. – Wie, mein Sohn, antwortete der Greis, du widerstrebtest einer Heirath mit der Schwester des Grafen? – Ja, mein Vater, entgegnete Don Pedro, ich gestehe es, diese Verbindung wäre eine grausame Qual für mich und ich will Euch den Grund davon nicht verbergen. Ich liebe, oder besser gesagt, ich bete seit sechs Monaten eine bezaubernde Dame an; ich werde von ihr erhört und sie allein vermag das Glück meines Lebens auszumachen.

In welch unglückliche Lagen ein Vater geräth, sagte nun Don Luis. Fast nie findet er seine Kinder geneigt, das zu thun, was er wünscht! Aber wer ist diese Person denn, die einen so gewaltigen Eindruck auf dich gemacht hat? – Ich weiß es noch nicht, antwortete Don Pedro; sie hat versprochen, es mir zu sagen, wenn sie mit meiner Treue und Verschwiegenheit zufrieden sei; aber ich zweifle nicht, daß ihr Haus eines der erlauchtesten Spaniens ist.

Und du glaubst, erwiederte der Greis, indem er einen anderen Ton annahm, daß ich die Gefälligkeit haben werde, diese romantische Liebe zu billigen? Ich sollte dulden, daß du auf die glorreichste Partie verzichtest, welche das Glück dir darbieten kann, damit du einem Gegenstande deiner Neigung treu bleiben kannst, dessen Namen du nicht einmal kennst? So viel erwarte nicht von meiner Güte; du hast die Gefühle zu ersticken, die du für eine Person hegst, welche vielleicht gänzlich unwürdig ist, sie einzuflößen; du hast nur daran zu denken, wie du die Ehre verdienst, die der Graf uns erweisen will. – Alle diese Worte sind vergeblich, mein Vater, erwiderte der Student; ich fühle, daß ich niemals meine Unbekannte werde vergessen können; nichts wird im Stande sein, mich von ihr loszureißen. Wenn man mir eine Infantin anböte … Halt ein, rief heftig Don Luis, das heißt zu unverschämt eine Treue rühmen, die meinen Zorn erregt. Entferne dich und erscheine nicht eher vor meinen Augen, als bis du bereit bist, mir zu gehorchen.

Don Pedro wagte nicht auf diese Worte zu antworten, um sich nicht noch härtere zuzuziehen. Er zog sich in ein Zimmer zurück, wo er den Rest der Nacht damit zubrachte, eben so schwermüthigen als angenehmen Gedanken nachzuhängen. Er dachte mit Schmerz daran, daß er durch seinen Verzicht auf die Heirath mit der Schwester des Grafen seine ganze Familie wider sich aufbringen werde; aber er war ganz getröstet darüber, wenn er sich vorstellte, wie ihn seine Unbekannte für ein so großes Opfer entschädigen würde. Er schmeichelte sich sogar, daß sie nach einer solchen Erprobung seiner Treue nicht mehr Anstand nehmen würde, ihm ihren Stand, den er sich dem Eugeniens wenigstens ganz gleich dachte, zu enthüllen.

In dieser Hoffnung verließ er das Haus sobald es Tag wurde und ging im Prado umherzuschlendern, in der Erwartung der Stunde, wo er sich zur Wohnung der Donna Juana begeben konnte – das ist der Name der Dame, bei der er alle Morgen seine Geliebte zu treffen pflegte. Er erwartete diesen Augenblick mit großer Ungeduld, und als er gekommen, eilte er zu dem Stelldichein. –

Er fand seine Unbekannte, die heute zu früherer Stunde als gewöhnlich gekommen, schon dort; aber er fand sie mit Donna Juana in Thränen aufgelöst und wie einem tiefen Schmerze zur Beute. Welches Schauspiel für einen Liebenden! Er nahte ihr ganz bestürzt und sich ihr zu Füßen werfend sagte er: Senhora, wie soll ich mir den Zustand deuten, in welchem ich Euch sehe? Welches Unheil verkünden mir diese Thränen, die mir das Herz brechen? – Ihr könnt nicht gefaßt sein, antwortete sie ihm, auf die Schreckenskunde, die ich Euch mittheilen muß. Das grausame Geschick will uns für immer trennen; wir werden uns nicht wieder sehen!

Sie begleitete diese Worte mit so vielen Seufzern, daß ich nicht weiß, ob Don Pedro mehr von dem, was sie sagte, erschüttert wurde, oder von dem Schmerz, der sie dabei zu erfüllen schien. Gerechter Himmel, rief er mit einem Ausbruch von Raserei, den er nicht beherrschen konnte – kannst du dulden, daß man einen Bund trenne, dessen Unschuld du kennst? Aber, Senhora, fügte er hinzu, vielleicht seid Ihr unnütz in Furcht; ist es gewiß, daß man Euch dem treuesten Liebhaber, der je gewesen, entreißen will? Bin ich in der That der unglücklichste aller Menschen? – Unser Unglück ist nur zu gewiß, antwortete die Unbekannte, mein Bruder, der meine Hand zu vergeben hat, verheirathet mich heute; er hat es mir soeben angekündigt. – Und wer ist dieser glückliche Bräutigam? fragte Don Pedro hastig, nennt ihn mir, Senhora, ich werde in meiner Verzweiflung … Ich weiß seinen Namen noch nicht, unterbrach ihn die Unbekannte, mein Bruder hat es mir nicht sagen wollen, er hat mir nur gesagt, daß er wünsche, ich sähe den Cavalier vorher.

Aber, Senhora, sagte Don Pedro, unterwerft Ihr Euch ohne Widerstreben dem Willen eines Bruders? Wollt Ihr Euch zum Altar schleppen lassen, ohne Euch über eine so grausame Opferung zu beklagen? Werdet Ihr mir zu liebe nichts versuchen? Ach, ich habe nicht gefürchtet, mich dem Zorn meines Vaters auszusetzen, um mich Euch zu erhalten. Seine Drohungen haben meine Treue nicht erschüttern können, und mit welcher Härte er mich auch behandeln wird, ich werde die Dame, die man mir bestimmt, nicht heirathen, so glänzend diese Partie auch sein mag. – Und wer ist diese Dame? sagte die Unbekannte. – Es ist die Schwester des Grafen Belflor, antwortete der Student. – Ah, Don Pedro, rief die Unbekannte mit allen Zeichen der höchsten Ueberraschung aus – Ihr irrt Euch ohne Zweifel, Ihr könnt nicht die Wahrheit gesagt haben … ist es in der That Eugenie, die Schwester des Grafen Belflor, die man Euch bestimmte?

Ja, Senhora, versetzte Don Pedro, der Graf selbst hat mir ihre Hand angetragen. – Wie, rief sie aus, wäre es möglich, daß Ihr der Cavalier wäret, dem mein Bruder mich zugedacht hat? – Was höre ich, rief der Student jetzt seinerseits, die Schwester des Grafen Belflor wäre meine Unbekannte? – Ja, Don Pedro, entgegnete Eugenie, aber ich bin versucht, in diesem Augenblick zu zweifeln, ob ich es denn wirklich sei, so schwer wird es mir, an das Glück, von dem Ihr mir sprecht, zu glauben.

Bei diesen Worten umfaßte Don Pedro ihre Knie, dann ergriff er eine ihrer Hände, und küßte sie mit all der Inbrunst, die ein Liebender empfinden kann, der plötzlich vom tiefsten Schmerz zur höchsten Freude übergeht. Während er sich so den Eingebungen seiner Liebe hingab, erwies ihm Eugenie ihrerseits tausend Liebkosungen, die sie mit eben so viel Worten der Zärtlichkeit und Schmeichelei begleitete. Welche Folter hätte mir mein Bruder erspart, sagte sie, wenn er mir den Bräutigam genannt hätte, dem er mich bestimmt! Welchen Widerwillen hatte ich schon gegen diesen Gatten gefaßt! Ach, mein theurer Don Pedro, wie habe ich Euch gehaßt! – Schöne Eugenie, erwiederte er, wie wohl thut mir dieser Haß! Ich will ihn verdienen, indem ich Euch mein ganzes Leben hindurch anbete!

Nachdem die beiden Liebenden sich die rührendsten Beweise gegenseitiger Zärtlichkeit gegeben, wollte Eugenie wissen, wie der Student sich die Gunst ihres Bruders habe gewinnen können. Don Pedro verhehlte ihr die Liebe des Grafen und seiner Schwester nicht und erzählte ihr alle Vorgänge der verflossenen Nacht. Es war für sie eine Freude mehr, zu hören, daß ihr Bruder die Schwester ihres Geliebten heirathen werde.

Donna Juana nahm am Schicksale ihrer Freundin zu viel Theil, um ungerührt zu bleiben bei diesem glücklichen Ereigniß; sie drückte jener sowohl als Don Pedro ihre Freude aus. Don Pedro aber trennte sich endlich von Eugenie, nachdem er mit ihr verabredet hatte, daß sie sich stellen wollten, als kennten sie sich nicht, wenn sie sich in Gegenwart des Grafen sähen.

Don Pedro kehrte zu seinem Vater zurück, der um so erfreuter war, ihn zum Gehorsam geneigt zu finden, als der Greis diese Unterwerfung den ernsten Worten zuschrieb, die er in der verflossenen Nacht zu seinem Sohne gesprochen. Sie erwarteten Nachrichten von Belflor, als sie ein Billet von ihm erhielten. Er schrieb ihnen, daß er die Einwilligung des Königs zu seiner und seiner Schwester Vermählung, mit einer ehrenvollen Anstellung für Don Pedro erhalten; daß schon am folgenden Tage die Trauungen vorgenommen werden könnten, weil die Befehle, die er zu diesem Behufe gegeben, mit solchem Eifer vollzogen würden, daß die Zurüstungen schon weit vorgerückt seien. Den Nachmittag kam er selbst zu bestätigen, was er ihnen geschrieben und um ihnen Eugenie vorzustellen.

Don Luis erwies dieser Dame alle erdenkbaren Höflichkeiten und Leonore konnte nicht müde werden, sie zu umarmen. Was Don Pedro angeht, so bezwang er sich hinlänglich, um den Grafen ihr Einverständniß nicht im mindesten ahnen zu lassen, – so berauscht von Liebe und Glück er auch war.

Da Belflor sich besonders zur Aufgabe gemacht, seine Schwester zu beobachten, so glaubte er trotz des Zwanges, den sie sich anthat, zu bemerken, daß Don Pedro ihr nicht mißfalle. Um desto sicherer darüber zu sein, nahm er sie einen Augenblick zur Seite und ließ sie eingestehen, daß sie den Cavalier ziemlich nach ihrem Geschmacke finde. Er theilte ihr darauf seinen Namen und seine Herkunft mit, was er ihr vorher nicht hatte sagen wollen aus Furcht, daß die Ungleichheit des Ranges sie wider ihn einnehme; sie aber stellte sich, als ob sie darüber in völliger Unkenntniß sei.

Nach vielen höflichen Redensarten von beiden Seiten wurde endlich beschlossen, daß die Hochzeit bei Don Luis statt finden solle. Und das 72 ist diesen Abend geschehen, und geschieht noch in diesem Augenblick … daher der Jubel in diesem Hause. Alle Welt darin giebt sich der Freude hin. Die einzige Dame Marcella nimmt keinen Theil an diesen Lustbarkeiten; sie weint in diesem Augenblick, während die anderen lachen; denn nach der Trauung hat der Graf Belflor Don Luis Alles gestanden und dieser hat die Duegna in das Kloster *de las Arrepentidas* sperren lassen, wo die tausend Pistolen, die sie annahm, um Leonore zu verführen, ihr ermöglichen, den Rest ihrer Tage hindurch ihre Treulosigkeit zu bereuen.

Sechstes Kapitel.

Von neuen Dingen, die Don Cleophas sah, und von der Art, wie er an Donna Thomasa gerächt wurde.

Wenden wir uns einer andern Seite zu, fuhr Asmodeus fort; fassen wir neue Gegenstände ins Auge. Werft eure Blicke auf das Hotel, welches gerade unter uns liegt. Ihr werdet da etwas sehr Seltsames erblicken, einen bis über die Ohren in Schulden steckenden Mann, der sich des tiefsten Schlummers erfreut. – Es ist also ein vornehmer Herr, sagte Leandro. – Richtig, antwortete der Dämon. Es ist ein Marquis von hunderttausend Dukaten Rente, dessen Ausgaben dennoch die Einnahmen übersteigen. Seine Tafel und seine Maitressen bringen ihn in die Nothwendigkeit, Schulden zu machen; aber dies stört seine Ruhe nicht; im Gegentheil, wenn er bei einem Kaufmann eine große Rechnung machen will, so denkt er, daß der Kaufmann ihm unendlich verpflichtet werde. Bei Euch, sagte er neulich einem Tuchhändler, bei Euch werde ich fortan auf Credit nehmen; ich gebe Euch den Vorzug.

Während dieser Marquis so ruhig die Süßigkeit des Schlummers genießt, die er seinen Gläubigern raubt, seht Euch den Mann an, der … Wartet, Senhor Asmodeus, unterbrach ihn plötzlich Don Cleophas, ich 73 sehe eine Carosse in der Straße und will sie nicht vorüberlassen, ohne Euch zu fragen, wer darin sitzt? – Still, sagte der Hinkende, die Stimme dämpfend, als ob er gefürchtet hätte, vernommen zu werden – Ihr müßt wissen, daß diese Carosse eine der gewichtigsten Persönlichkeiten in der Monarchie verbirgt. Es ist ein Präsident, der sich bei einer alten, seinen Vergnügungen dienenden Asturierin zu unterhalten geht. Um nicht erkannt zu werden, hat er die Vorsicht gehabt, die Caligula hatte, der bei solcher Gelegenheit zu seiner Verkleidung eine Perrücke aufsetzte.

Kommen wir zu der Scene zurück, die ich Euch vor die Augen führen wollte, als Ihr mich unterbracht. Seht ganz oben im Hotel des Marquis einen Mann, der in einem mit Büchern und Manuscripten angefüllten Gemach arbeitet. – Es ist vielleicht, bemerkte Zambullo, der Intendant, beschäftigt, die Mittel aufzusuchen, um die Schulden seines Herrn zu bezahlen. – Ach, antwortete der Teufel, das sind just die Beschäftigungen, mit denen sich die Intendanten dieser Art von Herrschaften die Zeit vertreiben! Sie denken viel eher daran, aus der Unordnung Nutzen zu ziehen, als Ordnung herzustellen. Es ist also kein Intendant, den Ihr seht, sondern ein Schriftsteller. Der Marquis hat ihm eine Wohnung in seinem Hause eingeräumt, um sich das Ansehn eines Beschützers der Gelehrten zu geben. – Dieser Schriftsteller, erwiederte Don Cleophas, ist augenscheinlich ein großer Mann. – Ihr sollt darüber urtheilen, versetzte der Dämon. Er ist umgeben von tausend Bänden und er zieht daraus einen weiteren, in dem nicht das Geringste von ihm selber enthalten ist. Er stiehlt aus diesen Büchern und Manuscripten, und obwohl er seine geraubten Lappen nur zusammennäht, ist er doch eitler als ein richtiger, schaffender Autor.

Ihr wißt nicht, fuhr der Geist fort, wer drei Thüren weiter oben von diesem Hotel wohnt; es ist die Chichona, dieselbe Frau, deren ich so ehrenvoll in der Geschichte des Grafen Belflor erwähnte. – Ach, wie entzückt bin ich, sie zu sehen! sagte Leandro. Diese gute, jungen Leuten so hülfreiche Person ist ohne Zweifel eine von den zwei Alten, die ich in einem Saal im ersten Stock erblicke. Die eine hat die Ellbogen auf einen Tisch gestützt und schaut aufmerksam der andern zu, die Geld zählt. Welche von beiden ist die Chichona? – Die, versetzte der Dämon, die nicht zählt. Die Andre, die Pebrada genannt, ist eine ehrenwerthe Matrone von derselben Zunft; sie haben sich zusammengethan und theilen in diesem Augenblick die Ergebnisse ihrer Mitwirkung bei einer Geschichte, die sie zu ihrem Ende geführt haben.

Die Pebrada hat die meisten Kunden; sie hat mehrere reiche Wittwen an der Hand, denen sie täglich ihre Liste zum Lesen bringt. – Was nennt Ihr Liste? fragte der Student. – Die Namen aller Fremden von hübschem Aeußern, und namentlich der Franzosen, die nach Madrid kommen, antwortete Asmodeus. Sobald diese Zwischenträgerin von Neuangekommenen hört, läuft sie zu ihren Herbergen, um geschickt zu ermitteln, aus welchem Lande sie sind, von welcher Herkunft, wie groß, wie sie aussehn, wie alt sie sind. Dann stattet sie ihren Wittwen Bericht ab, die darüber ihre Betrachtungen anstellen; und wenn besagten Wittwen die Sache behagt, so bringt sie sie mit besagten Fremden in Verbindung.

Das ist sehr bequem und gewissermaßen zweckmäßig eingerichtet, versetzte Zambullo lächelnd; am Ende würden doch die jungen Fremden, die hier keine Bekanntschaften haben, ohne diese guten Damen und ihre Agentinnen unendlich viel Zeit verlieren, um solche Bekanntschaften anzuknüpfen. Aber sagt mir, ob es solche Wittwen und solche Zwischenträgerinnen auch in den andern Ländern giebt? – O, ob es ihrer giebt, antwortete der Hinkende – könnt Ihr daran zweifeln? Ich würde sehr schlecht meine Berufspflichten erfüllen, wenn ich unterließe, die großen Städte damit anzufüllen.

Aber jetzt lenkt eure Aufmerksamkeit auf den Nachbar der Chichona, auf diesen Drucker, der ganz allein in seiner Druckerei arbeitet. Seit drei Stunden hat er seine Arbeiter fortgesandt. Er will die Nacht hindurch heimlich ein Buch drucken. – Und was ist das für ein Werk? sagte Leandro. – Es handelt von den Beleidigungen, antwortete der Teufel, es beweist, daß die Religion höher steht als das Ehrgefühl und daß es besser ist, eine Kränkung zu vergeben als zu rächen. – Oh, der Heuochs von einem Drucker! rief der Student aus; er thut wohl, sein niederträchtiges Buch in Geheim zu drucken. Der Verfasser soll es sich nicht einfallen lassen, seinen Namen bekannt zu machen, ich würde der Erste sein, ihn durchzuprügeln! Verbietet die Religion, seine Ehre zu wahren?

Lassen wir uns darüber nicht in Erörterungen ein, unterbrach ihn Asmodeus mit boshaftem Lächeln. Es scheint, daß Ihr in den Vorlesungen über Moral, die man Euch in Alcala gehalten, viel profitirt habt. Ich wünsche Euch Glück dazu! – Ihr könnt sagen, was Ihr wollt, unterbrach ihn Don Cleophas, der Verfasser dieses saubern Buches mag die schönsten Auseinandersetzungen von der Welt machen – ich lache über ihn; ich bin ein Spanier; die Rache ist das Süßeste, was es giebt, und da Ihr mir versprochen habt, die Tücke meiner Geliebten zu strafen, so fordere ich Euch auf, mir Wort zu halten.

Ich gehorche mit Vergnügen dem Eifer, in den Ihr gerathet, sagte der Dämon. Wie liebe ich diese guten Naturen, die ohne Skrupel sich dem hingeben, was sie erfaßt! Ihr sollt auf der Stelle befriedigt werden; auch ist der Augenblick, Euch zu rächen, gekommen; vorher will ich Euch nur etwas sehr Ergötzliches erblicken lassen. Schaut über die Druckerei hinaus und beobachtet wohl, was in einem mit muskatfarbenem Tuche tapezirten Zimmer geschieht. – Ich bemerke darin, versetzte Leandro, fünf oder sechs Frauen, die wie wetteifernd einer Art von Bedienten gläserne Flaschen geben, und sie scheinen mir in grenzenloser Aufregung.

Es sind, erklärte der Hinkende, Frömmlerinnen und sie haben allen Grund, beunruhigt zu sein. Es liegt in dieser Wohnung ein Inquisitor krank darnieder. Diese verehrungswürdige Persönlichkeit, die fünf und dreißig Jahre alt ist, liegt in einem Zimmer neben dem, worin sich jene Frauen befinden. Zwei von ihnen, seine geliebtesten Beichtkinder, verpflegen ihn; die eine kocht ihm Bouillons und die andre sitzt an seinem Kopfkissen und hält ihm den Kopf warm und zieht ihm eine aus fünfzig Schaffellen zusammengesetzte Decke über die Brust. – Welche Krankheit hat er denn? fragte Zambullo. – Einen Gehirnrheumatismus, antwortete der Teufel, und es ist zu fürchten, daß ihm der Rheumatismus auf die Brust falle. Die andern Frommen, die Ihr in seinem Vorzimmer seht, eilen mit Mitteln herbei, da sie von seinem Unwohlsein gehört haben. Die eine bringt Syrope von Brustbeeren, Althea, Korallen und Huflattich; die andre hat sich, um den Lungen Seiner Ehrwürden wohlzuthun, mit Syropen zum langen Leben, von Ehrenpreis, Immortellen und ähnlichem Zeug bepackt; eine dritte bringt, um ihm das Gehirn und den Magen zu stärken, Melissenwasser, Zimmtgerste, Theriakwasser, Muskatessenz und grauen Ambra. Jene da hat Confekt von Anacarden und Bezoar, und diese hier Latwergen von Veilchen, Korallen, Tausendblumen, Sonnenblumen und Smaragdenkraut. Alle diese eifrigen Frömmlerinnen preisen dem Diener des Inquisitors die Sachen, die sie herbeigebracht haben, sie nehmen eine nach der anderen ihn bei Seite, und jede drückt ihm einen Dukaten in die Hand mit den Worten: Laurentio, mein theurer Laurentio, ich bitte dich, sorge dafür, daß meine Flasche den Vorzug erhält!

Ei der Tausend, rief Don Cleophas, man muß gestehen, daß diese Inquisitoren glückliche Sterbliche sind. – Ich stehe Euch dafür, erwiederte

Asmodeus; ich bin nahe daran, ihr Schicksal zu beneiden; und wie Alexander eines Tages sagte, daß er hätte Diogenes sein mögen, wenn er nicht Alexander wäre, so möchte ich sagen: wenn ich nicht ein Teufel wäre, möchte ich Inquisitor sein!

Aber jetzt, fuhr er fort, jetzt gehen wir, um die Undankbare zu strafen, die eure Zärtlichkeit so übel belohnt hat. Und Zambullo ergriff nun den Zipfel vom Mantel des Asmodeus, der zum zweiten Mal mit ihm die Lüfte durchschnitt und sich dann niederließ auf dem Hause der Donna Thomasa.

Die Schelmin saß zu Tisch mit den vier Raufbolden, die Leandro über die Dächer fort verfolgt hatten; dieser knirschte vor Wuth, als er sie zwei Feldhühner und ein Kaninchen mit einigen Flaschen guten Weins verzehren sah, die er selber bezahlt und zu seiner Geliebten hatte tragen lassen. Um seinen Aerger noch mehr zu stacheln, nahm er wahr, daß bei dem Mahl ausgelassene Heiterkeit herrschte, und aus dem Wesen Donna Thomasas schloß er, daß die Gesellschaft dieser Elenden der Ruchlosen angenehmer war als die seine!

O, die Schufte, schrie er mit dem Tone der Wuth – da sitzen sie und schmausen auf meine Kosten ... welcher Hohn für mich!

Ich gestehe es, sagte ihm der Dämon, dieses Schauspiel ist nicht sehr ergötzlich für Euch; aber wenn man galante Damen besucht, muß man auf solche Abenteuer gefaßt sein; in Frankreich stoßen sie tausendmal den Abbées, den Priestern der Themis und den Herrn vom Geldsack zu. – Hätte ich einen Degen, rief Don Cleophas, ich würde mich auf diese Schelme stürzen und ihnen ihr Vergnügen versalzen. – Die Partie würde nicht gleich stehen, versetzte der Hinkende, wenn Ihr allein sie angriffet; überlasset mir die Sorge, Euch zu rächen; ich komme besser damit zu Stande. Ich will Hader unter diese Raufbolde bringen, indem ich ihre Sinnlichkeit aufstachele; sie werden sich Einer gegen den Andren waffnen – Ihr sollt einen hübschen Lärmen erleben.

Bei diesen Worten hauchte er und aus seinem Munde ging ein violetter Rauch hervor, der wie ein Schwärmer beim Feuerwerk schlangenförmig niederschoß und sich auf dem Tische der Donna Thomasa ausbreitete. Sogleich schien einer der Tafelgäste die Wirkung dieses Hauchs zu fühlen – er näherte sich der Donna und umarmte sie mit Inbrunst; die andern, von der Gewalt desselben Dunstes ergriffen, wollten ihm die Dirne entreißen; jeder verlangt sie zuerst zu besitzen; sie beginnen zu streiten, eine eifersüchtige Wuth bemächtigt sich ihrer; sie gerathen sich in die

Haare, sie ziehen ihre Degen und stürzen sich in einen wüthenden Kampf. Unterdeß stößt Donna Thomasa furchtbare Schreie aus; die ganze Nachbarschaft geräth in Aufregung; man ruft nach der Polizei; die Polizei kommt, sie schlägt die Thüre ein, sie dringt ins Gemach und findet zwei dieser Raufer auf dem Fußboden ausgestreckt; die andern erfaßt sie und führt sie zusammt der Dirne ins Gefängniß. Die Unglückliche hat ihr Weinen, ihr Haarausreißen, ihr Verzweifeln umsonst; die Leute, welche sie fortschleppen, werden dadurch nicht mehr gerührt als Zambullo selbst, der darüber mit Asmodeus in lautes Lachen ausbricht.

Nun, sagte der Dämon zum Studenten, seid Ihr zufrieden? – Nein, antwortete Don Cleophas, um mich ganz zu befriedigen, müßt Ihr mich auf das Gefängniß tragen, damit ich das Vergnügen habe, die Elende, die mit meiner Liebe ihren Spott getrieben, darin einsperren zu sehen. Ich fühle jetzt mehr Haß gegen sie, als ich sie je geliebt habe. – Dazu bin ich bereit, antwortete der Teufel; Ihr werdet mich immer bereit finden, euren Willen zu erfüllen, wenn er auch wider den meinen und wider mein Interesse ist – vorausgesetzt, daß es zu eurem Nutzen gereicht.

Sie flogen nun beide auf die Gefängnisse, wo die zwei Raufbolde bald hernach ankamen und in ein dunkles Loch gesteckt wurden. Donna Thomasa aber wurde auf ein Strohlager gebracht, auf dem sie die Nacht mit drei oder vier liederlichen Weibsbildern zubringen konnte, die man im Laufe des Tages eingefangen hatte und die am andern Tage nach den Orten geschafft werden sollten, wo solche Geschöpfe untergebracht zu werden pflegen.

Jetzt bin ich zufrieden, sagte Zambullo; ich habe eine volle Rache genossen; meine süße Thomasa wird die Nacht nicht so angenehm verbringen, wie sie es sich vorgestellt hatte. Gehen wir, wohin es Euch gut scheint, um unsre Beobachtungen fortzusetzen. – Wir sind hier am richtigen Ort dazu, antwortete der Geist. In diesen Gefängnissen befinden sich viele Schuldige und viele Unschuldige; es ist ein Aufenthalt, in welchem die Strafe jener beginnt und diese ihre Tugend zu erhöhen Gelegenheit haben. Von beiden Arten muß ich Euch einige zeigen und Euch sagen, weshalb man sie in Fesseln hält.

Siebentes Kapitel.

Von den Gefangenen.

Bevor ich aber auf das Einzelne eingehe, betrachtet ein wenig die Schließer, die sich am Eingang dieses schrecklichen Gebäudes aufhalten. Die Dichter des Alterthums haben nur Einen Cerberus an das Thor ihrer Unterwelt gestellt; hier sind ihrer mehr, viel mehr, wie Ihr wahrnehmen könnt. Diese Schließer sind Leute, die jedes menschliche Gefühl verloren haben; der boshafteste von meinen Mitbrüdern könnte kaum einen von ihnen ersetzen. Aber ich bemerke, fuhr er fort, daß Ihr mit Schaudern diese Kammern betrachtet, worin nichts ist, als ein dürftiges Lager; diese schrecklichen Löcher scheinen Euch eben so viel Gräber. Mit Recht seid Ihr überrascht über das Elend, das Ihr vor Euch seht, und bemitleidet das Schicksal derer, welche die Gerechtigkeit darin festhält. Doch sind sie nicht alle gleich sehr zu beklagen und das wollen wir näher untersuchen.

Zuerst in jener großen Kammer rechts liegen vier Männer in zwei schlechten Betten; der eine ist ein Schenkwirth, angeklagt, einen Fremden vergiftet zu haben, der vor einigen Tagen in seiner Schenke Todes verblich. Man behauptet, daß die Qualität des Weines den Unglücklichen ums Leben brachte; der Wirth betheuert, es sei die Quantität gewesen und die Justiz wird ihm Glauben schenken, denn der Fremde war ein Deutscher. – Und wer hat Recht, der Schenkwirth oder seine Ankläger? sagte Don Cleophas. – Die Sache ist ungewiß, antwortete der Teufel. Es ist allerdings richtig, daß der Wein verfälscht war; aber der deutsche Herr hat wirklich davon so viel getrunken, daß die Richter den Wirth mit ruhigem Gewissen in Freiheit setzen können.

Der zweite Gefangene ist ein Mörder von Handwerk, einer jener Schufte, die man *valientes* nennt und die für vier oder fünf Pistolen bereitwillig ihre Dienste allen denen bieten, welche so viel aufwenden wollen, um sich im Geheimen Jemandes zu entledigen; der dritte ein Tanzmeister, der sich wie ein Stutzer kleidet und der eine seiner Schülerinnen zu einem falschen Schritte verführt hat, und der vierte ein Galan, den in der vorigen Woche die Runde beim Kragen nahm, als er eben über den Balkon in die Wohnung einer Frau einstieg, die er kennt und deren Mann abwesend ist. Es hängt nur von ihm ab, sich den Hals aus der Schlinge zu ziehn, indem er sein Liebesverhältniß eingesteht; aber er will lieber als Dieb gelten und sich der Gefahr aussetzen, das Leben zu verlieren, als die Ehre seiner Dame Preis geben.

Das ist ein verschwiegener Liebhaber, sagte der Student; man muß gestehen, daß im Fache der Galanterie wir Spanier die andern Nationen übertreffen. Ich möchte wetten, daß ein Franzose z.B. nicht im Stande wäre wie wir, sich aus Rücksicht auf die Geliebte hängen zu lassen. – Nein, wahrhaftig nicht, sagte der Teufel, es sähe ihm ähnlicher, auf einen Balkon zu steigen, nur um einer Frau, die ihm ihre Gunst geschenkt, den Ruf zu verderben.

In einer Zelle neben diesen vier Männern, fuhr er fort, sitzt eine berüchtigte Zauberin, die im Rufe steht, unmögliche Dinge bewirken zu können. Durch die Macht ihrer Künste finden, sagt man, alte Wittwen junge Leute, die sich auf dem Fleck in sie verlieben, werden die Männer ihren Frauen treu und die Koketten wirklich verliebt in die reichen Cavaliere, die ihnen nachgehn. Aber nichts ist unwahrer wie das. Sie besitzt kein anderes Geheimniß als das, den Leuten einreden zu können, daß sie eines besitzt, und bequem von diesem Glauben zu leben. Die Inquisition hat sich dies Geschöpf übergeben lassen und läßt sie vielleicht im nächsten Auto-da-Fé verbrennen.

Unter der Zelle ist eine dunkle Keuche, die einem jungen Schenkwirth zum Aufenthalt dient. – Wieder ein Schenkwirth, rief Leandro aus, will diese Menschensorte die ganze Welt vergiften? – Der da, entgegnete Asmodeus, ist wegen andrer Dinge hier. Man verhaftete diesen Unglücklichen vorgestern und die Inquisition fordert ihn ebenfalls vor ihren Richterstuhl. Ich will Euch in wenig Worten den Grund seiner Verhaftung erzählen.

Ein alter Soldat, der sich durch seinen Muth oder vielmehr durch seine Geduld bis zum Sergeanten in seiner Kompagnie aufgeschwungen, kam, um Rekruten anzuwerben, nach Madrid. Er ging in eine Schenke, um Herberge zu verlangen; man sagte ihm, daß freilich Zimmer unbesetzt seien, aber daß man ihm keines einräumen könne, weil jede Nacht im Hause ein Gespenst umgehe, welches die Fremden fürchterlich mißhandle, wenn sie die Verwegenheit hätten, darin schlafen zu wollen. Diese Mittheilung schreckte den Sergeanten nicht ab. Bringt mich in welches Zimmer ihr wollt, sagte er; gebt mir Licht, Wein, eine Pfeife und Tabak und habt im Uebrigen keine Sorge; die Gespenster haben vor Kriegsleuten, die im Koller grau geworden sind, Respekt.

Weil der Sergeant so entschlossen schien, führte man ihn in ein Zimmer und brachte ihm Alles, was er verlangt hatte. Er begann zu rauchen und zu trinken. Schon war es Mitternacht und der Geist hatte noch immer nicht die tiefe Stille, die im Hause herrschte, gestört; es schien, daß er in der That Rücksicht auf diesen neuen Gast nehmen; aber zwischen ein und zwei Uhr vernahm der alte Degenknauf plötzlich einen entsetzlichen Lärm wie Kettengerassel, und sah bald darauf in sein Zimmer ein fürchterliches, schwarz verhülltes und ganz mit eisernen Ketten umwundenes Fantom treten. Unsern Schnauzbart versetzte diese Erscheinung weiter in keine Aufregung; er zog seinen Degen, trat dem Gespenst entgegen und gab ihm einen tüchtigen Hieb über den Schädel.

Das Gespenst, wenig daran gewöhnt, so verwegene Gäste zu finden, stieß einen Schrei aus; und da es sah, daß der Soldat im Begriffe war, weiter darauf loszuschlagen, warf es sich höchst demüthig vor ihm nieder und rief flehentlich: Ich bitte Euch, Senhor Sergeant, haltet ein; erbarmt Euch eines armen Teufels, der sich Euch zu Füßen wirft, um eure Gnade zu erstehen; ich beschwöre Euch bei San Jago, der wie Ihr eine große Kriegsgurgel war. Wenn du dein Leben behalten willst, antwortete der Soldat, mußt du mir bekennen, wer du bist, und mir mit der Wahrheit herausrücken, sonst hau' ich dich von oben bis unten in zwei Stücke auseinander, wie die Ritter der Vorzeit die Riesen, die ihnen in den Wurf kamen, spalteten. Bei dieser Erklärung entschloß sich das Gespenst, welches sah, mit wem es zu thun hatte, Alles zu gestehen.

Ich bin der Oberkellner in dieser Wirtschaft, sagte es; ich heiße Guillelmo; ich liebe Juanilla, die die einzige Tochter des Hausherrn ist, und auch sie will mir wohl; aber da ihre Eltern eine bessere Verbindung für sie in Aussicht haben, als die mit mir, so sind wir, das junge Mädchen und ich, übereingekommen, wir wollten sie dadurch zwingen, mich zum Schwiegersohn zu nehmen, daß ich alle Nacht die Rolle spiele, in der Ihr mich seht; ich hülle mich in einen langen schwarzen Mantel und ich hänge mir an den Hals eine Bratspießkette, mit der ich durch das ganze Haus laufe, vom Keller bis auf den Speicher und das Geräusch mache, das ihr vernommen habt. Wenn ich an die Thüre des Herrn und der Frau vom Hause komme, halte ich inne und rufe: Hofft nicht, Ruhe vor mir zu erlangen, bis ihr Juanilla mit eurem Oberkellner verheirathet habt.

Wenn ich diese Worte mit einer Stimme gerufen, die ich so dumpf und hohl wie möglich mache, setze ich mein Getöse fort und ich steige sodann durch ein Fenster in ein Gemach, worin Juanilla allein schläft und statte ihr Bericht ab über das, was ich gethan habe. Senhor Sergeant, fuhr Guillelmo fort, Ihr seht wohl, daß ich Euch die Wahrheit sage; ich weiß, daß Ihr mich nach diesem Bekenntniß verderben könnt, indem Ihr meinem Herrn mittheilt, was vorgeht; aber wenn Ihr, statt mir diesen üblen Dienst zu leisten, mich unterstützen wolltet, so schwöre ich, daß meine Dankbarkeit ... Und welche Unterstützung kannst du von mir erwarten? unterbrach ihn der Soldat. Ihr hättet nur zu sagen, versetzte der junge Mann, daß Ihr den Geist gesehen habt, und daß er Euch so große Furcht eingejagt ... Wie, alle Wetter, große Furcht, unterbrach ihn noch einmal die Kriegsgurgel; der Sergeant Hannibal Antonio Quebrantador soll sagen, er hätte Furcht gehabt? Lieber sollen mich hunderttausend Teufel ... Das ist auch nicht durchaus nothwendig, fiel ihm Guillelmo ins Wort, und es ist mir sehr wenig daran gelegen, auf welche Weise Ihr Euch ausdrückt, wenn Ihr nur meinen Wunsch unterstützt; wenn ich Juanilla erhalten haben werde und mein eigenes Geschäft führe, sollt Ihr alle Tage, das verspreche ich Euch, freie Zeche bei mir haben, Ihr und eure Freunde. – Ihr versteht zu verführen, Senhor Guillelmo, rief der alte Soldat; Ihr muthet mir zu, eine Spitzbüberei zu unterstützen; die Geschichte hat ihre ernste Seite; aber Ihr wißt den Dingen eine Wendung zu geben, die mich über die Folgen hinwegsehen läßt. Geht, fahrt fort euren Lärm zu machen – und Juanilla Bericht darüber zu erstatten – das Uebrige nehme ich auf mich!

In der That sagte schon am andern Morgen der Sergeant zu dem Wirthe und der Wirthin: Ich habe den Geist gesehen und mich mit ihm unterhalten. Es läßt sich mit ihm reden. Ich bin, hat er mir gesagt, der Urgroßvater des Herrn dieser Schenke. Ich hatte eine Tochter, die ich dem Urgroßvater seines Kellners verlobte; nichts destoweniger habe ich, ohne Rücksicht auf mein gegebenes Wort, sie mit einem Andern verheirathet und ich starb kurze Zeit darauf. Seitdem leide ich und trage die Strafe meines Meineids, ich werde nicht eher Ruhe haben, als bis einer meines Stammes einen Gatten aus der Familie Guillelmo's erhält. Darum erscheine ich in jeder Nacht in diesem Hause. Doch ich habe gut reden, daß man Juanilla und den Oberkellner verheirathe, der Sohn meines Enkels steift die Ohren, und seine Frau ebenfalls; aber sagt ihnen, Senhor Sergeant, daß wenn sie nicht schleunigst thun, was ich verlange, ich wider sie zu Thätlichkeiten übergehen werde; ich werde den Einen wie die Andre auf unerhörte Weise peinigen.

Der Wirth ist ein ziemlich einfältiger Mensch; er wurde von diesen Worten erschüttert und die Wirthin, die noch schwächer als ihr Mann ist, glaubte das Gespenst sich schon im Nacken zu fühlen. Sie gaben ihre Einwilligung zu der Heirath, die am folgenden Tage gefeiert wurde. Guillelmo etablirte sich kurze Zeit darauf in einem andern Stadtviertel. Der Sergeant Quebrantador unterließ nicht, sich häufig bei ihm einzustellen, und der neue Schenkwirth gab ihm anfangs aus Dankbarkeit so viel Wein, wie er begehrte; dies gefiel dem alten Degenknauf so wohl, daß er alle seine Freunde in diese Schenke führte; er nahm darin sogar seine Anwerbungen vor und machte seine Rekruten dort betrunken.

Endlich aber wurde der Wirth es müde, so viel durstigen Kehlen den Durst zu löschen. Er sagte dem Soldaten seine Meinung darüber, und ohne daran zu denken, daß er den Vertrag in der That gebrochen, war dieser ungerecht genug, Guillelmo einen undankbaren Menschen zu nennen. Der letztere antwortete, der andere blieb nicht stumm, und die Unterhaltung endigte mit einigen flachen Hieben, die dem Wirth verabreicht wurden. Mehrere Vorübergehende wollten sich auf die Seite des Bürgers schlagen – Quebrantador verwundete zwei oder drei von ihnen und hätte dabei nicht inne gehalten, wenn er nicht plötzlich von einer starken Streifwache gefaßt worden wäre, die ihn als Störer der öffentlichen Ruhe verhaftete. Sie führten ihn ins Gefängniß, wo er Alles, was ich Euch eben erzählte, bekannt hat, und auf seine Aussage hin hat sich die Justiz Guillelmos bemächtigt. Der Schwiegervater verlangt, daß die Ehe für nichtig erklärt werde; und das Santo Offizio, welches weiß, daß Guillelmo ein hübsches Vermögen besitzt, will in der Sache erkennen.

Gott weiß es, sagte Don Cleophas, die heilige Inquisition ist hurtig bei der Hand. Sobald sie etwas vor sich aufdämmern sieht, das wie ein Vortheil für sie ausschaut … Sacht, sacht, unterbrach ihn der Hinkende; nehmt Euch wohl in Acht, eurer Zunge wider diesen Gerichtshof freien Lauf zu lassen; überall sind Spione; man hinterbringt ihm Worte, die nie gesprochen worden sind und ich selber zittre, wenn ich von ihm rede!

Ueber dem unglücklichen Guillelmo in der ersten Zelle links befinden sich zwei Leute, die euer Mitleid verdienen. Der Eine ist ein junger Kammerdiener, den die Frau seines Herrn im Geheim als ihren Geliebten behandelte. Eines Tages überraschte der Gemahl sie zusammen; die Frau beginnt sogleich um Hülfe zu schreien und sagt, der Kammerdiener habe ihr Gewalt angethan. Man verhaftete den Unglücklichen, der aller Wahrscheinlichkeit nach dem Rufe seiner Herrin zum Opfer fallen wird.

Der Schicksalsgenosse des Kammerdieners ist noch weniger schuldig als er, und im Begriff, das Leben zu verlieren. Er ist Stallmeister einer Herzogin, der man einen großen Diamant gestohlen hat. Man hat deßwegen den Stallmeister angeklagt und man wird ihn morgen auf die Folter spannen, und ihn so lange peinigen, bis er gesteht, den Diebstahl begangen zu haben; und doch ist das Verbrechen begangen von einer in höchster Gunst stehenden Kammerfrau, auf die man nicht wagen würde, einen Verdacht zu werfen.

Ach, Senhor Asmodeus, sagte Leandro, ich bitte Euch, helft diesem Unglücklichen, dessen Unschuld mich mit Theilnahme erfüllt. Entzieht ihn durch eure Macht den ungerechten und grausamen Qualen, die ihn bedrohen; er verdient, daß … Denkt nicht daran, mein Herr Student, unterbrach ihn der Teufel; könnt Ihr verlangen, daß ich mich einer ungerechten That widersetze und einen Unschuldigen vom Verderben rette? das wäre ja, als ob Ihr einen Prokurator bätet, eine Wittwe oder eine Waise nicht zu ruiniren!

Nein, fuhr er fort, erweist mir den Gefallen und verlangt nicht von mir, daß ich etwas thue, was wider meine Interessen sein würde, falls Ihr nicht etwa einen beträchtlichen Vortheil für Euch daraus zöget. Uebrigens, wenn ich diesen Gefangenen befreien wollte, würde ich es können? – Wie, fiel Zambullo ein, hättet Ihr nicht die Macht, einen Menschen aus der Gefangenschaft zu befreien? – Ganz und gar nicht, versetzte der Hinkende. Wenn Ihr das Enchiridion oder den Albertus Magnus gelesen hättet, würdet Ihr wissen, daß ich ebenso wenig wie meine Höllenbrüder einen Gefangenen in Freiheit setzen kann; ich selbst würde, wenn ich das Unglück hätte, in die Fänge der Justiz gefallen zu sein, mich nicht anders daraus retten können, als indem ich den Geldbeutel zöge.

In der nächsten Zelle auf derselben Seite sitzt ein Chirurg, überwiesen, aus Eifersucht an seiner Frau einen Aderlaß wie der des Seneka vorgenommen zu haben. Er ist heute auf der Folter gewesen, und nachdem er das Verbrechen, dessen man ihn beschuldigt, eingestanden, hat er erklärt, daß er sich seit zehn Jahren eines ziemlich neuen Mittels bediente, um sich Kundschaft zu verschaffen. Er verwundete in der Nacht die Vorübergehenden mit einem Bajonette und flüchtete sich dann durch eine Hinterthüre in sein Haus. Unterdeß stießen die Verwundeten Hülferufe aus, welche die Nachbarn zu ihrem Beistande herbeiriefen; der Chirurg kam selbst, wie die andren herbeigeeilt und einen in seinem Blute schwimmenden Menschen findend, ließ er ihn in seine Bude tragen, wo ihn dieselbe Hand, die ihn verwundet hatte, verband.

Obwohl dieser ruchlose Wundarzt dies Bekenntniß abgelegt hat und tausend Tode verdient, so schmeichelt er sich doch, daß man ihn begnadigen werde und das kann in der That sehr wohl möglich sein, da er ein Vetter der Wiegenfrau des Infanten ist; überdies kann ich Euch anvertrauen, daß er ein Wunderwasser besitzt, welches er allein zu bereiten versteht, ein Wasser, das die Kraft hat, die Haut weiß zu machen, und einem verlebten Gesichte die Farben der Kindheit zu geben; und dies unvergleichliche Wasser dient als Jungbrunnen drei Palastdamen, die sich zusammengethan haben, um ihn zu retten. Er zählt so zuversichtlich auf ihren Einfluß, oder wenn Ihr wollt, auf sein Wasser, daß er ruhig eingeschlafen ist, in der Hoffnung, bei seinem Erwachen werde er die angenehme Nachricht seiner Befreiung erhalten.

Ich sehe auf einem Bette in derselben Kammer, sagte der Student, einen andern Mann, der, wie mir scheint, ebenfalls in ruhigem Schlummer liegt; seine Sache muß danach nicht übel stehen! – Sie ist sehr heiklich, antwortete der Dämon. Der Mann ist ein biscajischer Edelmann, der sich durch einen Büchsenschuß bereichert hat; ich will Euch erzählen, auf welche Weise: Es sind vierzehn Tage, daß er in einem Walde mit seinem älteren Bruder, der eine bedeutende Rente bezieht, auf der Jagd war und diesen unglücklicher Weise, indem er auf Rebhühner zielte, erschoß. – Welch glückliches Quiproquo für einen nachgeborenen Sohn! rief Don Cleophas lachend aus. – Allerdings, fuhr Asmodeus fort, aber die Seitenverwandten, die auch die Nachlassenschaft des Verstorbenen haben möchten, verfolgen seinen Mörder vor Gericht und behaupten, er habe den Schuß gethan, um der alleinige Erbe der Familie zu werden. Er hat sich selbst als Gefangenen gestellt und scheint so betrübt über den Tod seines Bruders, daß man unmöglich glauben kann, er habe die Absicht gehabt, ihm das Leben zu nehmen. – Und hat er sich wirklich bei der Sache nichts vorzuwerfen, als seinen Mangel an Vorsicht? fragte Leandro. – Nein, entgegnete der Hinkende, er hat keinen üblen Willen gehabt; aber wenn ein ältester Sohn alles Vermögen einer Familie besitzt, so thut er immer gut, mit einem nachgeborenen Bruder nicht auf die Jagd zu gehn.

Schaut Euch näher die beiden jungen Leute an, welche sich in einem kleinen Winkel neben dem Edelmann aus Biscaja so gemüthlich unterhalten, als wären sie in Freiheit. Es sind zwei richtige Picaros.[1] Einer von ihnen besonders könnte eines Tages dem Publikum eine Schilderung seiner Schelmenstücke geben; es ist ein zweiter Guzman d'Alfarache ... der, welcher ein Wams von braunem Sammt und einen Federbusch an seinem Hute trägt!

Es sind noch nicht drei Monate, daß er hier in Madrid Page des Grafen von Onate war und er würde noch im Dienste dieses Herrn sein, wenn er sich nicht durch eine Spitzbüberei, die ich Euch erzählen will, ins Gefängniß gebracht hätte.

Dieser Bursche, der Domingo heißt, erhielt eines Tages bei dem Grafen hundert Hiebe, die der Haushofmeister in seiner Eigenschaft als Pagen-Aufseher ihm für einen Streich, der es vollständig verdiente, gehörig aufzählen ließ. Lange wurmte ihn diese kleine Zurechtweisung und er beschloß, sich dafür zu rächen. Er hatte mehr als einmal bemerkt, daß der Senhor Don Cosmo, das ist des Haushofmeisters Name, sich die Hände mit Orangenblüthenwasser wusch und sich den Körper mit Veilchen- und Jasminteig einrieb, daß er mehr Sorgfalt für seine Person hatte, wie eine alte Kokette und endlich, daß er einer von jenen Narren war, die sich einbilden, eine Frau könnte sie nicht sehen, ohne sich in sie zu verlieben. Diese Beobachtung gab ihm einen Plan zur Rache ein, den er einer jungen Zofe in der Nachbarschaft mittheilte, da er zur Ausführung seines Anschlags des jungen Mädchens bedurfte, mit dem er übrigens auf einem Fuße stand, der nicht vertrauter sein konnte.

Floretta, so hieß diese Zofe, ließ ihn für ihren Vetter gelten, um ungehinderter mit ihm verkehren zu können – im Hause ihrer Gebieterin, der Donna Luziana, deren Vater damals abwesend war. Der boshafte Domingo unterrichtete seine vorgebliche Cousine von dem, was sie zu thun habe, und eines Morgens trat er dann in das Zimmer des Don Cosmo, wo er den Haushofmeister beim Anprobiren eines neuen Anzugs fand, sich mit Wohlgefallen im Spiegel betrachtend und, wie es schien, ganz entzückt über sein Aussehn. Der Page stellte sich, als ob er den neuen Narcissus bewunderte und sagte mit erheucheltem Entzücken: Wahrhaftig, Senhor Don Cosmo, Ihr seht aus wie ein Prinz. Ich sehe täglich große Herrn in glänzendsten Costümen, aber trotz ihrer reichen

88

---

1   Schelme, Glücksritter.

Anzüge kommen sie Euch nicht an Adel des Auftretens gleich. Ich weiß nicht, fügte er hinzu, ob es meine unbegrenzte Ergebenheit für Euch macht, daß ich Euch mit zu günstigen Augen ansehe; aber um es gerade heraus zu sagen, ich sehe am Hofe keinen Cavalier, den Ihr nicht überglänztet und in den Schatten stelltet!

Der Haushofmeister lächelte bei dieser Rede, die seiner Eitelkeit sehr wohl that, und antwortete mit huldvoller Miene: Du schmeichelst mir, mein Freund, oder du mußt in der That eine Vorliebe für mich haben und in deiner Freundschaft mir Vorzüge beilegen, welche mir die Natur nicht gegeben hat. – Das glaube ich nicht, versetzte der Schmeichler, denn es giebt Niemanden, der nicht eben so vortheilhaft von Euch redete, als ich. Ich wollte, Ihr hättet gehört, was mir noch gestern eine meiner Cousinen sagte, die im Dienst einer vornehmen Dame steht.

Don Cosmo unterließ nicht, zu fragen, was diese Cousine gesagt habe. Nun, antwortete der Page, sie sprach sich über die Schönheit eures Wuchses, über das Anziehende, das über eure ganze Gestalt gebreitet sei, aus; und was noch besser ist, sie sagte mir im Vertrauen, daß Donna Luziana, ihre Herrin, Vergnügen daran fände, Euch hinter ihrer Jalousie her zu beobachten, so oft Ihr an ihrem Hause vorübergingt.

Wer kann diese Dame sein, und wo wohnt sie? sagte der Haushofmeister. – Wie, antwortete Domingo, Ihr wißt nicht, daß sie die einzige Tochter des Obristen Don Fernando, unsers Nachbars, ist? – Ah, ich weiß jetzt, wen du meinst, antwortete Don Cosmo. Ich erinnere mich, den Reichthum und die Schönheit dieser Luziana rühmen gehört zu haben, sie ist eine glänzende Partie. Aber wäre es möglich, daß ich ihre Aufmerksamkeit auf mich gezogen hätte? – Daran zweifelt nicht, entgegnete der Page; meine Cousine hat es mir anvertraut; obwohl eine Zofe, ist sie doch keine Lügnerin und ich stehe Euch für sie, wie für mich selbst. – Wenn das ist, sagte der Haushofmeister, so hätte ich Lust, unter vier Augen mit deiner Cousine zu reden, und sie, wie es herkömmlich, durch einige kleine Geschenke für mein Interesse zu gewinnen; und wenn sie mir räth, ihrer Gebieterin Aufmerksamkeiten zu erweisen, so will ich mein Glück versuchen! Weshalb nicht! Ich räume ein, daß zwischen mir und Don Fernando einiger Unterschied des Ranges ist; aber einmal bin ich Edelmann und dann habe ich fünfhundert vollwichtige Dukaten Rente. Es kommen täglich außergewöhnlichere Heirathen als diese vor!

Der Page bestärkte seinen Vorgesetzten in seinem Vorhaben und verschaffte ihm eine Unterredung mit der Cousine, die den Haushofmeister voll Bereitwilligkeit fand, Alles zu glauben, und ihn versicherte, daß ihre Herrin Gefallen an ihm fände. Sie hat mich oft über Euch ausgefragt, sagte sie ihm, und was ich ihr dann antwortete, hat Euch schwerlich in ihren Augen geschadet; kurz, Herr Haushofmeister, Ihr dürft Euch damit schmeicheln, daß Donna Luziana eine stille Liebe für Euch hegt. Sprecht ihr kühnlich eure ehrlichen Absichten aus; beweist ihr, daß ihr der galanteste Cavalier in Madrid seid, wie der schönste und wohlgebildetste von Allen, bringt ihr Serenaden, was sie in hohem Grade erfreuen wird; ich meinerseits werde eure Aufmerksamkeiten bei ihr ins rechte Licht stellen und ich hoffe, daß meine Dienste Euch nicht unnütz sein werden. Don Cosmo war entzückt zu sehen, daß die Zofe so warmes Interesse für ihn nahm und überhäufte sie mit Umarmungen; dabei steckte er ihr einen Ring von geringem Werth, den er, um ihr damit ein Geschenk zu machen, mitgebracht hatte, an den Finger und sagte: Meine theure Floretta, ich schenke Euch diesen Diamanten, um unsere Bekanntschaft einzuleiten; aber durch eine gewichtigere Erkenntlichkeit werde ich die Dienste, die Ihr mir erweisen werdet, belohnen.

Es ist nicht möglich zufriedener zu sein, als er es nach seiner Unterredung mit der Zofe war. Auch dankte er nicht allein Domingo, daß er ihm diese Zusammenkunft verschafft habe, sondern er schenkte ihm auch ein Paar seidener Strümpfe und einige mit Spitzen besetzte Hemden und versprach ihm, daß er sich keine Gelegenheit, ihm nützen zu können, entgehen lassen werde. Und dann fragte er ihn um seine Meinung über das, was er zu thun habe. Mein Freund, sagte er, was ist deine Ansicht? Räthst du mir mit einem leidenschaftlichen und geistvollen Briefe zu beginnen? – Just das scheint mir das richtige, antwortete der Page; macht Donna Luziana eine pathetische Liebeserklärung; ich habe die Ueberzeugung, daß sie sie nicht übel aufnehmen wird. – Ich glaube es auch, fuhr der Haushofmeister fort, und ich will auf gut Glück damit beginnen. Sofort begann er zu schreiben; und nachdem er wenigstens zwanzig Entwürfe zerrissen hatte, kam er mit einem Billetdoux zu Stande, mit dem er zufrieden war. Er las es Domingo vor, der es mit der Miene der Bewunderung anhörte und es übernahm, dasselbe ohne Zeitverlust seiner Cousine zu überbringen. Es war in folgenden blüthenreichen und gezierten Wendungen abgefaßt:

»Seit langer Zeit, bezaubernde Luziana, hat der Ruf, der überallhin die Kunde von Euren glänzenden Eigenschaften trägt, mein Herz mit brennender Liebe für Euch entflammt. Nichtsdestoweniger und trotz des Feuers, das mich verzehrt, habe ich nicht gewagt, Euch eine Aufmerksamkeit zu erweisen; aber da es mir kund geworden ist, daß Ihr die Gnade habt, Eure Blicke auf mir haften zu lassen, wenn ich vor der Jalousie vorübergehe, die Eure himmlische Schönheit den Augen der Menschen verbirgt, und daß Ihr sogar durch den Einfluß Eures, mir so günstigen Gestirns mir wohlzuwollen geneigt seid, so nehme ich mir die Freiheit, Euch um die Erlaubniß zu bitten, mich Eurem Dienste widmen zu dürfen. Wenn ich glücklich genug bin, sie zu erhalten, so verzichte ich auf alle Schönen der Vergangenheit, Gegenwart und Zukunft.

Don Cosmo de la Higuera.«

Der Page und die Zofe erheiterten sich nicht wenig auf Kosten des Senhor Don Cosmo und seines Briefes. Sie blieben dabei nicht stehen; sie setzten gemeinschaftlich ein zärtliches Billet auf, das die Kammerfrau mit ihrer Hand schrieb und das Domingo den folgenden Tag dem Haushofmeister als eine Antwort von Donna Luziana übergab. Es enthielt die folgenden Worte:

»Ich weiß nicht, wer Euch so gut von meinen geheimen Gefühlen unterrichtet haben kann. Es ist ein Verrath, den mir Jemand gespielt hat; aber ich verzeihe ihm denselben, da er Euch dahin geführt hat, mir zu sagen, daß Ihr mich liebt. Von allen Menschen, welche ich meine Straße durchschreiten sehe, seid Ihr derjenige, den ich zu erblicken das größte Vergnügen empfinde und ich nehme Euch gern zu meinem Liebhaber an; vielleicht sollte ich es nicht wollen, und noch viel weniger es Euch sagen. Aber wenn ich darin fehle, so sind Euer Werth und Eure Vorzüge meine Entschuldigung.

Donna Luziana.«

Obwohl diese Antwort gar wenig zurückhaltend war für die Tochter eines Obristen – denn die Verfertiger hatten sich nicht viel. Kopfzerbrechens dabei gemacht – schöpfte der eitle Don Cosmo keinen Verdacht; er schätzte sich genug, um sich einzubilden, daß eine Dame sich seinetwillen über den Anstand hinwegsetzen könne. Ach Domingo! rief er mit triumphirender Miene aus, nachdem er den Brief laut gelesen, du siehst, mein Freund, wie die Nachbarin anbeißt; ich werde nächstens Schwiegersohn des Don Fernando sein, oder ich will nicht Don Cosmo de la Higuera heißen!

Daran ist kein Zweifel, sagte der Schelm von Vertrautem, Ihr habt auf seine Tochter einen rasenden Eindruck gemacht. Aber, daß ich es nicht vergesse, mir fällt ein, daß meine Verwandte mir anempfohlen hat, Euch zu sagen, es sei nöthig, daß Ihr spätestens morgen eurer Geliebten eine Serenade bringt, um sie vollends in Euch vernarrt zu machen. – Dazu bin ich bereit, erwiederte der Haushofmeister. Du kannst deiner Cousine versichern, daß ich ihren Rath befolgen werde und daß sie zuverlässig morgen inmitten der Nacht in der Straße eines der auserlesensten Concerte hören wird, die man je in Madrid vernommen. Und in der That ging er einen trefflichen Musiker aufzusuchen und nachdem er ihm seinen Wunsch mitgetheilt, beauftragte er ihn, für die Ausführung desselben zu sorgen.

Während er mit seiner Serenade beschäftigt war, sagte Floretta, die von dem Pagen unterrichtet worden und ihre Herrin in heitrer Laune gefunden, zu dieser: Senhora, ich bereite Euch eine angenehme Unterhaltung vor. Luziana fragte, worin dieselbe bestehen würde. O, wahrhaftig, entgegnete mit ausgelassenem Lachen die Zofe, man erlebt merkwürdige Geschichten! Ein Original, das sich Don Cosmo nennt und Hofmeister der Pagen des Grafen von Onate ist, hat sich einfallen lassen, Euch zur souveränen Dame seiner Gedanken auszuerwählen und wird morgen Abend, um es Euch kund zu thun, ein bewundernswürdiges Vocal- und Instrumental-Concert vor euren Fenstern aufführen lassen Donna Luziana, die ein heitres Temperament hatte und übrigens die Galanterien eines Hofmeisters als harmlos betrachtete, nahm die Sache von der lustigen Seite und versprach sich ein Vergnügen vom Anhören seiner Serenade. So bestärkte diese Dame, ohne es zu wissen, Don Cosmo in einem Irrthum, über den sie sich empört gefühlt haben würde, wenn sie ihn gekannt hätte.

Richtig erschienen denn in der Nacht des folgenden Tages vor dem Balkon Luzianas zwei Carossen, aus denen der galante Haushofmeister und sein Vertrauter stiegen, begleitet von sechs Männern, Sängern wie Musikern, und diese begannen ihr Concert. Es dauerte sehr lange. Sie spielten eine große Menge neuer Compositionen und sangen viele Liederverse, welche sämmtlich die Macht der Liebe, die über den Unterschied von Rang und Stand hinweghilft, feierten; und bei jeder Gesangstrophe, die die Tochter des Obristen auf sich anwandte, lachte sie von ganzem Herzen.

Als die Serenade beendigt war, sandte Don Cosmo die Musiker in denselben Carossen, in denen sie gekommen, nach Hause und blieb mit Domingo in der Straße, bis sich die Gaffer, welche die Musik angelockt hatte, verlaufen. Danach nahte er dem Balkon, von welchem herunter die Zofe mit Bewilligung ihrer Herrin ihm durch ein kleines Fenster in der Jalousie sagte: Seid Ihr es, Senhor Don Cosmo? – Wer richtet diese 93 Frage an mich? antwortete er mit einer schmelzenden Stimme. – Donna Luziana ist es, versetzte die Zofe, die zu wissen wünscht, ob das Concert, welches wir eben gehört haben, in der That ein Beweis eurer Galanterie ist? – Es ist, erwiederte der Haushofmeister, nur ein Pröbchen der Feste, welche meine Liebe für dies Wunder unserer Zeit bereitet, wenn sie sie gnädig annehmen will von einem liebenden Opfer auf dem Altar ihrer Schönheit.

Bei dieser zierlichen Redewendung hatte die Dame nicht wenig Lust zu lachen; sie hielt sich jedoch zurück und an das kleine Fenster tretend, sagte sie so ernsthaft wie sie konnte zu dem Haushofmeister: Senhor Don Cosmo, man sieht, daß Ihr nicht ein Neuling im Hofmachen seid; von Euch sollten die verliebten Cavaliere lernen, wie man den Damen dient. Ich bin sehr erfreut über eure Serenade und werde sie nicht vergessen; aber jetzt, fuhr sie fort, zieht Euch zurück; es könnten Lauscher da sein; ein andres Mal werden wir Gelegenheit zu einer längeren Zwiesprache finden. Nach diesen Worten schloß sie das Fenster und ließ den Haushofmeister sehr erfreut über die Gunst, die sie ihm erwiesen, und den Pagen sehr erstaunt, sie eine Rolle in diesem Lustspiel übernehmen zu sehn, auf der Straße stehn!

Das kleine Fest zusammt den Carossen und der unglaublichen Masse Wein, den die Musiker tranken, kostete Don Cosmo hundert Dukaten; und zwei Tage nachher verlockte sein Vertrauter ihn zu einer neuen Ausgabe, und zwar auf folgende Weise. Er wußte, daß Floretta in der St. Johannisnacht, die in dieser Stadt so berühmt ist, mit andern Mädchen ihres Gelichters zur *fiesta del sotillo*[2] gehen werde und er beschloß, ihnen auf Kosten des Haushofmeisters ein glänzendes Frühstück zu geben.

2 Ein Tanz, den man in der Frühe des Johannistages an den Ufern der Flüsse in Spanien aufführte.

Senhor Don Cosmo, sagte er ihm am Tage vor dem St. Johannisfeste, Ihr wißt, welches Fest morgen gefeiert wird. Ich kann Euch verrathen,

94

daß Donna Luziana beabsichtigt, bei Sonnenaufgang am Ufer des Manzanarez zu sein, um den Sotillo zu sehen; ich glaube, mehr brauche ich dem Musterbild galanter Cavaliere nicht zu sagen; Ihr seid nicht der Mann, eine so schöne Gelegenheit vorübergehen zu lassen; ich bin überzeugt, daß eure Dame und ihre Gesellschaft morgen glänzend bewirthet werden. – Dafür kann ich dir bürgen, antwortete ihm sein Hofmeister; ich danke dir für den Wink; du wirst sehn, ob ich den Ball zu greifen weiß, wenn er springt. In der That, am andern Tage, in frühester Frühe langten vier von Domingo geführte Diener des Hotels, beladen mit allen Sorten kalter, in verschiedenster Weise zubereiteter Fleischspeisen, mit einer Unzahl kleiner Brode und Flaschen kostbaren Weins am Ufer des Manzanarez an, wo Floretta und ihre Gesellschafterinnen wie Nymphen beim Aufgange der Morgenröthe tanzten.

Sie waren nicht wenig erfreut, als der Page erschien, ihre leichten Reihentänze zu unterbrechen und ihnen von Seiten des Don Cosmo ein reichliches Frühstück anzubieten. Sie nahmen sogleich auf dem Rasen Platz und begannen unter unmäßigem Gelächter über den Gefoppten, dem sie dies Fest verdankten, ihm Ehre anzuthun; denn die menschenfreundliche Cousine Domingos hatte nicht ermangelt, sie einzuweihn.

Als sie im besten Zuge waren, sah man den Haushofmeister auf einem Zelter aus den Ställen des Grafen und in stattlichstem Aufputz erscheinen. Er kam, seine Vertrauten aufzusuchen und die Gesellschaft zu begrüßen, die sich zu seinem Empfange erhob und ihm für seine Aufmerksamkeit dankte. Er suchte mit seinen Blicken unter den Mädchen Donna Luziana, um das Wort an sie zu richten und ihr ein schönes Compliment, das er unterwegs ausgedacht hatte, zu machen; aber Floretta flüsterte ihm zu, daß eine Unpäßlichkeit ihre Herrin abgehalten habe, sich beim Feste einzufinden. Don Cosmo zeigte sich sehr betroffen über diese Nachricht und wollte wissen, woran seine theure Luziana leide. Sie ist sehr erkältet, sagte die Zofe, und zwar weil sie fast die ganze Nacht nach eurer Serenade ohne Schleier auf dem Balkon blieb, um mir von Euch zu reden. Getröstet über ein Leiden, das aus einer für ihn so schmeichelhaften

95

Quelle floß, bat der Haushofmeister die Zofe, ihm ferner bei ihrer Herrin das Wort zu reden, und kehrte in sein Hotel zurück, sich mehr und mehr über seine Eroberung beglückwünschend.

Um dieselbe Zeit erhielt Don Cosmo einen Wechsel und darauf hin tausend Goldthaler ausbezahlt, die man ihm aus Andalusien als seinen Antheil an der Erbschaft eines seiner Oheime in Sevilla zuschickte. Er zählte diese Summe und legte sie in einen Koffer, – in Gegenwart Domingos, der sehr aufmerksam zusah und so heftig von der Versuchung erfaßt wurde, diese schönen Goldthaler sich zuzueignen, daß er beschloß, damit nach Portugal durchzugehen. Er vertraute Floretta seine Absicht an und machte ihr den Vorschlag zur Theilnahme an seiner Reise. Obwohl die Sache sehr verdiente, überlegt zu werden, ging die Zofe, die just so viel taugte wie der Page, ohne Bedenken darauf ein. Und in einer der folgenden Nächte, während der Haushofmeister in ein Kabinet eingeschlossen sich damit beschäftigte, einen schwülstigen Brief an seine Geliebte aufzusetzen, fand Domingo Mittel, den Koffer, worin die Goldthaler waren, zu öffnen; er nahm sie an sich, verließ das Hotel, begab sich unter den Balkon Luzianas und begann zu miauen wie eine Katze. Die Dienerin ließ sich, als sie das vorher verabredete Zeichen hörte, nicht lange erwarten und bereit, ihm überallhin zu folgen, verließ sie an seiner Seite Madrid.

Sie hatten darauf gerechnet, daß sie die Grenze Portugals erreichen würden, bevor man im Falle der Verfolgung sie einholen könnte; aber zum Unglück für sie hatte Don Cosmo schon in derselben Nacht den Raub und die Flucht seines Vertrauten wahrgenommen; sofort wandte er sich an die Polizei, die nach allen Seiten hin ihre Spürhunde losließ, um den Dieb zu entdecken. Man erfaßte ihn zusammt seiner Nymphe bei Zebreros und brachte beide zurück; die Zofe ist bei den Büßerinnen eingesperrt und Domingo in diesem Gefängnisse hier.

Es scheint also, sagte Don Cleophas, daß der Haushofmeister seine Goldthaler nicht verloren hat; man hat sie ihm sicherlich zurückgegeben. – Was denkt Ihr, antwortete der Teufel, die Goldstücke sind das *Corpus delicti,* das den Diebstahl beweist, die Justiz wird sie nicht aus den Händen geben und Don Cosmo, dessen Geschichte sich die ganze Stadt 96 erzählt, hat den Schaden und den Spott von aller Welt obendrein.

Domingo und der mit ihm spielende Gefangene, fuhr der Hinkende fort, haben zum Nachbar einen jungen Castilianer, den man eingesteckt hat, weil er in Gegenwart guter Zeugen seinem Vater eine Ohrfeige gegeben hat. – Das ist beim Himmel stark, rief Leandro aus. Wie schlecht ein Sohn auch sein mag, wider seinen Vater kann er die Hand nicht erheben. – O weshalb nicht, sagte der Dämon; wir haben Beispiele davon!

Unter der Herrschaft Don Pedro's I., zubenannt des Gerechten oder des Grausamen, des achten Königs von Portugal, wurde ein Bursche von zwanzig Jahren wegen derselben That in die Hände der Justiz geliefert. Don Pedro, von der Thatsache so überrascht, wie Ihr es seid, wollte die Mutter des Schuldigen verhören und benahm sich dabei so geschickt, daß er sie gestehen machte, sie habe dieses Kind von einer vorsichtigen Hochwürdigkeit empfangen. Wenn die Richter unsres Kastilianers seine Mutter mit demselben Geschick ausfragten, würden sie ihr ein gleiches Geständniß entlocken.

Lassen wir unsere Blicke hinabsteigen in ein großes Gefängniß unterhalb dieser drei Gefangenen, die ich Euch zeigte, und beobachten wir das, was darin vorgeht. Seht Ihr diese drei Elenden? Es sind Straßenräuber; sie sind im Begriff auszubrechen; man hat ihnen in einem Brode eine Feile zukommen lassen, eine dicke Stange haben sie schon durchfeilt – an einem Fenster, durch das sie sich in einen Hof, der sie in die Straße führen wird, niederlassen können. Sie sind über zehn Monate in Gefangenschaft; seit mehr als acht hätten sie den öffentlichen Lohn für ihre Thaten empfangen müssen; aber Dank der Saumseligkeit der Justiz werden sie nun von neuem unglückliche Reisende morden!

Folgt mir in diesen niedern Saal, wo Ihr zwanzig oder dreißig Leute auf dem Stroh liegen seht; es sind Diebe und gefährliche Menschen von jeder Art. Ein halbes Dutzend von ihnen beschäftigen sich eben damit, eine Art von Handwerker durchzubläuen, der heute eingesperrt ist, weil er einen Hatschier durch einen Steinwurf verwundet hat. - Weshalb schlagen sie ihn denn? fragte Zambullo. - Weil er ihnen den Willkomm noch nicht bezahlt hat, antwortete Asmodeus. Aber, setzte er hinzu, verlassen wir jetzt alle diese Elenden und diesen Schreckensort dazu; gehen wir, anderswo unsre Blicke auf heitrere Gegenstände zu werfen!

Achtes Kapitel.

Asmodeus zeigt dem Don Cleophas mehrere Personen und berichtet ihm, was sie den Tag über getrieben huben.

Sie ließen die Gefangenen hinter sich und flogen in ein anderes Viertel. Auf einem großen Hotel hielten sie an und der Dämon sagte zu dem Studenten: Ich bekomme Lust, Euch zu berichten, was heute alle die

Personen getrieben haben, die in der Nachbarschaft dieses Hotels wohnen. Das wird Euch ergötzen. – Daran zweifle ich nicht, versetzte Leandro. Ich bitte Euch, bei dem Kapitän dort, der seine Stiefel anzieht, zu beginnen; es muß irgend eine wichtige Angelegenheit ihn weit von hier rufen. – Er ist in der That im Begriff, von Madrid abzureisen, erwiederte der Hinkende. Seine Pferde erwarten ihn in der Straße, er will nach Catalonien abreisen, wohin sein Regiment kommandirt ist.

Da er kein Geld hatte, wandte er sich gestern an einen Wucherer. Senhor Sanguisuela, sprach er zu ihm, könnt Ihr mir nicht tausend Dukaten borgen? Senhor Capitano, antwortete ihm der Wucherer mit sanftem Lächeln, die besitze ich nicht; aber ich mache mich anheischig, einen Mann aufzutreiben, der sie Euch vorschießen wird, das heißt, der Euch vierhundert baar geben wird; Ihr stellt ihm dafür einen Wechsel von tausend aus und von den vierhundert, die Ihr erhaltet, beziehe ich sechzig als Mäklergebühr. Das Geld ist so selten heutzutage … Welche Wucherei, unterbrach ihn zornig der Offizier; sechshundert sechzig Dukaten für dreihundert und vierzig zu verlangen. Welche Spitzbüberei – solche Leute sollte man ja hängen!

Ereifert Euch nicht, Senhor Capitano, entgegnete mit großem Gleichmuth der Wucherer; sehet die Dinge kühler an. Worüber beklagt Ihr Euch? Zwing' ich Euch, die dreihundert und vierzig Dukaten anzunehmen? es steht bei Euch, sie zu nehmen oder zurückzuweisen! – Da der Kapitän auf diese Worte nichts zu antworten hatte, so entfernte er sich; aber er mußte abreisen, die Zeit drängte und er konnte am Ende doch ohne Geld nicht fertig werden; so ging er an diesem Morgen zu dem Wucherer zurück, den er an seiner Thüre traf, in schwarzem Mantel und Kragen, mit kurzgeschornem Haar wie ein geistlicher Herr, und mit einem großen mit Medaillen behangenen Rosenkranz. Ich komme zu Euch, Senhor Sanguisuela, hat er zu ihm gesprochen, um mir eure dreihundert und vierzig Dukaten zu holen; die Noth, worin ich mich befinde, Geld zu schaffen, zwingt mich dazu. Ich gehe in die Messe, hat gravitätisch der Wucherer geantwortet; wenn ich heimgekehrt bin, kommt zu mir, ich werde Euch die Summe dann aufzählen. O nein, nein, versetzte der Kapitän; tretet bei Euch ein, es wird im Augenblick geschehen sein; fertigt mich jetzt gleich ab, denn ich bin sehr in Eile. Ich kann es nicht, entgegnete Sanguisuela; ich habe die Gewohnheit, alle Tage, bevor ich irgend ein Geschäft beginne, die Messe zu hören; ich habe mir das zur Regel gemacht, die ich mein Leben hindurch strenge beobachten werde.

Wie ungeduldig der Offizier auch war, sein Geld einzustreichen, er mußte sich in die Regel des frommen Sanguisuela fügen; und so waffnete er sich mit Geduld; ja, als ob er fürchte, daß ihm die Dukaten durchgehen könnten, folgte er dem Wucherer in die Kirche; er hört die Messe mit ihm und dann wendet er sich, um zu gehen; aber Sanguisuela flüstert ihm ins Ohr: Einer der ausgezeichnetsten Redner von Madrid wird die Predigt halten; ich will die Predigt nicht verlieren.

Den Kapitän hat schon die Messe in die wüthendste Ungeduld versetzt, und diese neue Verzögerung hat ihn in Verzweiflung gebracht; aber er kann nichts andres thun, als bleiben. Der Prediger erscheint und predigt gegen den Wucher. Der Offizier ist entzückt darüber und das Gesicht des Wucherers beobachtend, sagt er sich im Stillen: Wenn dieser Jude gerührt werden könnte! Wenn er mir nur sechshundert Dukaten gäbe, würde ich zufrieden von ihm gehen! Endlich ist die Predigt zu Ende. Der Wucherer geht. Der Kapitän folgt ihm und sagt: Nun, was denkt Ihr von diesem Redner? findet Ihr nicht, daß er mit vielem Nachdruck spricht? Was mich angeht, so bin ich ganz gerührt! – Vollständig meine Meinung, antwortet der Wucherer; er hat meisterhaft seinen Text behandelt und ist ein tüchtiger Mann; er hat sein Geschäft aufs beste abgemacht; gehen wir jetzt, das unsere abzumachen! – –

Wer sind denn dort die beiden Frauen, zusammen in einem Bette, die so laut lachen, rief Don Cleophas aus; es scheinen mir ein paar lustige Seelen! – Es sind zwei Schwestern, antwortete der Teufel, die an diesem Morgen ihren Vater beerdigt haben; er war ein eigensinniger Mensch, der so viel Widerwillen gegen die Ehe oder gegen die Vermählung seiner Töchter hatte, daß er nie in eine solche einwilligen wollte, trotz aller vortheilhaften Partien, die sich darboten; der Charakter des Verstorbenen war eben jetzt der Gegenstand ihrer Unterhaltung. Endlich ist er todt, sagte die ältere, dieser unnatürliche Vater, der sich ein Vergnügen daraus machte, uns als alte Jungfern zu sehen; er wird sich jetzt unsern Wünschen nicht mehr widersetzen. Was mich angeht, fiel die jüngere ein, ich liebe das Solide; ich will einen Mann, der reich ist, und wenn er sonst auch ein Dummkopf ist; der dicke Don Blanco wäre so etwas für mich! Warten wir's ab, hat die ältere geantwortet, wir werden zum Manne bekommen, wer uns bestimmt ist, denn unsre Ehen stehen im Himmel geschrieben. Wahrhaftig, das wäre schlimm, hat die jüngere entgegnet, dann hab' ich große Angst, daß unser Papa das Blatt, worauf sie geschrieben stehn, zerreißt! Die ältere hat sich nicht enthalten können, über diesen Witz zu lachen, und sie lachen jetzt noch alle Beide darüber.

In dem Hause, welches auf das der beiden Schwestern folgt, wohnt eine Abenteuerin aus Aragonien zur Miethe. Ich sehe, wie sie sich im Spiegel betrachtet, statt zu Bett zu gehn; sie wünscht sich Glück, durch ihre Reize heute eine bedeutende Eroberung gemacht zu haben; sie studirt sich ihre Mienen ein, und hat eine neue ausgefunden, mit der sie morgen auf ihren Geliebten einen großen Eindruck zu machen hofft. Sie kann nicht genug aufwenden, ihn festzuhalten, denn es ist eine sehr verheißende Persönlichkeit; auch hat sie eben einem ihrer Gläubiger, der Geld von ihr zu verlangen kam, gesagt: Wartet, mein Freund, und kommt in einigen Tagen wieder; ich stehe in Unterhandlungen mit einem der ersten Würdenträger von der Mauthverwaltung.

Es ist nicht nöthig, sagte Leandro, daß ich Euch frage, was ein gewisser Cavalier gemacht hat, auf den meine Blicke fallen; er muß den ganzen Tag mit Briefschreiben zugebracht haben! Welche Menge von Briefen sehe ich auf seinem Tische! – Das Lustige bei der Sache, antwortete der Teufel, ist, daß alle diese Briefe denselben Inhalt haben. Der Cavalier schreibt an alle seine abwesenden Freunde; er meldet ihnen ein Abenteuer, das ihm am heutigen Nachmittage zugestoßen ist. Er liebt eine schöne und spröde Wittwe von dreißig Jahren; er widmet ihr Aufmerksamkeiten, die sie nicht zurückweist; er trägt ihr seine Hand an; sie giebt ihm das Ja-Wort. Während man die Zurüstungen zur Hochzeit macht, darf er sie in ihrer Wohnung besuchen; er war bei ihr an diesem Nachmittage; und da sich zufälliger Weise Niemand gefunden hat, um ihn anzumelden, so ist er unerwartet in das Gemach der Dame eingetreten, die er überrascht hat in einem verführerischen Negligée, oder um es genauer auszudrücken, fast nackt auf einem Ruhebett liegend. Sie lag in tiefem Schlafe. Leise naht er sich ihr, um sich die Gelegenheit zu Nutze zu machen; er raubt ihr einen Kuß; sie erwacht und ruft mit zärtlichem Aufseufzen: Noch einmal! ach! ich bitte dich, Ambrosio, laß mich in Ruhe! – Der Cavalier, als galanter Mann, hat sich auf der Stelle zu fassen gewußt; er hat auf die Wittwe verzichtet; er hat sich leise aus dem Gemach zurückgezogen; an der Thüre ist er Ambrosio begegnet; Ambrosio, hat er ihm gesagt, geht nicht hinein, eure Herrin bittet Euch, sie in Ruhe zu lassen.

Zwei Häuser weiter von diesem Cavalier entdecke ich in einem kleinen Bau ein Original von Ehemann, der ruhig bei der Gardinenpredigt einschläft, welche seine Frau ihm hält, weil er den ganzen Tag nicht zu Hause gekommen ist. Sie würde noch zorniger sein, wenn sie wüßte, womit er, sich die Zeit vertrieben hat. – Er ist ohne Zweifel mit irgend einem galanten Abenteuer beschäftigt gewesen? sagte Zambullo. – Ganz richtig, entgegnete Asmodeus, und ich will Euch dasselbe schildern.

Der Mann, den wir sehen, ist ein Bürger, der Patrizio heißt und einer von jenen liederlichen Ehemännern, die ohne Sorgen leben, als ob sie weder Weib noch Kinder hätten; und doch hat er eine junge, liebenswürdige, tugendhafte Frau, zwei Töchter und einen Sohn, alle drei noch in zartem Alter. Diesen Morgen ist er aus dem Hause gegangen, ohne sich darum zu kümmern, ob noch Brod für die Seinigen im Hause sei … denn es kommt vor, daß es ihnen daran fehlt! Er ist über den großen Platz geschritten, wo die Vorbereitungen zu dem Stiergefecht, das heute Statt fand, ihn aufgehalten haben. Die Gerüste waren bereits rund umher aufgeschlagen und die eifrigsten unter den Schaulustigen begannen schon darauf Platz zu nehmen.

Während er diese in voller Muße betrachtet, bemerkt er eine hübsche und zierlich gekleidete Dame, die von dem Gerüste steigend ein wohlgerundetes, mit einem rosaseidnen Strumpfe bekleidetes Bein und ein silbernes Strumpfband sehen ließ. Mehr war nicht nöthig, um unsern schwachen Ehrenmann in Flammen zu setzen. Er hat sich rasch an die Dame gemacht, die von einer zweiten begleitet war, welche durch ihr Wesen offen genug an den Tag legte, daß sie beide Abenteuerinnen seien. Meine Damen, hat er zu ihnen gesprochen, wenn ich euch mit etwas zu Diensten sein könnte, so habet ihr nur zu befehlen; ihr würdet mich voll Eifer und Beflissenheit finden. Senhor Cavallero, hat die Nymphe mit dem rosenfarbnen Strumpfe geantwortet, euer Anerbieten ist nicht so, daß man es zurückweist. Wir haben unsre Plätze schon genommen, aber wir wollten sie soeben wieder verlassen, um frühstücken zu gehen. Wir haben die Unklugheit begangen, diesen Morgen aufzubrechen, ohne erst die Chocolade zu nehmen. Weil Ihr nun so artig seid, uns eure Dienste anzubieten, so führt uns, wenn es Euch gefällig ist, irgend wohin, wo wir einen Bissen zu uns nehmen können; aber wir möchten einen stillen Ort – Ihr wißt, daß junge Mädchen nicht genug Acht auf ihren Ruf geben können.

Bei diesen Worten wurde Patrizio noch höflicher und beflissener als es nöthig gewesen, und führte seine Prinzessinnen in ein Speisehaus in der Vorstadt, wo er ein Frühstück bestellt. Was befehlt Ihr? sagt ihm der Wirth, ich habe noch von einem Bankett, welches gestern bei mir gehalten wurde, fette Küchlein, Rebhühner aus Leon, wilde Tauben aus Altkastilien, und mehr als die Hälfte von einem Schinken aus Estremadura übrig. Das ist mehr, als wir bedürfen, sagt der Führer der Vestalinnen. – Ihr habt nur zu wählen, meine Damen … was wünscht ihr? Was Euch gefällig ist, antworten sie, wir haben keinen andern Geschmack als Ihr. Darauf befiehlt der Bürger zwei Rebhühner und zwei junge Hühner aufzutragen und ihm ein besonderes Zimmer anzuweisen, aus Rücksicht auf seine Damen, die so strenge im Punkte des Anstandes sind.

Man läßt ihn mit seiner Gesellschaft in ein abgelegenes Cabinet eintreten, wo man ihnen nach wenig Augenblicken das bestellte Gericht mit Brod und Wein herbeiträgt. Meine Lucrezien werfen sich als Damen von geschärftem Appetit gierig auf die Fleischspeisen, während der Schafkopf, der die Zeche zu zahlen hat, sich damit amüsirt, seine Luisita – das ist der Name der Schönen, in die er sich vergafft hat, zu betrachten. Er bewundert ihre weißen Hände, woran ein großer Ring glänzt, den sie, Gott weiß wie, erhalten hat; er verschwendet die schönsten Schmeichelnamen, Sonne und Stern an sie, und vermag nicht zu essen, so sehr ist er entzückt, eine solche Bekanntschaft gemacht zu haben. Er fragt seine Göttin, ob sie verheirathet ist – sie versetzt nein, aber daß sie unter der Aufsicht eines Bruders stehe; wenn sie gesagt hätte, von Adam her, so würde sie die Wahrheit gesagt haben.

Unterdessen verschlingen die beiden Harpien nicht allein jede ein junges Huhn, sie trinken auch noch im selben Maße, wie sie essen, dazu. Der Wein ist bald zu Ende; der Galan geht selber, um neuen Vorrath desto rascher herbeizuschaffen. Er ist noch nicht aus dem Zimmer, als Hiacinta, die Gefährtin Luisitas, auf die beiden Feldhühner, die in der Schüssel geblieben sind, Beschlag legt, um sie in eine große Tasche von Leinwand zu schieben, die sie unter ihrem Kleide hat. Unser Adonis kommt mit frischem Wein zurück und bemerkt, daß kein Fleisch mehr da ist; er frägt seine Venus, ob sie nichts mehr wünsche. Lasset uns von den Tauben geben, wovon der Wirth gesprochen, vorausgesetzt, daß sie vortrefflich sind; sonst wird ein Stück von dem Schinken aus Estremadura hinreichen. Sie hat kaum diese Worte gesprochen, als Patrizio in

103

die Vorrathskammer zurückeilt und drei Tauben mit einem großen Schnitte Schinken bringen läßt. Unsere Raubvögel beginnen von neuem den Schnabel zu wetzen und während der Bürger gezwungen ist, ein drittes Mal hinauszugehen, um Brod kommen zu lassen, machen sie zwei Tauben zu Gefangenschaftsgefährten der Feldhühner in der Tasche.

Nach dem Mahl, das mit den Früchten der Jahreszeit beschlossen wird, drängt Patrizio seine Luisita, ihm die Beweise von Dankbarkeit zu geben, die er von ihr erwartet; die Dame hat sich geweigert, sein Verlangen zu erfüllen, aber sie hat ihm erlaubt, sich mit ein wenig Hoffnung zu schmeicheln, sie hat ihm gesagt, es habe Alles seine Zeit, und sie wolle sich nicht in einer Schenke für das Vergnügen, welches er ihr gemacht, dankbar erweisen; und dann, da man ein Uhr nach Mittag schlagen hört, hat sie sich beunruhigt gezeigt und zu ihrer Gefährtin gesagt: O, meine theure Hiacinta, wie unglücklich sind wir – wir finden keinen Platz mehr, um die Stiere zu sehen. Verzeiht, hat Hiacinta geantwortet, dieser Cavalier braucht uns nur dahin zurückzuführen, wo er uns gefunden und so höflich angeredet hat … und für das Uebrige braucht Ihr nicht in Sorge zu sein.

Bevor man die Schenke verließ, mußte mit dem Wirthe abgerechnet werden, der die Rechnung auf fünfzig Realen hinaufzuschrauben wußte. Der Bürger hat seine Börse gezogen; da aber nicht mehr als dreißig Realen darin waren, sah er sich genöthigt, seinen mit Medaillen behangenen Rosenkranz für den Rest zum Pfande zu lassen; dann hat er die Abenteuerinnen dahin zurückgeführt, wo er sie aufgelesen und sie bequem auf einem Gerüst untergebracht, dessen Eigenthümer einer seiner Bekannten war und ihm den Preis creditirt hat. –

Sie haben kaum Platz genommen, als sie auch Erfrischungen verlangen. Ich sterbe vor Durst, ruft die Eine; der Schinken hat mich fürchterlich durstig gemacht. Und mich ebenfalls, sagt die Andre, ich würde eine hübsche Portion Limonade trinken! Patrizio, der nur zu gut versteht, was dies andeuten soll, verläßt sie, um ihnen etwas zu trinken zu schaffen; auf dem Wege aber hält er an und sagt sich: Wohin gehst du, Thor? Sieht es nicht aus, als ob du hundert Pistolen in deiner Börse oder zu Hause hättest? Und du besitzest nicht einen Maravedi! Was soll ich machen? setzt er hinzu; zu der Dame zurückkehren, ohne ihr zu bringen, was sie verlangt – das ist unmöglich; und andrerseits, soll ich ein Abenteuer aufgeben, das schon so weit geführt ist? ich kann mich nicht dazu entschließen!

In dieser Verlegenheit erblickt er unter den Zuschauern einen seiner Freunde, der ihm oft seine Dienste angeboten hatte; aus Stolz hatte er sie abgelehnt; aber bei dieser Gelegenheit verliert er alle Scham. Er tritt eifrig zu ihm und leiht ihm eine Doppelpistole ab; mit frischem Muth eilt er dann zu einem Limonadeverkäufer, von dem er seinen Prinzessinnen so viel Eiswasser, Bisquits und trockene Confituren zutragen läßt, daß die Doublone kaum zu diesem neuen Aufwande genügt.

Das Fest endet endlich mit dem Tage; unser Held will seine Dame nach ihrer Wohnung begleiten, in der Hoffnung, sich reich zu entschädigen. Aber als sie vor dem Hause ankommen, das sie als das ihre bezeichnet, tritt eine Art von Dienerin heraus, die Luisita entgegeneilt und aufgeregt sagt: Himmel, woher kommt Ihr in dieser späten Stunde? Seit zwei Stunden schon erwartet euer Bruder Don Gasparo Heridoro Euch und flucht wie ein Besessener. Mit der Miene des Schreckens wendet sich nun die Schwester zu dem Galan und ihm die Hand drückend flüstert sie: Mein Bruder ist ein Mensch von einer furchtbaren Heftigkeit; aber sein Zorn verraucht bald; haltet Euch in der Straße und werdet nicht ungeduldig; wir wollen ihn beruhigen; und da er alle Abende außer dem Hause speist, so soll Hiacinta, sobald er gegangen ist, zu Euch kommen und Euch ins Haus einführen.

Der Bürger, den dies Versprechen tröstet, küßt entzückt die Hand Luisitas, die ihm einige Liebkosungen macht, um ihn in seiner guten Hoffnung zu erhalten; dann tritt sie mit Hiacinta und der Magd ins Haus. Patrizio, in der Straße zurückgeblieben, faßt sich in Geduld; er setzt sich auf einen Eckstein, zwei Schritte von der Thüre, und läßt eine geraume Zeit verstreichen, ohne auf den Gedanken zu kommen, daß man beabsichtigen könne, ihn zum Besten zu haben. Er verwundert sich nur, Gasparo nicht herauskommen zu sehen und fürchtet, daß dieser verdammte Bruder nicht ausgehe, um außer dem Hause zu Abend zu speisen.

Unterdessen hört er zehn Uhr schlagen, und dann elf und dann Mitternacht; nun beginnt er einen Theil seiner Zuversicht zu verlieren und an der Aufrichtigkeit seiner Dame zu zweifeln. Er nähert sich der Hausthüre, er geht hinein und tastet sich durch einen dunklen Gang, in dessen Mitte er auf eine Treppe stößt; hinaufzusteigen wagt er nicht, aber er horcht aufmerksam und sein Ohr faßt das unharmonische Concert auf, das ein bellender Hund, eine miauende Katze und ein schreiendes Kind machen. Er kommt endlich zu dem Schluß, daß man

105

ihn betrogen habe; was seine Ueberzeugung vollständig macht, ist, daß er bis ans Ende des Ganges vordringend einen Ausgang in eine andre Straße, als diejenige, in welcher er so lange Schildwacht gestanden hat, findet.

Er bereut jetzt seine Geldverschwendung und begiebt sich, auf alle rosenfarbenen Strümpfe fluchend, nach Hause. Er klopft an seine Thüre; seine Frau kommt mit dem Rosenkranz in der Hand und Thränen im Auge, um ihm zu öffnen, und spricht mit rührendem Tone zu ihm: Ach, Patrizio, kannst du so dein Haus verlassen und dich so wenig um dein Weib und deine Kinder kümmern? Was hast du gemacht seit sechs Uhr Morgens, wo du ausgegangen bist? – Der Gatte hat nicht gewußt, was erwiedern, und obendrein ganz beschämt, von zwei Spitzbübinnen zum Besten gehalten zu sein, hat er sich entkleidet und ohne ein Wort zu sagen ins Bett gelegt. Seine Frau aber, die im Zuge ist, eine moralische Vorlesung zu halten, läßt ihn jetzt eine Gardinenpredigt hören, die ihn einschläfert.

Werft euren Blick, fuhr Asmodeus fort, auf dieses große Haus, das dem des Cavaliers benachbart ist, welcher eben seinen Freunden den Bruch seines Verlöbnisses mit der Geliebten Ambrosio's berichtet. Bemerkt Ihr darin nicht eine junge Dame, in einem Bett von carmoisinrother mit Goldstickereien geschmückter Seide? – Verzeiht mir, antwortete Don Cleophas, ich bemerke eine schlafende Person und mir scheint ein Buch liegt auf ihrem Kopfkissen. – Ganz richtig, versetzt der Hinkende. Diese Dame ist eine junge, sehr geistreiche und heiter gelaunte Gräfin; sie litt seit sechs Tagen an einer Schlaflosigkeit, die sie außerordentlich schwächte; sie hat sich heute entschlossen, einen der gewichtigsten Aerzte der Fakultät kommen zu lassen. Er langt an; sie klagt ihm ihr Leid; er schreibt ein, wie er sagt, im Hippokrates verzeichnetes Mittel vor. Die Dame erlaubt sich über sein Recept Scherze zu machen. Der Arzt, ein griesgrämiges Thier, findet an diesen Späßen kein Gefallen und sagt mit seiner ganzen Doktorwürde: Senhora, Hippokrates ist nicht der Mann, über den man Witze machen darf! Ach, Senhor Doktor, hat die Gräfin mit ernster Miene geantwortet, ich bin weit entfernt, eines so berühmten und so gelehrten Mannes zu spotten; ich habe solchen Respekt vor ihm, daß ich überzeugt bin, ich brauche ihn nur aufzuschlagen und ich bin von meiner Schlaflosigkeit geheilt; ich habe in meiner Bibliothek eine neue Uebersetzung von dem gelehrten Azero; es ist die beste; man soll sie mir bringen. Und wirklich – bewundert die Zauberkraft dieser Lektüre – schon bei der dritten Seite ist die Dame in tiefen Schlummer verfallen.

In den Ställen dieses selben Hotels befindet sich ein armer einarmiger Soldat, den die Reitknechte aus Barmherzigkeit die Nächte hindurch da auf dem Stroh schlafen lassen. Während des Tages geht er betteln, und er hat vorhin eine ergötzliche Unterredung mit einem andren Bettler gehabt, der nahe bei Buen-Retiro, auf dem Wege zu Hof wohnt. Dieser macht sehr gute Geschäfte; er ist ein wohlhabender Mann und er hat eine Tochter zu verheirathen, die bei den Bettlern als eine reiche Erbin gilt. Der Soldat nahte sich diesem Maravedi-Papa und sagte ihm: Senhor Bettler, ich habe meinen rechten Arm verloren; ich kann dem König nicht mehr dienen, und um zu leben, sehe ich mich gezwungen, den Vorübergehenden Höflichkeiten zu erweisen; ich weiß sehr wohl, daß von allen Handwerken dies das ist, welches am besten seinen Mann nährt und daß ihm weiter nichts fehlt, als daß es ein wenig ehrenvoller sein könnte. Wenn es ehrenvoll wäre, hat der Andre geantwortet, würde es nichts mehr taugen, denn alle Welt würde es treiben!

Ihr habt Recht, versetzte der Einarmige; also, ich bin einer eurer Mitbrüder und ich möchte mich mit Euch verbinden. Gebt mir eure Tochter zur Frau! Denkt nicht daran, hat der Geldbrotze geantwortet; die muß eine bessere Partie machen. Ihr seid zu einem Schwiegersohn für mich nicht Krüppel genug; ich verlange einen, der im Stande ist, das Herz eines Wucherers zu rühren. Bin ich denn, hat der Soldat entgegnet, nicht in einer hinreichend trübseligen Lage? Ah bah, hat der Andere barsch geantwortet, Ihr seid nur einarmig und Ihr wagt Ansprüche auf meine Tochter zu machen? Wißt Ihr, daß ich sie einem Krüppel ohne Beine abgeschlagen habe?

Ich hätte Unrecht, fuhr der Teufel fort, an dem Hause, das an das der Gräfin stößt, vorüberzugehn – es wohnen darin ein alter trunksüchtiger Maler und ein bissiger Poet. – Der Maler ist heut Morgen um sieben aus dem Hause gegangen in der Absicht, einen Beichtvater für seine todtkranke Frau zu holen; aber er ist einem seiner Freunde begegnet, der ihn mit sich ins Wirthshaus gezogen hat, und er ist vor zehn Uhr Abends nicht heimgekommen. Der Poet, der im Rufe steht, zuweilen für seine bissigen Verse schmerzhafte Honorare ausbezahlt zu erhalten, sagte vorhin mit prahlerischem Ton in einem Café von Jemandem, der nicht gegenwärtig war: Das ist ein Hallunke, dem ich hundert Stockprügel geben werde. Das könnt Ihr schon, hat ein Spottvogel geantwortet, denn Ihr habt Vorrath in dem Artikel!

Ich darf eine Scene nicht vergessen, die heute bei einem Banquier dieser Straße, der kürzlich sein Geschäft in Madrid eröffnet hat, spielte; es sind nicht drei Monate, daß er mit großen Reichthümern aus Peru zurückgekommen ist. Sein Vater ist ein ehrlicher Zapareto oder Schuhflicker in Viejo de Mediana, einem großen Dorf in Altkastilien, an der Sierra d'Avila, wo er sehr zufrieden mit einer Frau vom selben Alter, das heißt sechzig Jahren, von seinem Handwerk lebt.

Es war lange Zeit verflossen, daß ihr Sohn von ihnen fortgezogen, um in Indien ein besseres Glück, als sie ihm verschaffen konnten, zu suchen. Mehr als zwanzig Jahre waren dahin, seit sie ihn nicht mehr gesehen. Sie sprachen oft von ihm; sie baten den Himmel täglich, ihn nicht zu verlassen, und sie ermangelten keinen Sonntag, ihn durch den Pfarrer, der zu ihren Freunden gehörte, ins Kirchengebet vor der Predigt aufnehmen zu lassen. Der Banquier seinerseits vergaß ihrer nicht. Sobald er sich ansässig gemacht, beschloß er sich selbst von der Lage zu unterrichten, worin sie sein könnten. Nachdem er zu diesem Ende seinen Domestiken gesagt, sie sollten nicht in Sorge um ihn sein, reiste er vor vierzehn Tagen ab, zu Pferd, ohne alle Begleitung, und begab sich in seinen Geburtsort.

Es war ungefähr zehn Uhr Abends und der gute Schuhflicker schlief an der Seite seiner Gattin, als sie plötzlich auffuhren bei dem Geräusch, welches der an die Thüre ihres kleinen Hauses pochende Banquier machte. Sie fragten, wer klopfe. Oeffnet, öffnet, rief er ihnen zu, es ist euer Sohn Francillo. Macht das Andren weiß! antwortete der gute Mann; packt euch fort, ihr Diebe! Für euch ist hier nichts zu holen. Francillo ist in Indien, wenn er nicht todt ist. Euer Sohn ist nicht in Indien, versetzte der Banquier; er ist aus Peru zurückgekommen, er ist's, der mit euch redet; weigert ihm den Eintritt in euer Haus nicht! – Steh auf, Jago, sagt nun die Frau; ich glaube wirklich, es ist Francillo, mir scheint, ich erkenne ihn an der Stimme! –

Hastig erhoben sich Beide; der Vater zündet eine Kerze an und die Mutter wirft sich eilig in ihre Kleider und geht, die Thüre zu öffnen. Sie blickt in Francillos Gesicht und da sie ihn nicht verkennen kann, wirft sie sich an seine Brust und preßt ihn in ihre Arme. Meister Jago, eben so bewegt wie seine Frau, umarmt gleichfalls seinen Sohn; und entzückt, nach langer Abwesenheit sich wieder vereinigt zu sehen, können die drei Leute nicht satt werden, sich dies Entzücken an den Tag zu legen.

Nachdem der Sturm der ersten Freude vorüber, nahm der Banquier seinem Pferde den Zaum ab und führte es in einen Stall, wo eine Kuh, die Nähramme des Hauses, ihren Stand hatte; dann gab er seinen Eltern Bericht über seine Reise und über das Vermögen, welches er aus Peru mitgebracht. Die Einzelnheiten waren ein wenig lang und hätten theilnahmlose Zuhörer langweilen können; aber ein Sohn, der sein Herz im Erzählen seiner Abenteuer ausschüttet, kann eines Vaters und einer Mutter Aufmerksamkeit nicht ermüden; es giebt für sie keine gleichgültigen Umstände; sie hörten ihm mit Begierde zu und das Geringste, was er sagte, machte auf sie einen lebhaften, entweder freudigen oder schmerzlichen Eindruck.

Sobald er seinen Bericht geendet hatte, sagte er ihnen, daß er komme, um ihnen einen Theil seines Vermögens anzubieten, und er bat seinen Vater, nicht mehr zu arbeiten. Nein, mein Sohn, entgegnete ihm Meister Jago, ich liebe mein Handwerk und werde es nicht verlassen. Aber, antwortete der Banquier, ist es nicht Zeit, daß Ihr Euch ausruhet? Ich schlage Euch nicht vor, mit mir nach Madrid zu ziehen, ich weiß sehr wohl, daß der Aufenthalt in der Stadt keinen Reiz für Euch haben würde; ich will keine Unruhe in euer stilles Leben bringen; aber spart Euch wenigstens eine mühevolle Arbeit und lebet hier in Gemächlichkeit, da Ihr es ja könnt!

Die Mutter unterstützte die Ansicht des Sohnes und Meister Jago ergab sich. Nun wohl, Francillo, sagte er, um dir den Willen zu thun, werde ich nicht mehr für die ganze Einwohnerschaft des Dorfes arbeiten; ich werde nur noch meine eignen Schuhe flicken und die des Herrn Pfarrers, unseres guten Freundes. Nach diesem Friedensschluß schluckte der Banquier zwei frische Eier, die man für ihn kochte, hinunter und legte sich dann neben seinen Vater ins Bett, wo er mit einem Gefühl von Glück einschlief, das nur Kinder von gutem Herzen ihm nachzuempfinden vermögen.

Am andern Morgen ließ Francillo seinen Eltern eine Börse mit dreihundert Pistolen und reiste nach Madrid zurück. Heute früh aber ist er sehr überrascht gewesen, Meister Jago plötzlich bei sich eintreten zu sehen. Welcher Grund führt Euch zu mir, mein Vater? hat er ihn gefragt. Mein Sohn, hat ihm der Greis geantwortet, ich bringe dir deine Börse zurück; nimm dein Geld wieder; ich will von meinem Handwerk leben;

ich sterbe vor Langeweile, seitdem ich nicht mehr arbeite. Wohl denn, mein Vater, hat Francillo darauf gesagt, kehrt in euer Dorf zurück; fahrt fort euer Handwerk auszuüben, aber nur um Euch die Langeweile zu vertreiben. Nehmt eure Börse wieder mit Euch und schont die meinige nicht! Was soll ich denn machen mit so vielem Gelde? hat Meister Jago erwiedert. Unterstützt die Armen damit, ist des Banquiers Antwort gewesen; gebraucht es nach dem Rathe, den Euch der Pfarrer geben wird. Der Schuhflicker ist mit dieser Antwort zufrieden gewesen und nach Mediana zurückgewandert. –

Don Cleophas hörte nicht ohne Vergnügen der Geschichte Francillos zu und war im Begriff, dem guten Herzen dieses Banquiers alle gehörigen Lobsprüche zu ertheilen, wenn nicht im selben Augenblicke gerade durchdringende Schreie seine Aufmerksamkeit gefesselt hätten. Senhor Asmodeus, rief er aus, welche laute Rufe lassen sich da vernehmen? – Dieses Geschrei, das durch die Lüfte schallt, antwortete der Teufel, geht von einem Hause aus, in welchem Narren eingesperrt sind; sie singen und schreien sich den Hals ab. – Wir sind nicht sehr weit von diesem Hause; gehen wir gleich, diese Narren zu sehen, versetzte Leandro. – Ich bin einverstanden, entgegnete der Teufel; ich will Euch dies Vergnügen verschaffen und Euch berichten, weshalb sie den Verstand verloren haben. Er hatte diese Worte kaum gesprochen, als er den Studenten auf die *casa de los locos* trug.

Neuntes Kapitel.

Von den eingesperrten Narren.

Zambullo musterte mit neugierigem Blick alle Zellen; und nachdem er die darin untergebrachten Närrinnen und Narren betrachtet hatte, sagte ihm der Teufel: Ihr seht hier von allen Sorten; da sind traurige und lustige, junge und alte. Ich will Euch nun sagen, weshalb sie wahnsinnig geworden sind; nehmen wir Zelle nach Zelle vor und fangen wir an bei den Männern.

Der erste, auf den wir stoßen und der rasend scheint, ist ein kastilianischer Novellist, geboren im Schooße Madrids und stolzer und um die Ehre seines Vaterlandes besorgter als ein alter Bürger von Rom. Er ist verrückt geworden aus Verdruß, weil er in der Zeitung las, daß fünfundzwanzig Spanier sich von einem Haufen von fünfzig Portugiesen haben schlagen lassen.

Zum Nachbar hat er einen Licentiaten, der solche Gier hatte, eine Pfründe zu erhaschen, daß er zehn Jahre lang am Hofe den Heuchler gemacht hat, und die Verzweiflung, sich bei den Beförderungen immer übergangen zu sehn, hat ihm den Kopf verwirrt; er hat dabei wenigstens den Vortheil, daß er sich für den Erzbischof von Toledo hält. Wenn er es auch nicht ist, hat er doch das Vergnügen, zu glauben, er sei es; ich finde ihn um so glücklicher, als ich seinen Wahnsinn wie einen schönen Traum betrachte, der nur mit seinem Leben enden wird, und als er in der andern Welt keine Rechenschaft über den Gebrauch, den er von seinen Einkünften gemacht, wird ablegen müssen.

Der Narr, der folgt, ist ein Mündel; sein Vormund hat ihn für verrückt ausgegeben, in der Absicht, sich für immer seines Vermögens zu bemächtigen; der arme Bursche hat aus Wuth über seine Einsperrung wirklich den Verstand verloren. Nach dem Minderjährigen kommt ein Schulmeister, der sich hierher gebracht hat, weil er sich darauf erpicht hatte, das *paulo post futurum* des griechischen Zeitworts zu entdecken; und der vierte ein Kaufmann, dessen Verstand an der Nachricht von einem Schiffbruch zu Grunde gegangen ist, obwohl er stark genug war, zwei Bankerotte, die er gemacht, vortrefflich zu überstehen.

Die Gestalt, welche in der folgenden Zelle liegt, ist ein alter Kapitän Zanubio, ein Cavalier, der von Neapel nach Madrid gezogen ist. In den Zustand, worin Ihr ihn erblickt, hat ihn die Eifersucht gebracht; hört seine Geschichte:

Er hatte eine junge Frau, Namens Aurora, die er immer unter Augen hielt; sein Haus war unzugänglich für Männer. Aurora ging nur aus, um sich in die Messe zu begeben, und selbst da war sie immer von ihrem alten Titon begleitet, der sie zuweilen auf ein Gut, das er bei Alcantara besitzt, führte, um die frische Luft zu genießen. Dennoch hatte ein Cavalier, genannt Don Garcias Pacheco, der sie zufällig in der Kirche gesehen, eine leidenschaftliche Liebe für sie gefaßt; es war ein unternehmender junger Mann und würdig der Aufmerksamkeit einer unpassend verheiratheten hübschen Frau.

Die Schwierigkeit, sich bei Zanubio einzuführen, raubte Don Garcias nicht die Hoffnung. Da er noch keinen Bart hatte und ein ziemlich hübscher Bursche war, so verkleidete er sich als Mädchen, nahm eine Börse mit hundert Pistolen und begab sich auf das Gut des Kapitäns, wohin, wie er erfahren, der letztere unverzüglich mit seiner Frau abreisen wollte. Er wandte sich an die Gärtnerin und sagte ihr mit dem Tone einer Heldin aus einem Ritterroman, welche von einem Riesen verfolgt wird: Meine Gute, ich komme mich in eure Arme zu werfen; ich stehe Euch an, Mitleid mit mir zu haben. Ich bin ein Mädchen aus Toledo, von guter Geburt und einigem Vermögen; meine Eltern wollen mich an einen Mann, den ich hasse, verheirathen. Ich habe mich des Nachts heimlich ihrer Tyrannei entzogen; ich bedarf einer Zuflucht; man wird mich hier nicht suchen; erlaubt mir, daß ich hier bleibe, bis meine Familie sich hat erweichen lassen. Seht, da ist meine Börse, fügte er, der Gärtnerin das Geld gebend, hinzu; nehmt sie; es ist Alles, was ich für den Augenblick Euch bieten kann; aber ich hoffe, daß ich eines Tages mehr im Stande sein werde, den Dienst zu belohnen, den Ihr mir erwiesen haben werdet.

Gerührt von dem Schluß dieser Rede, antwortete die Gärtnerin: Meine Tochter, ich will Euch helfen. Ich kenne junge Personen, die alten Männern geopfert sind, und weiß sehr gut, daß sie nicht sehr glücklich sind; ich weiß ihre Leiden mitzufühlen; Ihr könnt Euch an Niemand besseren wenden als mich; ich werde Euch eine besondere kleine Kammer einräumen, in der Ihr sicher hausen werdet.

Don Garcias brachte einige Tage auf diesem Gute zu, sehr ungeduldig, Aurora darauf ankommen zu sehen. Sie kam endlich mit ihrem Eifersüchtigen, der nach seiner Gewohnheit damit begann, alle Gemächer, die Cabinette, die Keller und die Speicher zu durchschreiten, um zu sehen, ob er nicht irgend einen Feind seiner Ruhe darin finde. Die Gärtnerin, die ihn kannte, theilte ihm mit, unter welchen Umständen ein junges Mädchen zu ihr gekommen sei, eine Zuflucht zu verlangen.

Obwohl sehr mißtrauisch, hatte Zanubio nicht den geringsten Argwohn einer Täuschung; er war nur neugierig, die Unbekannte zu sehen, die ihn bat, ihr die Nennung ihres Namens zu erlassen, da sie, wie sie sagte, diese Schonung ihrer Familie schulde, welche durch ihre Flucht gewissermaßen entehrt werde; dann erzählte sie einen Roman mit so viel Geist, daß der Kapitän entzückt davon war. Er fühlte eine Neigung für diese liebenswürdige Person in sich entstehen; er bot ihr seine Dienste an und sich mit der Hoffnung schmeichelnd, daß immerhin etwas für ihn abfallen könne, gab er sie seiner Frau zur Seite.

Sobald Aurora Don Garcias sah, erröthete sie und wurde verlegen, ohne zu wissen weshalb. Der junge Cavalier bemerkte es; er schloß, daß sie ihn in der Kirche, wo er sie gesehn, bemerkt habe; um sich darüber Gewißheit zu verschaffen, sagte er ihr, sobald er sie allein sprechen konnte: Senhora, ich habe einen Bruder, der mir oft von Euch gesprochen hat; er hat Euch einen Augenblick in der Kirche gesehen; seit diesem Augenblicke, den er sich tausendmal im Tage in die Erinnerung zurückruft, befindet er sich in einem Zustande, der eures Mitleids würdig ist.

Bei diesen Worten blickte Aurora Don Garcias aufmerksamer, als sie bisher gethan, an und antwortete ihm: Ihr gleicht diesem Bruder zu sehr, als daß ich länger von eurer List getäuscht sein könnte; ich sehe sehr wohl, daß Ihr ein verkleideter Cavalier seid. Ich erinnere mich, daß eines Tages, während ich die Messe hörte, meine Mantilla sich einen Augenblick verschob und Ihr mich sahet; ich blickte Euch aus Neugier an; Ihr hieltet fortwährend die Augen auf mich gerichtet. Als ich fortging, unterließet Ihr, glaub ich, nicht, mir zu folgen, um zu erfahren, wer ich sei und in welcher Straße ich wohne. Ich sage »glaub ich«, weil ich nicht wagte, den Kopf zu wenden, um Euch zu beobachten; mein Gatte, der mich begleitete, hätte diese Bewegung bemerkt, und mir ein Verbrechen daraus gemacht. Die andern und die folgenden Tage kehrte ich in dieselbe Kirche zurück; ich sah Euch wieder und merkte mir so gut eure Züge, daß ich sie wiedererkenne trotz eurer Verkleidung.

Wohl denn, Senhora, erwiederte Don Garcias, ich muß die Maske fallen lassen; ja, ich bin ein Mann, hingerissen von euren Reizen; es ist Don Garcias Pacheco, den die Liebe unter dieser Verhüllung hier einführt. Und ohne Zweifel hofft Ihr, entgegnete Aurora, daß ich euren thörichten Eifer billigen, eure List begünstigen und meinerseits dazu beitragen werde, meinen Gatten in seinem Irrthume zu erhalten! Darin aber täuscht Ihr Euch sehr; ich werde ihm Alles entdecken; meine Ehre und meine Ruhe steht auf dem Spiele; und zudem freut es mich, eine so schöne Gelegenheit zu finden, ihm zu zeigen, daß seine Wachsamkeit viel weniger leistet als meine Tugend, und daß, so eifersüchtig, so argwöhnisch wie er ist, ich schwerer zu täuschen bin als er.

Kaum hatte sie diese letzteren Worte gesprochen, als der Kapitän erschien, und sich ins Gespräch zu mischen begann. Wovon unterhaltet ihr euch, meine Damen? fragte er. Aurora nahm sofort das Wort: Wir sprachen, antwortete sie, von jungen Cavalieren, die es unternehmen, die Liebe junger Frauen, welche alte Männer haben, zu erringen; und ich sagte, daß wenn Einer dieser Galans verwegen genug wäre, sich unter irgend einer Verkleidung bei Euch einzuführen, ich seine Keckheit schon zu bestrafen wissen würde!

Und Ihr, Senhora, sagte Zanubio, sich zu Don Garcias wendend, wie würdet Ihr mit einem jungen Cavalier in solchem Falle umspringen? Don Garcias war so verlegen, so aus dem Gleichgewicht gebracht, daß er nicht wußte, was dem Kapitän antworten, der seine Verwirrung wahrgenommen hätte, wenn nicht in diesem Augenblick ein Diener eingetreten wäre, um ihm zu sagen, daß ein Mann aus Madrid angekommen sei, der ihn zu sprechen verlange; er ging hinaus, um zu erfahren, was man von ihm wolle.

Jetzt warf sich Don Garcias zu den Füßen Aurora's nieder, und sagte ihr: Ach, Senhora, welches Vergnügen gewährt es Euch, mich in Verwirrung zu setzen? Könntet Ihr so grausam sein, mich der Rache eines rasenden Gatten auszusetzen? Nein, Pacheco, antwortete sie lächelnd; die jungen Frauen, die eifersüchtige alte Männer haben, sind nicht so grausam; beruhigt Euch; ich habe mir ein Vergnügen machen wollen, indem ich Euch ein wenig Furcht einjagte, aber damit soll es genug sein; damit habt Ihr die Nachsicht, die ich haben will, Euch hier zu dulden, eben nicht theuer erkauft! Bei so tröstlichen Worten fühlte Don Garcias alle seine Furcht schwinden und faßte Hoffnungen, die Aurora die Güte hatte, nicht zu zerstören.

Eines Tages, als sie sich beide im Gemach Zanubios Beweise ihrer gegenseitigen Freundschaft gaben, überraschte sie der Kapitän. Wenn er auch nicht der eifersüchtigste aller Männer gewesen wäre, er sah genug, um daraus abzunehmen, daß seine schöne Unbekannte ein verkleideter Cavalier sei. Bei diesem Anblick gerieth er in Raserei; er eilte in sein Cabinet, um Pistolen daraus zu holen; aber während dessen entwischten die beiden Liebenden, schlossen außen die Thüren des Gemaches ab, nahmen die Schlüssel mit sich und retteten sich beide in Hast in ein benachbartes Dorf, wo Don Garcias seinen Kammerdiener und zwei gute Pferde gelassen hatte. Dort warf er die Mädchenkleider ab, nahm Aurora auf die Kruppe und brachte sie nach einem Kloster, wohin sie ihn bat, sie zu führen, und worin sie eine Tante als Superiorin hatte; er aber kehrte nach Madrid zurück, um die weiteren Folgen dieses Abenteuers abzuwarten.

Unterdeß hatte Zanubio, als er sich eingeschlossen sah, geschrien und zu Hülfe gerufen; einer der Diener eilt auf seine Rufe herbei, findet aber die Thüre geschlossen und kann sie nicht öffnen. Der Kapitän strengt sich an, sie einzubrechen und da es ihm nicht schnell genug gelingt, so stürzt er sich in seinem Ungestüm, mit seinen Pistolen in der Hand, zum Fenster hinaus; er fällt auf den Rücken, verwundet sich am Kopfe und liegt bewußtlos auf dem Boden ausgestreckt. Seine Diener kommen herzu und tragen ihn in einen Saal auf ein Ruhebett; sie sprengen ihm Wasser ins Gesicht und quälen ihn so lange, bis sie ihn endlich aus seiner Ohnmacht ins Leben zurückrufen; aber mit seinen Lebensgeistern kommt ihm die Raserei zurück; er fragt, wo seine Frau sei? man antwortet ihm, daß man sie mit der fremden Dame durch eine kleine Gartenthüre habe fortgehen sehen. Er befiehlt, daß man ihm augenblicklich seine Pistolen zurückgebe; man ist gezwungen, ihm zu gehorchen; er läßt ein Pferd satteln; er reitet davon, ohne an seine Wunde zu denken, und schlägt einen andern Weg ein als den der Flüchtlinge. Er bringt den Tag damit zu, vergeblich umherzureiten und nachdem er die Nacht, um auszuruhen, in einem Dorfwirthshaus zugebracht, ziehen ihm die Ermüdung und die Wunde ein Fieber zu, mit einer Hirnentzündung, die ihn beinahe dahingerafft hätte.

Um das Uebrige in zwei Worten zu sagen, er lag in dem Dorfe vierzehn Tage lang krank; dann kehrte er auf sein Gut zurück, wo er, unaufhörlich mit seinem Unglück beschäftigt, allmählich den Verstand verlor. Die Verwandten Aurora's waren nicht sobald davon unterrichtet, als sie ihn nach Madrid bringen ließen, um ihn unter die Narren sperren zu lassen. Seine Frau ist noch im Kloster, und sie haben beschlossen, sie noch einige Jahre lang darin zu lassen, um ihren Leichtsinn, oder, wenn Ihr wollt, einen Fehler zu strafen, dessen Schuld sie selber doch ganz allein tragen.

Unmittelbar neben Zanubio, fuhr der Teufel fort, befindet sich der Senhor Don Blaz Desdichado, ein ausgezeichneter Cavalier; der Tod seiner Gattin ist die Ursache der traurigen Lage, worin Ihr ihn seht. – Das überrascht mich, sagte Don Cleophas. Ein Mann, den der Tod seiner Frau wahnsinnig macht? Ich glaubte nicht, daß die eheliche Liebe so weit gehen könnte. – Schließen wir nicht so rasch, unterbrach ihn Asmodeus; Don Blaz ist nicht aus Schmerz, seine Gattin verloren zu haben, verrückt geworden; was ihn um den Verstand gebracht hat, das ist der Umstand, daß er, weil er keine Kinder hat, gezwungen war, den Verwandten der Verstorbenen fünfzigtausend Dukaten zurückzugeben, die er von ihr erhalten zu haben im Ehecontract bekannt hat.

Dann liegt die Sache anders, versetzte Leandro; ich bin nicht mehr erstaunt über seinen Unfall. Und sagt mir, bitte, wer ist dieser junge Mann, der in der folgenden Zelle wie ein Ziegenböcklein springt und von Zeit zu Zeit aufhört, um in lautes Gelächter auszubrechen und sich dabei die Seiten zu halten? – Das ist ein lustiger Narr! Auch rührt sein Wahnsinn von einem Uebermaß von Freude her, antwortete der Hinkende. Er war Thürsteher eines vornehmen Herrn; und als er eines Tages den Tod eines reichen Steuerpächters, dessen einziger Erbe er war, vernahm, hielt seine Vernunft nicht Stand wider eine so frohe Nachricht; er wurde darüber verrückt.

Wir sind bis zu dem großen Burschen gekommen, der die Guitarre spielt und sie mit seinem Gesange begleitet; es ist ein schwermüthiger Narr, ein Liebhaber, den die Härte seiner Dame zur Verzweiflung gebracht hat, und den man einsperren mußte. – Ach, den beklage ich, rief der Student aus; sein Unglück geht mir wirklich zu Herzen; es kann allen ehrlichen Leuten zustoßen; wenn ich in eine grausame Schönheit verliebt wäre, – ich wüßte nicht, ob ich nicht dasselbe Loos hätte. – An diesem Gefühl, versetzte der Teufel, erkennt man Euch als den wahren Kastilianer; man muß im Schooße Kastiliens geboren sein, um sich fähig zu fühlen, so lieben zu können, daß man wahnsinnig würde vor Kummer, nicht gefallen zu können. Die Franzosen sind nicht so zärtlich – und wenn Ihr wissen wollt, welcher Unterschied in dieser Beziehung zwischen einem Franzosen und einem Spanier ist, so brauch' ich Euch nur den Vers zu sagen, den dieser Narr singt, und den er soeben gedichtet hat:

Ardo y lloro sin sosiego
Llorando y ardiendo tanto,
Que ni el llanto apaga el fuego,
Ni el fuego consume il llanto.

Ich weine Thränen – eine Fluth,
Und fühl von Feuer mich verzehren;
Die Thränen löschen nicht die Gluth,
Die Gluth vertilgt nicht meine Zähren.

So spricht ein spanischer Cavalier, wenn seine Dame ihn mißhandelt, und nun hört, wie ein Franzose in diesen Tagen in ähnlicher Lage sein Leid klagte:

Die Dame, der mein Herz gehört,
Bleibt hart und stumm für meiner Liebe Zeichen;
Was sonst ein Frauenherz bethört,
Nichts kann die schöne Grausame erweichen.
Kann ein Unsel'ger wohl ein härtres Schicksal haben?
Ach, ich vermag ihr zu gefallen nicht,
Und so verzicht' ich auf des Tages Licht:
Kommt, Freunde, mich bei Payen zu begraben!

Dieser Payen ist sicherlich ein Weinwirth, sagte Don Cleophas. – Richtig, erwiederte der Teufel. Aber fahren wir fort und betrachten uns die andern Narren. – Gehen wir lieber zu den Frauen über, versetzte Leandro, ich bin begierig, sie zu sehen. – Ich will eurer Ungeduld nachgeben, entgegnete der Geist; aber es sind hier zwei oder drei Unglückliche, welche ich Euch vorher zeigen möchte; Ihr könnt Euch aus ihrem Unglück eine Lehre nehmen.

Betrachtet in der Zelle, welche auf die des Guitarrenspielers folgt, dies blasse und magere Gesicht, welches mit den Zähnen fletscht und die Eisenstangen vor seinem Fenster aufessen zu wollen scheint; es ist ein ehrlicher Mensch, geboren unter einem so unglücklichen Sterne, daß er trotz aller möglichen Verdienste und aller Anstrengungen seit zwanzig Jahren nicht hat dahin gelangen können, sich sein tägliches Brod zu verschaffen. Er hat den Verstand verloren, als er ein höchst unbedeutendes Subjekt seiner Bekanntschaft durch seine Rechenkunst in einem Tage auf die Höhe des Glücksrades gehoben sah.

Der Nachbar dieses Verrückten ist ein alter Sekretär, der einen Sparren im Kopfe hat, weil er die Undankbarkeit eines Hofmannes, dem er sechszig Jahre hindurch diente, nicht zu ertragen wußte. Man konnte den Eifer und die Treue dieses Mannes, der nie etwas für sich verlangte, nicht genug loben; er beschränkte sich darauf, seine Dienste und seinen Fleiß reden zu lassen, – sein Herr aber glich nicht dem Archilaus, König von Macedonien, der verweigerte, wenn man von ihm verlangte, und gewährte, wenn man nicht verlangte; er ist gestorben, ohne den treuen Diener zu belohnen; er hat ihm nur so viel hinterlassen, daß er den Rest seiner Tage im Elend und im Narrenhause zubringen kann.

Und jetzt sollt Ihr nur noch Einen ins Auge fassen – den, welcher, die Arme auf die Fensterbank gestützt, in ein tiefes Sinnen verloren scheint. Ihr seht in ihm einen Senhor Hidalgo aus Tafalla, einer kleinen

Stadt Navarras; er ist nach Madrid übergesiedelt, wo er einen schönen Gebrauch von seinem Vermögen gemacht hat. Er hatte die Sucht, alle schönen Geister kennen und sie bewirthen zu wollen; die Feste hörten bei ihm nicht auf; und obwohl die Schriftsteller, die eine unhöfliche und undankbare Race sind, ihn verspotteten, während sie ihn aufaßen, hat er nicht eher Ruhe gehabt, als bis er mit ihnen sein bischen Hab und Gut verzehrt hatte. – Es ist kein Zweifel, sagte Zambullo, daß er verrückt geworden ist aus Reue, sich auf eine so dumme Weise ruinirt zu haben. – Ganz im Gegentheil, entgegnete Asmodeus, nur aus Verzweiflung, sich außer Stande zu sehen, in derselben Weise weiter zu leben.

Kommen wir jetzt zu den Frauen, fügte er hinzu. – Aber wie ist das, rief der Student aus, ich sehe ihrer nur sieben oder acht; es giebt weniger Närrinnen, als ich dachte! – Alle Närrinnen sind nicht hier! bemerkte lächelnd der Dämon. Wenn Ihr es wünscht, bring' ich Euch gleich in ein anderes Quartier dieser Stadt, wo ein großes Haus ganz voll davon 120 ist. – Das ist nicht nöthig, versetzte Don Cleophas, ich halte mich an diese hier. – Ihr habt Recht, entgegnete der Hinkende; es sind fast alle Personen von Rang; Ihr mögt an der Reinheit und Feinheit ihrer Wäsche erkennen, daß sie nicht zum Volk gehören können. Ich will Euch die Ursache ihrer Geisteskrankheiten berichten.

In der ersten Zelle ist die Frau eines Corregidors, der die Wuth, von einer Dame vom Hofe Bürgerfrau genannt worden zu sein, den Kopf verrückt hat. In der zweiten befindet sich die Gattin des Großschatzmeisters des Raths von Indien; sie ist wahnsinnig geworden aus Verdruß, weil sie in einer engen Straße ihre Carrosse zurückführen lassen mußte, um die der Herzogin von Medina-Cöli vorüber zu lassen. In der dritten hat ihren Aufenthalt eine junge Wittwe vom Kaufmannsstande, die um den Verstand gekommen ist aus Aerger, einen großen Herrn, den sie zu heirathen hoffte, nicht bekommen zu haben; und die vierte wird bewohnt von einem Mädchen von vornehmem Stande, die Donna Beatrix heißt, und deren Geschichte ich Euch erzählen muß.

Diese Dame hatte eine Freundin, die man Donna Mencia nannte; sie sahen sich alle Tage. Ein Ritter vom San Jago-Orden, ein schöner und galanter Herr, machte ihre Bekanntschaft und beide wurden bald zu Nebenbuhlerinnen; sie machten sich lebhaft sein Herz streitig, das sich auf die Seite der Donna Mencia neigte; so daß endlich diese die Frau des Ritters wurde.

Donna Beatrix, sehr eifersüchtig auf die Macht ihrer Reize, empfand einen tödtlichen Kummer, nicht vorgezogen worden zu sein, und als echte Spanierin nährte sie auf dem Grunde ihres Herzens ein heftiges Verlangen, sich zu rächen, als sie ein Billet von Don Jacinto de Romarate, einem andren Verehrer von Donna Mencia, erhielt; dieser Cavalier meldete ihr, daß er, eben so entrüstet über die Heirath seiner Geliebten wie sie, beschlossen habe, sich mit dem Ritter, der sie ihm entführt, zu schlagen.

Dieser Brief war Beatrix sehr angenehm, da sie nichts weiter als den Tod des Sünders verlangte, und nur wünschte, daß Don Jacinto seinem Nebenbuhler das Lebenslicht ausblase. Während sie mit Ungeduld eine so christliche Genugthuung erwartete, bekam aber ihr Bruder durch Zufall einen Streit mit diesem selben Jacinto; er schlug sich mit ihm und erhielt zwei Degenstiche in den Leib, an denen er starb. Es war nun die Pflicht der Donna Beatrix, den Mörder ihres Bruders vor Gericht zu verfolgen; aber sie vernachläßigte diese Pflicht, um Don Jacinto Zeit zu lassen, den San-Jago-Ritter zu bestrafen, – woraus klar hervorgeht, daß den Frauen nichts so sehr am Herzen liegt, als das Interesse ihrer Schönheit. Grade so machte es Pallas, als Ajax die Cassandra überwältigt hatte; die Göttin straft nicht auf der Stelle den ruchlosen Griechen, der ihren Tempel geschändet hat; sie will, daß er erst dazu mithelfen soll, sie wegen des Urtheils des Paris zu rächen. Aber ach, Donna Beatrix war weniger glücklich als Minerva; sie hat das Glück der Rache nicht genossen. Romarate ist gefallen im Duell wider den Jago-Ritter, und der Kummer, den die Dame empfunden hat, ihren Beleidiger ungestraft zu sehen, hat ihr den Verstand genommen.

Die zwei folgenden Verrückten sind die Großmutter eines Advokaten und eine alte Marquise; die erstere brachte durch ihre bösen Launen ihren Enkel zur Verzweiflung, bis dieser sie hier wohlverpflegt untergebracht hat, um sie los zu werden; die andere ist eine Frau, die immer ihre eigene Schönheit angebetet hat; statt mit Ruhe und Fassung das Alter hinzunehmen, hat sie unaufhörlich über ihre schwindenden Reize geweint und eines Tages endlich in einen treuen Spiegel blickend ist sie wirr im Kopfe geworden.

Desto besser für diese Marquise, sagte Leandro; in ihrer Geistesverwirrung bemerkt sie vielleicht den Wechsel, den die Zeit über sie gebracht, nicht mehr. – Gewiß nicht, antwortete der Teufel; weit entfernt, jetzt ihrem Gesichte das Gepräge des Alters anzusehen, scheint ihr Teint ihr eine Mischung von Lilien und Rosen; um sich her erblickt sie die Grazien und Amoretten; sie glaubt, mit einem Wort, sie sei die Göttin Venus. – Nun wohl, entgegnete der Student, ist sie nicht glücklicher, verrückt zu sein, als sich so zu erblicken, wie sie ist? – Ohne Zweifel, erwiederte Asmodeus. Jetzt aber bleibt uns nur noch eine Dame zu betrachten übrig; es ist die, welche die letzte Zelle bewohnt und die eben der Schlummer umfangen hat – nach drei Tagen und drei Nächten der Aufregung; es ist Donna Emerenciana; seht sie Euch wohl an; was sagt Ihr von ihr? – Ich finde sie sehr schön, antwortete Zambullo. Wie schade, daß ein so reizendes Geschöpf wahnsinnig sein muß! Durch welches Ereigniß ist sie in diesen Zustand gerathen? – Hört mir aufmerksam zu, entgegnete der Hinkende; Ihr sollt die Geschichte ihres Unglückes vernehmen.

Donna Emerenciana, einzige Tochter des Don Guillem Stephani, lebte ruhig in Siguença im Hause ihres Vaters, als Don Chimen de Lizana durch die Galanterien, die er aufwendete, um ihr zu gefallen, die Ruhe ihrer jungen Seele zu stören wußte. Sie begnügte sich nicht damit, sich durch die Liebesbeweise dieses Cavaliers rühren zu lassen, sie hatte die Schwäche, auf die List, die er anwandte, um mit ihr reden zu können, einzugehn und bald wechselten sie das Gelöbniß der Treue.

Die beiden Liebenden waren von gleicher Geburt; aber die Dame konnte für eine der besten Partien Spaniens gelten, statt daß Don Chimen nur ein nachgeborener Sohn war. Und noch ein zweites Hinderniß stand ihrer Verbindung entgegen – Don Guillem haßte die Familie der Lizana und sprach dies sehr unumwunden aus, wenn in seiner Gegenwart die Rede auf sie kam; es schien sogar, daß er gegen Don Chimen noch mehr Widerwillen habe als gegen alle übrigen Mitglieder seines Geschlechts. Aufs tiefste betrübt, ihren Vater in dieser Stimmung zu sehen, ahnte Emerenciana das Schlimmste für ihre Liebe; sie unterließ jedoch nicht, sich rückhaltlos ihrer Neigung hinzugeben und heimliche Besprechungen mit Lizana zu haben, der durch Vermittlung einer Zofe sich Nachts bei ihr einführte.

In einer dieser Nächte ereignete es sich, daß Don Guillem, der von ungefähr erwachte, als der Liebhaber ins Haus eintrat, Geräusch im Zimmer seiner Tochter, welches vom seinigen nicht sehr entfernt war, zu vernehmen glaubte. Es bedurfte nicht mehr, um einen so argwöhnischen Vater wie ihn zu beunruhigen. Nichtsdestoweniger und so mißtrauisch er war, Emerenciana war von solcher Tadellosigkeit in ihrer Aufführung gewesen, daß er nicht im Entferntesten ihr Einverständniß mit Don Chimen ahnte; aber er war nicht der Mann, das Vertrauen zu weit zu treiben; so erhob er sich leis von seinem Bette, ging, ein auf die Straße hinausgehendes Fenster zu öffnen, und hatte die Geduld, darin stehen zu bleiben, bis er beim Licht des Mondes Lizana auf einer Strickleiter von einem Balkon niedersteigen sah.

Welcher Anblick für Stephani, für den rachsüchtigsten und barbarischsten Sterblichen, den je Sicilien, das Land seiner Geburt, hervorgebracht hat! Für den Augenblick wußte er seinen Zorn zu zügeln; er hütete sich wohl, einen Lärm zu machen, der das Hauptopfer, welches seine Rachsucht verlangte, ihm entzogen hätte; er bezwang sich und wartete, bis seine Tochter am Morgen sich erhoben hatte, um in ihr Zimmer zu treten. Dort mit ihr allein und mit wuthfunkelnden Augen sie anblickend, sagte er zu ihr: Unglückliche, die du trotz des Adels deines Bluts dich nicht schämst, dich schändlich zu betragen, mach dich auf eine gerechte Strafe gefaßt. Dieser Dolch, fuhr er fort, eine Waffe aus seinem Busen ziehend, dieser Dolch wird dir das Leben nehmen, wenn du nicht die Wahrheit bekennst: nenne mir den Verwegenen, der in dieser Nacht mein Haus entehrt hat!

Emerenciana war wie vom Schlage gerührt, und so erschrocken über diese Drohung, daß sie kein Wort hervorbringen konnte. Elende, fuhr ihr Vater fort, dein Schweigen und deine Bestürzung bekunden mir nur zu laut dein Verbrechen. Und bildest du dir ein, unwürdige Tochter, daß ich nicht weiß, was vorgeht? ich habe diese Nacht den Frechen gesehen; ich habe Don Chimen erkannt; es war nicht genug, daß du in der Nacht einen Cavalier in dein Zimmer aufgenommen hast – dieser Cavalier mußte mein größter Feind sein; aber zuerst will ich erfahren, bis zu welchem Grade meine Schmach geht. Sprich ohne Verstellung; nur durch Aufrichtigkeit kannst du dem Tode entgehn!

Die Dame schöpfte bei diesen letzten Worten eine leise Hoffnung, dem traurigen Schicksal, das sie bedrohte, zu entgehn; sie faßte sich deshalb und antwortete dem Don Guillem: Senhor, ich habe es nicht vermocht, Lizana unerhört zu lassen, aber ich nehme den Himmel zum Zeugen für die Reinheit seiner Absichten. Da er weiß, daß Ihr seine Familie hasset, hat er noch nicht gewagt, Euch um eure Einwilligung anzugehn; und nur um zusammen die Mittel zu berathen, diese zu erlangen, habe ich ihm erlaubt, zu mir zu kommen. Und welcher Person, entgegnete Stephani, bedient ihr euch, um euch eure Briefe zukommen zu lassen? Es ist, erwiederte seine Tochter, einer eurer Pagen, der uns diesen Dienst leistete. Das ist Alles, antwortete der Vater, was ich wissen wollte; es handelt sich jetzt darum, den Entschluß auszuführen, den ich gefaßt habe. Und dann immer seinen Dolch in der Hand, ließ er seine Tochter Papier und Dinte nehmen, und zwang sie, diese Worte niederzuschreiben, wie er selbst sie ihr diktirte: »Theurer Gatte, einziges Glück meines Lebens, ich melde Dir, daß mein Vater soeben nach seinem Gute abgereist ist, von wo er erst morgen zurückkehren wird; benutze diese Gelegenheit, ich hoffe, Du erwartest die kommende Nacht mit derselben Ungeduld wie ich!« –

Nachdem Emerenciana dies treulose Billet geschrieben und gesiegelt hatte, sagte Don Guillem zu ihr: Laß den Pagen kommen, der sich so geschickt dem Auftrage, womit du ihn betraust, unterzieht und befiehl ihm, dies Papier zu Don Chimen zu tragen; aber hoffe nicht, mich zu täuschen; ich werde mich an einem Orte in diesem Zimmer verbergen, wo ich dich beobachten kann, wenn du ihm diesen Auftrag ertheilst, und wenn du ihm ein Wort sagst, oder ihm irgend ein Zeichen giebst, das ihm die Botschaft verdächtig macht, werde ich dir augenblicklich den Dolch ins Herz stoßen. Emerenciana kannte ihren Vater zu gut, um ihm nicht zu gehorchen; sie gab das Billet wie gewöhnlich in die Hände des Pagen.

Nun steckte Stephani den Dolch wieder ein, aber er verließ seine Tochter den ganzen Tag über nicht; zu Niemanden ließ er sie im Geheimen sprechen, er machte es völlig unmöglich, Lizana vor der Schlinge zu warnen, die ihm gelegt worden. Der junge Mann verfehlte also nicht, sich zu dem Rendezvous einzustellen. Kaum aber war er im Hause seiner Geliebten, als er sich plötzlich von drei der stärksten Männer ergriffen fühlte, die ihm, ohne daß er sich widersetzen konnte, die Waffen nahmen, ihm ein Tuch in den Mund schoben, um ihn am Schreien zu verhindern, ihm die Augen verbanden und ihm die Hände auf den Rücken schnürten; in diesem Zustande brachten sie ihn in einen bereit gehaltenen Wagen, in den sie alle drei einstiegen, um besser für den Cavalier haften zu können, und führten ihn auf das Gut Stephanis, das im Dorfe Miedes, vier Stunden von Siguença, liegt. Don Guillem fuhr einen Augenblick nachher in einer andern Carrosse mit seiner Tochter, zwei Kammerfrauen und einer mürrischen Duegna ab, welche er den Nachmittag hatte zu sich kommen lassen, um sie in seinen Dienst zu nehmen. Er nahm obendrein den ganzen Rest seiner Leute mit, mit Ausnahme eines alten Dieners, der von der Entführung Lizanas nichts wußte.

Vor Tagesanbruch langten alle in Miedes an. Die erste Sorge des Senhor Stephani war, Don Chimen in einen gewölbten Keller einsperren zu lassen, der ein schwaches Licht durch ein Luftloch erhielt, welches zu enge war, um einen Menschen durchzulassen. Er befahl darauf seinem Kammerdiener und Vertrauten Julio, dem Gefangenen zur einzigen Nahrung Brod und Wasser, zum Bett eine Strohgarbe zu geben und ihm jedesmal, so oft er ihm Nahrung bringe, zu sagen: Da, elender Verführer, du siehst, auf welche Weise Don Guillem die bestraft, welche kühn genug sind, ihn zu beleidigen. Mit seiner Tochter verfuhr der grausame Sicilianer, nicht weniger hart; er sperrte sie in eine Kammer ein, die keinen Ausblick auf die Gegend bot, nahm ihr ihre Frauen, und gab ihr zur Hüterin die Duegna, einen Quälgeist ohne Gleichen, die er ausgewählt hatte, um das ihrer Bewachung übergebene Mädchen zu foltern.

So brachte er die beiden Liebenden unter. Seine Absicht war, dabei nicht stehen zu bleiben. Er war entschlossen, Don Chimen aus der Welt zu schaffen; aber er wollte dies Verbrechen ungestraft auszuführen suchen und das schien ziemlich schwierig. Da er sich seiner Diener bei der Entführung des Cavaliers bedient hatte, so konnte er nicht hoffen, daß eine von so vielen Menschen gewußte Handlung immer geheim bleiben würde. Was also beginnen, um keine Händel mit der Justiz zu bekommen? Er faßte seinen Entschluß als verhärteter Bösewicht; er versammelte alle seine Mitschuldigen in einem vom Schlosse getrennten Gebäudetheil; er bezeigte ihnen seine Zufriedenheit mit ihrem Eifer und erklärte, daß er ihnen zum Lohn eine tüchtige Summe Geldes geben wolle, nachdem er sie glänzend regalirt habe. Er ließ sie an einem Tische Platz nehmen und bei dem Mahl mußte Julio sie auf sein Geheiß vergiften; dann steckten Diener und Herr den Gebäudetheil in Brand und bevor die Flammen die Einwohner des Dorfs herbeilocken konnten, ermordeten jene die zwei Kammerfrauen Emerencianas und den Pagen, von dem ich gesprochen habe; die Leichen warfen sie zu den andern. Bald darauf stand der Gebäudetheil in Flammen und brannte zu Asche, trotz aller Anstrengungen, welche von den Bauern der Umgebung gemacht wurden, um die Feuersbrunst zu löschen. Während dessen mußte man die Schmerzensschreie des Sicilianers hören … er schien untröstlich über den Verlust seiner Dienerschaft.

Nachdem er sich so die Verschwiegenheit der Leute, welche ihn hätten verrathen können, gesichert, sagte er seinem Vertrauten: Mein theurer Julio, ich bin jetzt beruhigt und kann, wann es mir gefällt, Don Chimen das Leben nehmen; aber bevor ich ihn meiner Ehre zum Opfer bringe, will ich den süßen Genuß haben, ihn gepeinigt zu sehen; das Elend und der Schrecken einer langen Gefangenschaft sind für ihn grausamer als der Tod. In der That beklagte Lizana fortwährend sein Loos; in der Erwartung, daß er niemals aus seinem Kerker entkommen werde, wünschte er sich die Erlösung von seinen Leiden durch einen raschen Tod.

Aber vergebens hoffte Stephani Gemüthsruhe zu finden, nach der That, die er begangen hatte. Eine neue Sorge begann ihn nach Verlauf von drei Tagen zu beängstigen; er fürchtete, daß Julio, wenn er dem Gefangenen zu essen bringe, sich durch Versprechungen gewinnen lasse und diese Furcht ließ ihn den Entschluß fassen, den Untergang des einen zu beschleunigen und nachher dem andern mit einem Pistolenschuß eine Kugel durch den Kopf zu jagen. Julio seinerseits war nicht ohne Mißtrauen und in der Voraussicht, daß sein Herr sehr wohl auch ihn seiner Sicherheit opfern könne, wenn er Don Chimen bei Seite geschafft, beschloß er in einer schönen Nacht durchzugehn mit Allem, was an leicht davon zu tragenden Dingen im Hause sei.

Das waren die Pläne, welche die beiden Ehrenmänner jeder für sich hegten, als sie eines Tages zusammen hundert Schritt vom Schlosse entfernt von fünfzehn oder zwanzig Hartschieren der heiligen Hermandad überrascht wurden, welche sie plötzlich umringten – mit dem Ruf: »Im Namen des Königs und des Gesetzes!« Bei diesem Anblick erbleichte Don Guillem vor Schrecken, aber trotzdem sich fassend, fragte er den Commandanten, auf wen er es abgesehn habe? Auf Euch selbst, antwortete der Offizier; man beschuldigt Euch, Don Chimen von Lizana entführt zu haben; ich bin beauftragt, in diesem Schlosse eine genaue Nachforschung nach diesem Cavalier anzustellen und mich eurer Person zu versichern. Bei dieser Antwort überzeugt, daß er verloren sei, bekam Stephani einen Anfall von Raserei; er zog zwei Pistolen aus seiner Tasche und rief, daß er eine Untersuchung seines Hauses nicht dulden und daß er den Commandanten niederschießen werde, wenn er sich mit seiner Truppe nicht augenblicklich zurückziehe. Der Hauptmann der heiligen Brüderschaft verachtete die Drohung und drang auf den Sicilianer ein, der ein Pistol auf ihn abschoß und ihn im Gesichte verwundete; aber diese Wunde kostete dem Verwegenen, der sie verursachte, bald das Leben, denn zwei oder drei der Hartschiere feuerten im selben Augenblick auf ihn und streckten ihn todt zu Boden, um ihren Offizier zu rä-

chen. Was Julio angeht, so ließ er sich ohne Widerstand gefangen nehmen; es war nicht nöthig, ihn lange zu verhören, um von ihm zu erfahren, daß Don Chimen im Schlosse sei; er gestand Alles, aber da sein
Herr todt war, wälzte er alle Schändlichkeiten auf ihn.

Endlich führte er den Commandanten und seine Hartschiere in den
Keller, wo sie Lizana auf dem Stroh fanden, gebunden und geknebelt.
Der unglückliche Cavalier, der in fortwährender Erwartung seines Todes
gelebt hatte, glaubte, daß so viel bewaffnete Leute nur in seinen Kerker
drängen, um ihn umzubringen; wie groß war seine freudige Ueberraschung, zu hören, daß die, welche er für seine Mörder hielt, seine Befreier
seien! Nachdem sie seine Bande gelöst und ihn aus dem Keller geführt,
dankte er ihnen für seine Befreiung und fragte sie, wie sie erfahren, daß
er in diesem Schlosse gefangen gehalten worden? Das, entgegnete ihm
der Commandant, will ich Euch in wenig Worten sagen.

In der Nacht eurer Entführung, erzählte er nun, ging einer der
Spießgesellen, der zwei Schritte von Don Guillems Wohnung eine
Freundin hatte, zu dieser, um ihr vor der Abreise Lebewohl zu sagen,
und dabei plauderte er ihr den Anschlag Stephanis aus. Das Weib schwieg
zwei oder drei Tage lang, aber als das Gerücht von der in Miedes vorgefallenen Feuersbrunst sich in der Stadt Siguença verbreitete, und es Jedermann auffiel, daß die Dienerschaft des Sicilianers bei diesem Unglücks-
fall sämmtlich umgekommen, setzte sich in ihr der Gedanke fest, daß
dies Feuer Don Guillems Werk sein müsse. So suchte sie, um ihren
Freund zu rächen, den Senhor Don Felix, euren Vater, auf und sagte
ihm Alles, was sie wußte. Don Felix führte in seinem Schrecken, Euch
in der Gewalt eines zu Allem fähigen Menschen zu wissen, die Frau zu
dem Corregidor, der sie verhörte und dann nicht mehr zweifelte, daß
Stephani Euch lange und grausame Qualen erdulden lassen wolle und
der teuflische Urheber der Feuersbrunst sei. Um das zu ergründen, hat
der Corregidor mir heute morgen nach Retortillo, wo mein Standquartier
ist, den Befehl gesandt, aufzusitzen und mich mit meiner Brigade nach
diesem Schlosse zu begeben, Euch darin zu suchen und Don Guillem
lebendig oder todt zu ergreifen. Was Euch betrifft, habe ich meinen
Auftrag glücklich ausgeführt; ich bin nur geärgert, daß ich den Schuldigen
nicht lebendig nach Siguença abliefern kann. Durch seinen Widerstand
hat er uns in die Nothwendigkeit versetzt, ihn niederzuschießen.

Der Offizier schloß diese Erzählung, indem er zu Don Chimen sagte:
Senhor Caballero, ich werde jetzt ein Protokoll über alles, was sich hier

ereignet hat, aufsetzen; nachher werden wir abziehn, um der Ungeduld nachzugeben, in welcher Ihr sein müßt, eure Familie aus der Unruhe ziehen zu können, welche Ihr derselben verursacht habt. Wartet, Senhor Commandant, rief hier Julio aus – ich will Euch neuen Stoff für euer Protokoll liefern; Ihr habt noch eine andere Person aus einem Gefängniß zu retten. Donna Emerenciana ist in einer dunklen Kammer eingesperrt, wo eine unerbittliche Duegna ihr ohne Aufhören bittre Demüthigungen sagt und sie keinen Augenblick in Ruhe läßt. O Himmel, rief Lizana aus, der grausame Stephani war also nicht damit zufrieden, gegen mich allein zu wüthen? – eilen wir, diese unglückliche Dame von der Tyrannei ihrer Gouvernante zu befreien!

Julio hatte sich unterdeß in Bewegung gesetzt, um den Commandanten und Don Chimen, nebst fünf oder sechs Hartschieren, zu der Kammer zu führen, welche der Tochter Don Guillems als Gefängniß diente. Sie klopften an die Thüre und die Duegna kam zu öffnen. Ihr begreift leicht die Freude, die Lizana empfand, seine Geliebte wieder zu sehn, nachdem er an ihrem Besitz auf immer verzweifelt hatte. Er fühlte seine Hoffnung neu erstehn – er konnte an seinem Glücke nicht mehr zweifeln, da ja die einzige Person, die das Recht hatte, sich ihm entgegenzustellen, nicht mehr lebte. Sobald er Emerenciana erblickte, eilte er, sich ihr zu Füßen zu werfen; aber wer könnte den ganzen Schmerz ausdrücken, den er empfand, als er, statt seine Geliebte seinem Entzücken entgegenkommen zu sehen, nur eine Dame fand, die den Verstand verloren hatte! In der That, sie war von der Duegna so gepeinigt worden, daß sie verrückt geworden war. Eine Zeitlang stand sie träumend da; dann plötzlich sich einbildend, sie sei die schöne, von den Tartaren in der Festung Albraque belagerte Angelika, hielt sie die Männer in ihrem Zimmer für ebenso viele zu ihrer Hülfe gekommene Paladine. Den Hauptmann der heiligen Brüderschaft hielt sie für Roland, Lizana für Brandimar, Julio für Hubert vom Löwen und die Hartschiere für Antifort, Clarion, Adrian und die zwei Söhne des Markgrafen Olivier. Sie empfing sie mit großer Zuvorkommenheit und sagte zu ihnen: Tapfere Ritter, ich fürchte in diesem Augenblicke weder den Kaiser Agrican noch die Königin Marphise mehr. Eure Tapferkeit wird mich wider alle Krieger der Welt zu vertheidigen wissen!

Bei diesen sinnlosen Worten konnten der Offizier und seine Hartschiere das Lachen nicht unterdrücken, während Don Chimen im Gegentheil, entsetzt, seine Geliebte um ihrer Liebe zu ihm willen in einer so traurigen

Lage zu erblicken, seinerseits den Verstand zu verlieren fürchtete. Er gab jedoch die Hoffnung nicht auf, daß sie den Gebrauch der Vernunft wieder finden werde, und in dieser Hoffnung sagte er zärtlich: Meine theure Emerenciana, erkenne Lizana wieder, sammle deine verwirrten Sinne; vernimm, daß unsre Leiden zu Ende sind; der Himmel will nicht, daß zwei Herzen, die er vereint hat, getrennt bleiben, und der unmenschliche Vater, der uns mißhandelte, kann uns nichts mehr in den Weg stellen.

Die Antwort, welche die Tochter des Königs Galafron auf diese Worte ertheilte, war wieder eine Rede an die tapfern Vertheidiger von Albraque, die diesmal sicherlich nicht mehr darüber lachten. Der von Natur sehr wenig weichmüthige Commandant selber fühlte Regungen des Mitleids und sagte zu dem schmerzgebeugten Don Chimen: Senhor Caballero, verzweifelt nicht an der Heilung eurer Dame. Ihr habt in Siguença Heilkünstler, die mit ihren Mitteln der Sache Herr zu werden wissen; aber halten wir uns nicht länger hier auf. Ihr, Senhor Hubert vom Löwen, wandte er sich an Julio, Ihr, der Ihr wißt, wo die Ställe im Schlosse sich befinden, führt mit Euch Antifort und die zwei Söhne des Markgrafen Olivier; wählt die besten Renner aus und spannt sie an den Staatswagen der Prinzessin; unterdeß geh' ich, mein Protokoll zu schreiben.

Bei diesen Worten zog er aus der Tasche ein Schreibzeug und Papier hervor, und nachdem er Alles, was nöthig, niedergeschrieben, bot er Angelika die Hand, um ihr beizustehen, in den Hof hinabzusteigen, wo die Paladine für eine mit vier Maulthieren bespannte und bereitstehende Carosse gesorgt hatten. Er bestieg sie mit der Dame und Don Chimen und ließ auch die Duegna einsteigen, deren Aussage er dem Corregidor in hohem Grade willkommen glaubte. Ueberdieß aber wurde Julio auf Befehl des Commandanten der Brigade mit Ketten geschlossen und nebst der Leiche des Don Guillem in eine andere Carosse gebracht. Dann stiegen die Hartschiere wieder in ihre Sättel und alle zusammen schlugen den Weg nach Siguença ein.

Die Tochter Stephanis brachte auf dem Wege tausend Ueberspanntheiten vor, die ebenso viele Dolchstöße für ihren Geliebten waren. Er konnte die Duegna nicht ohne Zorn anblicken. Ihr, grausame Alte, seid es, sagte er ihr, die sie durch ihre Verfolgungen zum Aeußersten gebracht, in Wahnsinn gestürzt hat. Die Gouvernante rechtfertigte sich in heuchlerischer Weise und schob auf den Verstorbenen alles Unrecht.

Nur Don Guillem allein, antwortete sie, muß man das Unglück zuschreiben; in seiner übertriebenen Strenge kam er alle Tage, seine Tochter durch Drohungen zu erschrecken, die sie endlich verrückt gemacht haben.

Nach der Ankunft in Siguença ging der Commandant, um über seinen Auftrag Bericht an den Corregidor zu erstatten, der auf der Stelle die Duegna und Julio verhörte und sie in die Gefängnisse dieser Stadt schickte, wo sie sich noch befinden. Der Richter nahm auch die Aussage Lizanas entgegen, der sich sodann von ihm verabschiedete, um sich zu seinem Vater zu begeben, dessen Trauer und Sorge er in Freude verwandelte. Was Donna Emerenciana betrifft, so sorgte der Corregidor für ihre Weiterführung nach Madrid, wo sie einen Oheim mütterlicher Seite hatte. Dieser gute Verwandte, welcher nichts Besseres verlangte, als die Verwaltung des Vermögens seiner Nichte in die Hände zu bekommen, wurde zu ihrem Vormund ernannt. Da er anständiger Weise nicht umhin konnte, den Wunsch, daß sie genesen möge, an den Tag zu legen, so nahm er seine Zuflucht zu den berühmtesten Aerzten; aber sie gaben ihm keine Veranlassung, dies zu bereuen; denn nachdem sie dabei ihr Latein verloren, erklärten sie das Uebel für unheilbar. Auf diese Entscheidung hin hat der Vormund nicht gesäumt, seine Mündel hier einsperren zu lassen, wo sie allem Anschein nach den Rest ihrer Tage zubringen wird.

Trauriges Schicksal! rief Don Cleophas aus; ich bin in der That ergriffen davon. Donna Emerenciana hätte verdient glücklicher zu werden. Und Don Chimen, fügte er hinzu, was ist aus ihm geworden? ich bin begierig zu erfahren, welchen Entschluß er ergriffen! – Einen sehr vernünftigen, entgegnete Asmodeus; als er sah, daß das Uebel ohne Hoffnung sei, ist er nach Neu-Spanien gegangen; er hoffte, daß er auf Reisen nach und nach die Erinnerung an eine Dame verlieren werde, welche seine Vernunft ihn vergessen heißt, wenn er je Ruhe gewinnen will … Aber, fuhr der Teufel fort, nachdem ich Euch die Narren gezeigt, die man eingesperrt hat, muß ich Euch auch solche zeigen, die verdienten, eingesperrt zu werden.

Zehntes Kapitel.

Dessen Stoff unerschöpflich ist.

Blicken wir nach der Stadtseite hin, und so wie ich Subjekte entdecke, die würdig sind, unter die Zahl derer, welche sich hier befinden, aufgenommen zu werden, will ich Euch ihre Eigenthümlichkeiten schildern. Einen seh ich schon, den ich nicht entschlüpfen lassen werde; es ist ein Neuvermählter. Es sind noch nicht acht Tage, daß er voll Wuth zu einer Abenteuerin, die er liebte, stürzte, weil man ihm von ihren Koketterien erzählt hatte, einen Theil ihrer Möbeln zerschlug und den andern durchs Fenster schleuderte – und den Tag darauf heirathete er sie. – Ein solcher Mensch, sagte Zambullo, verdient sicherlich den ersten offenen Platz in diesem Hause!

Er hat einen Nachbar, fuhr der Hinkende fort, den ich gescheuter finde als ihn. Es ist ein Mensch von fünf und vierzig Jahren, der zu leben hat und sich in den Dienst eines Großen begeben will. Ich sehe die Wittwe eines Rechtsgelehrten; die gute Dame hat zwölf volle Lustra hinter sich; ihr Mann ist eben gestorben; sie will sich in ein Kloster zurückziehen, damit, sagt sie, ihr Ruf vor der Verleumdung geborgen sei!

Ich nehme auch zwei Jungfrauen wahr, oder genauer gesagt, zwei Mädchen von fünfzig Jahren; sie richten Gelübde an den Himmel, auf daß er die Güte habe, ihren Vater abzurufen, der sie eingesperrt hält wie Minderjährige; sie hoffen, daß sie nach seinem Tode hübsche Männer, die aus Neigung sie heirathen werden, finden. – Warum nicht? sagte der Student; es giebt Männer von so verrücktem Geschmack. – Einverstanden, antwortete Asmodeus; sie können Männer finden, die sie heirathen, aber schmeicheln dürfen sie sich nicht damit; darin liegt eben ihre Thorheit.

Es giebt kein Land, wo die Frauen sich Rechenschaft über ihr Alter ablegen. In Paris gingen vor einigen Wochen eine Unverheirathete von acht und vierzig Jahren und eine Frau von neun und sechszig als Zeuginnen für eine Wittwe, deren Tugend man angriff, zu einem Commissär. Der Commissär vernahm zuerst die Frau und fragte sie nach ihrem Alter; obwohl sie ihren Taufschein auf der Stirn geschrieben trug, war sie kühn genug zu sagen, daß sie vierzig Jahre alt sei. Nachdem er ihre Aussage erhalten, wandte sich der Beamte an das Mädchen. Und Ihr, Mademoiselle, welches Alter habt Ihr? fragte er. Gehen wir zu den anderen Fragen über, Herr Commissär, antwortete sie ihm. Man muß uns nicht solche Fragen stellen! Daran ist nicht zu denken, entgegnete er; wißt Ihr nicht, daß vor Gericht … O, das Gericht thut hier nichts zur Sache, fiel ihm heftig die Dame ins Wort; und was geht es das Gericht an, welches Alter ich habe? hat es sich darum zu kümmern? – Aber ich kann eure Aussage nicht aufnehmen, wenn euer Alter nicht dabei angegeben wird; es ist nun einmal erforderlich! – Wenn es denn durchaus nothwendig ist, versetzte sie, so seht mich aufmerksam an, und bestimmt mein Alter gewissenhaft nach eurer Meinung.

Der Commissär blickte sie an und war höflich genug, nur acht und zwanzig Jahre zu schreiben. Dann fragte er sie, ob sie die Wittwe seit langer Zeit kenne. – Schon vor ihrer Heirath, antwortete sie. Dann habe ich euer Alter verkehrt aufgeschrieben, erwiederte er, denn ich habe nur acht und zwanzig Jahre angenommen und die Heirath der Wittwe fand vor neun und zwanzig Statt. Wohl denn, rief die Dame, schreibt nur, daß ich dreißig bin; mit einem Jahre habe ich die Wittwe kennen können. Das wäre aber nicht regelrecht, antwortete er; setzen wir ein Dutzend Jahre zu. Nicht doch, bitte, sagte sie. Alles, was ich der Justiz zu gefallen thun kann, ist, noch ein Jahr zuzugeben, aber keinen Monat mehr und wenn es sich um meine Ehre handelte! –

Als die zwei Zeuginnen gegangen waren, sagte die Frau zu der andern: Sieh nur Einer diesen Schlingel an, der uns dumm genug glaubt, genau unser Alter anzugeben; es ist wahrhaftig genug, daß es im Taufregister unsrer Pfarre steht, ohne daß er es noch in seine Papiere zu schreiben braucht, bis alle Welt es kennt. Es wäre wahrhaftig sehr angenehm für uns, in voller Sitzung vorlesen zu hören: Madame Richard, alt sechzig und so viel Jahre, und Mademoiselle Perinelle, fünf und vierzig Jahre, bezeugen das und das. Was mich angeht, ich danke dafür, ich habe gut zwanzig Jahre abgestrichen. Ihr habt sehr wohl gethan, es auch so zu machen.

Es auch so zu machen? antwortete die andre eifrig – ich bitte es mir aus, ich habe höchstens fünf und dreißig Jahre. Oho, meine Kleine, versetzte die Frau mit boshaftem Lächeln, wem sagt Ihr das! Ich habe Euch auf die Welt kommen sehen; ich kann von Dingen, die vor langer Zeit geschahen, mitreden; ich erinnere mich, euren Vater gesehen zu haben; als er starb, war er nicht jung mehr, und es sind fast vierzig Jahre, daß er todt ist. O mein Vater, mein Vater – unterbrach die Dame heftig, von der Freimüthigkeit der Frau gereizt – als mein Vater meine Mutter heirathete, war er schon so alt, daß er keine Kinder mehr erzeugen konnte! – –

Ich sehe in einem Hause, fuhr der Dämon fort, zwei Männer, die auch nicht eben Verstand beweisen; der eine ist der Sohn vornehmer Leute, der weder Geld bewahren, noch es entbehren kann; er hat ein gutes Mittel entdeckt, immer welches zu haben. Wenn er seine Kasse gefüllt hat, kauft er Bücher, und sobald Ebbe darin eintritt, verkauft er sie wieder für die Hälfte dessen, was sie ihn kosteten. Der andre ist ein fremder Maler, der Frauenbildnisse anfertigt; er ist geschickt und zeichnet richtig; er malt vortrefflich und faßt ebenso die Aehnlichkeit auf. Aber er schmeichelt nicht; und er bildet sich ein, daß man sich zu ihm drängen wird. *Inter stultos referatur.*

Wie, rief der Student, Ihr sprecht Latein? – Kann Euch das in Erstaunen setzen, antwortete der Teufel; ich spreche vortrefflich alle Arten von Sprachen; ich verstehe Hebräisch, Türkisch, Arabisch und Griechisch; aber ich bin deshalb nicht stolzer und nicht ein um so größerer Pedant – das ist der Vorzug, den ich vor euren Gelehrten habe!

Blickt in dem großen Hotel zur linken Hand auf die kranke Dame, 135 welche mehrere Frauen, die bei ihr wachen, umgeben; es ist die Wittwe eines berühmten Architekten, eine Frau, die den Adelssparren im Kopfe hat. Eben ist ihr Testament gemacht; sie hat ungeheure Besitzungen, die sie Personen vom höchsten Range, welche sie nicht einmal kennen, vermachte; sie schenkt ihnen Legate um ihrer großen Namen willen. Man hat sie gefragt, ob sie nichts einem Manne hinterlassen wolle, der ihr wesentliche Dienste leistete. Ach nein, hat sie mit trauriger Miene geantwortet, es thut mir leid, ich bin nicht so undankbar, um nicht einzuräumen, daß ich große Verpflichtungen gegen ihn habe; aber er ist ein Bürgerlicher, sein Name würde mein Testament entehren. –

Senhor Asmodeus, unterbrach ihn Leandro hier, thut mir den Gefallen, mir zu sagen, ob der Greis, den ich in einem Cabinet mit Lesen beschäftigt sehe, nicht zufällig der richtige Mann für unser Haus hier sein sollte? – Der richtige Mann ohne Zweifel, versetzte der Dämon; es ist ein alter Licentiat, der einen Druckbogen von einem Werke, das er unter der Presse hat, liest. – Wahrscheinlich ein Buch über Moral oder Theologie? sagte Don Cleophas. – Nein, versetzte der Hinkende; es sind lustige Lieder, die er in seiner Jugend verfertigt hat; statt sie zu verbrennen oder wenigstens mit sich untergehn zu lassen, läßt er sie bei seinen

Lebzeiten drucken, aus Furcht, daß seine Erben nach seinem Tode sich versucht fühlen, sie herauszugeben und aus Ehrfurcht vor seinem Andenken alles Pikante und das eigentliche Salz daraus fortnehmen!

Ich hätte Unrecht, wenn ich eine kleine Frau überginge, die bei diesem Licentiaten wohnt; sie ist so überzeugt, daß sie den Männern gefällt, daß sie alle, welche nur mit ihr reden, auf die Liste ihrer Anbeter setzt.

Aber kommen wir zu einem reichen Kanonikus, zwei Schritte von da; er hat einen besondren Sparren; er lebt frugal, nicht um sich abzutödten, noch aus Nüchternheit; er hält sich keinen Wagen und keine Pferde, aber nicht aus Geiz. Und weshalb spart er sein Einkommen? Um Geld zusammen zu häufen. Was beabsichtigt er damit? Almosen zu geben? Nein, er kauft Gemälde, kostbare Möbel, Kleinode. Und Ihr glaubt, in der Absicht, während seines Lebens den Genuß davon zu haben? Ihr täuscht Euch; er will nur damit sein Inventarium schmücken.

Was Ihr da sagt, ist doch übertrieben, unterbrach ihn Zambullo. Giebt es auf der Welt einen Menschen von einem solchen Charakter? – Ja, sag ich Euch, versetzte der Teufel; er hat diese Manie; es macht ihm Vergnügen, zu denken, daß man sein Inventar bewundern wird. Hat er z.B. einen schönen Schreibschrank gekauft, läßt er ihn sauber einpacken, und in eine Möbelkammer bringen, damit er den Augen der Althändler ganz neu, erscheine, wenn sie nach seinem Tode zur Auktion kommen.

Gehen wir zu einem seiner Nachbarn über, den Ihr nicht weniger unklug finden werdet; es ist ein alter Junggeselle, der seit Kurzem von den Philippinischen Inseln nach Madrid gekommen ist – zu einer reichen Erbschaft, welche sein Vater, ein Auditor am Audienzhofe zu Madrid, ihm hinterlassen hat. Das Leben, das er führt, ist sonderbar genug; man sieht ihn den ganzen Tag in den Vorzimmern des Königs und der Minister. Haltet ihn nicht für einen Ehrgeizigen, der irgend eine bedeutende Stelle erjagen will; er verlangt keine und begehrt nichts. Wie, werdet Ihr sagen, er sollte ganz einfach dahin gehen, um nur den Hof zu machen? Noch weniger; er spricht nie mit dem Minister; dieser kennt ihn nicht einmal und das rührt ihn nicht im mindesten. Aber was bezweckt er denn? Er will glauben machen, er stehe in Credit!

Der spaßhafte Sonderling! rief der Student laut lachend aus; das heißt sich für geringen Lohn große Mühe machen; Ihr habt Recht, ihn unter die Narren, die man einsperren sollte, zu zählen. – O, fuhr Asmodeus fort, ich will Euch noch viele andre zeigen, die man mit Unrecht für viel gescheuter hielte. Betrachtet Euch in dem großen Hause dort, wo

Ihr so viel Lichter angezündet seht, drei Männer und zwei Frauen um einen Tisch sitzen; sie haben zusammen zu Abend gespeist und spielen jetzt Karten, um den Rest der Nacht hinzubringen, und sich dann zu trennen. Das ist das Leben, welches diese Damen und Herren führen; sie versammeln sich regelmäßig alle Abend und gehen auseinander bei Tagesanbruch, um zu schlafen, bis die Dunkelheit den Tag vertreibt; auf den Anblick der Sonne und der Schönheit der Natur haben sie Verzicht geleistet. Sollte man nicht, wenn man sie so von Fackeln umgeben sieht, sagen, sie seien Todte, die erwarten, daß man ihnen die letzten Ehren erweise? – Es ist nicht nöthig, daß man diese Narren einsperre, sagte Don Cleophas, sie sind es schon.

Ich sehe, sprach der Hinkende weiter, in den Armen des Schlummers einen Mann liegen, den ich liebe und der auch auf mich große Stücke hält, ein Wesen aus meinem Teig gebacken; es ist ein alter Junggeselle, der das weibliche Geschlecht vergöttert. Ihr könnt ihm nicht von einer jungen Dame reden, ohne zu bemerken, mit welch außerordentlichem Vergnügen er Euch zuhört; wenn Ihr ihm sagt, sie habe einen kleinen Mund, Lippen von Korallen, Zähne von Elfenbein, einen Teint gleich Alabaster – mit einem Wort, wenn Ihr sie ihm im Einzelnen ausmalt, so seufzt er bei jedem ihrer Züge, den Ihr malt, er verdreht die Augen, er bekommt Anfälle von wollüstigen Begierden. Vor zwei Tagen schritt er in der Straße von Alcala am Laden eines Frauenschusters vorüber und blieb plötzlich stehen, um einen kleinen Pantoffel, den er bemerkte, zu betrachten. Nachdem er ihn mit mehr Aufmerksamkeit, als er verdiente, beschaut hatte, sagte er mit einer verklärten Miene zu einem ihn begleitenden Cavalier: Ach, mein Freund, das ist ein Pantoffel, der meine Phantasie bezaubert; wie muß der Fuß, für den er gemacht ist, hübsch sein! Ich verliere mich zu sehr in seinem Anschaun; machen wir uns fort, es ist gefährlich, hier vorüber zu gehn!

Diesen Junggesellen muß man schwarz anstreichen, sagte Leandro Perez. – Richtig bemerkt, versetzte der Teufel, und ebenso wenig verdient sein nächster Nachbar anders angestrichen zu werden, ein Sonderling von Auditor, der, weil er eine Equipage hält, vor Scham erröthet, wenn er einmal einen Miethswagen nehmen muß. Machen wir eine Gruppe aus diesem Auditor und einem ihm verwandten Licentiaten, der an einer Kirche Madrids eine reich dotirte Pfründe genießt und fast immer im Miethwagen fährt, um zwei sehr hübsche Wagen und vier Maulthiere, welche er zu Hause läßt, zu schonen. –

In der Nähe des Auditors und unsres Junggesellen entdecke ich einen Mann, dem man ohne Ungerechtigkeit einen Platz unter den Narren nicht verweigern kann. Es ist ein Cavalier von sechszig Jahren, der einer jungen Dame den Hof macht; er besucht sie alle Tage und glaubt ihr zu gefallen, indem er sie von den Liebschaften seiner jungen Tage unterhält; er verlangt, daß sie ihm Rechnung trage für seine Liebenswürdigkeit von ehemals!

Stellen wir neben diesen Alten einen Mann, der zehn Schritte von uns im Schlafe liegt, einen französischen Grafen, der nach Madrid gekommen ist, um den spanischen Hof kennen zu lernen; dieser alte Herr steht in seinem vierzehnten Lustrum; in seinen Glanzzeiten hat er am Hofe seines Königs geleuchtet; alle Welt dort bewunderte einst seinen Wuchs, sein galantes Wesen, und vor allem war man bezaubert von dem Geschmack, den er durch seine Art sich zu kleiden an den Tag legte. Seine Kleider hat er wohl erhalten und trägt sie seit fünfzig Jahren, der Mode zum Trotz, die in seinem Lande alle Tage wechselt; spaßhafter aber ist, daß er sich einbildet, auch noch die Anmuth und Schönheit erhalten zu haben, die man in seiner Jugend an ihm rühmte.

Da braucht's kein Bedenken, sagte Don Cleophas, bringen wir diesen französischen Herrn unter die Personen, die würdige Pensionäre der *casa de los locos* sind. – Ich lege auf eine Zelle darin Beschlag, entgegnete der Teufel, für eine Dame, die in einer Dachkammer zur Seite des Hotels des Grafen wohnt; es ist eine alte Wittwe, die aus Uebermaß von Zärtlichkeit für ihre Kinder die Gutmüthigkeit gehabt hat, ihnen eine Schenkung aus ihrem ganzen Vermögen zu machen, gegen eine kleine Alimentationsrente, welche diese Kinder ihr zu bewilligen verbunden sind und welche sie aus Dankbarkeit sich wohl hüten, ihr zu zahlen.

Auch einen alten Junggesellen aus guter Familie möchte ich hinsenden, der nicht sobald einen Dukaten in die Finger bekommt, als er ihn verzehrt und, da er baares Geld nicht zu entbehren weiß, zu Allem fähig ist, um es sich zu verschaffen. Vor vierzehn Tagen kam seine Wäscherin, der er dreißig Pistolen schuldig war, um ihn zu mahnen, indem sie sagte, daß sie die Summe bedürfe, um sich mit einem Kammerdiener zu verheirathen, der sich um sie beworben habe. Du hast also Geld, erwiederte er ihr – denn wo zum Teufel wäre der Kammerdiener, der um dreißig Pistolen Lust hätte, dein Mann zu werden? I, ja, antwortete sie, ich habe außerdem noch zweihundert Dukaten. Zweihundert Dukaten! versetzte er aufgeregt – Pest – so brauchst du weiter nichts zu thun, als

113

sie mir zu geben; ich heirathe dich und so sind wir vollständig quitt! Er wurde beim Worte genommen und seine Wäscherin ist seine Frau geworden.

Bewahren wir drei Plätze für die drei Personen, die von einem Nachtmahl zurück kommen und die in jenes Hotel rechts treten, worin sie ihre Wohnung haben. Der eine ist ein Graf, der sich für einen Verehrer der schönen Literatur ausgiebt; der andre ist sein Bruder, ein Licentiat und der dritte ein zu ihrer Umgebung gehörender Schöngeist. Sie verlassen sich fast nie; ihre Besuche machen sie überall alle drei zusammen. Der Graf ist nur beflissen, sich zu loben; sein Bruder lobt ihn und lobt auch sich selber; der Schöngeist aber hat drei Aufgaben, sie alle Beide zu loben, und sein Lob dabei mit dem ihren zu verflechten.

Und dann noch zwei Plätze, einen für einen alten Blumenliebhaber aus dem Bürgerstande, der selbst nicht zu leben hat und einen Gärtner und eine Gärtnerin unterhält, um für ein Dutzend Blumen zu sorgen, die er in seinem Garten besitzt; den andren für einen Schauspieler, der, über die kleinen und großen Leiden des Lebens eines Possenreißers klagend, jüngst zu einigen seiner Kameraden sagte: Wahrhaftig, meine Freunde, ich habe das Handwerk herzlich satt: ja, ich möchte lieber nichts als ein kleiner Landedelmann mit einigen tausend Realen Rente sein!

Nach welcher Seite ich die Blicke wende, fuhr der Geist fort, ich entdecke nur gestörte Köpfe. Ich sehe einen Calatrava-Ritter, der so stolz und so eitel darauf ist, geheime Zusammenkünfte mit der Tochter eines Granden zu haben, daß er sich den ersten Großen des Hofes ebenbürtig glaubt. Er gleicht dem Villius, der sich für den Schwiegersohn Sulla's hielt, weil er mit der Tochter des Diktators auf gutem Fuße stand; dieser Vergleich ist um so passender, als der Ritter, sowie der Römer einen Longarenus hat, das heißt einen Rivalen, der gar nichts ist und doch noch höher in Gunst steht als er.

Man sollte behaupten, daß von Zeit zu Zeit dieselben Menschen unter neuen Zügen geboren werden. Ich erkenne in jenem Schreiber eines Ministerialbureaus den Bollanus, der gegen Niemand Rücksichten nahm und den Grobian machte gegen Alle, deren Nähe ihm mißfiel. In jenem Präsidenten sehe ich Fufidius wieder, der sein Geld für monatlich fünf Procent auslieh; und Marsöus, der sein väterliches Haus der Schauspielerin Origo schenkte, lebte in jenem vornehmen Pflastertreter wieder auf, der mit einer Person vom Theater ein Landhaus verzehrt, das er in der Nähe des Escurial besitzt.

Asmodeus wollte fortfahren, aber er hielt inne, da er plötzlich Musik-Instrumente stimmen hörte und sagte zu Don Cleophas: Am Ende dieser Straße wollen Musiker der Tochter eines Hofalcalden eine Serenade bringen; wenn Ihr das Fest in der Nähe sehen wollt, so habt Ihr's nur zu sagen. – Ich liebe sehr diese Arten von Concerten, antwortete Zambullo; nähern wir uns den Musikern, vielleicht sind gute Stimmen unter ihnen. Er hatte diese Worte nicht geendet, als er sich schon auf einem Hause befand, das dem des Alcalden zunächst lag.

Die Instrumentalisten spielten zuerst einige italienische Musikstücke. Dann trugen zwei Sänger abwechselnd die folgenden Strophen vor:

Si de tu hermosura quieres
Una copia con mil gracias;
Escucha, porque pretendo
El pintarla.
Es tu fronte toda nieve,
Y el alabastro, batallas
Offrecio al Amor, haziendo
En ella vaya.
Amor labro de tus cejas
Dos arcos para su aljava;
Y debaxo ha descubierto
Quien le mata.
Eres duegna de el lugar,
Vandolera de las almas,
Iman de los albedrios,
Linda alhaja.
Un rasgo de tu hermosura
Quisiera yo retratarla:
Que es estrella, es cielo, es sol:
No, es sino el alba.

Wenn du willst von deiner Schönheit
Sehn das Abbild voller Anmuth,
Höre mich, denn ich beginne
Dir's zu malen.

Schneeig ist sie, alabastern,
Deine Stirn', sie bot dem Amor,
Der es wagte, ihr zu trotzen,
Krieg und Fehde.
Amor macht' für seinen Köcher
Bogen sich aus deinen Brauen –
So erblickt er, was darunter,
Das ihn tödtet.
Herrin bist, du dieses Ortes
Und die Diebin aller Herzen,
Der Magnet der Seelenwünsche,
Lichtes Kleinod.
Einen Strahl nur deiner Schönheit
Möcht' ich spiegeln, Licht des Himmels –
Sternbild – Sonne – nein, du bist nur
Morgenröthe! –

Die Strophen sind zart und fein, rief der Student aus. – Sie scheinen Euch so, sagte der Dämon, weil Ihr Spanier seid; wenn man sie zum Beispiel ins Französische übersetzte, würden sie kein Gewebe vom besten Faden aufweisen; die Leser dieser Nation würden die schwülstigen Ausdrücke nicht billigen und würden eine Ueberspanntheit der Einbildungskraft darin finden, über die sie lachen würden. Jedes Volk versteift sich auf seinen Geschmack und seinen ihm eigentümlichen Genius. Aber lassen wir diese Strophen, Ihr sollt eine andere Musik hören.

Folgt mit dem Auge den vier Männern, welche plötzlich in der Straße erscheinen; seht, wie sie sich auf die Musiker zu stürzen kommen. Diese machen sich Schilde aus ihren Instrumenten, die der Gewalt der Streiche nicht widerstehen können und in Stücke fliegen. Seht, wie zwei Cavaliere, von denen der eine das Ständchen bestellt hat ihnen zur Hülfe herbeistürzen. – Mit welcher Wuth dringen sie auf die Angreifer ein. Aber diese letzteren, die ihnen an Muth und Gewandtheit gleich kommen, bieten ihnen tüchtig die Stirn. Welches Feuer blitzt aus ihren Klingen! Seht wie Einer, der auf Seiten der Musikanten war, fällt ... es ist der, 142 welcher das Ständchen gab; er ist tödtlich verwundet. Sein Begleiter nimmt, wie er es gewahrt, die Flucht; die Angreifer ihrerseits machen sich aus dem Staube und alle Musiker verschwinden; auf dem Platze bleibt nur der unglückliche Cavalier, dessen Tod der Preis der Serenade ist. Betrachtet zugleich die Tochter des Alcalden; sie steht an ihrer Jalousie, von wo aus sie Alles, was vorgegangen, beobachtet hat; die Dame ist so stolz und so eitel auf ihre gar nicht ungewöhnliche Schönheit, daß sie, statt die traurigen Wirkungen derselben zu beweinen, sich in ihrer Herzlosigkeit dazu beglückwünscht und um so liebenswürdiger glaubt.

Das ist nicht Alles, fügte er hinzu; seht einen anderen Cavalier, der sich in der Straße bei dem in seinem Blute Schwimmenden aufhält, um ihm beizustehen, wenn es möglich ist; aber während er sich in so christlicher Fürsorge müht … merkt Euch, wie er von der Scharwache, die erscheint, überrascht wird; da ist sie und führt ihn ins Gefängniß, wo er lange bleiben wird und es wird ihn die Sache kaum weniger theuer zu stehen kommen, als wenn er der Mörder des Erschlagenen wäre.

Wie viel Unheil ereignet sich in dieser Nacht! sagte Zambullo. – Dies da wird nicht das letzte sein, versetzte der Teufel. Wenn Ihr in diesem Augenblicke an der Puerta del Sol wäret, würdet Ihr erschrocken sein über das Schauspiel, das sich dort entwickelt. Durch die Nachlässigkeit eines Dienstboten ist in einem Hotel Feuer ausgebrochen und hat bereits eine große Zahl kostbaren Geräths in Asche verwandelt; aber wie reiche Habe es auch verzehren kann, der Besitzer des prachtvollen Gebäudes, Don Pedro de Escolano, wird den Verlust nicht bedauern, wenn er nur seine einzige Tochter Seraphine retten kann, die sich in der Gefahr umzukommen befindet!

Don Cleophas wünschte diese Feuersbrunst zu sehen und der Hinkende versetzte ihn im selben Augenblick an die Puerta del Sol auf ein großes Haus, das dem in Flammen stehenden gegenüber lag.

143

Zweiter Theil.

Elftes Kapitel.

Von der Feuersbrunst und dem, was Asmodeus bei dieser Gelegenheit aus Freundschaft für Don Cleophas that.

Anfänglich vernahmen sie verworrene Stimmen mehrerer Personen, wovon die Einen Feuer schrieen, und die Andern nach Wasser verlangten. Bald darauf bemerkten sie, daß die Treppe, welche in die Hauptgemächer von Don Pedro's Hotel führte, ganz in Feuer stand, und daß Flammen und Rauch wirbelnd durch die Fenster drangen.

Wie das Feuer wüthet, sagte der Dämon; es hat bereits das Dach erreicht und fängt schon an es zu durchbrechen. Die Funken fliegen in der Luft umher. Die Gluth wird so groß, daß das Volk, welches von allen Seiten zum Löschen herbeiströmt, nichts anders mehr thun kann, als müßig zuschauen. Der Greis im Schlafrock, den Ihr unter der Menschenmenge erblickt, ist der Senhor de Escalano. Hört Ihr sein Schreien und Jammern? Er wendet sich an die Leute, die ihn umringen, und beschwört sie, seine Tochter aus den Flammen zu retten, aber obgleich er eine große Belohnung verspricht, will doch Niemand sein Leben für diese Dame wagen, die erst sechzehn Jahre zählt und unvergleichlich schön ist. Da er sieht, daß er vergeblich um Hülfe fleht, zerrauft er sich das Haar und den Bart, er zerschlägt sich die Brust und geberdet sich im Uebermaß seines Schmerzes wie ein Wahnsinniger. Unterdessen ist Seraphine, von ihren Frauen verlassen, ohnmächtig vor Schrecken in ihrem Zimmer niedergesunken, und bald wird der dichte Rauch sie ersticken. Kein Sterblicher kann ihr zu Hülfe eilen.

Ach! Senhor Asmodeus, rief Leandro Perez, von dem innigsten Mitleiden hingerissen, habt Erbarmen mit dieser jungen Dame, und hört auf meine Bitte, sie dem nahen Tode, der sie bedroht, zu entreißen. Ich fordre dies als Lohn für den Dienst, den ich Euch geleistet habe. Widersetzt Euch meinem Wunsche nicht, es würde mir einen tödtlichen Kummer verursachen!

Der Teufel lächelte, als er den Studenten so reden hörte. Senhor Zambullo, sprach er, Ihr besitzt alle Eigenschaften eines guten fahrenden

Ritters. Ihr habt Muth, Mitgefühl mit der Noth Anderer, Ihr seid voll Eifer im Dienste junger Damen. Ich glaube, Ihr wärt im Stande, Euch gleich einem zweiten Amadis mitten in die Flammen zu stürzen, um Seraphinen zu retten und sie ihrem Vater wohlbehalten zurückzubringen? – Wollte Gott, daß das möglich wäre, rief Don Cleophas, ich würde es ohne Zögern unternehmen. – Euer Tod würde der ganze Lohn einer so schönen Heldenthat sein, erwiederte der Teufel. Ich habe es. Euch bereits gesagt, daß menschliche Macht in diesem Falle nichts auszurichten vermag, und ich werde wohl selbst einschreiten müssen, um Euch zufrieden zu stellen. Gebt Acht, wie ich die Sache angreifen werde, und beobachtet von hier aus mein ganzes Verfahren.

Kaum hatte er diese Worte gesprochen, als er zum größten Erstaunen des Studenten dessen Gestalt annahm, sich unter das Volk mischte, durch das Gewühl drang und sich dann ins Feuer stürzte, als ob es sein Element wäre. Ein Schrei des Entsetzens entfuhr den Zuschauern, und Jedermann eiferte wider diese Verwegenheit. Welcher Wahnsinn! sagte der Eine, wie hat ihn die Geldgier bis zu diesem Grade verblenden können! Wenn er nicht ganz und gar von Sinnen wäre, würde ihn die ausgesetzte Belohnung gewiß nicht gereizt haben. – Dieser junge Wagehals, sprach ein Anderer, muß wohl ein Liebhaber von Don Pedros Tochter sein, der entschlossen ist, entweder seine Geliebte zu retten oder mit ihr unterzugehn. – Kurz, Alle erwarteten, daß er das Schicksal des Empedocles[1] theilen werde, – als sie ihn einen Augenblick später, Seraphinen in seinen Armen haltend, aus den Flammen hervortreten sahen. Ein Freudengeschrei erfüllte die Luft. Das Volk hatte tausend Lobsprüche für den tapfern Ritter, dem die schöne That gelungen war. Wenn ein tollkühnes Unternehmen einen glücklichen Ausgang hat, wird es nicht mehr streng beurtheilt, und das geschehene Wunder erschien nunmehr eine ganz natürliche That spanischen Muths.

Da die Dame noch immer in Ohnmacht lag, wagte ihr Vater nicht, sich seiner Freude zu überlassen. Er sah sie zwar glücklich den Flammen entrissen, doch fürchtete er, sie möchte an den Folgen des schrecklichen Eindrucks, den die drohende Gefahr auf sie gemacht haben mußte, vor seinen Augen sterben. Bald aber wurde er beruhigt, denn es gelang den Bemühungen ihrer Umgebung, sie aus ihrer Ohnmacht zu erwecken. Sie sah den Greis mit zärtlichem Blicke an und sagte: Senhor, ich würde

1 Ein sicilianischer Philosoph, der sich in den Krater des Aetna stürzte.

mich über meine Rettung mehr betrüben als freuen, wenn ich Euch nicht ebenfalls gerettet sähe. – Ach, meine Tochter, antwortete er und umarmte sie, da du mir erhalten worden bist, werde ich mich über den Verlust alles Anderen zu trösten wissen. Laß uns, fuhr er fort, und stellte ihr den vermeintlichen Don Cleophas vor, laß uns diesem jungen Cavalier danken. Er ist dein Retter, ihm verdankst du die Erhaltung deines Lebens. Wir können ihm nie genug unsre Dankbarkeit bezeigen, und die von mir verheißene Belohnung kann meine Schuld gegen ihn nicht tilgen.

Hierauf ergriff der Teufel das Wort und sagte mit dem Anstande eines Mannes von Welt zu Don Pedro: Senhor, ich habe bei dem Dienste, den ich Euch zu erweisen so glücklich war, nicht an eure Belohnung gedacht; ich bin Edelmann und Castilianer; das Vergnügen, eure Thränen getrocknet und eure reizende Tochter den Flammen entrissen zu haben, ist eine genügende Belohnung für mich.

Die Uneigennützigkeit und Hochherzigkeit des Befreiers gewannen ihm Don Escalanos größte Achtung; er lud ihn ein, ihn zu besuchen, bat ihn um seine Freundschaft und bot ihm die seinige an. Nach vielen gegenseitigen Höflichkeitsbezeigungen verließen ihn Vater und Tochter, um sich in ein Gebäude am Ende des Gartens zu begeben. Der Teufel aber kehrte zum Studenten zurück, und als dieser ihn in seiner ursprünglichen Gestalt wieder vor sich sah, sagte er: Senhor Asmodeus, sollten mich meine Augen getäuscht haben? Erschient Ihr nicht soeben in meiner Gestalt? – So ist es, antwortete der Hinkende, verzeiht und laßt Euch die Ursache dieser Verwandlung sagen. Ich habe einen großen Plan gefaßt; ich beabsichtige Euch mit Seraphinen zu verheirathen; ich habe ihr bereits unter eurer Gestalt eine heftige Leidenschaft für Euch eingeflößt. Don Pedro ist ebenfalls ganz von Euch eingenommen, weil ich ihm sehr höflich gesagt, daß ich bei der Rettung seiner Tochter keinen andern Beweggrund gehabt, als ihnen Beiden einen Dienst zu erweisen, und daß die Ehre, ein so gefahrvolles Abenteuer glücklich bestanden zu haben, der schönste Lohn für einen spanischen Edelmann sei. Der gute Mann hat edle Gesinnungen, er wird nicht an Großmuth zurückstehen wollen, und ich sage Euch, daß er in diesem Augenblicke schon mit sich zu Rathe geht, ob er Euch nicht zu seinem Schwiegersohne machen soll, um seine Dankbarkeit der Größe des Dienstes gleichzustellen, den Ihr, wie er glaubt, ihm erwiesen habt.

Indeß, während er diese wichtige Frage in Ueberlegung zieht, fügte der Hinkende hinzu, wollen wir uns nach einem Orte umsehen, der geeigneter ist als dieser, unsre Beobachtungen fortzusetzen. Bei diesen Worten trug er den Studenten hinweg und ließ sich mit ihm auf einer hohen Kirche nieder, die voll von Grabmälern war.

Zwölftes Kapitel.

Von den Gräbern, den Schatten und dem Tode.

Bevor wir mit unsern Betrachtungen über die Lebendigen fortfahren, sagte der Teufel, wollen wir einige Augenblicke die Ruhe der in dieser Kirche beerdigten Todten stören. Laßt uns die Reihen der Gräber durchwandern, sie sollen uns enthüllen, was sie einschließen, und die Leichensteine sollen uns sagen, wer sie gesetzt hat.

Das erste Grab rechter Hand enthält die traurigen Ueberreste eines Generals, der, gleich einem zweiten Agamemnon, bei seiner Rückkehr aus dem Kriege einen Aegist in seinem Hause fand. In dem zweiten Grabe ruht ein junger Cavalier von vornehmer Herkunft, der bei einem Stiergefechte seiner Geliebten seine Gewandtheit und seinen Muth zeigen wollte und dabei von den Thieren auf eine schreckliche Art zerrissen wurde, und in dem dritten ruht ein alter Prälat, der vor der Zeit aus dieser Welt scheiden mußte, weil er bei voller Gesundheit sein Testament gemacht, und es seinen Dienstleuten, denen er als guter Herr einige Vermächtnisse bestimmte, vorgelesen hatte. Sein Koch konnte es nicht abwarten, die Erbschaft anzutreten.

Das vierte Grab ist das eines Höflings, der niemals in seinem Eifer, seinem Herrn die Aufwartung zu machen, erkaltete. Man sah ihn sechszig Jahre lang täglich beim Lever, beim Mittag- und Abendessen und beim Schlafengehen des Königs, der ihn mit Gunstbezeigungen überhäufte, um seinen Amtseifer zu belohnen. - War dieser Höfling auch gegen Andere so dienstfertig? fragte Don Cleophas. - Gegen Niemand, antwortete der Teufel; er versprach zwar viel, um sich angenehm zu machen, hielt aber niemals sein Wort. - Der Elende! rief Leandro aus; wenn man die menschliche Gesellschaft von unnützen Subjekten befreien wollte, so müßte man wahrlich mit Menschen seines Schlages den Anfang machen. - Das fünfte Grab, fuhr Asmodeus fort, deckt die sterbliche Hülle eines Edelmanns, dem das Wohl der spanischen Nation und der Ruhm seines Königs sehr am Herzen lag; er war sein ganzes Leben Gesandter, bald in Rom, bald in Frankreich, bald in England, bald in Portugal, und verschleuderte in dieser Stellung so viel Geld, daß sich bei seinem Tode nicht so viel mehr vorfand, um ihn, seinem Stande gemäß, begraben zu lassen. Doch der König übernahm in Anerkennung seiner Verdienste die Beerdigungskosten.

Jetzt wollen wir uns zu den auf der andern Seite befindlichen Grab- mälern wenden. Das erste ist das eines reichen Kaufherrn, der seinen Kindern große Schätze hinterließ. Da er aber fürchtete, sie möchten ihre Abstammung vergessen, ließ er seinen Namen und Stand auf dem Denkstein aushauen, und das scheint seinen Nachkommen durchaus nicht zu gefallen.

Das Grabmal, welches nun folgt und alle übrigen an Pracht übertrifft, ist ein Kunstwerk, das die Fremden mit Bewunderung betrachten. – In der That, sagte Zambullo, es scheint mir vortrefflich; ich bin entzückt davon, besonders aber gefallen mir die beiden knieenden Figuren, welche sehr gut gearbeitet sind. Der Bildhauer, der sie gemacht hat, muß ein tüchtiger Künstler sein. Aber, ich bitte Euch, sagt mir, wer die Personen, die sie darstellen sollen, bei ihren Lebzeiten waren. – Ein Herzog und seine Gemahlin, versetzte der Hinkende. Er war Hofkellermeister, und versah seinen Posten mit großer Gewissenhaftigkeit; seine Frau war un- gemein fromm. Ich muß Euch doch von dieser guten Herzogin ein Stückchen erzählen, welches Ihr für eine Frömmlerin wohl ein wenig lustig finden werdet.

Sie hatte seit langer Zeit einen Mönch zum Beichtvater mit Namen Hieronymus Aguilar, der nicht allein ein braver Mann, sondern auch ein ausgezeichneter Kanzelredner war. Sie war sehr von ihm eingenom- men, bis ein Dominikaner zu Madrid erschien, der so vortrefflich pre- digte, daß Jedermann davon entzückt wurde. Dieser neue Redner hieß Bruder Placidus; man drängte sich zu seinen Predigten, wie zu denen des Cardinals Ximenes. Er wurde auch zum Hofe beschieden, wohin sein Ruf gedrungen war, und fand dort noch mehr Beifall wie in der Stadt.

Unsre Herzogin hielt es anfangs für eine Ehrensache, sich nicht von der allgemeinen Begeisterung für den Bruder Placidus hinreißen zu las- sen, und widerstand dem Verlangen, sich selbst von seiner Beredsamkeit zu überzeugen. Sie wollte ihrem Beichtvater dadurch beweisen, daß sie als feinfühlendes Beichtkind den Aerger und die Eifersucht theile, welche dieser neue Ankömmling in ihm erregen mußte. Indessen war es nicht möglich, ihre Neugierde für immer zu unterdrücken. Der Dominikaner machte so viel Aufsehen, daß sie endlich der Versuchung, ihn zu sehen, nachgab. Sie sah ihn, hörte ihn predigen, fand ihn nach ihrem Geschmack, besuchte eifrig seine Andachten und faßte endlich den Entschluß, ihn zu ihrem Beichtvater zu machen.

Zuvor aber mußte sie sich des Paters Hieronymus entledigen, und das war eben nicht leicht. Einen geistlichen Führer kann man nicht wie einen Geliebten verabschieden; eine Frömmlerin will auch nicht für unbeständig gelten, und die Achtung des Beichtvaters, dem sie untreu wird, verlieren. Was that also die Herzogin? Sie ging zum Pater Hieronymus und sagte ihm mit so trauriger Miene, als ob sie wirklich betrübt wäre: Ehrwürdiger Vater, ich bin in Verzweiflung, Ihr seht mich in einer unbeschreiblichen Betrübniß und Verwirrung. – Was ist Euch denn begegnet? fragte Aguilar. Könnt Ihr es glauben, erwiederte sie; mein Mann, welcher stets ein unbedingtes Vertrauen in meine Tugend setzte, und mich so lange schon unter eurer Leitung sah, ohne die geringste Unruhe darüber zu zeigen, überläßt sich plötzlich der Eifersucht, und will nicht, daß Ihr länger mein Beichtvater bleibt. Habt Ihr je von einer solchen Laune gehört? Ich habe ihm vorgeworfen, daß er nicht allein mich beleidige, sondern auch einen Mann von großer Frömmigkeit, der keineswegs unter der tyrannischen Herrschaft der Leidenschaften stehe; doch habe ich sein Mißtrauen nur gesteigert, indem ich eure Partei ergriff.

Ungeachtet seiner Klugheit schenkte Pater Hieronymus diesen Mittheilungen Glauben; freilich verstand die Herzogin ihre Rolle so gut zu spielen, daß sie die ganze Welt hätte hintergehen können. Obgleich es ihm leid that, ein so vornehmes Beichtkind zu verlieren, unterließ er doch nicht, sie zu ermahnen, sich dem Willen ihres Gemahls zu fügen. Als er aber später erfuhr, daß die Dame den Bruder Placidus zu ihrem Beichtvater gewählt hatte, da gingen Seiner Hochwürden die Augen auf, und er sah, wie er sich hatte bethören lassen.

Neben dem Mausoleum des Herzogs und seiner durchtriebenen Gemahlin, fuhr der Teufel fort, sehen wir die bescheidene Grabstätte eines an Jahren sehr verschiedenen Ehepaares, nämlich eines Präsidenten des Raths von Indien und seiner jungen Frau. Dieser gute Mann heirathete in seinem drei und sechszigsten Jahre ein zwanzigjähriges Mädchen. Er hatte zwei Kinder aus erster Ehe, und war eben im Begriff, deren

Enterbung in seinem Testamente zu unterzeichnen, als er vom Schlage gerührt ward und verschied. Seine Frau starb vier und zwanzig Stunden nach ihm, aus Aerger, daß er nicht drei Tage später gestorben war.

Nunmehr kommen wir zu dem ehrwürdigsten Monumente dieser Kirche, vor dem die Spanier eben so viel Ehrfurcht empfinden wie die Römer vor dem Grabe des Romulus. – Welcher berühmten Persönlichkeit ist es denn errichtet worden? fragte Leandro Perez. – Einem Premierminister der Krone Spaniens, antwortete Asmodeus, wie vielleicht die Monarchie nie wieder einen gleichen bekommen wird. Der König übergab diesem großen Manne die Zügel der Regierung, und er wußte sie so geschickt zu führen, daß der Monarch wie die Unterthanen mit ihm zufrieden waren. Der Staat blühte unter seiner Verwaltung und das Volk war glücklich. Dieser treffliche Minister war sehr religiös und human gesinnt, und zitterte doch beständig bei dem Gedanken an die große Verantwortlichkeit seines Postens, wenn er sich auch auf seinem Sterbebette nichts vorzuwerfen hatte.

Ein wenig oberhalb der Ruhestätte dieses Ministers, der es so sehr verdient, betrauert zu werden, bemerken wir in einer Ecke eine, an einen Pfeiler befestigte schwarze Marmortafel. Soll ich Euch die darunter befindliche Gruft öffnen, um Euch die Ueberreste einer Bürgertochter zu zeigen, die in der Blüthe ihrer Jahre starb, und deren Schönheit Jedermann bezauberte? Jetzt ist sie in Staub zerfallen! Sie war bei ihren Lebzeiten ein so reizendes Wesen, daß ihr Vater in beständiger Angst lebte, irgend ein Liebhaber möchte sie ihm entführen, was sich freilich hätte ereignen können, wenn sie länger gelebt hätte. Drei Cavaliere, welche sie anbeteten, waren untröstlich über ihren Verlust, und nahmen sich das Leben, um ihre Verzweiflung an den Tag zu legen. Ihre tragische Geschichte ist mit goldenen Buchstaben auf diese Marmortafel eingegraben, nebst drei kleinen Figuren, welche diese drei verzweifelnden Liebhaber darstellen sollen; sie sind eben im Begriff, sich umzubringen, der Eine verschluckt eine Dosis Gift, der Zweite durchbohrt sich mit seinem Degen, und der Dritte legt sich eine Schnur um den Hals, um sich zu erhängen.

Da der Teufel bemerkte, daß der Student bei dieser Geschichte herzlich lachte und es sehr ergötzlich fand, daß man die Grabschrift der Bürgerstochter mit diesen drei Figuren geschmückt hatte, sagte er: Weil Euch diese Idee belustigt, möchte ich Euch an die Ufer des Tajo versetzen, um Euch das Monument zu zeigen, welches sich ein dramatischer

Dichter errichten ließ, und zwar in einer Dorfkirche bei Almaraz, wohin er sich zurückzog, nachdem er viele Jahre hindurch in Madrid ein lustiges Leben geführt hatte. Dieser Dichter hat eine große Anzahl Stücke für das Theater geschrieben, die voll von Zweideutigkeiten und derber Witze sind. Auf seinem Todesbette empfand er Reue darüber, und um das Aergerniß, welches sie erregt hatten, abzubüßen, ließ er auf sein Grabmal eine Art Scheiterhaufen malen, welcher aus Büchern, die einige seiner Werke darstellen, aufgebaut ist; man sieht daneben die Göttin der Keuschheit, wie sie eine brennende Fackel schwingt, den Scheiterhaufen anzuzünden.

Außer den Todten, welche in den Gräbern liegen, auf die ich Euch aufmerksam gemacht habe, befinden sich hier eine große Menge Anderer, welche ganz einfach bestattet wurden. Ich sehe ihre Schatten umherirren, sie wandern auf und nieder, sie kommen und gehen, ohne die tiefe Ruhe, die an diesem heiligen Orte herrscht, zu stören. Sie reden nicht miteinander, doch lese ich in ihrem Schweigen all ihre Gedanken. - Ach, wie beklage ich, rief Don Cleophas aus, nicht wie Ihr im Stande zu sein, diese Schatten sehen zu können! - Dazu kann ich Euch verhelfen, sagte Asmodeus, nichts ist mir leichter als das. Bei diesen Worten berührte der Teufel seine Augen und ließ ihn durch einen Zauber eine große Menge weißer Fantome erblicken.

Bei der Erscheinung dieser Gespenster schauderte Zambullo. Was, sagte der Teufel, Ihr zittert? Jagen Euch diese Schatten Angst ein? Vor ihrem Anzuge dürft Ihr Euch nicht entsetzen, Ihr müßt Euch von nun an daran gewöhnen, denn Ihr werdet ihn ja auch einmal tragen; das ist die Uniform der abgeschiedenen Seelen. Beruhigt Euch also, und fürchtet nichts. Wie kommt es doch, daß Euch jetzt der Muth verläßt, der Euch doch nicht fehlte, als es galt, meinen Anblick zu ertragen? Und diese hier sind nicht so schlimm als ich!

Bei diesen Worten ermannte sich der Student und wagte kühn, die Geister anzusehen. Betrachtet Euch aufmerksam all diese Schatten, sagte der Teufel. Diejenigen, welche prachtvolle Grabmäler haben, bewegen sich unter denen, welche nur in einem armseligen Sarge beerdigt wurden, wie unter ihres Gleichen. Der Standesunterschied, welcher sie während ihres Lebens von einander fern hielt, hat jetzt aufgehört. Der Premierminister und der Hofkellermeister stehen jetzt nicht höher mehr im Range als die niedrigsten Bürger, die in dieser Kirche begraben liegen. Das

Ansehen dieser vornehmen Entschlafenen hat mit ihrem Leben geendet, wie das eines Theaterhelden, wenn das Stück ausgespielt ist.

Ich bemerke einen Schatten, sagte Leandro, der ganz allein umherwandert, und die Gesellschaft der übrigen zu fliehen scheint. – Sagt vielmehr, erwiederte der Teufel, daß die Andern ihm auszuweichen suchen, denn so verhält es sich. Wißt Ihr, wer dieser Schatten ist? Er ist der eines alten Notars, der die Eitelkeit hatte, sich in einem Sarge von Blei begraben zu lassen. Das hat die übrigen bürgerlichen Todten, die in ganz einfacher Weise hier bestattet wurden, verdrossen, und um seinen Hochmuth zu demüthigen, wollen sie nicht, daß sich sein Schatten unter sie mische.

Da habe ich eben noch eine andere Beobachtung gemacht, sagte Don Cleophas. Zwei Schatten begegneten sich, blieben einen Augenblick stehen, um sich einander zu betrachten, und setzten dann ihren Weg weiter fort. – Das sind die Schatten von zwei intimen Freunden, erwiederte der Teufel, deren einer Maler, der andere Musiker war; sie waren ein wenig dem Trunke ergeben, im Uebrigen aber ganz ehrenwerthe Leute. Sie starben Beide in einem und demselben Jahre, und wenn ihre Geister sich nun begegnen, so durchzuckt sie die Erinnerung an vergangene Zeiten, und ihr trauriges Schweigen sagt: Ach, mein Freund, daß wir nun nie mehr trinken werden! – Seht dorthin, rief der Student plötzlich aus, was erblicke ich da? Im Hintergrunde dieser Kirche sehe ich zwei Schatten, die miteinander auf und abgehen; sie scheinen mir schlecht zusammen zu passen, ihre Gestalt und ihr Gang sind sehr verschieden, der Eine ist übermäßig groß und schreitet bedächtig einher, während der Andere klein und sehr behende ist. – Der große Schatten, sprach der Teufel, ist der eines Deutschen, welcher sein Leben bei einem Zechgelage einbüßte, wo er drei Gesundheiten in Wein trank, der mit Tabak gewürzt war; der Kleine ist der Schatten eines Franzosen, der, getreu der Galanterie seiner Nation, sich beim Eintritt in eine Kirche einfallen ließ, einer jungen Dame, die eben hinausgehen wollte, in höflicher Weise Weihwasser anzubieten. Noch selbigen Tages erhielt er als Lohn für seine Galanterie einen Pistolenschuß, der ihn todt zur Erde niederstreckte. – Ich meinerseits, fuhr Asmodeus dann fort, unterscheide unter der Menge drei bemerkenswerthe Geister. Ich muß Euch erzählen, auf welche Weise sie ihrer irdischen Hülle beraubt worden sind. Sie belebten früher die schönen Körper von drei Schauspielerinnen, die zu ihrer Zeit in Madrid eben so viel Aufsehen erregten wie Origo, Citheris und Arbuscula ehemals zu Rom, und welche ebensowohl wie diese die

Kunst verstanden, die Männer öffentlich zu ergötzen und im Geheimen zu ruiniren. Wollt Ihr wissen, welch ein Ende diese berühmten spanischen Schauspielerinnen nahmen? Die Eine starb plötzlich aus Neid, als sie den rauschenden Beifall hörte, der einer neuen Darstellerin bei ihrem ersten Auftreten zu Theil wurde; die Zweite hielt übermäßig viel auf gute Mahlzeiten und erlag den Folgen ihrer Unmäßigkeit, und die Dritte, welche sich auf der Bühne in der Rolle einer Vestalin zu sehr erhitzt hatte, starb hinter den Coulissen an einer unzeitigen Niederkunft. – Doch lassen wir jetzt diese Schatten in Ruhe, fuhr der Teufel fort, wir haben uns genug mit ihnen beschäftigt. Ich will Euch jetzt ein neues Schauspiel vorführen, welches einen noch stärkern Eindruck auf Euch machen wird als das erste. Ich will Euch durch dieselbe Macht, welche Euch die Schatten wahrnehmen ließ, den Tod sichtbar machen. Ihr sollt diesen grausamen Feind des Menschengeschlechts betrachten, welcher unaufhörlich die Sterblichen umkreist, ohne daß sie ihn sehen, welcher in einem Augenblick alle Theile der Welt durcheilt, und die verschiedenen Völker, die auf ihr wohnen, seine Macht fühlen läßt.

Wendet eure Blicke nach Osten; der Tod ist's, welcher dort erscheint. Eine Schaar Vögel von schlimmer Vorbedeutung fliegt unheilkrächzend vor ihm her, und verkündet sein Nahen durch ein unheimliches Geschrei. Seine unermüdliche Hand ist mit der furchtbaren Sense bewaffnet, unter der nach und nach alle Geschlechter fallen. Auf dem einen seiner Flügel befinden sich die Sinnbilder des Krieges, der Pest, der Hungersnoth, des Schiffbruchs und all der andern Unglücksfälle, die ihm jeden Augenblick eine neue Beute liefern; auf dem andern seiner Flügel erblickt man junge Aerzte, die in Gegenwart des Todes die Doktorwürde erhalten; er setzt ihnen selbst den Doktorhut auf, nachdem er sie hat schwören lassen, daß sie die medicinische Wissenschaft niemals auf eine andere Art anwenden wollen, als wie es heutzutage geschieht.

Obgleich Don Cleophas überzeugt war, daß das, was er erblickte, keine Wirklichkeit sei, und daß der Teufel ihm nur zu seinem Vergnügen den Tod unter dieser Gestalt zeigte, konnte er ihn doch nicht ohne Furcht ansehen; er faßte sich indessen und sagte zum Teufel: Diese entsetzliche Gestalt wird ohne Zweifel nicht über Madrid hinwegeilen ohne ihre Spuren zurückzulassen. – Gewiß nicht, antwortete der Hinkende, sie kommt nicht umsonst hierher, und es hängt nur von Euch ab, ob Ihr Zeuge von dem sein wollt, was sie anrichten wird. – Ich nehme Euch beim Wort, rief der Schüler, laßt uns ihre Spur verfolgen und sehen, gegen welche unglückliche Familien sie ihre Wuth richten wird. Ach, wie viele Thränen werden fließen! – Daran zweifle ich nicht, erwiederte Asmodeus, doch werden auch viele erzwungene darunter sein. Der Tod verursacht ungeachtet des Schreckens, der ihn begleitet, ebenso viel Freude als Schmerz.

Unsere beiden Zuschauer folgten alsbald dem Tode auf seinem Fluge, um sein Thun zu beobachten. Er trat zunächst in eine bürgerliche Wohnung, worin der Hausherr in den letzten Zügen lag. Er berührte ihn mit seiner Sense, und der Kranke verschied in der Mitte seiner Familie, welche alsbald in ein rührendes Wehklagen und Jammern ausbrach. Das ist keine Verstellung, sagte der Teufel; dieser Bürger wurde von seiner Frau und seinen Kindern zärtlich geliebt, außerdem bedurften sie seiner als ihres Ernährers; ihr Kummer ist also nicht erheuchelt. Anders verhält es sich mit dem, was sich in diesem zweiten Hause ereignet. Hier seht Ihr, wie der Tod sich einem bettlägrigen Greise naht. Es ist ein Rathsherr, der immer im ehelosen Stande gelebt und sich sehr eingeschränkt hat, um ein beträchtliches Vermögen zu sammeln, das er drei Neffen hinterläßt, die sich auf die Nachricht von seinem nahen Ende eiligst bei ihm eingefunden haben. Sie haben eine außerordentliche Betrübniß an den Tag gelegt, und ihre Rolle sehr gut gespielt. Jetzt aber legen sie die Maske ab, und wenn sie bisher die Miene betrübter Verwandten gezeigt haben, so treten sie jetzt als Erben auf, und fangen an alles zu durchsuchen. Sie finden sehr viel Gold und Silber und einer der Erben sagt eben zu den andern: Welch ein Vergnügen ist es, alte Knauser von Oheimen zu haben, die allen Genüssen des Lebens entsagen, um sie später ihren Neffen zu verschaffen. – Das ist eine schöne Leichenrede! sagte Leandro Perez. – Meiner Treu, erwiederte der Teufel, die Mehrzahl der reichen Väter, welche lange leben, dürfen von ihren eignen Kindern keine andere erwarten.

Während diese lachenden Erben die Schätze des Verstorbenen nachsuchen, eilt der Tod nach einem großen Hotel, wo ein junger Edelmann wohnt, der die Blattern hat. Er ist einer der liebenswürdigsten Cavaliere des Hofes und muß in der Blüthe seiner Jahre sterben, ungeachtet des berühmten Arztes, der ihn behandelt, oder vielleicht eben, weil ihn dieser Doktor behandelt. Aber seht, mit welcher Geschwindigkeit der Tod seine Arbeit vollbringt: kaum hat er das Schicksal dieses jungen Edelmannes entschieden, als er schon wieder nach einer andern Beute ausspäht. Er hält über einem Kloster an, er steigt in eine Zelle hinab, stürzt sich auf einen guten Mönch, und zerschneidet den Faden des bußfertigen Lebens, welches dieser seit vierzig Jahren geführt hat. So schrecklich der Tod auch ist, so hat er doch diesen frommen Mann nicht erschreckt. Dafür wird er aber das Hotel, welches er jetzt betritt, mit Entsetzen erfüllen. Er nähert sich einem angesehenen Licentiaten, der vor Kurzem zum Bischofe von Albarazin ernannt ist. Dieser Prälat ist einzig und allein mit den Vorbereitungen zu seinem Einzug in seine Diöcese beschäftigt, den er mit all dem Pompe halten will, mit welchem sich heut die Kirchenfürsten umgeben. Er denkt an nichts weniger, als an den Tod, und doch wird er gleich die Reise in jene Welt antreten müssen, und dort gleich jenem armen Pater ohne Gefolge ankommen. Wer weiß, wer von den Beiden daselbst die günstigste Aufnahme finden wird!

O Himmel, rief Zambullo plötzlich aus, der Tod nimmt jetzt seinen Weg nach dem Palaste des Königs, ich fürchte, daß der Barbar durch einen Streich seiner Sense ganz Spanien in Bestürzung versetze. – Ihr habt alle Ursache zu zittern, sagte der Hinkende, denn der Tod hat eben so wenig Rücksicht gegen die Könige wie gegen ihre Kammerdiener. Aber beruhigt Euch, er hat es diesesmal noch nicht auf den König abgesehen; er wird über einen seiner Höflinge herfallen, einen jener Müßiggänger, deren einzige Beschäftigung darin besteht, ihrem Herrn den Hof zu machen. Das sind eben nicht die Staatsmänner, die schwer zu ersetzen sind. – Es scheint mir aber, bemerkte der Student, daß der Tod es nicht dabei bewenden lasse, diesen Höfling aus der Welt geschafft zu haben, er verweilt auch noch auf jener Seite des Palastes, wo die Gemächer der Königin liegen. – Das ist wahr, erwiederte der Teufel, der Tod will dort ein gutes Werk verrichten, und einem boshaften Weibe, welches sich beständig ein Vergnügen daraus machte, am Hofe der Königin Unfrieden zu stiften, den Mund für immer verschließen. Sie wurde krank vor Aerger, als sie sah, wie sich zwei Damen, die sich verfeindet hatten, aufrichtig wieder aussöhnten.

Ihr werdet sogleich ein durchdringendes Geschrei hören, fuhr der Teufel fort; der Tod ist eben in ein schönes Hotel linker Hand getreten; es wird dort eine der traurigsten Scenen, die man auf der Bühne der Welt sehen kann, stattfinden. – In der That, sagte Don Cleophas, ich erblicke eine Dame, die sich das Haar ausrauft, und kaum von ihren Frauen zu halten ist. Warum ist sie so außer sich? – Seht Euch in dem gegenüberliegenden Gemach um, antwortete der Teufel, und die Ursache wird Euch klar werden. Ihr seht dort einen Mann auf einem prachtvollen

Bette ausgestreckt: das ist ihr Gemahl, der seinen Geist aufgiebt; sie ist untröstlich. Ihre Geschichte ist rührend und verdient aufgezeichnet zu werden. Ich hätte wohl Lust, sie Euch zu erzählen.

Das wird mir lieb sein, erwiederte Leandro, das Traurige bewegt mich nicht weniger, als mich das Lächerliche erheitert. – Die Geschichte ist ein wenig lang, versetzte Asmodeus, doch ist sie zu anziehend, um Euch langweilen zu können. Ueberdieß muß ich gestehen, daß ich, so sehr ich auch Teufel bin, es doch nachgerade müde werde, dem Tode zu folgen. Lassen wir ihn weiter ziehen, um neue Opfer zu suchen. – Ich bin damit zufrieden, sagte Zambullo, ich will lieber die Geschichte, die Ihr mir erzählen wollt, anhören, als das ganze Menschengeschlecht nach und nach zu Grunde gehen sehen. Nachdem der Teufel den Studenten auf eins der höchsten Häuser in der Alcalastraße versetzt hatte, begann er seine Erzählung folgendermaßen:

Dreizehntes Kapitel.

Die Macht der Freundschaft.

Ein junger Cavalier von Toledo verließ in größter Eile, von seinem Kammerdiener begleitet, seine Vaterstadt, um den Folgen eines tragischen Abenteuers zu entgehen. Er war noch zwei kleine Meilen von der Stadt Valencia entfernt, als er am Eingange eines Gehölzes einer Dame begegnete, die mit großer Hast aus ihrem Wagen stieg; ihr unverschleiertes Gesicht war von blendender Schönheit. Sie schien in großer Bestürzung zu sein, und der Cavalier, welcher daraus schloß, daß sie der Hülfe bedürfe, verfehlte nicht, ihr seine Dienste anzubieten.

Edler Unbekannter, sagte die Dame zu ihm, ich weise euer Anerbieten nicht zurück; es scheint, daß Euch der Himmel hierher gesandt habe, um das Unglück, welches ich befürchte, zu verhüten. Zwei Cavaliere haben sich in diesem Gehölze ein Rendezvous gegeben, und sind eben angekommen, um sich zu schlagen; folgt mir, ich bitte Euch, und helft mir sie auseinander bringen. Nachdem sie diese Worte gesprochen, eilte sie ins Gehölz; der Toledaner übergab sein Pferd seinem Diener, und folgte der Dame nach.

Kaum hatten sie hundert Schritte gemacht, als sie Degengeklirre vernahmen, und bald erblickten sie unter den Bäumen zwei Männer, die sich wüthend schlugen. Der Toledaner lief auf sie zu, um sie zu trennen, und nachdem ihm dieses durch sein Zureden und seine Bemühungen gelungen war, fragte er sie nach der Ursache ihres Zwistes.

Tapfrer Unbekannter, sagte einer der Cavaliere zu ihm, ich heiße Don Fedrigo de Mendoza, und mein Gegner nennt sich Don Alvaro Ponce. Wir lieben Beide Donna Theodora, die Dame, welche Euch begleitet; sie hat unsern Huldigungen immer sehr wenig Aufmerksamkeit geschenkt, und was wir auch aufbieten mochten, ihre Gunst zu gewinnen, die Grausame hat uns darum nicht besser behandelt. Was mich betrifft, so war ich entschlossen, meine Bewerbung um sie, trotz ihrer Gleichgültigkeit, fortzusetzen; mein Nebenbuhler aber, statt den gleichen Entschluß zu fassen, hat mich zum Zweikampf herausgefordert.

Es ist wahr, unterbrach ihn Don Alvaro, ich habe es für gut gefunden, so zu handeln; ich glaube, daß Donna Theodora mich erhören könnte, wenn ich keinen Nebenbuhler hätte; es liegt mir daher daran, Don Fedrigo aus der Welt zu schaffen und mich eines Mannes zu entledigen, der meinem Glück im Wege steht.

Senhores, sagte hierauf der Toledaner, ich kann euren Zweikampf nicht billigen; er beleidigt Donna Theodora; bald wird man im Königreich Valencia erfahren, daß ihr euch ihretwegen geschlagen habt, und die Ehre eurer Dame muß euch theurer sein, als eure Ruhe und euer Leben. Welchen Erfolg kann übrigens der Sieger von seinem Siege erwarten? Hofft er etwa, daß seine Geliebte ihn mit günstigeren Augen ansehen werde, nachdem er ihren guten Ruf aufs Spiel gesetzt hat? Welch eine Verblendung! Glaubt mir, es ist der edlen Namen, die ihr tragt, würdiger, wenn ihr euch zu beherrschen und eure maßlose Leidenschaft zu zügeln sucht. Verpflichtet euch Beide durch einen feierlichen Eidschwur, den Vergleich, den ich euch vorschlagen will, einzugehen, und euer Streit kann ohne Blutvergießen geschlichtet werden.

Laßt euren Vorschlag hören, rief Don Alvaro. Die Dame, erwiederte der Toledaner, muß sich erklären, und zwischen Euch und Don Fedrigo die Wahl treffen; der verschmähte Liebhaber muß alsdann die Waffen strecken, und seinem Nebenbuhler das Feld räumen. Ich willige darein, sagte Don Alvaro, und ich schwöre bei Allem, was heilig ist, daß ich mich dem Ausspruche Donna Theodoras, wie er auch ausfallen möge, unterwerfen werde; und sollte sie meinem Gegner den Vorzug geben, so wird mir das minder unerträglich sein, als die schreckliche Ungewißheit, in der ich jetzt lebe. Und ich, sagte hierauf Don Fedrigo, ich rufe den Himmel zum Zeugen an, daß wenn Donna Theodora, die ich anbete, sich nicht zu meinen Gunsten erklärt, ich ihre bezaubernde Nähe fliehen werde, und sie nicht wiedersehen will, wenn ich sie auch nicht vergessen kann.

Nun wandte sich der Toledaner zu Donna Theodora. Senhora, sagte er, jetzt ist die Reihe an Euch zu sprechen; Ihr könnt mit einem einzigen Wort diese beiden Nebenbuhler entwaffnen; Ihr dürft nur denjenigen nennen, dessen Beständigkeit Ihr belohnen wollt. Senhor Caballero, erwiederte die Dame, sucht ein anderes Mittel, die Streitenden auszusöhnen. Warum soll ich das Opfer ihrer Ausgleichung werden? Ich achte freilich Don Fedrigo und Don Alvaro, aber ich liebe sie nicht, und ich darf, bloß aus Rücksicht auf meinen guten Ruf, der durch diesen Zweikampf gefährdet werden könnte, keine Hoffnungen erwecken, die mein Herz nicht zu erfüllen vermag.

Die Verstellung ist hier nicht angebracht, Senhora, versetzte der Toledaner, Ihr müßt Euch gefälligst deutlich erklären. Obgleich diese Cavaliere beide gleich stattlich sind, bin ich doch überzeugt, daß Ihr mehr Neigung zu dem Einen, wie zu dem Andern fühlt; ich schließe dies aus der tödtlichen Angst, von der ich Euch vorhin ergriffen sah.

Ihr deutet diese Angst falsch, erwiederte Donna Theodora, ich würde allerdings den Tod des Einen oder des Andern dieser Cavaliere tief beklagen und ihn mir stets zum Vorwurf machen, wenngleich ich unschuldig daran wäre; aber wenn ich Euch so beunruhigt schien, so wißt, daß nur die Gefahr, die meiner Ehre droht, mich in diese Unruhe versetzte.

Don Alvaro Ponce, der von heftiger Natur war, verlor endlich die Geduld. Das ist zu arg, rief er in trotzigem Tone, da Donna Theodora sich weigert, die Sache auf gütlichem Wege zu erledigen, so soll das Loos der Waffen denn entscheiden. Und indem er dies sagte, wollte er aufs neue auf Don Fedrigo eindringen, der sich seinerseits in Bereitschaft setzte, ihn gehörig zu empfangen.

Da aber rief die Dame, mehr erschrocken über diesen Vorgang, als gedrängt von ihrer Neigung, ganz außer sich: Haltet ein, Senhores; ich will thun, was ihr verlangt. Wenn es denn kein anderes Mittel giebt, einen Zweikampf, bei dem meine Ehre betheiligt ist, zu verhindern, so erkläre ich, daß es Don Fedrigo de Mendoza ist, dem ich den Vorzug gebe.

Kaum hatte sie diese Worte gesprochen, als der verschmähte Don Ponce, ohne das Geringste zu erwiedern, eiligst sein Pferd, welches er an einen Baum gebunden hatte, losmachte, sich hinaufschwang und davon jagte, indem er seinem Nebenbuhler und seiner Geliebten wüthende Blicke zuwarf. Der glückliche Mendoza dagegen war auf dem Gipfel seiner Freude; bald warf er sich Donna Theodora zu Füßen, bald umarmte er den Toledaner, und konnte keine Worte finden, ihnen die ganze Dankbarkeit, von der er sich durchdrungen fühlte, lebhaft genug auszudrücken.

Unterdessen hatte sich die Dame nach Don Alvaros Entfernung beruhigt, und der Gedanke wurde ihr nun peinlich, daß sie sich verpflichtet hatte, die Aufmerksamkeiten eines Liebhabers zu dulden, dem sie freilich ihre Achtung nicht versagen konnte, für den ihr Herz aber nichts empfand.

Senhor Don Fedrigo, sagte sie, ich hoffe, daß Ihr den Vorzug, welchen ich Euch gegeben habe, nicht mißbrauchen werdet; Ihr verdankt ihn der Nothwendigkeit, in der ich mich befand, mich für Euch oder für Don Alvaro zu erklären. Ich habe Euch zwar immer höher gestellt als ihn, ich weiß, daß er nicht alle die guten Eigenschaften hat, die Ihr besitzt; Ihr seid der vollendetste Cavalier in Valencia; diese Gerechtigkeit lasse ich Euch widerfahren; ich gebe sogar zu, daß die Bewerbung eines Mannes, wie Ihr seid, der Eitelkeit einer Frau schmeicheln kann; aber, wie ehrend sie auch für mich sei, muß ich Euch doch gestehen, daß ich sie mit so geringer Befriedigung entgegennehme, daß Ihr zu beklagen seid, wenn Ihr mich wirklich so zärtlich liebt, als dies der Fall zu sein scheint. Ich will Euch indessen nicht alle Hoffnung nehmen, mein Herz noch rühren zu können; meine Gleichgültigkeit ist vielleicht nur die Folge des Schmerzes über den Verlust meines Mannes, Don Andreas de Cifuentes, der mir vor einem Jahre entrissen ist. Obgleich unser Eheleben nicht lange gewährt, und er bereits bei Jahren war, als meine Eltern, durch seinen Reichthum geblendet, mich zwangen ihn zu heirathen, habe ich mich doch über seinen Tod sehr gegrämt, und ich beweine ihn noch alle Tage.

Und verdient er nicht, daß ich ihn beweine? fügte sie hinzu. Er glich in keiner Weise jenen grämlichen, eifersüchtigen Greisen, welche es nicht glauben können, daß eine Frau vernünftig genug sei, gegen ihre Schwächen Nachsicht zu üben, und entweder selbst die eifrigen Spione all ihrer Schritte sind, oder sie durch eine ihrer Tyrannei ergebene Duegna beobachten lassen. Ach! Er setzte in meine Tugend ein Vertrauen, dessen ein angebeteter junger Ehemann kaum fähig sein würde. Seine

Aufmerksamkeiten gegen mich waren ohne Zahl, und ich wage zu behaupten, daß die einzige Aufgabe seines Lebens darin bestand, allen meinen Wünschen zuvorzukommen. So war Don Andreas de Cifuentes! Ihr könnt wohl denken, Don Mendoza, daß man einen Mann von so liebenswürdigem Charakter nicht leicht vergißt; er lebt stets in meiner Erinnerung, und dies trägt ohne Zweifel nicht wenig dazu bei, meine Aufmerksamkeit von allem dem abzuwenden, was man aufbietet, um mir zu gefallen.

Als Don Fedrigo dies hörte, konnte er nicht umhin, Donna Theodora zu unterbrechen. Ach, Senhora, rief er, welch eine Freude ist es mir, aus eurem eignen Munde zu vernehmen, daß es nicht Abneigung gegen meine Person ist, welche Euch bisher so gleichgültig gegen meine Huldigungen machte. Ich darf also hoffen, Euch noch eines Tages durch meine treue Liebe zu gewinnen. Es wird nicht an mir liegen, wenn dies nicht geschieht, erwiederte die Dame, denn ich erlaube Euch, mich zu besuchen, und mir von eurer Liebe zu sprechen; bemüht Euch, mich für eure Huldigungen empfänglich zu machen und mir Gegenliebe einzuflößen; ich werde es Euch nicht verhehlen, wenn es Euch gelingen sollte, zärtliche Gefühle in mir zu erwecken; solltet Ihr aber ungeachtet eurer Bestrebungen dieses Ziel nicht erreichen, so erinnert Euch, Don Fedrigo, daß Ihr nicht berechtigt seid, mir Vorwürfe zu machen.

Don Fedrigo wollte etwas darauf erwiedern, doch es blieb ihm keine Zeit dazu, da die Dame den Arm des Toledaners nahm, und mit raschem Schritte nach ihrem Wagen ging. Don Fedrigo eilte zu seinem Pferde, welches an einen Baum gebunden war, zog es am Zügel nach sich, und folgte Donna Theodora, welche ebenso aufgeregt in ihren Wagen stieg, als sie vorhin herausgestiegen war; die Ursache ihrer Aufregung war freilich jetzt eine andere. Der Toledaner und Don Fedrigo begleiteten sie zu Pferde bis zum Stadtthore, wo sie sich trennten. Sie nahm den Weg nach ihrem Hause, und Don Fedrigo führte den Toledaner nach dem seinigen.

Er bat seinen Gast, sich auszuruhen, und nachdem er ihn gut bewirthet hatte, fragte er ihn im Vertrauen, was ihn nach Valencia geführt habe, und ob er beabsichtige, sich dort lange aufzuhalten. Nicht länger als durchaus nöthig ist, antwortete der Toledaner; ich reise nur durch diese Stadt, um das Meer zu erreichen und mich auf dem ersten Fahrzeuge, welches die Küste Spaniens verläßt, einzuschiffen, denn ich kümmere mich wenig darum, in welchem Theile der Welt ich mein unseliges Leben beschließen werde, vorausgesetzt, daß es nur weit von diesem verwünschten Lande ist.

Was sagt Ihr? rief Don Fedrigo überrascht, was kann Euch so gegen euer Vaterland aufbringen und es Euch so verhaßt machen, da doch die Liebe zum Vaterlande jedem Menschen ins Herz gelegt ist? Nach dem, was ich erlebt habe, erwiederte der Toledaner, ist mir meine Heimath verleidet, und ich verlange nichts anderes, als sie für immer zu verlassen.

Ach, Senhor Caballero, rief Don Fedrigo von Mitleiden bewegt, wie begierig bin ich, euer Unglück zu erfahren, und wenn ich euren Schmerz nicht zu lindern vermag, so bin ich doch wenigstens bereit, ihn zu theilen. Euer Gesicht hat mich vom ersten Augenblick an für Euch eingenommen, und ich fühle, daß ich den lebhaftesten Antheil an eurem Schicksale nehme.

Das ist der größte Trost, den Ihr mir geben könnt, Senhor Don Fedrigo, antwortete der Toledaner, und um mich einigermaßen für die Theilnahme, die Ihr mir erweist, dankbar zu bezeigen, will ich Euch sagen, daß auch ich mich gleich zu Euch hingezogen fühlte, als ich Euch und Don Alvaro sah. Ein Gefühl der Zuneigung, wie ich es bisher nie bei seinem ersten Begegnen empfunden, ließ mich fürchten, daß Donna Theodora eurem Nebenbuhler den Vorzug geben möchte; und wie freute ich mich, als sie sich zu euren Gunsten entschied! Ihr habt seither diesen ersten vortheilhaften Eindruck so sehr erhöht, daß ich, anstatt Euch meinen Kummer zu verbergen, das Bedürfniß fühle, mich gegen Euch auszusprechen, und eine süße Befriedigung darin finde, Euch mein Herz zu entdecken. Vernehmt denn meine unglückliche Geschichte:

Ich bin in Toledo geboren und heiße Don Juan de Zarate. Ich war fast noch ein Kind, als ich meine Eltern verlor, so daß ich sehr früh in den Besitz von 4000 Dukaten jährlichen Einkommens gelangte, die sie mir hinterließen. Da ich über meine Hand verfügen konnte, und mich reich genug glaubte, um bei der Wahl einer Gattin nur mein Herz zu befragen, heirathete ich ein sehr schönes Mädchen, ohne zu berücksichtigen, daß sie unbemittelt und von geringer Herkunft war. Ich war berauscht vor Glück, und um das Vergnügen, die Geliebte zu besitzen, in noch höherem Grade zu genießen, führte ich sie wenige Tage nach unserer Hochzeit auf ein Landgut, welches ich in der Nähe von Toledo besitze.

Wir lebten dort miteinander in der schönsten Eintracht, als der Herzog von Naxera, dessen Schloß nicht weit von meinem Landgute liegt, eines

Tages, als er jagte, bei mir einkehrte, um sich in meinem Hause zu erfrischen. Er sah meine Frau und verliebte sich in sie; ich glaubte es wenigstens und wurde vollends in diesem Glauben bestärkt, als er sich angelegentlichst um meine Freundschaft bewarb, was er bisher sehr vernachlässigt hatte; er lud mich zu seinen Jagdpartien ein, und überhäufte mich mit Geschenken, und mehr noch mit Anerbietungen seiner Dienste.

Anfänglich machte mich seine Leidenschaft sehr besorgt; ich beschloß, mit meiner Gattin nach Toledo zurückzukehren, und ohne Zweifel hatte mir der Himmel diesen Gedanken eingegeben; denn, in der That, hätte ich dem Herzog jede Gelegenheit, meine Frau zu sehen, genommen, so würde ich all das Unglück, das mich getroffen hat, vermieden haben; doch das Vertrauen, welches ich in sie setzte, beruhigte mich. Es schien mir unmöglich, daß eine Person, die ich ohne Mitgift geheirathet und aus ihrem niedrigen Stande zu mir erhoben hatte, so undankbar sein sollte, meine Güte zu vergessen. Ach! wie wenig kannte ich sie! Ehrgeiz und Eitelkeit, die allen Weibern mehr oder minder eigen sind, waren grade die größten Fehler meiner Frau.

Als der Herzog Gelegenheit gefunden hatte, sie von seinen Empfindungen für sie in Kenntniß zu setzen, fühlte sie sich sehr befriedigt, eine so bedeutende Eroberung gemacht zu haben. Die Zuneigung eines Mannes, der den Titel Excellenz führte, schmeichelte ihrem Stolz, und erfüllte ihren Kopf mit eitlen Träumen; sie stieg dadurch in ihren Augen an Werth, und liebte mich um so weniger. Was ich für sie gethan, hätte ihre Dankbarkeit gegen mich erwecken sollen; statt dessen zog es mir nur ihre Verachtung zu; sie betrachtete mich als einen Gatten, der ihrer Schönheit unwürdig sei, und bildete sich ein, daß wenn der vornehme Herr, den sie durch ihre Reize bezaubert hatte, sie vor ihrer Verbindung mit mir gesehen hätte, er sie gewiß geheirathet haben würde. Berauscht von solchen thörichten Gedanken, und verführt durch verschiedene Geschenke, die ihr schmeichelten, gab sie dem geheimen Drängen des Herzogs nach.

Sie schrieben sich häufig, doch ich hegte nicht den mindesten Verdacht, daß sie im Einverständniß mit einander lebten, bis ich endlich so unglücklich war, aus meiner Blindheit herausgerissen zu werden. Eines Tages kam ich früher als gewöhnlich von der Jagd zurück; ich trat in das Zimmer meiner Frau, sie hatte mich nicht so früh erwartet, und war im Begriff, einen Brief des Herzogs, den sie eben erhalten hatte, zu beantworten. Bei meinem Anblick konnte sie ihre Verwirrung nicht verbergen; ich erschrak, da ich Papier und Dinte auf dem Tische sah und daraus schloß, daß sie mich verrathe. Ich verlangte, daß sie mir zeigen solle, was sie schreibe, aber sie verweigerte es, so daß ich endlich gezwungen war, Gewalt zu gebrauchen, um meine eifersüchtige Neugierde zu befriedigen; ich zog trotz ihres heftigen Widerstandes einen Brief aus ihrem Busen, der folgende Zeilen enthielt:

»Wie lange soll ich in der Erwartung einer zweiten Zusammenkunft schmachten? Wie grausam seid Ihr, mir die süßesten Hoffnungen zu geben und mit deren Verwirklichung so lange zu zögern! Don Juan geht täglich auf die Jagd, oder nach Toledo; müßten wir nicht diese Gelegenheit benutzen? Habt Mitleid mit der Sehnsucht, die mich verzehrt und beklagt mich, Senhora, bedenkt, daß wenn es eine Wonne ist, das, was man wünscht, zu erreichen, es eine Qual ist, lange darauf harren zu müssen.«

Kaum konnte ich dieses Billet zu Ende lesen, denn es versetzte mich in die heftigste Wuth. Ich legte die Hand an meinen Degen und war in der ersten Aufwallung in Versuchung, die untreue Gattin zu durchbohren; doch besann ich mich, daß ich auf diese Weise keine vollständige Rache nehme, da mein Zorn noch ein andres Opfer verlangte. Ich suchte also meine Wuth zu bemeistern, ich stellte mich gelassen und sagte zu meiner Frau in so ruhigem Tone als es mir möglich war: Senhora, es war gefehlt von Euch, dem Herzoge Gehör zu schenken; der Glanz seines Standes hätte Euch nicht verblenden sollen. Aber die Jugend liebt den Glanz. Ich nehme an, daß darin eure ganze Schuld bestehe, und daß Ihr mir den äußersten Schimpf nicht angethan habt. Ich will euren Leichtsinn entschuldigen, vorausgesetzt, daß Ihr zu eurer Pflicht zurückkehren werdet, und Euch in Zukunft allein gegen meine zärtliche Liebe empfänglich zeigen und nur daran denken wollt, sie zu verdienen. Nach diesen Worten verließ ich ihr Zimmer, nicht allein, um ihr Zeit zu lassen, sich von ihrer Bestürzung zu erholen, sondern um die Einsamkeit aufzusuchen, deren ich selbst bedurfte, um den Zorn zu besänftigen, der mich durchglühte. Wenn ich auch meine Gemüthsruhe nicht wiederfinden konnte, so suchte ich doch während zwei Tagen ruhig zu scheinen; am dritten Tage schützte ich ein Geschäft in Toledo von der höchsten Wichtigkeit vor, und sagte meiner Frau, daß ich mich genöthigt sehe, sie auf einige Zeit zu verlassen, und bat sie, während meiner Abwesenheit ihre Ehre nicht in Gefahr zu bringen.

Ich reiste ab; statt aber meinen Weg nach Toledo fortzusetzen, kehrte ich heimlich bei einbrechender Nacht nach Hause zurück, und verbarg mich in dem Zimmer eines treuen Dieners, von wo aus ich Jeden, der in mein Haus trat, sehen konnte. Ich zweifelte nicht, daß der Herzog bereits von meiner Abreise unterrichtet sei, und daß er gewiß nicht versäumen werde, sich meine Abwesenheit zu Nutzen zu machen. Ich hoffte beide mit einander zu überraschen und versprach mir eine vollständige Rache. Nichtsdestoweniger wurde ich in meinen Erwartungen getäuscht. Weit entfernt zu bemerken, daß man im Hause Vorbereitungen traf, einen Liebhaber zu empfangen, sah ich im Gegentheil, daß man die Thüren pünktlich verschloß, und als sich nach Ablauf von drei Tagen weder der Herzog, noch einer seiner Leute gezeigt hatte, hielt ich mich überzeugt, daß meine Frau ihren Fehler bereut, und jeden Verkehr mit dem Herzoge abgebrochen habe.

In diesem Glauben verlor ich den Wunsch, mich zu rächen, und überließ mich wieder den Empfindungen einer Liebe, die der Zorn eine Zeit lang unterdrückt hatte. Ich begab mich in das Zimmer meiner Frau, umarmte sie zärtlich und sagte: Senhora, nehmt meine Achtung und Liebe zurück. Ich bekenne Euch, daß ich nicht in Toledo war, diese Reise hat mir nur zum Vorwand gedient, Euch auf die Probe zu stellen. Ihr müßt einem Manne, dessen Eifersucht nicht ungegründet war, verzeihen, daß er Euch diese Falle stellte, ich fürchtete, daß Ihr, verführt durch die glänzenden Vorspiegelungen eurer Einbildungskraft, nicht im Stande sein würdet, eure Verblendung einzusehen. Aber dem Himmel sei Dank, Ihr habt euren Irrthum erkannt, und ich hoffe, daß nunmehr nichts unsern Frieden stören werde.

Meine Frau schien von diesen Worten sehr ergriffen zu sein, und ließ ein paar Thränen fallen. – Wie unglücklich bin ich, rief sie aus, Euch Veranlassung gegeben zu haben, meine Treue zu beargwöhnen! Wie sehr ich nun auch verabscheuen mag, was Euch so gerechterweise gegen mich aufgebracht hat, wie viele Thränen ich auch seit zwei Tagen vergossen habe, all mein Schmerz, all meine Gewissensbisse sind doch vergeblich; nie werde ich euer Vertrauen wieder gewinnen können. – Ich schenke es Euch wieder, Senhora, unterbrach ich sie, ganz gerührt von der Betrübniß, welche sie zeigte; ich will des Vorgefallenen nicht mehr gedenken, da Ihr es bereut.

28

Von diesem Augenblicke an behandelte ich sie in der That mit derselben Rücksicht, die ich früher für sie gehabt hatte; ich genoß aufs neue das Glück, welches auf eine so grausame Art getrübt worden war; es wurde sogar noch erhöht, denn meine Frau gab sich mehr Mühe, mir zu gefallen wie bisher, als wollte sie jede Spur der Beleidigung, die sie mir zugefügt hatte, aus meinem Gedächtnisse verwischen. Ich fand ihre Liebkosungen viel feuriger und es fehlte nicht viel, so hätte ich mich wohl gar über den Kummer gefreut, den sie mir verursacht hatte.

In dieser Zeit wurde ich krank. Obgleich meine Krankheit nicht gefährlich war, schien meine Frau doch auffallend ängstlich; sie pflegte mich den ganzen Tag, und kam zwei- bis dreimal in der Nacht in mein Zimmer, welches von dem ihrigen getrennt lag, um sich selbst nach meinem Befinden zu erkundigen. Kurz, sie zeigte eine außerordentliche Aufmerksamkeit für alle meine Bedürfnisse, und suchte ihnen zuvorzukommen; es schien, als ob ihr Leben von dem meinigen abhinge. Was mich betrifft, so war ich so gerührt von allen den Beweisen ihrer Zärtlichkeit, daß ich nicht müde wurde, ihr meinen Dank dafür auszudrücken. Und doch, Don Fedrigo, sie meinte es nicht so ehrlich, wie ich wähnte.

Eines Nachts, als ich bereits auf dem Wege der Genesung war, weckte mich mein Kammerdiener. Senhor, sagte er mit bewegter Stimme, es thut mir leid, eure Ruhe stören zu müssen, aber ich bin Euch zu treu ergeben, um Euch verheimlichen zu wollen, was in diesem Augenblicke in eurem Hause vorgeht: Der Herzog von Naxera ist bei eurer Gemahlin.

Ich war über diese Nachricht wie betäubt und starrte meinen Diener an, ohne eine Silbe hervorbringen zu können; je mehr ich über das, was ich vernommen hatte, nachdachte, desto schwerer wurde es mir, daran zu glauben. Nein, Fabio, rief ich, es ist unmöglich, daß meine Frau eines so schrecklichen Verrathes fähig sei! Du bist deiner Sache nicht gewiß. Senhor, erwiederte Fabio, wollte Gott, daß ich noch daran zweifeln dürfte, aber der falsche Schein hat mich nie getrogen. Seit eurer Krankheit habe ich den Argwohn, daß man den Herzog fast jede Nacht in das Zimmer eurer Gemahlin einführe; ich habe mich versteckt, um die Wahrheit zu erfahren, und bin nur zu sehr überzeugt, daß mein Verdacht gegründet ist.

Bei diesen Worten sprang ich wüthend auf, warf mich in meine Kleider, nahm meinen Degen und eilte, von Fabio begleitet, der das Licht trug, nach dem Zimmer meiner Frau. Bei dem Geräusch unsrer

Schritte hatte sich der Herzog, welcher auf ihrem Bette saß, erhoben; er griff nach dem Pistol, das er in seinem Gürtel trug, trat mir entgegen, und feuerte es auf mich ab, doch geschah dieses in so großer Hast und Bestürzung, daß der Schuß fehl ging. Da aber stürzte ich heftig auf ihn los, und durchbohrte ihn mit meinem Degen, und wandte mich dann an meine Frau, die mehr todt als lebendig war. Und du, rief ich, schändliches Weib, hier nimm den Lohn all deiner Treulosigkeit. Indem ich dies sagte, stieß ich ihr den vom Blute ihres Geliebten noch rauchenden Degen in die Brust.

Ich verdamme meinen Jähzorn, Senhor Don Fedrigo, ich sehe ein, daß ich ein treuloses Weib auf andre Weise als durch den Tod hätte strafen können: doch welcher Mann könnte in einer solchen Lage die Fassung bewahren? Stellt Euch dies falsche Weib vor, denkt an ihre Aufopferung während meiner Krankheit, an alle die zärtliche Besorgniß, die sie mir bezeigte, denkt an alle die Umstände, die diese ungeheure Verrätherei begleiten, und urtheilt dann, ob ein Mann, der, von gerechter Wuth ergriffen, einem solchen Weibe den Tod gegeben hat, nicht Verzeihung verdient. Das Ende meiner traurigen Geschichte ist bald erzählt. 30 Nachdem ich meine Rache vollständig befriedigt hatte, kleidete ich mich eilends an, denn ich dachte wohl, daß ich keine Zeit zu verlieren haben würde, um mich den Verfolgungen der Verwandten des Herzogs zu entziehen. Da seine Familie bei weitem mächtiger ist, als die meinige, so konnte ich nur im Auslande auf Sicherheit rechnen, und deswegen wählte ich zwei meiner besten Pferde, versah mich mit Geld und Edelsteinen und verließ vor Tagesanbruch mein Haus. Mein Diener, dessen Treue erprobt war, begleitete mich. Ich schlug die Straße nach Valencia ein, in der Absicht, mit dem ersten besten Schiffe nach Italien abzusegeln. Als ich heute an dem Gehölze, worin Ihr Euch befandet, vorüberkam, begegnete ich Donna Theodora, welche mich bat, ihr zu folgen und ihr beizustehen, Euch und Don Alvaro zu trennen.

Als der Toledaner seine Geschichte beendet hatte, sagte Don Fedrigo: Ihr habt an dem Herzog von Naxera eine gerechte Rache genommen, Senhor Don Juan; seid unbesorgt der Nachsuchungen wegen, welche seine Verwandten anstellen könnten; bleibt bei mir, wenn Euch das gefällt, bis sich eine Gelegenheit findet, nach Italien abzureisen. Mein Onkel ist der Gouverneur von Valencia, Ihr seid hier in größerer Sicherheit als an jedem andern Ort, und in dem Hause eines Mannes, welcher den Wunsch hegt, daß ihn in Zukunft die innigste Freundschaft mit Euch verbinde.

Zarate antwortete Mendoza in den Ausdrücken der wärmsten Dankbarkeit, und nahm die ihm angebotene Zufluchtsstätte an. Bewundert die Macht der Sympathie, Senhor Don Cleophas, fuhr Asmodeus fort, diese beiden jungen Cavaliere fühlten gegenseitig eine so große Zuneigung, daß sie in wenigen Tagen eine Freundschaft schlossen, gleich der des Orestes und Pylades. Sie hatten Beide dieselben Gesinnungen und Neigungen; was dem Einen gefiel, gefiel auch dem Andern, sie waren gleichen Charakters, kurz, sie waren geschaffen, einander zu lieben. Don Fedrigo besonders war entzückt von dem Wesen seines Freundes, und konnte nicht umhin, ihn bei jeder Gelegenheit der Donna Theodora zu rühmen.

Sie gingen Beide häufig zu dieser Dame, welche die eifrigen Bemühungen des Don Fedrigo noch immer sehr gleichgültig aufnahm. Er war darüber oft sehr mißmuthig, und beklagte sich zuweilen bei seinem Freunde, der ihm zum Troste sagte, daß die stolzesten Frauen sich doch am Ende rühren ließen; daß dem Liebhaber nur die Geduld, den günstigen Augenblick abzuwarten, nicht ausgehen, und er den Muth nicht verlieren dürfe, da seine Dame doch, früher oder später, seine Ergebenheit belohnen werde. Obgleich die Erfahrung lehrt, daß diese Ansichten richtig sind, konnte doch der schüchterne Mendoza nicht dadurch beruhigt werden er verzweifelte daran, der Wittwe des Cifuentes je gefallen zu können. Eine tiefe Niedergeschlagenheit bemächtigte sich seiner, die Don Juans Mitleid rege machte. Bald war indessen Don Juan noch mehr zu bedauern, als sein Freund.

Obgleich der Toledaner alle Ursache hatte, gegen das weibliche Geschlecht empört zu sein, nachdem ihn seine Frau so schändlich verrathen hatte, konnte er dennoch nicht widerstehen, Donna Theodora zu lieben; aber weit entfernt, sich einer Leidenschaft hinzugeben, welche seinen Freund beleidigt hätte, dachte er nur daran, wie er dieselbe bekämpfen könnte. Da er überzeugt war, daß er Donna Theodora meiden müsse, wenn er der Leidenschaft, die sie ihm einflößte, Herr werden wolle, beschloß er, sie nicht mehr zu besuchen, und wenn Mendoza ihn zu ihr führen wollte, wußte er immer unter irgend einem Vorwande diese Aufforderung abzulehnen.

Don Fedrigo dagegen besuchte die Dame nie, ohne daß sie ihn gefragt hätte, warum Don Juan nicht mehr zu ihr komme. Eines Tages, als sie diese Frage an ihn richtete, antwortete er ihr lächelnd, daß sein Freund seine Gründe dazu habe. Und was für Gründe kann er haben, mich zu meiden? fragte Donna Theodora. Senhora, erwiederte Mendoza, als ich ihn heute zu Euch führen wollte, und ihn meine Befremdung merken ließ, daß er sich abermals weigerte, mich zu begleiten, hat er mir ein Geständniß gemacht, welches ich Euch mittheilen muß, um ihn zu rechtfertigen. Er sagte mir, daß er eine Liebschaft angeknüpft habe, und da er nicht lange in dieser Stadt bleiben werde, seien ihm die Augenblicke kostbar.

Diese Entschuldigung genügt mir nicht, erwiederte die junge Wittwe erröthend, das ist kein Grund, seine Freunde zu verlassen. Don Fedrigo bemerkte das Erröthen der Dame sehr wohl und schrieb es der gekränkten Eitelkeit zu, wie dem Verdrusse, sich vernachläßigt zu sehen. Er irrte sich aber in dieser Vermuthung; ein anderes stärkeres Gefühl als das der Eitelkeit erregte die Bewegung, die sie verrathen hatte, aber aus Furcht, daß er ihre wahren Empfindungen entdecken möchte, gab sie dem Gespräch eine andere Wendung, und zeigte während der ferneren Unterhaltung eine solche Heiterkeit, daß Mendozas Scharfblick dadurch hätte irre geleitet werden müssen, wenn er überhaupt der Wahrheit auf der Spur gewesen wäre.

Sobald die Wittwe des Cifuentes sich wieder allein befand, versank sie in schwermüthige Gedanken, und wurde sich alsbald der ganzen Gewalt der Liebe, die sie für Don Juan gefaßt hatte, bewußt. Sie hielt sich für verschmäht und sagte seufzend: Welche ungerechte und grausame Macht gefällt sich darin, zwei Herzen zu entflammen, die nicht übereinstimmen! Ich liebe Don Fedrigo nicht, der mich anbetet, und ich glühe für Don Juan, der einer Anderen ergeben ist! O, Mendoza, höre auf, mir meine Gleichgültigkeit vorzuwerfen, dein Freund rächt dich genug!

Schmerz und Eifersucht erpreßten ihr einige Thränen, doch die Hoffnung, welche den Kummer der Liebenden zu besänftigen versteht, führte ihr bald andere Bilder vor die Seele. Sie redete sich ein, daß ihre Nebenbuhlerin nicht sehr gefährlich sei, daß Don Juan wohl mehr durch ihre Zuvorkommenheit, als durch ihre Liebenswürdigkeit gefesselt werde, und daß so schwache Bande sich leicht zerreißen ließen. Um aber selbst zu urtheilen, wie sich die Sache verhalte, beschloß sie, den Toledaner im Geheimen zu sprechen. Sie ließ ihn ersuchen, sich zu ihr zu begeben; er kam, und als sie Beide allein waren, nahm Donna Theodora das Wort:

Ich hätte nie gedacht, sagte sie, daß die Liebe einen galanten Mann die Pflichten vergessen lassen könnte, die er den Damen schuldig ist; nichtsdestoweniger habt Ihr eure Besuche bei mir eingestellt, seit Ihr verliebt seid. Ich habe Ursache, wie mir scheint, mich über Euch zu beklagen. Doch will ich glauben, daß Ihr mich nicht aus eignem Antriebe meidet, es ist ohne Zweifel eure Dame, die Euch verboten hat, zu mir zu gehen. Gesteht es nur, Don Juan, und ich entschuldige Euch, ich weiß, daß Liebhaber nicht die Freiheit haben, zu thun, was sie wollen, und daß sie nicht wagen dürfen, den Wünschen ihrer Geliebten zuwider zu handeln.

Senhora, antwortete der Toledaner, ich gebe zu, daß mein Benehmen Euch befremden muß, aber, ich bitte Euch, verlanget nicht, daß ich mich rechtfertige, laßt es Euch genug sein zu erfahren, daß ich triftige Gründe habe, eure Nähe zu fliehen. Was für Gründe Ihr auch haben mögt, erwiederte Donna Theodora, ich will sie wissen. Nun denn, Senhora, versetzte Don Juan, ich muß Euch also gehorchen, aber beklagt Euch nicht, wenn Ihr mehr vernehmt, als Ihr zu wissen wünscht.

Don Fedrigo, fuhr er fort, wird Euch den Vorfall erzählt haben, der mich aus Castilien vertrieben hat. Als ich Toledo verließ, erfüllte mich die tiefste Erbitterung gegen das weibliche Geschlecht, und ich glaubte mich gewaffnet gegen jede neue Leidenschaft. In diesem stolzen Bewußtsein näherte ich mich Valencia, ich begegnete Euch, und was vielleicht noch Niemand vermocht hat, ich hielt eure ersten Blicke aus ohne in Verwirrung zu gerathen. Ich sah Euch seitdem ungestraft wieder, aber ach! wie theuer mußte ich die wenigen Tage des Stolzes bezahlen! Ihr habt endlich meinen Widerstand bezwungen, eure Schönheit, euer Geist, all eure Reize haben ihre Macht auf einen Rebellen ausgeübt, mit einem Wort, ich fühle für Euch all die Liebe, die Ihr einzuflößen vermögt.

Das ist es, Senhora, was mich von Euch fern hält. Das Liebesverhältniß, wovon man Euch gesagt hat, besteht nicht in der Wirklichkeit, es ist nur eine Erfindung, eine Unwahrheit, die ich Don Fedrigo gesagt, um dem Verdacht vorzubeugen, der durch meine beständige Weigerung, ihn zu Euch zu begleiten, in ihm erweckt werden konnte. – Dies Geständniß hatte Donna Theodora nicht erwartet; es erfüllte sie mit einer so großen Freude, daß es ihr unmöglich war, dieselbe zu unterdrücken. Sie gab sich indessen auch keine Mühe, sie vor dem Toledaner zu verbergen und statt sich ernst und zurückhaltend gegen ihn zu zeigen, sah sie ihn mit zärtlichem Blicke an und sagte: Ihr habt mir euer Geheimniß mitgetheilt; ich will Euch jetzt das meinige entdecken. Hört mich an.

Gleichgültig gegen Mendozas Verehrung, ungerührt von den Seufzern Don Alvaros, führte ich ein ruhiges zufriedenes Leben, bis der Zufall Euch an dem Gehölze vorüberführte, wo wir uns begegneten. Ungeachtet der Gemüthsaufregung, in der ich mich damals befand, entging es mir doch nicht, daß Ihr mir eure Dienste mit dem feinsten Anstande anbotet, und die Art, wie Ihr die beiden wüthenden Nebenbuhler zu trennen verstandet, flößte mir eine hohe Meinung von eurer Gewandtheit und eurem Muthe ein. Das Mittel friedlichen Ausgleichs aber, welches Ihr vorschlugt, mißfiel mir; ich konnte mich nicht ohne Widerstreben entschließen, Einen von Beiden zu wählen, aber, um Euch nichts zu verschweigen, ich glaube, daß Ihr an meinem Widerwillen ein wenig Theil hattet, denn in demselben Augenblicke, wo ich, von der Nothwendigkeit gezwungen, den Namen Don Fedrigos nannte, fühlte ich, daß mein Herz sich für den Unbekannten entschied. Seit jenem Tage, den ich nach dem eben empfangenen Geständnisse einen glücklichen nennen darf, hat eure Handlungsweise die Achtung, die ich bereits für Euch hegte, noch gesteigert.

Ich mache Euch, fuhr sie fort, aus meinen Gefühlen kein Geheimniß; ich gestehe sie Euch mit derselben Offenheit, womit ich Mendoza sage, daß ich ihn nicht liebe. Eine Frau, welche das Unglück hat, eine Neigung zu einem Manne zu fühlen, der ihr nicht angehören kann, hat alle Ursache, sich Zwang anzuthun, und ihre Schwäche mit einem ewigen Schweigen zu bedecken; aber ich glaube, daß man ohne Skrupel einem Manne, der nur redliche Absichten hat, eine unschuldige Zuneigung bekennen darf. Ja, ich bin glücklich, daß Ihr mich liebt, und ich danke dem Himmel dafür, der uns ohne Zweifel für einander bestimmt hat.

Nach diesen Worten schwieg die Dame, um Don Juan sprechen zu lassen. Sie erwartete einen Ausbruch seiner Freude und Dankbarkeit; doch statt von dem, was er gehört hatte, entzückt zu sein, blieb er traurig und nachdenklich.

Was sehe ich, Don Juan, sagte sie. Nachdem ich, um Euch ein Loos zu bereiten, das jeder Andere als Ihr beneidenswerth finden würde, den Stolz meines Geschlechts vergessen, und Euch mein entzücktes Herz entdeckt habe, beobachtet Ihr ein kaltes Stillschweigen! Ihr empfindet keine Freude bei der Erklärung meiner Liebe, ich sehe sogar Schmerz in euren Zügen. Ach, Don Juan, welch einen seltsamen Eindruck macht meine Hingebung auf Euch!

Und welch andern Eindruck, erwiederte traurig der Toledaner, könnte sie auf ein Herz wie das meinige machen? Je mehr Zuneigung Ihr mir bezeigt, desto elender fühle ich mich. Ihr wißt, was Mendoza für mich thut, Ihr wißt, welch eine zärtliche Freundschaft uns verbindet, wie könnte ich mein Glück auf den Trümmern seiner süßesten Hoffnungen gründen wollen? Ihr habt zu viel Zartgefühl, sagte Donna Theodora; ich habe Don Fedrigo keine Versprechungen gemacht, ich kann Euch mein Jawort geben, ohne seine Vorwürfe zu verdienen, und Ihr könnt meine Hand annehmen, ohne einen Raub an ihm zu begehen. Ich begreife, daß Euch der Gedanke an einen unglücklichen Freund schmerzlich sein muß; vermag er aber das Glück, welches eurer wartet, aufzuwiegen? Ja, Senhora, antwortete er mit festem Tone, ein solcher Freund, wie Mendoza, hat mehr Gewalt über mich, wie Ihr denkt. Wenn es Euch möglich wäre, Euch eine Vorstellung von der Innigkeit und Größe unsrer Freundschaft zu machen, würdet Ihr mich beklagenswerth finden. Don Fedrigo hat kein Geheimniß vor mir, meine Interessen sind die seinigen geworden, die geringfügigsten Dinge, die mich betreffen, entgehen seiner Aufmerksamkeit nicht, oder um Alles in einem Worte zu sagen, ich theile seine Seele mit Euch.

Ach! um das Glück eurer Liebe zu genießen, hätte es mir verheißen werden müssen, ehe ich einen so festen Freundschaftsbund schloß. In der Gewißheit, Euch zu gefallen, hätte ich alsdann Mendoza nur als meinen Nebenbuhler betrachtet, mein Herz würde die Zuneigung, die er mir bewies, nicht erwiedert haben, und ich würde ihm heute nicht so viel Dank schuldig sein; jetzt aber, Senhora, ist es zu spät, ich habe alle die Dienste, die er mir anbot, angenommen, ich bin der Neigung, welche ich für ihn empfand, gefolgt, Dankbarkeit und Freundschaft fesseln mich und versetzen mich in die grausame Nothwendigkeit, dem glücklichen Loose, das Ihr mir anbietet, zu entsagen.

Bei diesen Worten brach Donna Theodora in Thränen aus und nahm ihr Taschentuch, um sie zu trocknen. Als der Toledaner das sah, wurde er sehr bewegt; er fühlte seinen Muth wanken, und vermochte kaum seine Fassung zu bewahren. Adieu, Senhora, rief er mit einer von Seufzern erstickten Stimme, lebt wohl, ich muß Euch fliehen, um meine Tugend zu retten; ich kann eure Thränen nicht ansehen, sie machen Euch zu gefährlich. Ich werde mich für ewig aus eurer Nähe entfernen und den Verlust so vieler Reize beweinen, auf welche meine unerbittliche Freundschaft mich zu verzichten zwingt. Als er diese Worte gesprochen, entfernte er sich, mit großer Mühe einen Rest von Festigkeit behauptend.

Die Wittwe des Cifuentes aber wurde nach seiner Entfernung ein Raub der verwirrendsten Gefühle. Sie schämte sich, einem Manne ihre Liebe gestanden zu haben, den sie nicht hatte fesseln können; da sie indeß nicht daran zweifeln durfte, daß er heftig in sie verliebt sei, und daß er nur aus Rücksicht gegen einen Freund ihre ihm angebotene Hand ausgeschlagen hatte, war sie vernünftig genug, eine so seltene Freundschaft zu bewundern, statt sich darüber beleidigt zu fühlen. Da sich aber Niemand einer trüben Stimmung erwehren kann, wenn seine Angelegenheiten nicht den gewünschten Erfolg haben, beschloß sie gleich folgenden Tages aufs Land zu gehen, um ihren Kummer zu zerstreuen, oder vielmehr ihn zu vergrößern, denn die Einsamkeit ist viel geeigneter, die Liebe zu nähren als zu schwächen.

Don Juan seinerseits, der Mendoza nicht zu Hause getroffen, hatte sich in seinem Zimmer verschlossen, um sich ungestört seinem Schmerze hingeben zu können. Nach dem, was er für das Glück seines Freundes gethan hatte, glaubte er, daß es ihm wenigstens erlaubt sei, über sein eignes Unglück zu seufzen. Doch bald kam Don Fedrigo und unterbrach seine Träumerei, und da er aus seinem verstörten Aussehen schloß, daß er sich übel befinde, zeigte er so viel Besorgniß, daß Don Juan, um ihn zu beruhigen, genöthigt war, ihm zu sagen, daß er nur des Alleinseins bedürfe. Mendoza verließ ihn sofort, um ihm Ruhe zu lassen, doch ging er mit einem so bekümmerten Blick, daß der Toledaner, davon ergriffen, nur um so lebhafter sein Mißgeschick empfand. O Himmel! rief er aus, warum muß die zärtlichste Freundschaft von der Welt das ganze Unglück meines Lebens werden!

Am folgenden Tage war Don Fedrigo noch nicht aufgestanden, als man ihn benachrichtigte, daß Donna Theodora mit ihrer ganzen Dienerschaft nach ihrem Schlosse Villareal abgereist sei, und daß es den Anschein habe, als werde sie sobald nicht wieder zurückkehren. Diese Nachricht war ihm weniger schmerzlich, weil er nun durch die Abwesenheit seiner Geliebten zu leiden hatte, als weil ihm aus dieser Abreise ein Geheimniß gemacht worden war. Ohne zu wissen, was er davon denken solle, beschlich ihn eine trübe Ahnung. – Er stand auf, um zu seinem Freunde zu gehen, nicht allein um mit ihm über diesen Vorfall zu sprechen, als auch um sich nach seinem Befinden zu erkundigen.

Doch kaum hatte er sich angekleidet, als Don Juan in sein Zimmer trat und sagte: Ich komme, um die Besorgniß, die ich Euch gemacht habe, zu verscheuchen; ich befinde mich heute ziemlich gut. Diese gute Nachricht, antwortete Mendoza, tröstet mich einigermaßen über die schlechte, welche ich erhalten habe. Der Toledaner fragte, welche schlimme Nachricht dies sei, und Don Fedrigo erwiederte, nachdem er seine Leute hinausgeschickt hatte: Donna Theodora ist diesen Morgen nach ihrem Land gute abgereist, und man glaubt, daß sie lange dort bleiben werde. Diese Abreise befremdet mich, warum hat man sie mir verheimlicht? Was denkt Ihr davon, Don Juan? Habe ich nicht Ursache, mich darüber zu beunruhigen? Zarate hütete sich wohl, ihm hierüber seine Meinung zu sagen, und versuchte ihn zu überzeugen, daß Donna Theodora aufs Land gezogen sein könnte, ohne daß ein Grund vorhanden sei, darüber zu erschrecken. Doch Mendoza, der die Gründe, welche Don Juan zu seiner Beruhigung anführte, nicht wollte gelten lassen, unterbrach ihn: Ich habe den Verdacht, sagte er, und nichts kann mich davon befreien, daß ich mir durch irgend eine Unbedachtsamkeit das Mißfallen Donna Theodoras zugezogen habe; um mich zu strafen, verläßt sie mich ohne sich herabzulassen, mir zu sagen, worin mein Vergehen besteht.

Wie dem auch sein möge, ich kann nicht länger in dieser Ungewißheit leben. Kommt, Don Juan, wir wollen sie aufsuchen, ich will die Pferde satteln lassen. Ich rathe Euch, sagte der Toledaner, Niemand mit Euch zu nehmen; eure Verständigung muß ohne Zeugen stattfinden. Don Juan kann uns nie störend sein, erwiederte Don Fedrigo; es ist Donna Theodora nicht unbekannt, daß Ihr Alles wißt, was in meinem Herzen vorgeht; sie achtet Euch, und statt mich in Verlegenheit zu setzen, werdet Ihr mir vielmehr helfen, sie zu meinen Gunsten wieder zu besänftigen.

Nein, Don Fedrigo, versetzte er, meine Gegenwart kann Euch von keinem Nutzen sein. Reiset allein hin, ich beschwöre Euch. Nein, mein lieber Don Juan, erwiederte Mendoza, wir wollen zusammen gehen, ich erwarte diese Gefälligkeit von eurer Freundschaft. Welch eine Tyrannei! rief der Toledaner unmuthig; warum verlangt Ihr von meiner Freundschaft, was sie Euch nicht gewähren darf?

Diese Worte, welche für Don Fedrigo unverständlich waren, und der heftige Ton, worin sie gesprochen worden, überraschten und befremdeten ihn. Er sah seinen Freund forschend an: Don Juan, sagte er, was bedeutet das, was ich soeben vernommen? Welcher entsetzliche Argwohn steigt in mir auf! Ach, eure Zurückhaltung quält mich zu sehr, sprecht, woher kommt der Widerwille, den Ihr fühlt, mich zu begleiten?

Ich wollte es Euch verbergen, antwortete der Toledaner, aber weil Ihr mich selbst gezwungen habt, Euch diesen Widerwillen zu zeigen, so will ich ihn auch nicht leugnen. Wir müssen aufhören, mein lieber Don Fedrigo, uns über die Gleichheit unsrer Neigungen Glück zu wünschen; sie ist leider nur zu vollkommen. Die Pfeile, welche Euch verwundet haben, haben auch euren Freund nicht verschont. Donna Theodora ... Was, Ihr wärt mein Nebenbuhler! unterbrach ihn Mendoza erblassend. – Von dem Augenblicke an, wo ich mir meiner Liebe bewußt wurde, habe ich sie bekämpft. Ich habe die Wittwe des Cifuentes beständig gemieden, Ihr wißt es, Ihr selbst machtet mir einen Vorwurf daraus; ich überwand wenigstens meine Leidenschaft, wenn ich sie auch nicht zu zerstören vermochte.

Gestern aber ließ mir die Dame sagen, daß sie mich in ihrem Hause zu sprechen wünsche; ich begab mich zu ihr. Sie fragte mich, warum ich sie so lange schon gemieden hätte. Ich suchte nach Entschuldigungen, sie nahm sie nicht an. Endlich sah ich mich genöthigt, ihr die wahre Ursache zu offenbaren. Ich glaubte, daß sie nach dieser Erklärung meine Absicht, sie zu fliehen, billigen würde; aber mein Unglücksstern wollte – darf ich es Euch sagen? – ja, Mendoza, ich muß es Euch sagen, ich fand Donna Theodora mir zugethan.

Obgleich Don Fedrigo der sanftmüthigste und vernünftigste Mensch von der Welt war, so gerieth er doch bei diesen Worten in Wuth, und ließ seinen Freund nicht ausreden: Haltet ein, Don Juan, rief er, durchbohrt mir lieber die Brust, als daß Ihr mit diesen unseligen Mittheilungen fortfahrt. Es ist Euch nicht genug, mir zu gestehen, daß Ihr mein Nebenbuhler seid, Ihr laßt mich auch noch erfahren, daß Ihr geliebt werdet! Gerechter Himmel! welch ein Geständniß wagt Ihr mir zu machen! Ihr stellt unsre Freundschaft auf eine zu harte Probe. Doch was sage ich, unsre Freundschaft? Ihr habt sie gebrochen, indem Ihr die treulosen Gefühle nährtet, die Ihr mir bekennt. In welchem Wahne habe ich gelebt! Ich glaubte Euch hochherzig, großmüthig, und Ihr seid nichts als ein falscher Freund, da Ihr fähig waret, eine Liebe in Euch aufkommen zu lassen, die mich beschimpft. Ich fühle mich überwältigt von diesem unvorhergesehenen Schlag, ich empfinde ihn um so lebhafter, als eine Hand ihn mir versetzt hat, die ... Laßt mir mehr Gerechtigkeit widerfahren, unterbrach ihn der Toledaner, mäßigt Euch einen Augenblick; ich bin nichts weniger als ein falscher Freund. Höret mich an, und Ihr werdet es bereuen, mich so genannt zu haben.

Hierauf erzählte er ihm, was zwischen der Wittwe des Cifuentes und ihm vorgefallen war, das zärtliche Geständniß, welches sie ihm gemacht, und wie sie ihm vorgestellt habe, daß er sich ohne Bedenken seiner Leidenschaft überlassen könne. Er wiederholte ihm, was er darauf entgegnet; und wie Don Fedrigo nach und nach hörte, welche Festigkeit sein Freund gezeigt hatte, fühlte er seinen Zorn schwinden. Kurz, fügte Don Juan hinzu, die Freundschaft hat über die Liebe, gesiegt, ich schlug Donna Theodoras Hand aus. Sie weinte darüber vor Verdruß, und Gott weiß, in welche Verwirrung mich ihre Thränen brachten! Ich kann nicht an die Gefahr denken, in der ich mich befand, ohne zu zittern. Ich fing an, mich grausam zu finden, und während einiger Augenblicke, Mendoza, war Euch mein Herz ungetreu. Doch unterlag ich meiner Schwäche nicht; ich entzog mich durch eine schnelle Flucht ihren so gefährlichen Thränen. Es ist aber nicht genug, diese Gefahr vermieden zu haben, die Zukunft flößt mir Furcht ein, und deswegen will ich meine Abreise beschleunigen; ich will Donna Theodoras Blicken nicht wieder begegnen. Wird nun Don Fedrigo mich noch ferner der Undankbarkeit und der Treulosigkeit beschuldigen?

Nein, erwiederte Mendoza ihn umarmend, ich weiß jetzt, daß Ihr unschuldig seid. Die Augen gehen mir auf; verzeiht die ungerechten Vorwürfe der ersten Aufwallung eines Liebenden, der sich all seiner Hoffnungen beraubt sieht. Ach! konnte ich es auch glauben, daß Donna Theodora Euch lange sehen würde, ohne durch euer liebenswürdiges Wesen, dessen Macht ich selbst empfunden habe, bestrickt zu werden? Ihr seid ein wahrer Freund, wenn ich unglücklich bin, darf ich nur mein böses Geschick deswegen anklagen; und weit entfernt, Euch zu hassen, fühle ich meine Zärtlichkeit für Euch sich verdoppeln. Wie! Ihr verzichtet meinetwegen auf den Besitz Donna Theodoras? Ihr bringt unsrer Freundschaft ein so großes Opfer, und ich sollte nicht davon gerührt sein? Ihr könnt eure Liebe überwinden, und ich sollte Euch an Edelmuth nachstehen wollen, Don Juan? folgt der Neigung, die Euch beherrscht, heirathet die Wittwe des Cifuentes, wenn auch mein Herz darüber bricht. Ich selbst dränge Euch dazu. – Ihr drängt mich vergebens, erwiederte Zarate, ich gestehe, daß ich für sie eine heftige Leidenschaft fühle, aber eure Ruhe ist mir theurer als mein Glück. Und die Ruhe Theodorens, entgegnete Don Fedrigo, darf Euch die gleichgültig sein? Täuschen wir uns nicht, die Neigung, welche sie zu Euch hat, entscheidet über mein Schicksal. Wenn Ihr Euch auch von ihr entfernen würdet, und, um mir euer Glück zu opfern, in weiter Ferne ein unseliges Leben dahinschleppen wolltet, so wäre mir dadurch doch nicht geholfen, denn ich habe ihr bisher nicht gefallen und werde ihr auch wohl niemals gefallen. Dieses Glück hat der Himmel Euch beschieden, nicht mir. Sie hat Euch vom ersten Augenblick an, wo sie Euch gesehen, geliebt, sie fühlt sich zu Euch unwillkürlich hingezogen, mit einem Wort, sie kann nur mit Euch glücklich werden. Nehmt also die Hand, die sie Euch bietet, an, erfüllt ihre und eure eignen Wünsche, überlaßt mich meinem Mißgeschick, und macht nicht drei Menschen unglücklich, wo Einer allein die ganze Strenge des Schicksals auf sich laden kann.

Asmodeus wurde hier in seiner Erzählung durch den Studenten unterbrochen, welcher ihm sagte: Was Ihr mir da erzählt, überrascht mich außerordentlich. Giebt es in der That so edle Charaktere? Ich sehe im Leben nur Freunde, die sich entzweien, und das nicht um eine Geliebte wie Donna Theodora, sondern um ausgemachte Koketten. Verzichtet wohl ein Liebender auf das Wesen, welches er anbetet, und das ihn liebt, aus Furcht, einen Freund unglücklich zu machen? Ich glaubte, das sei nur in Romanen möglich, wo man die Menschen so schildert, wie sie sein sollten, und nicht wie sie in der Wirklichkeit sind. – Ich gebe zu, antwortete der Teufel, daß dies keine gewöhnliche Erscheinung ist, doch nicht allein der Roman bringt sie hervor, sondern auch die edle Natur des Menschen. Und daß dies wahr ist, habe ich seit der Sündfluth an zwei Beispielen gesehen, das vorliegende einbegriffen. Doch laßt uns auf unsre Geschichte zurückkommen.

Die beiden Freunde ließen nicht nach, sich ihre Liebe gegenseitig zum Opfer bringen zu wollen und da der Eine der Großmuth des Andern nicht weichen wollte, so verbargen sie sich während einiger Tage ihren Liebeskummer. Sie vermieden es, von Donna Theodora zu sprechen, und wagten nicht einmal, ihren Namen zu nennen. Aber während die Freundschaft in der Stadt Valencia den Sieg über die Liebe errang, herrschte, gleichsam als ob sie sich dafür rächen wollte, die Liebe an einem andern Orte desto tyrannischer, und verlangte, daß man ihr unbedingt gehorche.

Donna Theodora überließ sich in ihrem Schlosse Villareal, welches am Meere liegt, ganz ihrer Neigung. Sie dachte ohne Unterlaß an Don Juan, und konnte die Hoffnung, noch einst die Seine zu werden, nicht aufgeben, obgleich sie nicht darauf bauen durfte nach der Erklärung, die er ihr in Beziehung auf seine Freundschaft für Don Fedrigo gegeben hatte. Eines Tages, als sie nach Sonnenuntergang mit einer ihrer Kammerfrauen am Strande des Meeres einen Spaziergang machte, erblickte sie ein kleines Fahrzeug, welches sich dem Ufer näherte. Es schien ihr anfänglich, daß sich sieben bis acht Männer von unheimlichem Aussehen darin befänden; nachdem dieselben aber nähergekommen und sie sie aufmerksamer betrachtet hatte, sah sie, daß sie Masken für Gesichter gehalten hatte. In der That, es waren maskirte Männer und sämmtlich mit Säbeln und Bajonnetten bewaffnet. Sie entsetzte sich bei ihrem Anblick, und da ihr eine Ahnung nichts Gutes weissagte, wandte sie ihre Schritte hastig gegen das Schloß zurück. Sie sah sich von Zeit zu Zeit nach ihnen um, um sie zu beobachten, und fing aus allen Kräften zu laufen an, als sie bemerkte, daß sie aus Land gestiegen waren und sie verfolgten. Da sie aber nicht so leichtfüßig war wie Atalante, die Masken dagegen leicht und stark waren, wurde sie von ihnen am Thore des Schlosses erreicht und festgehalten.

Die Dame und ihre Begleiterin erhoben ein Angstgeschrei, welches sofort einige Leute herbeirief. Diese brachten dann das ganze Schloß in Alarm, und bald stürzten sämmtliche Diener Donna Theodoras mit Knitteln und Heugabeln versehen herbei. Unterdessen hatten aber bereits zwei der stärksten Männer der maskirten Bande Donna Theodora und ihre Kammerfrau ergriffen, und trugen sie trotz ihres Widerstandes dem Boote zu, während die Uebrigen sich gegen die Leute vom Schlosse zur Wehr setzten, welche mit großer Heftigkeit auf sie eindrangen. Der Kampf währte lange, doch endlich gelang es den Vermummten, sich nach ihrem Boote zurückzuziehen, nachdem ihr Unternehmen glücklich vollführt war. Es war übrigens Zeit, daß sie sich aus dem Staube machten, denn sie waren noch nicht alle an Bord, als sie in der Richtung von Valencia vier oder fünf Reiter heransprengen sahen, die das Aeußerste aufboten, um, wie es scheint, der Donna Theodora noch rechtzeitig zu Hülfe zu kommen. Bei ihrem Anblick beeilten sich die Räuber, die hohe See zu gewinnen, so daß die Eile der Cavaliere vergeblich wurde. Diese Cavaliere waren Don Fedrigo und Don Juan. Ersterer hatte selbigen Tages einen Brief erhalten, worin ihm mitgetheilt wurde, daß man aus zuverlässiger Quelle erfahren, daß Alvaro Ponce sich auf der Insel Majorca aufhalte, daß er eine Art Tartane ausgerüstet und die Absicht habe, mit Hülfe von etwa zwanzig nichtsnutzigen Gesellen, die Wittwe des

Cifuentes zu entführen, sobald sich ihm eine Gelegenheit dazu böte. Auf diese Nachricht hin waren Don Fedrigo und der Toledaner, von ihren Dienern begleitet, sofort von Valencia abgereist, um Donna Theodora von diesem schändlichen Plane in Kenntniß zu setzen. Sie hatten von Weitem den stattgefundenen Kampf erblickt und da sie vermutheten, daß ihre Befürchtungen bereits eingetroffen, ließen sie ihren Pferden die Zügel schießen, um das Vorhaben Alvaros noch vereiteln zu können. Trotz ihrer Eile erreichten sie ihr Ziel aber nur, um Zeugen der Entführung zu sein, die sie hatten verhindern wollen.

Unterdessen entfernte sich Don Alvaro, stolz auf das Gelingen seiner verwegenen That, mit seiner Beute von der Küste, und sein Boot erreichte bald ein kleines bewaffnetes Fahrzeug, welches ihn auf offner See erwartete. Unmöglich kann der Schmerz geschildert werden, den Mendoza und Don Juan empfanden. Sie stießen tausend Verwünschungen gegen Don Alvaro aus, und erfüllten die Luft mit ihrem ebenso kläglichen als vergeblichen Jammergeschrei. Die sämmtliche Dienerschaft des Schlosses folgte diesem schönen Beispiel und stimmte in ihr Wehklagen ein; das ganze Ufer widerhallte von ihrem Geschrei; Wuth, Verzweiflung und Trostlosigkeit herrschten an dem traurigen Gestade. Der Raub der Helena am Hofe zu Sparta kann kaum eine größere Bestürzung verursacht haben. 44

Vierzehntes Kapitel.

Von dem Streit eines Trauerspieldichters mit einem Lustspieldichter.

Hier sah sich der Student veranlaßt, den Teufel in seiner Erzählung zu unterbrechen. Senhor Asmodeus, sagte er, obgleich es mir viel Vergnügen gewährt, Euch zuzuhören, kann ich doch der Neugierde nicht widerstehen, die Bedeutung dessen zu erfahren, was in diesem Augenblicke meine Aufmerksamkeit auf sich zieht. Ich sehe in einem Zimmer zwei Männer im bloßen Hemde, die sich an der Kehle und an den Haaren gefaßt halten, und mehrere Personen, die sich bemühen, sie auseinander zu bringen. Sagt mir, ich bitte Euch, was das zu bedeuten hat. Der Teufel, welcher gern den Wünschen des Studenten nachkam, gab ihm sofort folgende Erklärung:

Die Personen, welche sich dort in den Haaren liegen, sagte er, sind zwei französische Schriftsteller, und die Leute, welche sie zu beschwichtigen suchen, sind zwei Deutsche, ein Flamländer und ein Italiener. Sie wohnen alle in demselben Hause, einem Hotel garni, wo nur Fremde einkehren. Der eine dieser Schriftsteller schreibt Tragödien, der andere Lustspiele. Der Erstere ist in Folge einiger Unannehmlichkeiten, die er in Frankreich gehabt, nach Spanien gekommen, und der Letztere, der mit seiner Lage in Paris nicht zufrieden war, hat ebenfalls die Reise hieher gemacht in der Hoffnung, in Madrid mehr Glück zu finden.

Der Tragödiendichter ist ein eitler und anmaßender Mensch, der sich in seinem Vaterlande dem verständigen Theile des Publikums zum Trotz einen ziemlich großen Ruf erworben hat. Um seine Muse in Athem zu erhalten, dichtet er alle Tage, und da er diese Nacht nicht schlafen konnte, hat er ein Stück angefangen, dessen Stoff er der Ilias entnommen hat. Er hat bereits einen Auftritt fertig, und da seine, wie all seiner Collegen, geringste Schwäche darin besteht, daß er ein beständiges Gelüste hat, die Leute mit dem Vorlesen seiner Werke zu quälen, so stand er auf, nahm sein Licht und klopfte im bloßen Hemde an die Thür des komischen Autors, der seinerseits einen bessern Gebrauch von seiner Zeit machte und im tiefen Schlafe lag.

Dieser erwachte von dem Lärm, und eilte, dem Andern die Thüre zu öffnen, der wie ein Besessener eintrat und ihm zurief: Zu meinen Füßen, mein Freund, zu meinen Füßen. Betet ein Genie an, dem Melpomene hold ist. Ich habe so eben diese Verse gemacht ... doch was sage ich, ich? Apollo selbst ist es, der sie mir eingegeben hat. Wäre ich zu Paris, so würde ich heute von Haus zu Haus gehen, um sie vorzulesen; ich warte nur auf den anbrechenden Tag, um unsern Gesandten, so wie sämmtliche Franzosen, die in Madrid sind, dadurch zu entzücken. Doch bevor ich sie Jemand zeige, will ich sie Euch vortragen.

Ich danke Euch für diese Auszeichnung, antwortete der Lustspieldichter, aus Leibeskräften gähnend. Es ist nur schade, daß Ihr eine so ungünstige Zeit dazu wählt; ich habe mich sehr spät zur Ruhe begeben, der Schlaf überwältigt mich, und ich stehe nicht dafür, daß ich alle eure Verse anhören werde, ohne wieder einzuschlafen. O, dafür will ich stehen, erwiederte der tragische Dichter, und wäret Ihr todt, so würde die von mir verfaßte Scene im Stande sein, Euch ins Leben zurückzurufen. Meine Verse sind kein Gemisch von gewöhnlichen Empfindungen und trivialen Ausdrücken, welchen der Reim allein einigen Werth verleiht; es ist eine gediegene Poesie, welche das Herz rührt und den Geist erhebt. Ich gehöre nicht zu jenen Dichterlingen, deren klägliche Machwerke nur wie Schatten über die Erde schleichen und dann nach Utika gehen, um die Afrikaner zu belustigen; meine Stücke machen nach 30 Vorstellungen noch immer ein volles Haus, und verdienen nebst meinem Standbilde in der palatinischen Bibliothek aufbewahrt zu werden. Doch laßt uns, fügte dieser bescheidene Dichter hinzu, auf die Verse zurückkommen, mit denen ich Euch beglücken will.

Meine Tragödie heißt: Der Tod des Patroklus. Erste Scene. Briseis und die übrigen Gefangenen Achills treten auf. Sie zerraufen sich das Haar und zerschlagen sich die Brust, um ihren Schmerz über den Tod des Patroklus an den Tag zu legen. Sie können sich kaum noch aufrecht halten; von ihrer Verzweiflung übermannt, stürzen sie auf der Bühne nieder. Ihr werdet mir wohl einwenden, daß dies etwas gewagt sei, aber das ist es, was ich will. Mögen die kleinen Geister sich innerhalb der engen Grenzen der Nachbildung halten, ohne zu wagen, dieselben zu überschreiten, das ist löblich, es liegt Klugheit in ihrer Zurückhaltung. Was mich angeht, so liebe ich das Neue, und bin der Meinung, daß man den Zuschauern, um sie zu ergreifen und zu entzücken, Bilder vorführen muß, auf die sie gar nicht gefaßt sind.

Die Gefangenen liegen also auf dem Boden, Phenix, Achills Hofmeister, ist bei ihnen; er hilft einer nach der andern, sich wieder zu erheben, und beginnt dann den Eingang des Stückes mit folgenden Versen:

Priam nun Hektor'n bald und seine Stadt beweint,
Denn rächen will das Heer Achills erschlagnen Freund;
Es will's Agamemnon, der hehre Camelus,
Der göttergleiche Mann Nestor, und Eumulus,
Leontes, seines Arms beim Speerkampf so gewiß,
Der starke Diomed, der wortreiche Ulyß,
Sie alle rüsten sich, und Held Achillens Rosse
Sie sprengen schon mit ihm fort nach dem Priamschlosse.
Um rascher da zu sein, wohin die Wuth ihn treibt,
Ruft er, obwohl der Blick mit Müh' bei ihnen bleibt:
Xantus und Balius, ihr Theuren, greifet aus;
Und seid ihr später müd vom fürchterlichen Strauß,
Wenn die Trojaner fliehn und in die Stadt sich retten,
Dann kehrt nicht ohne mich zu unsern Lagerstätten! –
Xantus senkt seinen Kopf und spricht darauf verdrossen:

Du wirst zufrieden sein, Achill, mit deinen Rossen;
Sie werden laufen schon wie es ihr Herr gebot;
Doch wirst du fallen bald, es naht sich dir der Tod.
Auf seine Zunge legt Juno dies Seherwort,
Indeß es scheint als flög' der Wagen nur so fort.
Die Griechen sehn Achill, und lautes Freudenschrein
Tönt das Gestad entlang aus ihren dichten Reihn.
In seinem Waffenschmuck, den ihm Vulkan gemacht,
Erglänzt der Fürst so hell wie Morgensternespracht;
Er gleicht dem Sonnenball, der eben steiget auf
Und über uns beginnt lichtspendend seinen Lauf;
Er gleicht dem Feuer, das Landleute sich anfachen,
Und sich in dunkler Nacht auf einer Berghöh' machen.

Ich will hier eine Pause machen, fuhr der tragische Dichter fort, damit Ihr einen Augenblick aufathmen könnt, denn wenn ich Euch die ganze Scene ohne Unterbrechung vorlese, würden Euch die Schönheit meiner Versifikation, der Reichthum glänzender Ideen und erhabener Gedanken, welche sie enthält, überwältigen. Merkt auf das Treffende dieses Vergleichs:

Er gleicht dem Feuer, das Landleute sich anfachen … Nicht Jedermann fühlt so etwas, aber Ihr, der Ihr Geist und Urtheil besitzt, Ihr müßt davon entzückt sein. Das bin ich auch in der That, erwiederte der Lustspieldichter mit einem boshaften Lächeln, es kann nichts Schöneres geben, und ich bin überzeugt, daß Ihr nicht verfehlen werdet, in eurem Trauerspiel ebenfalls zu erwähnen, mit welcher Sorgfalt Thetis die trojanischen Fliegen von dem Leibe des Patroklus abgewehrt habe. Spottet nicht darüber, versetzte der Tragiker, ein gewandter Dichter darf Alles wagen; dieser Umstand ist vielleicht im ganzen Stücke grade derjenige, der die passendste Gelegenheit zu prächtigen Versen bietet, und ich werde ihn nicht unbeachtet lassen, auf mein Wort. Alle meine Werke, fuhr er prahlerisch fort, sind von vortrefflicher Art. Man muß aber auch den Beifall hören, den man ihnen zollt, wenn ich sie vorlese; ich halte nach jedem Verse inne, um die Lobsprüche in Empfang zu nehmen. Ich erinnere mich, daß ich eines Tages eine Tragödie in einem Hause las, in welchem sich täglich einige Schöngeister zur Essenszeit einzufinden pflegen, und ich, ohne mir zu schmeicheln, nicht für einen Pradon gelte. Die Gräfin von Vieille-Brüne, die einen feinen, gebildeten Geschmack hat, war anwesend; ich bin ihr Lieblingsdichter. Gleich bei der ersten Scene vergoß sie heiße Thränen; im zweiten Akt sah sie sich genöthigt, ein andres Taschentuch zu nehmen, im dritten schluchzte sie unaufhaltsam, im vierten wurde sie ohnmächtig, und bei der Katastrophe glaubte ich, daß sie mit dem Helden meines Stückes sterben würde.

Obschon der komische Autor sich bisher bemüht hatte, ernsthaft zu bleiben, brach er doch bei diesen Worten in ein schallendes Gelächter aus. Ach, rief er aus, das sieht dieser guten Gräfin ähnlich; sie ist eine Feindin des Lustspiels und hat eine solche Abneigung gegen das Komische, daß sie in der Regel nach der Vorstellung des tragischen Hauptstücks ihre Loge verläßt, um ihren Schmerz mit sich fortzutragen und ihn nicht durch das kommende Lustspiel zerstreuen zu lassen. Das Tragische ist ihre ganze Leidenschaft, und ob das Stück nun gut oder schlecht sei, Ihr seid sicher, die Dame zu rühren, wenn Ihr nur ein paar unglücklich Liebende darin auftreten laßt. Aufrichtig gesagt, wenn ich ernste Stücke schriebe, möchte ich doch andere Bewunderer haben, als diese Dame.

O, die habe ich auch, sagte der tragische Dichter, ich werde von Tausenden von Personen von Stand geschätzt, sowohl männlichen, als weiblichen ... Ich würde auch dem Beifall dieser Personen mißtrauen, unterbrach ihn der komische Dichter, ich würde gegen ihr Urtheil auf meiner Hut sein. Und wißt Ihr warum? Diese Klasse von Zuhörern ist zum großen Theil während einer Vorlesung zerstreut, und läßt sich von der Schönheit eines einzelnen Verses oder der Anmuth einer Schilderung so bestechen, daß dies genügt, sie für das ganze Stück einzunehmen, wie mangelhaft es sonst auch sein mag. Hören sie im Gegentheil einige Verse, deren Härte ihr Ohr verletzt, so bedarf es für sie nicht mehr, ein sonst gutes Stück schlecht zu machen. Nun gut, versetzte der Tragiker, da Ihr mir auch diese Kunstrichter verdächtig macht, will ich mich denn auf den Beifall des Parterre verlassen. Ach, erwiederte der Andere, schweigt mir, wenn ich bitten darf, von eurem Parterre, das zeigt sich in seinem Urtheil stets zu launenhaft. Es täuscht sich oft über den Werth eines neuen Stückes derartig, daß es Monate lang von einem schlechten Machwerk entzückt sein kann. Freilich verwischt sich in der Folge der erste günstige Eindruck, und der Verfasser, der anfänglich mit Lobsprüchen überhäuft wurde, sieht sich schließlich verachtet.

Das ist ein Mißgeschick, welches ich nicht zu fürchten habe, sagte der Tragiker. Meine Stücke werden eben so oft neu gedruckt als aufgeführt. Ich gebe zu, daß das sich bei Comödien anders verhält, ihre Schwäche kommt durch den Druck gleich zu Tage, da Comödien nur geringfügige Dinge, kleine Geistesprodukte sind ... Gemach, Herr Tragiker, unterbrach ihn der Andere, gemach, erhitzt Euch nur nicht allzusehr und sprecht, wenn's gefällig ist, von der Comödie etwas weniger respektwidrig. Glaubt Ihr etwa, ein komisches Stück sei nicht so schwierig zu machen, als ein Trauerspiel? Diesen Irrthum muß ich Euch benehmen, es ist nicht leichter, die Leute zum Lachen zu bringen, als zum Weinen. Ein gut gewählter Stoff, der die Sitten unsres alltäglichen Lebens zum Gegenstande hat, ist ebenso schwierig zu behandeln, als der schönste heroische Gegenstand.

Ei wahrhaftig, rief der Tragiker in spöttischem Tone, ich bin entzückt, daß Ihr mich über diesen Punkt belehrt. Von nun an, Don Calidas, werde ich, um jeglichen Streit zu vermeiden, eure Werke eben so hoch stellen, wie ich sie bisher verachtet habe. Ich kümmere mich sehr wenig um eure Verachtung, Don Giblet, erwiederte der komische Autor eifrig, und zum Dank für eure Unverschämtheit will ich Euch unumwunden sagen, was ich von den Versen, die Ihr mir eben vorgelesen habt, halte: sie sind lächerlich, und die Gedanken, obgleich dem Homer entlehnt, sind darum nicht weniger fade. Achill spricht mit seinen Pferden, seine Pferde antworten ihm, das ist ein niedriges Bild, und ebenso der Vergleich mit dem Feuer, das die Dorfbewohner auf einem Berge anzünden. Man erweist den alten Dichtern keine Ehre, wenn man sie auf solche Weise ausbeutet; ihre Werke sind allerdings voll des Bewundrungswürdigen, aber man muß mehr Geschmack haben, als Ihr besitzt, um das, was man ihnen entlehnen will, gut auszuwählen.

Da euer Geist keines so hohen Aufschwunges fähig ist, erwiederte Giblet, um die Schönheit meiner Dichtung zu verstehen, und zur Strafe für eure Kühnheit, meine Verse kritisirt zu haben, werde ich Euch die Fortsetzung nicht vorlesen. Ich bin schon schwer genug bestraft, nur den Anfang gehört zu haben, erwiederte Calidas; es steht Euch sehr gut an, meine Lustspiele zu verachten! Ihr müßt wissen, daß das schlechteste Stück, welches ich je schreiben könnte, doch immer noch mehr Werth haben würde, als eure Tragödien, und daß es leichter ist, in überschwenglicher Weise von schönen Gefühlen zu reden, als feine und geistreiche Scherze zu machen. – Dem Himmel sei Dank, rief der Tragiker mit verächtlichem Blick, daß ich mich zu trösten weiß über das Unglück, eure Anerkennung nicht zu besitzen. Der Hof beurtheilt mich günstiger als Ihr, und die Pension, die mir bewilligt worden … Ach! unterbrach ihn Calidas, glaubt nicht, mich mit eurer Pension vom Hofe blenden zu können, ich weiß nur zu gut, auf welche Weise man zu einer solchen gelangt, als daß ich deshalb eure Werke höher stellen sollte. Ich sage es Euch noch einmal, bildet Euch nicht ein, daß Ihr mehr seid, als die komischen Autoren, und um Euch zu beweisen, wie sehr ich überzeugt bin, daß es leichter ist, ernste dramatische Gedichte zu schreiben, als andere, will ich bei meiner Rückkehr nach Frankreich, wenn es anders mit dem Lustspiel nicht mehr gehen will, mich herablassen, Trauerspiele zu schreiben. Für einen Possenmacher, sagte der Tragiker, habt Ihr einen großen Eigendünkel. Und Ihr, erwiederte der komische Autor, bläht Euch gewaltig auf für einen Reimschmied, der seinen Ruf nur einigen hochtrabenden Phrasen zu verdanken hat. Ihr seid unverschämt, versetzte der Andere. Wenn ich nicht in eurem Zimmer wäre, mein kleiner Herr Calidas, sollte Euch die Entwicklung dieser Begebenheit Respekt vor dem Cothurn einflößen. Laßt Euch durch diese Rücksicht nicht abhalten, mein großer Giblet, antwortete Calidas; wenn Ihr Verlangen danach tragt, durchgeprügelt zu werden, so kann dies eben so gut in meinem Zimmer geschehen, als irgendwo anders.

Darauf griffen sich Beide bei den Haaren und an die Kehle, und ließen es gegenseitig weder an Fußtritten noch Faustschlägen fehlen. Ein Italiener, der im anstoßenden Zimmer schlief, hatte den ganzen Wortwechsel mit angehört und schloß aus dem Lärm, den sie machten, daß sie zu Tätlichkeiten übergegangen seien. Er stand auf, und da er Mitleiden mit diesen Franzosen fühlte, obgleich er ein Italiener ist, rief er Leute herbei. Ein Flamländer und zwei Deutsche, die Personen, welche Ihr dort im Schlafrock seht, sind dem Italiener behülflich, die Raufer auseinander zu bringen.

Der Streit dieser beiden Dichter hat mich sehr belustigt, sagte Don Cleophas. Ich schließe daraus, daß die tragischen Autoren in Frankreich sich einbilden, viel bedeutendere Größen zu sein, als die Lustspieldichter. – Ohne Zweifel, antwortete Asmodeus, die Ersteren glauben sich eben so sehr über die Andern erhaben, wie die Helden der Tragödien es über die Bedienten der Lustspiele sind. – Und worauf gründen sie ihren Hochmuth? fragte der Student. Sollte es wirklich schwerer sein, ein Trauerspiel als ein Lustspiel zu schreiben? – Die Frage, die Ihr mir da stellt, erwiederte der Teufel, ist mehr als hundertmal aufgeworfen worden, und wird es noch alle Tage. Ich will Euch sagen, was ich darüber denke, ohne denjenigen, die meine Ansicht nicht theilen, zu nahe treten zu wollen. Ich sage, es ist nicht leichter, ein Lustspiel zu verfassen, als ein Trauerspiel, denn wenn dies letztere schwerer wäre, als das andere, so müßte man daraus folgern, daß ein Tragiker fähiger sein würde, ein Lustspiel zu schreiben, als der beste komische Dichter, und das würde mit den gemachten Erfahrungen nicht übereinstimmen. Diese beiden Arten von Dichtungen erfordern also zwei Genies von verschiedenem Charakter, aber von gleichem Talent.

Es ist übrigens Zeit, setzte der Hinkende hinzu, daß wir nun von unsrer Abschweifung zurückkommen und den Faden unsrer Erzählung, den Ihr unterbrochen habt, wieder aufnehmen.

Fünfzehntes Kapitel.

Fortsetzung und Schluß der Macht der Freundschaft.

Wenn die Diener Donna Theodoras auch ihre Entführung nicht hatten verhindern können, hatten sie sich doch wenigstens muthig gewehrt, und ihr Widerstand war einigen von Don Alvaros Leuten theuer zu stehen gekommen. Unter andern war einer von ihnen so gefährlich verwundet, daß seine Wunden es ihm nicht erlaubt hatten, seinen Kameraden zu folgen, und er leblos auf dem Sande ausgestreckt zurückblieb.

Man erkannte in diesem Unglücklichen einen Diener Don Alvaros, und da man wahrnahm, daß er noch athmete, schaffte man ihn aufs Schloß und sparte keine Mühe, ihn wieder ins Leben zurückzurufen. Es gelang, obgleich der starke Blutverlust ihn aufs Aeußerste entkräftet hatte. Um ihn zum Geständniß zu bringen, versprach man ihm, ihn zu pflegen und ihn der Strenge der Justiz nicht zu überliefern, vorausgesetzt, daß er bekenne, wohin sein Herr Donna Theodora gebracht habe.

Dieses Versprechen war für ihn sehr verlockend, obgleich er in dem traurigen Zustande, worin er sich befand, nur geringe Hoffnung hatte, davon Gebrauch machen zu können. Er bot seine letzten Kräfte auf und bestätigte mit schwacher Stimme die Nachricht, welche Don Fedrigo erhalten hatte. Er fügte hinzu, daß Don Alvaro die Absicht habe, die Wittwe des Cifuentes nach Sassari auf der Insel Sardinien zu bringen, wo er einen Verwandten hatte, dessen Schutz und Ansehen ihm einen sichern Zufluchtsort verhießen.

Diese Aussage milderte die Verzweiflung Mendozas und des Toledaners; sie ließen den Verwundeten im Schlosse zurück, wo er nach einigen
Stunden starb, und kehrten nach Valencia zurück. Nach langem Ueber-
legen, was sie nun beginnen sollten, beschlossen sie, ihren gemeinschaftlichen Feind in seinem Versteck aufzusuchen, und schifften sich alsbald
beide ohne Gefolge in Denia ein, um von dort nach Port Mahon weiter-
zureisen, wo, wie sie nicht zweifelten, sich, bald eine Gelegenheit nach
der Insel Sardinien finden würde. In der That waren sie kaum in Port
Mahon eingetroffen, als sie erfuhren, daß ein befrachtetes Schiff nach
Cagliari abfahren und unverzüglich unter Segel gehen werde. Sie benutz-
ten diese Gelegenheit.

Das Schiff lichtete mit dem günstigsten Winde die Anker, aber fünf
bis sechs Stunden nach der Abfahrt trat Windstille ein, und da in der
Nacht der Wind ihnen entgegen blies, waren sie genöthigt zu laviren
bis eine Aenderung eintrete. Auf diese Art trieben sie sich drei Tage
lang auf dem Meere umher; am vierten gegen zwei Uhr Nachmittags
gewahrten sie ein Schiff, welches mit vollen Segeln grade auf sie zufuhr.
Sie hielten es anfänglich für ein Kauffahrteischiff, aber als sie sahen, daß
es fast bis auf Schußweite vorrückte ohne eine Flagge aufzuhissen,
zweifelten sie nicht länger, daß es ein Corsar sei.

Sie täuschten sich nicht, es war ein Pirat von Tunis, welcher glaubte,
daß die Christen sich ohne Widerstand ergeben würden; als er aber sah,
daß diese ihre Segel einzogen, und ihre Kanonen in Bereitschaft setzten,
schien ihm die Sache doch ernstlicher zu werden, als er gedacht hatte;
er hielt deshalb an, zog ebenfalls die Segel ein, und rüstete sich zum
Kampfe.

Sie begannen nun beiderseits zu feuern, und die Christen schienen
im Vortheil zu sein, als plötzlich mitten im Treffen ein algierischer
Seeräuber mit einem Schiffe, welches größer und besser bewaffnet war,
als die beiden andern, herannahte, und sich auf die Seite des Piraten
von Tunis schlug. Es kam mit vollen Segeln auf das spanische Schiff zu,
und setzte es zwischen zwei Feuer.

Bei diesem Anblick verloren die Christen den Muth und gaben das
Schießen auf, da sie einen Kampf nicht fortsetzen wollten, der so ungleich
wurde. Darauf erschien auf dem Hintertheil des algierischen Schiffes ein
Sklave, der der Mannschaft des christlichen Schiffes auf Spanisch zurief,
daß sie sich an Algier zu ergeben hätten, wenn sie wollten, daß man
ihnen Pardon gewähre. Nach dieser Botschaft ließ ein Türke eine Flagge

von grüner Seide mit verschlungen silbernen Halbmonden besäet in der Luft flattern. Als die Christen einsahen, daß all ihr Widerstand nur fruchtlos sein würde, dachten sie nicht daran, sich noch länger zu vertheidigen, und überließen sich ganz dem Schmerz, den der Gedanke an Sklaverei in freien Menschen erwecken muß. Der Kapitän, welcher fürchtete, daß ein längeres Zögern die barbarischen Sieger aufbringen möchte, bestieg mit einigen Matrosen ein Boot, um sich zu dem algierischen Corsaren zu begeben. Der Pirat schickte einen Theil seiner Mannschaft ab, um das spanische Schiff zu durchsuchen, d.h. es vollständig auszuplündern. Der Corsar von Tunis gab seinerseits einigen seiner Leute denselben Befehl, so daß sämmtliche Passagiere dieses unglücklichen Schiffes in einem Augenblicke entwaffnet und durchsucht waren. Hierauf brachte man sie auf das algierische Schiff, wo die beiden Piraten sie in gleiche Theile theilten, und das Loos über sie entscheiden ließen.

Es wäre für Mendoza und seinen Freund wenigstens ein Trost gewesen, wenn sie beide demselben Corsaren zugefallen wären; sie würden ihre Fesseln minder drückend gefühlt haben, wenn sie dieselben hätten vereint tragen können, aber da sie nun einmal das Schicksal in seiner ganzen Unerbittlichkeit empfinden sollten, so fiel Don Fedrigo dem Corsaren von Tunis und Don Juan dem von Algier zu. Denkt Euch die Verzweiflung dieser Freunde, als sie sich verlassen sollten; sie warfen sich den Piraten zu Füßen und beschworen sie, sie nicht zu trennen, doch diese Räuber, deren Unmenschlichkeit jeder Regung des Mitleidens widerstand, ließen sich nicht erweichen; im Gegentheil, da sie vermutheten, daß diese beiden Gefangenen vornehme Personen seien, und ein beträchtliches Lösegeld zahlen könnten, beschlossen sie dieselben zu theilen.

Als Mendoza und Zarate sahen, daß sie es mit unerbittlichen Menschen zu thun hatten, betrachteten sie einander, und ihre Blicke drückten die Tiefe ihres Kummers aus. Als man aber mit der Theilung der Beute zu Ende gekommen war, und der Pirat von Tunis mit den ihm zugefallenen Sklaven an Bord seines Schiffes gehen wollte, glaubten die beiden Freunde vor Schmerz zu vergehen. Mendoza näherte sich dem Toledaner, preßte ihn an sein Herz und rief: So müssen wir denn scheiden? Welch ein furchtbares Schicksal! Ist es nicht genug, daß die Kühnheit eines Räubers ungestraft bleibt, wird es uns auch noch verwehrt, vereint darüber zu klagen und zu trauern? Ach, Don Juan, was haben wir verbrochen, daß uns der Himmel seinen Zorn so schwer fühlen läßt? Sucht die Ursache unsres Mißgeschickes nur in mir, antwortete Don Juan, ich allein bin schuld daran. Wenn auch der Tod der beiden Personen, die ich meiner Rache geopfert habe, vor den Augen der Menschen Entschuldigung findet, so hat er doch ohne Zweifel den Himmel gereizt, und er straft nun auch Euch, weil Ihr für einen Elenden Freundschaft gefaßt habt, den seine Gerechtigkeit verfolgt.

Indem sie also sprachen, vergossen beide heiße Thränen, und stießen so tiefe Seufzer aus, daß die andern Sklaven nicht weniger davon ergriffen waren, als von ihrem eignen herben Geschick. Als aber Mendoza zögerte, das Schiff zu verlassen, rissen ihn die Piraten von Tunis, die noch grausamer waren als ihr Herr, auf die roheste Art aus den Armen des Toledaners, mißhandelten ihn, und schleppten ihn mit sich fort. Lebt wohl, theurer Freund, rief er, ich werde Euch nicht wiedersehen: Donna Theodora ist noch nicht gerächt, und so wird mir die grausame Behandlung dieser Barbaren nur das geringste Leiden meiner Sklaverei sein.

Don Juan konnte auf diese Worte nichts erwiedern; die Mißhandlung, die er seinen Freund erleiden sah, hatte ihn so erschüttert, daß er sprachlos dastand. Da übrigens der Verlauf dieser Erzählung verlangt, daß wir dem Toledaner folgen, so lassen wir Don Fedrigo auf dem tunesischen Schiffe zurück. – Der algierische Corsar kehrte in seinen Hafen zurück, wo er nach seiner Ankunft die neuen Sklaven zum Pascha führte; von dort brachte er sie auf den Markt, wo man sie gewöhnlich verkaufte. Ein Offizier des Dey Mezomorto erstand Don Juan für seinen Gebieter, der ihn zu Arbeiten in den Gärten des Harems benutzte. Diese Beschäftigung, so peinlich sie einem Edelmann auch sein mußte, wurde ihm bald angenehm der Einsamkeit wegen, die sie ihm gewährte. In der Lage, worin er sich befand, konnte ihm nichts erwünschter sein, als ungestört seinen trüben Gedanken nachhängen zu können. Dies that er auch unaufhörlich, und statt die traurigen Bilder, die vor seinem Geiste schwebten, zu verscheuchen, fand er vielmehr einen Genuß darin, sich dieselben stets von neuem auszumalen.

Eines Tages sang er bei der Arbeit ein trauriges Lied, ohne den Dey zu bemerken, der im Garten spazieren ging. Mezomorto blieb stehen, um ihm zuzuhören; er fand seine Stimme sehr angenehm, näherte sich ihm neugierig und fragte nach seinem Namen. Der Toledaner antwortete ihm, daß er Alvaro heiße. Er hatte für gut gefunden, wie dies übrigens die Gewohnheit der Sklaven ist, seinen Namen zu wechseln, und diesen genannt, da ihm die Entführung Donna Theodoras durch Alvaro Ponce beständig im Sinne lag, und ihm daher dieser Name eher auf die Lippen gekommen war als jeder andere. Mezomorto, der ziemlich gut Spanisch verstand, richtete mehrere Fragen über spanische Sitten an ihn, und namentlich über das Benehmen der Männer gegen die Frauen, deren Gunst sie zu gewinnen wünschen. Don Juan antwortete hierauf in einer Weise, die den Dey sehr befriedigte. Alvaro, sprach er zu ihm, du scheinst mir ein kluger Kopf zu sein, und ich glaube nicht, daß du von gemeiner Herkunft bist; doch wer du auch seiest, du hast das Glück, mir zu gefallen, und ich will dich mit meinem Vertrauen beehren. Bei diesen Worten fiel Don Juan dem Dey zu Füßen, und erhob sich erst wieder, als er den Saum seines Kleides an seinen Mund, seine Augen, und dann an seine Stirn geführt hatte. Um damit anzufangen, dir einen Beweis meines Vertrauens zu geben, fuhr Mezomorto fort, will ich dir sagen, daß ich in meinem Serail die schönsten Frauen Europas habe. Unter andern besitze ich eine, deren Schönheit unvergleichlich ist, und ich glaube nicht, daß der Sultan selbst ein so vollkommenes Geschöpf aufzuweisen hat, obgleich ihm seine Schiffe täglich aus allen Welttheilen schöne Weiber zuführen. Ihr Gesicht scheint die zurückgestrahlte Sonne zu sein, ihr Wuchs gleicht dem Stengel einer Rose im Garten Eram. Du siehst, ich bin entzückt von ihr.

Dieses Wunder der Natur mit einer so seltenen Schönheit ist leider von einer tiefen Schwermuth befangen, welche weder die Zeit noch meine Liebe zu bannen vermögen. Obgleich das Schicksal sie ganz meinen Wünschen anheimgegeben hat, so habe ich diese doch bisher bezähmt, statt sie zu befriedigen, und ganz wider das gewöhnliche Verfahren der Leute meines Gleichen, die nur auf den Genuß der Sinne bedacht sind, habe ich mich bemüht, ihr Herz durch eine Zuvorkommenheit und Ehrerbietigkeit zu gewinnen, deren sich der letzte der Muselmänner gegen eine christliche Sklavin schämen würde.

Doch allen meinen Bemühungen zum Trotz nimmt ihre Melancholie immer mehr zu, und ihre Hartnäckigkeit fängt nachgerade an, mich zu verdrießen. Der Gedanke an ihre Sklaverei ist keiner von den andern Frauen so tief eingeprägt, daß meine Gunstbezeigungen ihn nicht bald verwischten. Dieser anhaltende Schmerz erschöpft meine Geduld. Bevor ich jedoch meiner Leidenschaft folge, will ich noch einen Versuch machen, ich will mich deiner Vermittelung bedienen. Da die Sklavin eine Christin ist, und sogar eine Landsmännin von dir, so wird sie bald Vertrauen zu dir fassen, und du wirst sie leichter überreden können, als jeder Andere. Rühme ihr meinen Rang und meinen Reichthum, stelle ihr vor, daß ich sie vor allen meinen Sklavinnen auszeichnen würde, daß sie sogar auf die Ehre hoffen dürfe, eines Tages die Gemahlin Mezomortos zu werden, und daß ich ihr mehr Hochachtung bezeigen wolle, als einer Sultanin, deren Hand mir Se. Hoheit selbst antrüge.

Don Juan beugte sich nochmals vor dem Dey zur Erde nieder, und obgleich ihm dieser Auftrag wenig behagte, versicherte er doch, daß er sein Möglichstes thun werde, ihn gut auszuführen. Wohl denn, erwiederte Mezomorto, laß die Arbeit liegen und folge mir; ich werde dich gegen unsre Gebräuche mit dieser schönen Sklavin im Geheimen reden lassen. Aber hüte dich, mein Vertrauen zu mißbrauchen. Deine Verwegenheit würde mit Martern bestraft werden, die selbst einem Türken unbekannt sind. Suche ihren Trübsinn zu verscheuchen, und bedenke, daß deine Freiheit von dem Ende meiner Qual abhängt. Don Juan verließ seine Arbeit, und folgte dem Dey, der vorausging, um die betrübte Gefangene zu benachrichtigen, daß sie seinen Abgesandten zu empfangen habe.

Zwei alte Sklavinnen befanden sich bei ihr, zogen sich jedoch sofort zurück, als sie Mezomorto erscheinen sahen. Die schöne Sklavin grüßte ihn mit großer Ehrerbietung, doch konnte sie sich eines Schauders nicht erwehren, der sie jedesmal ergriff, so oft sie ihn erblickte. Es entging ihm nicht, und um sie zu beruhigen, sagte er: Liebenswürdige Gefangene, ich komme nur hieher, um Euch zu melden, daß unter meinen Sklaven ein Spanier ist, den Ihr vielleicht gern sprechen möchtet; wenn Ihr ihn zu sehen wünscht, so werde ich ihm die Erlaubniß gewähren, mit Euch zu reden, selbst ohne Zeugen.

Die schöne Sklavin erklärte, daß sie damit zufrieden sei. Ich werde ihn Euch schicken, sagte der Dey, möchte es ihm gelingen, Euch durch seine Unterhaltung aus eurer trüben Stimmung zu befreien! Nach diesen Worten verließ er das Gemach, und als er dem Toledaner, der eben ankam, begegnete, sagte er ihm mit leiser Stimme: Du kannst jetzt eintreten; nach Beendigung deiner Unterredung mit der Gefangenen komme zu mir, und theile mir den Inhalt eures Gespräches mit.

Zarate ging sogleich in das Zimmer, schloß die Thür hinter sich, und grüßte die Sklavin, ohne seine Augen auf sie zu richten, und sie empfing seinen Gruß, ohne ihn anzusehen. Doch plötzlich begegneten sich ihre Blicke, und Beide stießen einen Schrei der Ueberraschung und der Freude aus. O Himmel, rief der Toledaner, ist es ein Trugbild, welches mich täuscht, oder ist es wirklich Donna Theodora, die ich vor mir sehe? Ach, Don Juan, rief die schöne Sklavin, seid Ihr es, der zu mir redet?

58

Ja, Senhora, antwortete er, indem er zärtlich ihre Hand küßte, ich bin es selbst. Erkennet mich an diesen Thränen, die ich in der Freude Euch wiederzusehen nicht unterdrücken kann, an dem Entzücken, welches eure Nähe allein hervorzurufen vermag. Jetzt murre ich nicht mehr gegen das Schicksal, da es Euch meinen Wünschen zurückgiebt … Doch wohin reißt mich meine übermäßige Freude? Ich vergesse, daß Ihr Fesseln tragt. Durch welche neue Laune des Schicksals seid Ihr in Gefangenschaft gerathen? Wie habt Ihr Euch den verwegenen Nachstellungen des Don Alvaro entziehen können? Ach, welche Qualen habe ich dadurch erduldet, und ich fürchte von Euch zu vernehmen, daß der Himmel eure Tugend nicht genug beschützt habe!

Der Himmel, sagte Donna Theodora, hat mich an Alvaro Ponce ge-rächt. Wenn ich Zeit hätte, Euch zu erzählen … Ihr habt Muße genug dazu, unterbrach sie Don Juan, der Dey hat mir erlaubt, Euch zu besu-chen, und Euch ohne Zeugen zu sprechen, welches Euch gewiß nicht wenig befremden wird. Benutzen wir diese glücklichen Augenblicke, theilt mir Alles mit, was Euch seit eurer Entführung bis zum heutigen Tage begegnet ist. Und wer hat Euch gesagt, fragte sie, daß es Don Al-varo war, der mich entführt hat? Ich weiß es nur zu gut, antwortete Don Juan. Darauf erzählte er ihr in gedrängter Kürze, auf welche Art er es erfahren, und wie Mendoza und er sich eingeschifft hätten, um ihrem Entführer nachzuforschen, und dann von den Corsaren gefangen worden seien. Sobald er seine Erzählung beendet hatte, begann Donna Theodora die ihrige mit folgenden Worten:

Es ist wohl unnöthig, Euch zu sagen, wie entsetzt ich war, mich von einer Bande vermummter Leute ergriffen zu sehen; ich wurde ohnmächtig in den Armen desjenigen, der mich davon trug, und als ich aus meiner Ohnmacht erwachte, welche ohne Zweifel lange gewährt hatte, fand ich mich allein mit Ines, einer meiner Kammerfrauen, auf offnem Meere, in der Kajüte eines Schiffes, welches mit aufgeblähten Segeln dahinfuhr. Die unglückliche Ines fing an, mich zur Geduld zu ermahnen, und ich hatte alle Ursache, aus ihren Reden zu schließen, daß sie mit meinem Entführer im Einverständniß war. Er selbst hatte die Kühnheit, vor mir zu erscheinen, und sich mir zu Füßen zu werfen. Senhora, sagte er, verzeihet Don Alvaro das Mittel, dessen er sich bedient hat, Euch zu besitzen; Ihr wißt, wie viele Aufmerksamkeit ich für Euch gehabt habe, und mit welcher Beharrlichkeit ich euer Herz Don Fedrigo streitig ge-macht habe, bis zu dem Tage, wo Ihr ihm den Vorzug gabt.

59

Wenn ich für Euch nur eine gewöhnliche Neigung empfunden hätte, würde ich sie längst besiegt, und mich über mein Unglück getröstet haben, aber es ist nun einmal mein Schicksal, eure Reize anbeten zu müssen, und so sehr Ihr mich auch verachtet, ich kann mich doch von ihrer Macht nicht befreien. Fürchtet indessen nichts von der Heftigkeit meiner Liebe, ich habe Euch eurer Freiheit nicht beraubt, um eure Tugend auf unwürdige Art zu beängstigen, und ich hoffe, daß in dem einsamen Orte, wohin ich Euch führen werde, ein ewiges und heiliges Band unsre Herzen vereinige.

Er sprach sonst noch Manches zu mir, dessen, ich mich nicht mehr genau erinnere, doch wenn man ihn hörte, hätte man glauben sollen, daß er mir nichts Uebles zufüge, indem er mich zwinge, ihn zu heirathen, und daß ich ihn nicht als einen frechen Entführer, sondern als einen leidenschaftlichen Liebhaber anzusehen habe. Während er sprach, 60 weinte ich unablässig und gab mich meiner Verzweiflung hin, deshalb verließ er mich ohne mit weitern Versuchen der Ueberredung die Zeit zu verlieren. Beim Fortgehen aber machte er Ines ein Zeichen, und ich verstand wohl, daß es eine Aufforderung an sie war, die Gründe, womit er mich bestechen wollte, geschickt zu unterstützen.

Sie unterließ dies auch nicht; sie stellte mir vor, daß nach dem Aufsehen, welches eine Entführung mache, ich nicht umhin könne, die Hand Don Alvaro Ponces anzunehmen, wie groß auch meine Abneigung gegen ihn sei, und daß mein guter Ruf dieses Opfer von meinem Herzen fordere. Daß sie mir die Nothwendigkeit dieser verabscheuten Heirath vorhielt, war freilich kein geeignetes Mittel, meine Thränen zu trocknen, und so war ich auch untröstlich. Ines wußte nicht, was sie noch weiter sagen sollte, als wir plötzlich vom Verdeck her einen großen Lärm hörten, der unsre ganze Aufmerksamkeit auf sich zog.

Diesen Lärm machten die Leute Don Alvaros, da sie ein großes Schiff erblickten, welches mit vollen Segeln auf uns zusteuerte. Da unser Schiff kein so guter Segler war, als jenes, war es unmöglich, ihm zu entgehen. Es kam uns näher und bald vernahmen wir den Ruf: Kommt an! Kommt an! Doch Alvaro Ponce und seine Leute wollten lieber sterben als sich ergeben, und waren kühn genug, einen Kampf einzugehen. Das Gefecht war heiß, ich will es Euch nicht ausführlich schildern, genug, daß ich Euch sage, daß Don Alvaro und seine ganze Mannschaft ihren Tod fanden, nachdem sie sich wie Verzweifelte gewehrt hatten. Was uns angeht, so führte man uns auf das große Schiff, welches Mezomorto gehörte und von Aby Aly Osman befehligt wurde. Aby Aly betrachtete mich lange Zeit mit unverkennbarem Erstaunen, und da er an meiner Tracht sah, daß ich eine Spanierin sei, sagte er zu mir auf castilianisch: Mäßigt eure Betrübniß, tröstet Euch, in Sklaverei gerathen zu sein. Dieses Mißgeschick war für Euch unvermeidlich, doch was sage ich? dieses Mißgeschick? Es ist ein Vortheil, worüber Ihr Euch glücklich schätzen solltet. Ihr seid zu schön, um Euch mit der Huldigung der Christen zu begnügen. Der Himmel hat Euch nicht für diese elenden Sterblichen geschaffen, Ihr verdient die Verehrung der besten Menschen dieser Welt, die Muselmänner allein sind würdig, Euch zu besitzen. Ich gehe jetzt, fügte er hinzu, nach Algier zurück, und obgleich ich keine andre Beute gemacht, bin ich doch überzeugt, daß der Dey, mein Herr, mit meiner Fahrt zufrieden sein wird. Ich brauche wohl nicht zu befürchten, daß er mich tadelt wegen der Ungeduld, die mich treibt, ihm eine Schönheit zuzuführen, die sein Glück ausmachen und seinem Serail zur Zierde gereichen wird.

Bei diesen Worten, die mich erkennen ließen, was mir bevorstand, brach ich wiederum in Thränen aus. Aby Aly, welcher die Ursache meines Schreckens mit ganz andern Augen betrachtete, lachte nur darüber, und steuerte nach Algier, während ich mich grenzenlos abhärmte. Bald richtete ich meine Seufzer zum Himmel und flehte um seine Hülfe, bald wünschte ich, daß uns christliche Schiffe angreifen, oder die Wellen uns verschlingen möchten, endlich wünschte ich, daß meine Thränen und mein Schmerz mich so häßlich machen möchten, daß sich der Dey bei meinem Anblick entsetzen müsse. Doch waren alle diese Wünsche meiner geängstigten Tugend vergeblich. Wir langten im Hafen an, man führte mich in diesen Palast, und ich mußte vor Mezomorto erscheinen.

Ich weiß nicht, was Aby Aly seinem Gebieter sagte, als er mich ihm vorstellte, eben so wenig, was dieser ihm antwortete, denn sie sprachen türkisch miteinander, aber ich schloß aus den Geberden und Blicken des Dey, daß ich das Unglück hatte, ihm zu gefallen, und was er mir darauf in spanischer Sprache sagte, brachte mich vollends in Verzweiflung, denn es bestätigte meine Vermuthung.

Vergebens warf ich mich ihm zu Füßen, und bot ihm jedes beliebige Lösegeld, ich suchte seine Geldgier durch das Anerbieten meines ganzen Vermögens zu reizen; er sagte mir, ich habe mehr Werth für ihn als alle Reichthümer der Welt. Er ließ mir diese Gemächer, die prächtigsten seines Palastes, einrichten, und sparte seitdem keine Mühe, die Traurigkeit, von der er mich niedergebeugt sieht, zu zerstreuen. Er läßt die Sklaven und Sklavinnen, die zu singen oder irgend ein Instrument zu spielen verstehen, hierher kommen, um mich durch Musik zu erheitern. Er hat Ines aus meiner Nähe entfernt, weil er glaubt, daß sie nur meine Schwermuth nähre, und läßt mich jetzt von zwei alten Sklavinnen bedienen, die mich beständig von der Liebe ihres Herrn, und den Freuden, die meiner harren, unterhalten. Aber Alles, was man aufbietet, mich zu zerstreuen, ruft nur die entgegengesetzte Wirkung hervor; nichts kann mich trösten. Ich bin gefangen in diesem abscheulichen Palast, der täglich von dem Klaggeschrei der unterdrückten Unschuld widerhallt, und doch leide ich weniger durch den Verlust meiner Freiheit, als durch das Grauen, welches mir die verhaßte Zärtlichkeit des Dey einflößt. Obgleich er mir bisher nur als ein gefälliger und ehrerbietiger Liebhaber genaht ist, zittere ich doch vor ihm, und fürchte, daß er, einer Zurückhaltung müde, die ihm vielleicht schon lästig ist, endlich seine Macht über mich mißbrauchen werde. Dieser entsetzliche Gedanke verfolgt mich unaufhörlich, und macht mir jeden Augenblick meines Lebens zu einer neuen Qual.

Donna Theodora konnte diese Worte nicht vollenden, ohne in Thränen auszubrechen. Don Juan war davon tief erschüttert. Senhora, sagt er, nicht ohne Grund entwerft Ihr Euch von der Zukunft ein so schreckliches Bild, mir bangt vor ihr eben so sehr, wie Euch. Der Dey wird vielleicht schon eher sein bisheriges Benehmen ändern als Ihr erwartet; ich weiß es nur zu gut, daß dieser unterwürfige Liebhaber bald seine erheuchelte Sanftmuth ablegen wird, und ich sehe alle Gefahren voraus, die Euch bedrohen.

Aber, fuhr er in verändertem Tone fort, ich werde kein müßiger Zeuge dabei sein. Obgleich ich nur ein Sklave bin, ist doch meine Verzweiflung zu fürchten und ehe Mezomorto Euch beschimpft, will ich meinen Dolch in seine Brust ... Ach, Don Juan, unterbrach ihn die Wittwe des Cifuentes, welch einen Entschluß wagt Ihr zu fassen? Hütet Euch wohl, ihn auszuführen. Welche schreckliche Folgen würde dieser Mord haben! Würden die Türken nicht die furchtbarste Rache nehmen? Die größten Martern ... Ich kann nicht daran denken, ohne zu schaudern. Und warum wollt Ihr Euch unnöthig einer solchen Gefahr aussetzen? Gebt Ihr mir die Freiheit zurück, wenn Ihr dem Dey das Leben nehmt? Ach, ich würde alsdann an irgend einen Elenden verkauft werden, der weniger Schonung für mich hätte als Mezomorto. O Himmel, zeige deine Gerechtigkeit! Du kennst die brutalen Absichten des Dey, du verbietest mir Dolch und Gift, so verhüte denn ein Verbrechen, welches dich beleidigt.

Ja, Senhora, erwiederte Zarate, der Himmel wird es verhüten, ich fühle bereits, daß er mich begeistert und was mir in diesem Augenblicke in den Sinn kommt, ist ohne Zweifel ein geheimer Wink, den er mir giebt. Der Dey hat mir nur deshalb gestattet, Euch zu besuchen, daß ich Euch geneigt mache, seine Wünsche zu erhören. Ich soll ihm von unsrer Unterhaltung Rechenschaft ablegen; wir müssen ihn täuschen. Ich werde ihm sagen, daß ich Euch keineswegs untröstlich gefunden, daß das Benehmen, welches er gegen Euch beobachte, anfange euren Kummer zu besänftigen, und daß er Alles hoffen dürfe, wenn er so fortfahre. Ihr müßt mich darin unterstützen. Bei seinem nächsten Besuche muß er Euch weniger niedergeschlagen als gewöhnlich finden; stellt Euch, als gewähre Euch seine Unterhaltung einiges Vergnügen.

Welch eine Qual! unterbrach ihn Donna Theodora, wie könnte sich eine offne und ehrliche Seele so sehr verleugnen? Der Dey, erwiederte Don Juan, wird sich zu dieser Veränderung Glück wünschen, und Euch durch sein rücksichtsvolles Benehmen vollends zu gewinnen suchen, unterdessen will ich an eurer Befreiung arbeiten. Ich gestehe, daß das Unternehmen schwierig ist, doch ich kenne einen gewandten Sklaven, dessen Hülfe uns, Wie ich hoffe, nicht fehlen wird.

Ich verlasse Euch jetzt, fuhr er fort, die Angelegenheit erheischt ein rasches Handeln, wir werden uns wiedersehen. Ich gehe nunmehr zum Dey, und werde ihm ersonnene Geschichten erzählen, die seiner ungestümen Liebesglut behagen. Ihr, Senhora, bereitet Euch vor, ihn zu empfangen, verstellt Euch, nehmt Euch zusammen. Wenn seine Gegenwart Euch auch peinlich ist, so laßt doch eure Blicke weder Haß noch Strenge verrathen, sprecht freundlich mit ihm, statt wie bisher euren Mund nur zu Klagen über euer Unglück zu öffnen, fürchtet nicht, zu liebenswürdig gegen ihn zu sein, Ihr müßt Alles versprechen, um nichts zu gewähren. Gut denn, versetzte Theodora, ich werde thun, was Ihr mir vorschreibt, da die Gefahr, die mir bevorsteht, mir diese grausame Nothwendigkcit aufcrlcgt. Geht, Don Juan, setzt Alles in Bewegung, meiner Sklaverei ein Ende zu machen, wenn ich meine Freiheit aus eurer Hand empfange, wird sie mir als ein um so größeres Glück erscheinen. Der Toledaner begab sich hierauf, seinem Befehle gemäß, zu Mezomorto. Nun, Alvaro, fragte ihn der Dey in großer Erregung, was für Nachrichten bringst du mir von der schönen Sklavin? Hast du sie zu meinen Gunsten gestimmt? Wenn du mir sagst, daß ich mir nicht schmeicheln dürfe, ihre hartnäckige Sprödigkeit je zu besiegen, so schwöre ich beim Haupte des Großherrn, meines Gebieters, daß ich noch heute durch Gewalt erlangen will, was man mir in der Güte verweigert. Herr, versetzte Don Juan, es bedarf dieses feierlichen Eidschwures nicht, Ihr werdet nicht nöthig haben, Gewalt zu gebrauchen, um eure Liebe zu befriedigen. Die Sklavin ist ein junges Mädchen, welches noch nie geliebt hat, sie ist so stolz, daß sie die Bewerbungen der vornehmsten Herren Spaniens zurückgewiesen hat. Sie lebte in ihrem Vaterlande als unumschränkte Herrin, sie ist hier eine Gefangene; eine stolze Seele fühlt tief und lange einen solchen Wechsel des Glückes. Indessen wird die hochmüthige Spanierin sich wie alle Andern an die Sklaverei gewöhnen; ich darf Euch sagen, daß sie ihre Fesseln schon minder schwer findet. Diese achtungsvolle Zurückhaltung, welche Ihr gegen sie beobachtet, diese zarte Aufmerksamkeit, welche sie nicht von Euch erwartete, besänftigen ihren Kummer und werden allmählich ihren Stolz besiegen. Sucht sie in dieser günstigen Gemüthsstimmung zu erhalten, bemüht Euch ferner durch neue Beweise eurer Achtung, die schöne Sklavin für Euch einzunehmen, und Ihr werdet sehen, daß sie bald, eure Wünsche erhörend, in euren Armen die Liebe zur Freiheit verlieren wird. Was du mir sagst, entzückt mich, rief der Dey. Die Hoffnung, die du mir giebst, vermag Alles über mich. Ja, ich will mein ungestümes Verlangen bezähmen, um es desto besser zu stillen, aber täuschest du mich auch nicht, oder täuschest du dich wohl gar selbst? Ich werde sofort zu der Sklavin gehn, ich will sehen, ob ich die süßen Hoffnungen, die du in mir erweckst, in ihren Augen lesen kann. Nach diesen Worten begab er sich zu Theodora, und der Toledaner kehrte in den Garten zurück, wo er dem Gärtner begegnete, eben jenem gewandten Sklaven, dessen er sich bei der Befreiung der Wittwe des Cifuentes aus der Sklaverei bedienen wollte. Der Gärtner hieß Franzisco und war aus Navarra. Er kannte Algier sehr genau, da er dort schon mehreren Herrn gedient hatte, ehe er das Eigenthum des Dey wurde. Freund Franzisco, sagte Don Juan zu ihm, ich bin sehr traurig. In diesem Palaste befindet sich eine der vornehmsten jungen Damen aus Valencia, sie hat Mezomorto gebeten, ihr Lösegeld selbst zu bestimmen, aber er will nicht, daß man sie loskaufe, weil er in sie verliebt ist. Und warum betrübt Euch das so sehr? fragte Franzisco. Weil ich aus derselben Stadt bin, ihre Eltern und die meinigen sind warme

65

Freunde, es giebt nichts in der Welt, was ich nicht zu thun wagte, um zu ihrer Befreiung beizutragen.

Obwohl dies eben keine leichte Sache ist, erwiederte Franzisco, glaube ich doch Euch versichern zu können, daß ich sie glücklich ausführen werde, vorausgesetzt, daß die Eltern der Dame sich geneigt zeigen, diesen Dienst gut zu bezahlen. Zweifelt nicht daran, versetzte Don Juan, ich bürge Euch für ihre Erkenntlichkeit, und namentlich für die der Dame selbst. Sie heißt Donna Theodora, und ist die Wittwe eines Mannes, der ihr ein großes Vermögen hinterlassen hat; sie ist ebenso freigebig als reich, kurz, ich bin ein Spanier und ein Edelmann, mein Wort muß Euch genügen. Nun wohl, versetzte der Gärtner, im Vertrauen auf euer Versprechen werde ich mich zu einem catalonischen Renegaten, den ich kenne, begeben und ihm vorschlagen … Was sagt ihr, unterbrach ihn der Toledaner ganz erstaunt, Ihr wolltet Euch einem Elenden anvertrauen, der die Unwürdigkeit begangen, seiner Religion zu entsagen, um … Obgleich ein Renegat, fiel jetzt Franzisco ein, ist er doch ein ehrlicher Mann, er scheint mir eher Mitleiden, als Haß zu verdienen, und ich würde ihn entschuldigen, wenn überhaupt ein Verbrechen zu entschuldigen wäre. Ich will Euch seine Geschichte mit wenigen Worten erzählen.

Er ist aus Barcelona gebürtig und seines Zeichens ein Chirurg. Da er in seiner Vaterstadt sein Fortkommen nicht fand, beschloß er, sich in Carthagena niederzulassen, in der Hoffnung, daß ihm an einem neuen Wohnort auch neues Glück blühen werde. Er schiffte sich also mit seiner Mutter nach Carthagena ein, doch wurden sie unterwegs von einem algierischen Piraten angegriffen, gefangen genommen, und darauf hierher gebracht. Sie wurden Beide verkauft, seine Mutter an einen Mauren, und er an einen Türken, welcher ihn derartig mißhandelte, daß er zum muhamedanischen Glauben überging, einestheils, um seiner grausamen Sklaverei ein Ende zu machen, und anderntheils, um seine Mutter zu befreien, die, wie er wußte, von dem Mauren, ihrem Herrn, sehr hart behandelt wurde. Er begab sich in den Sold des Paschas, machte mehrere Streifzüge mit, und erbeutete vierhundert Piaster, wovon er einen Theil benutzte, um seine Mutter loszukaufen, und den Rest, um sich in den Stand zu setzen, auf eigne Rechnung Seeräuberei treiben zu können.

Er kaufte ein kleines Fahrzeug, welches er selbst befehligte und mit einigen türkischen Soldaten, die sich ihm gern anschlossen, kreuzte er zwischen Alicante und Carthagena, und kehrte mit Beute beladen zurück. Er trieb dieses längere Zeit, und seine Unternehmen hatten stets einen so glücklichen Ausgang, daß er endlich im Stande war, ein bedeutendes Schiff ausrüsten zu können, mit welchem er beträchtliche Prisen machte. Doch endlich wandte sich das Glück. Eines Tages griff er eine französische Fregatte an, die ihm sein Schiff so erbärmlich zurichtete, daß er alle Mühe hatte, den Hafen von Algier wieder zu erreichen. Da hier zu Lande das Ansehen eines Piraten nur von dem Erfolge seiner Unternehmungen abhängt, so sank der Renegat wegen seines Mißgeschicks bald in der Achtung der Türken. Das verursachte ihm Verdruß und Kummer; er verkaufte sein Schiff und zog sich in ein Haus außerhalb der Stadt zurück, wo er seit jener Zeit von dem Reste seines Vermögens mit seiner Mutter und einigen Sklaven lebt.

Ich besuche ihn oft, wir haben früher bei dem nämlichen Herrn gedient, und sind gute Freunde. Er vertraut mir seine geheimsten Gedanken an. Es sind kaum drei Tage, daß er mir mit Thränen im Auge sagte, daß er seine Ruhe verloren, seit er von seinem Glauben abgefallen sei, und daß er, um den Gewissensbissen, die ihn ohne Unterlaß quälten, zu entgehen, oft in Versuchung gerathe, den Turban mit Füßen zu treten, und selbst auf die Gefahr hin, lebendig verbrannt zu werden, durch ein öffentliches Bekenntniß das Aergerniß wieder gut zu machen, das er den Christen gegeben.

Das ist der Renegat, an den ich mich wenden will, fuhr Franzisco fort, ein solcher Mann kann Euch doch nicht verdächtig scheinen. Ich will unter dem Vorwande, das Bagno besuchen zu wollen, ausgehen, ich werde mich dann zu ihm begeben, und ihm vorstellen, daß er, statt sich vor Gram um seinen Abfall von der christlichen Kirche aufzureiben, vielmehr auf Mittel sinnen solle, wieder in ihren Schooß zurückzukehren; und daß er zu diesem Zweck nur ein Schiff auszurüsten habe, als ob er, des müßigen Lebens müde, einmal wieder auf Kaperei ausziehen wolle, und mit diesem Schiffe können wir alsdann die Küste von Valencia erreichen, wo Donna Theodora ihm geben wird, was er zu einem angenehmen Leben für den Rest seiner Tage bedarf.

Ja, mein lieber Franzisco, rief Don Juan, überglücklich in der Hoffnung, die ihm der Sklave machte, Ihr mögt diesem Renegaten Alles versprechen, Ihr könnt Beide darauf rechnen, reich belohnt zu werden. Aber glaubt Ihr, daß der Plan auf die von Euch ausgedachte Weise auszuführen sei? Es können sich freilich noch Schwierigkeiten finden, versetzte Franzisco, aber der Renegat und ich werden sie schon beseitigen. Alvaro, setzte er Abschied nehmend hinzu, ich hoffe Gutes von unserm

Vorhaben, und glaube Euch bei meiner Rückkunft erwünschte Nachrichten mittheilen zu können.

Nicht ohne Unruhe erwartete der Toledaner Franzisco, welcher nach drei oder vier Stunden zurückkam und zu ihm sagte: Ich habe mit dem Renegaten gesprochen und ihn mit unserm Plan bekannt gemacht. Nach langer Berathung sind wir dahin übereingekommen, daß er ein kleines vollständig ausgerüstetes Fahrzeug kaufen soll und, da es erlaubt ist, Sklaven als Matrosen zu verwenden, so will er die seinigen dazu nehmen. Um jedem Argwohne vorzubeugen, wirbt er ein Dutzend türkischer Soldaten, als ob er wirklich beabsichtige, die Kaperei wieder zu beginnen. Aber zwei Tage vor der Zeit, die er ihnen zur Abfahrt bestimmt, schifft er sich Nachts mit seinen Sklaven ein, lichtet in aller Stille die Anker und holt uns an einem kleinen Thor dieses Gartens, der nicht weit vom Meere entfernt ist, in seinem Boote ab. Das ist der Plan unsres Unternehmens. Ihr könnt die gefangene Dame davon unterrichten, und ihr die Versicherung geben, daß sie sich in spätestens vierzehn Tagen außer Haft befinden werde.

Welche Freude für Zarate, Donna Theodora eine so erfreuliche Nachricht bringen zu können! Um sich die Erlaubniß auszuwirken, sie besuchen zu dürfen, suchte er Mezomorto zu treffen, und als er ihm folgenden Tages begegnete, sagte er zu ihm: Verzeiht, Herr, wenn ich Euch zu fragen wage, wie Ihr die schöne Sklavin gefunden, und ob Ihr jetzt zufriedener seid? Ich bin entzückt von ihr, unterbrach ihn der Dey, ihre Augen sind gestern meinen zärtlichsten Blicken nicht ausgewichen, ihre Reden, die bisher nur aus ewigen Betrachtungen über ihre traurige Lage bestanden, waren mit keiner Klage vermischt, sie schien meinen Worten eine artige Aufmerksamkeit zu schenken.

Deinen Bemühungen, Alvaro, verdanke ich diese Veränderung, ich sehe, daß du die Frauen deines Landes genau kennst, und um zu vollenden, was du so glücklich begonnen hast, sollst du noch einmal mit ihr reden. Wende all deine Klugheit und Gewandtheit auf, um mein Glück schnell herbeizuführen, ich werde dir sofort die Fesseln lösen, und schwöre dir beim Barte unsres großen Propheten, daß ich dich so reich mit Geschenken beladen in dein Vaterland zurückschicken werde, daß die Christen, wenn sie dich wiedersehen, nicht glauben sollen, daß du aus der Sklaverei kommst.

Der Toledaner verfehlte nicht, Mezomorto in seinem Irrthum zu bestärken; er stellte sich tief gerührt von seinen Versprechungen, und unter dem Vorwande, die Erfüllung derselben zu beschleunigen, eilte er zu der schönen Sklavin. Er fand sie allein in ihrem Gemach, da ihre beiden alten Dienerinnen anderswo beschäftigt waren. Er theilte ihr mit, was der Navarrese und der Renegat in Aussicht auf die ihnen verheißene Belohnung zu thun beschlossen hatten.

Es war ein großer Trost für die Dame zu hören, daß man so gute Maßregeln zu ihrer Befreiung getroffen hatte. Ist es möglich, rief sie im Uebermaß ihrer Freude, daß es mir vergönnt sein sollte, Valencia, meine theure Vaterstadt, noch einmal wiederzusehen? Welch ein Glück, nach so vielen Gefahren, so vieler Noth dort in Ruhe mit Euch zu leben! Ach, Don Juan, wie beglückt mich dieser Gedanke! Aber theilt Ihr auch meine Freude? Bedenkt Ihr wohl, daß es euer eignes Weib ist, was Ihr dem Dey entführt?

Ach! erwiederte Zarate tief seufzend, wie würden mich diese süßen Worte entzücken, wenn die Erinnerung an einen unglücklichen Freund nicht eine Bitterkeit hineinmischte, die alle Freude vergällt! Verzeiht mir, Senhora, dieses Gefühl, gestehet selbst, daß Mendoza eures Mitleidens werth ist. Um Euch hat er Valencia verlassen und seine Freiheit verloren, und ich zweifle nicht daran, daß ihm zu Tunis die Last seiner Ketten weniger drückend ist, als der verzweiflungsvolle Gedanke, Euch nicht gerächt zu haben. Er hätte gewiß ein besseres Loos verdient, sagte Donna Theodora, und der Himmel ist mein Zeuge, daß ich von dem, was er für mich gethan hat, durchdrungen bin. Ich fühle lebhaft den Schmerz, den ich ihm zugefügt habe, allein sein Unstern will, daß mein Herz nie der Lohn seiner treuen Aufopferung sein kann.

Diese Unterredung wurde durch die Ankunft der beiden alten Dienerinnen unterbrochen. Don Juan gab nun dem Gespräch eine andere Wendung, und fing an die Rolle eines Vertrauten des Dey zu spielen. Ja, reizende Sklavin, sagte er zu Theodora, Ihr habt den gefesselt, der Euch gefangen hält. Mezomorto, euer Gebieter und der meine, der zärtlichste und der liebenswürdigste aller Türken, ist mit Euch zufrieden. Fahret fort, ihm so freundlich zu begegnen, und Ihr werdet bald alles Leid überwunden haben. Bei diesen Worten, deren wahrer Sinn nur für die Dame verständlich war, entfernte er sich.

So standen die Dinge im Palaste des Deys während acht Tagen. Der catalonische Renegat hatte unterdessen ein kleines beinah vollständig ausgerüstetes Fahrzeug gekauft, und war mit den Vorbereitungen zur

Abreise beschäftigt. Allein sechs Tage bevor er in See stechen konnte, wurde Don Juan in neue Unruhe versetzt.

Mezomorto ließ ihn zu sich rufen, führte ihn in sein Cabinet und sagte zu ihm; Alvaro, du bist frei, du kannst abreisen, wann du willst, um dich nach Spanien zurückzubegeben, die dir versprochenen Geschenke liegen bereit. Ich habe heute die schöne Sklavin gesehen, wie kam sie mir so verschieden von dem Wesen vor, dessen Traurigkeit mir so viel Kummer machte! Das Bewußtsein ihrer Gefangenschaft mindert sich täglich in ihr, und ich habe sie so reizend gefunden, daß ich eben den Entschluß gefaßt habe, sie zu heirathen. In zwei Tagen wird sie meine Gemahlin sein.

Bei diesen Worten entfärbte sich Don Juan und was er auch aufbot, sich zu fassen, konnte er doch seine Bestürzung und Ueberraschung nicht verbergen, so daß der Dey nach der Ursache derselben fragte. Senhor, erwiederte der Toledaner in seiner Verwirrung, ich bin in der That sehr erstaunt, daß einer der hervorragendsten Männer des ottomanischen Reiches sich so tief herablassen will, eine Sklavin zu heirathen. Ich weiß wohl, daß dies bei Euch nicht ohne Beispiel ist, aber der erlauchte Mezomorto, der auf die Töchter der ersten Beamten der Pforte Anspruch machen darf … Das ist freilich wahr, unterbrach ihn der Dey, ich dürfte sogar um die Tochter des Großveziers werben, und mich der Hoffnung hingeben, meinem Schwiegervater in seinem Amte nachzufolgen, aber ich besitze unermeßliche Reichthümer und wenig Ehrgeiz. Ich ziehe die Ruhe und das Behagen, welches ich hier genieße, dem Vezierat vor, dieser gefährlichen Stellung, die wir kaum erlangt haben, und uns schon wieder durch die Furcht der Sultane oder die Eifersucht der Neidischen in ihrer Umgebung gestürzt sehen. Außerdem liebe ich meine Sklavin, und ihre Schönheit macht sie des Ranges würdig, zu dem meine Zärtlichkeit sie erhebt.

Aber es ist erforderlich, setzte er hinzu, daß sie noch heute ihre Religion wechsele, um die Ehre, die ich ihr erweisen will, zu verdienen. Glaubst du, daß lächerliche Vorurtheile sie davon zurückhalten könnten? Nein, Senhor, erwiederte Don Juan, ich bin überzeugt, daß sie einem so hohen Range alles zum Opfer bringen wird. Erlaubt mir indessen Euch zu warnen, eure Verbindung so plötzlich zu vollziehen, übereilt nichts. Es unterliegt wohl keinem Zweifel, daß der Gedanke, einer Religion zu entsagen, in der sie aufgewachsen ist, sie anfänglich empören wird. Gewährt ihr Zeit zu überlegen. Wenn sie sich vorstellt, daß Ihr, statt sie zu entehren, oder sie unter den übrigen eurer Sklavinnen dahinwelken zu lassen, sie durch das geheiligte Band der Ehe an Euch fesseln und sie dadurch zum höchsten Ansehen erheben wollt, dann müssen Dankbarkeit und Eitelkeit nach und nach ihre Gewissensskrupel besiegen. Verschiebt nur noch acht Tage die Ausführung eures Planes.

Der Dey blieb einige Augenblicke in Nachdenken versunken; der Aufschub, den sein Vertrauter ihm vorschlug, war ganz und gar nicht nach seinem Sinn; nichtsdestoweniger schien ihm der Rath sehr vernünftig zu sein. Ich gebe deinen Gründen nach, Alvaro, sagte er; wie ungeduldig ich auch nach dem Besitze der Sklavin verlange, werde ich doch noch acht Tage warten. Gehe sofort zu ihr und bestimme sie, meine Wünsche bis dahin zu erfüllen. Ich will, daß derselbe Alvaro, der mir bei ihr so gut gedient hat, auch die Ehre habe, ihr meine Hand anzutragen.

Don Juan eilte zu den Gemächern Donna Theodoras und erzählte ihr, was er eben mit Mezomorto verhandelt, damit sie ihr Benehmen darnach einrichten könne. Er theilte ihr zugleich mit, daß das Schiff des Renegaten in sechs Tagen bereit sein würde, und weil sie eine große Besorgniß äußerte über die Art, wie sie aus ihren Gemächern entkommen könne, da alle Thüren der Zimmer, durch die sie gehen müßte, um auf die Treppe zu gelangen, wohl verschlossen gehalten würden, sagte er ihr: Das darf Euch nicht beunruhigen, Senhora, ein Fenster eures Cabinets befindet sich an der Gartenseite, durch dieses könnt Ihr auf einer Leiter, die ich besorgen werde, hinabsteigen.

In der That, als die sechs Tage verflossen waren, meldete Franzisco dem Toledaner, daß der Renegat sich rüste, die kommende Nacht aufzubrechen. Ihr könnt Euch denken, daß sie mit großer Ungeduld erwartet wurde. Endlich trat sie ein und war glücklicherweise sehr finster. Sobald der Augenblick gekommen, die Flucht auszuführen, legte Don Juan die Leiter unter dem Fenster des Cabinets der schönen Sklavin an, welche ihn gewahrte, und sofort in großer Eile und Aufregung herabstieg. Sie stützte sich alsdann auf den Toledaner und ließ sich von ihm nach der kleinen zum Meere führenden Gartenthür geleiten.

Sie eilten Beide mit raschem Schritt dahin und genossen schon im Voraus das Glück, der Gefangenschaft entronnen zu sein, doch waren diese Liebenden mit ihrem Schicksale wohl noch nicht völlig ausgesöhnt, denn es verhängte jetzt das grausamste Unglück über sie, welches sie je getroffen, und welches sie am wenigsten befürchtet. Sie waren schon außerhalb des Gartens und näherten sich dem Ufer, um das ihrer harrende Boot zu besteigen, als ein Mann, den sie für einen Gefährten ihrer Flucht hielten, und gegen den sie nicht den mindesten Verdacht hegten, plötzlich mit gezogenem Degen auf Don Juan losstürzte und ihm denselben in die Brust stieß mit den Worten: Verrätherischer Alvaro Ponce, also muß Don Fedrigo de Mendoza einen feigen Räuber bestrafen; du verdienst nicht, daß man dich wie einen tapfern Ritter zum Kampfe fordere.

Der Toledaner konnte diesem heftigen Angriff nicht widerstehen und sank zu Boden, und in demselben Augenblicke fiel Donna Theodora vor Schmerz und Entsetzen ohnmächtig nieder. Ach! Mendoza, sagte Don Juan, was habt Ihr gethan? Es ist euer Freund, den Ihr durchbohrt habt. Gerechter Himmel! rief Don Fedrigo, wäre es möglich, daß ich meuchlerischer Weise … Ich verzeihe Euch meinen Tod, unterbrach ihn Zarate, das Schicksal allein trägt die Schuld, oder vielmehr, es hat auf diese Art unserm Mißgeschick ein Ende machen wollen. Ja, mein theurer Mendoza, ich sterbe zufrieden, da ich Donna Theodora euren Händen übergeben kann; sie wird Euch versichern, daß meine Freundschaft für Euch sich niemals verleugnet hat. O mein edler Freund, rief Don Fedrigo, außer sich vor Verzweiflung, Ihr sollt nicht allein sterben, dasselbe Eisen, welches Euch durchbohrt hat, soll auch euren Meuchelmörder tödten. Wenn mein Verbrechen auch Entschuldigung verdient, da mich ein Irrthum dazu brachte, so würde ich mich selbst doch nie darüber trösten können. Bei diesen Worten richtete er die Spitze seines Degens gegen die eigne Brust, stieß ihn bis ans Heft hinein, und fiel dann über Don Juan hin, welcher die Besinnung verlor, doch weniger durch Blutverlust entkräftet als vor Entsetzen über die Raserei seines Freundes. Franzisco und der Renegat, die zehn Schritte davon standen, hatten ihre Gründe gehabt, dem Sklaven Alvaro nicht beizuspringen, waren aber äußerst betroffen, als sie Don Fedrigos letzte Worte vernahmen und Zeugen seiner furchtbaren That wurden. Sie begriffen bald, daß hier ein Irrthum obwalte und daß die Verwundeten keineswegs Todfeinde, wie sie anfänglich geglaubt, sondern Freunde seien. Sie beeiferten sich, nun ihnen Hülfe zu leisten, da sie aber beide bewußtlos fanden und Donna Theodora noch immer in Ohnmacht lag, wußten sie nicht, was sie thun sollten. Franzisco war der Meinung, man solle die Cavaliere am Strande liegen lassen, wo sie allem Anschein nach bald sterben würden, wenn sie nicht schon todt seien. Der Renegat aber war nicht damit einverstanden; er sagte, daß man die Verwundeten, deren Wunden vielleicht nicht einmal tödtlich seien, nicht verlassen dürfe, und daß er sie auf seinem Schiffe verbinden wolle, wo er alle Instrumente seines früheren Gewerbes habe, welches ihm keineswegs fremd geworden sei. Franzisco fügte sich dieser bessern Einsicht.

Da sie wußten, wie nothwendig es war, ihre Abreise zu beschleunigen, schafften, der Renegat und der Navarrese mit Hülfe einiger Sklaven die unglückliche Wittwe des Cifuentes und ihre beiden noch unglücklicheren Liebhaber eiligst in das Boot. Sie erreichten in wenigen Augenblicken ihr Schiff, und als Alle an Bord waren, und ein Theil der Mannschaft sich mit dem Ausspannen der Segel beschäftigte, flehten die Uebrigen auf dem Verdeck kniend den Himmel unter den inbrünstigsten Gebeten um Schutz gegen die Verfolgungen Mezomortos an.

Nachdem der Renegat das Steuerruder einem französischen Sklaven übergeben hatte, der es ausgezeichnet zu führen verstand, widmete er zunächst Donna Theodora seine ganze Sorgfalt. Er rief sie bald wieder ins Leben, und brachte darauf auch Don Fedrigo und den Toledaner durch geeignete Mittel wieder zur Besinnung. Donna Theodora, welche ohnmächtig geworden war, als sie Don Juan hatte niedersinken sehen, war sehr erstaunt, Mendoza hier zu finden, und wenn sie auch bei seinem Anblick zur Ueberzeugung kommen mußte, daß er nur aus Verzweiflung, seinen Freund verwundet zu haben, sich selbst in diesen traurigen Zustand gebracht hatte, so konnte sie ihn doch nur als den Mörder des Mannes, den sie liebte, betrachten.

Nichts konnte ergreifender sein, als diese drei Personen zu sehen, nachdem sie wieder zu sich gekommen waren. Die Bewußtlosigkeit, aus der man sie eben befreit hatte, war, obgleich dem Tode ähnlich, doch nicht so beklagenswerth. Die Blicke, welche Donna Theodora auf Don Juan richtete, drückten den Schmerz und die Verzweiflung aus, die ihre Seele empfand, und die beiden Freunde hefteten, tiefe Seufzer ausstoßend, ihre brechenden Augen auf sie. Nachdem sie lange ein finstres Schweigen beobachtet hatten, wandte sich endlich Don Fedrigo an die Wittwe des Cifuentes mit den Worten: Senhora, bevor ich sterbe, habe ich die Freude, Euch aus der Sklaverei gerettet zu sehen. Wollte der Himmel, daß Ihr mir eure Freiheit zu verdanken hättet, aber er hat es gefügt, daß Ihr dieses Glück von dem Manne, der Euch theuer ist, empfangen solltet. Ich liebe diesen Nebenbuhler zu sehr, als daß ich darüber klagen könnte, und ich wünsche, daß der Stoß, den ich ihm zu versetzen das Unglück hatte, ihm nicht hinderlich sein möge, sich eurer Dankbarkeit zu erfreu-en. Die Dame antwortete nicht auf diese Worte. Weit entfernt, sich in diesem Augenblicke Don Fedrigos trauriges Loos zu Herzen zu nehmen, fühlte sie vielmehr einen wahren Abscheu vor ihm, den ihr der verhäng-nißvolle Zustand des Toledaners einflößte.

Unterdessen schickte sich der Chirurg an, die Wunden zu untersuchen. Er begann mit der des Zarate und fand sie nicht gefährlich, da der Stoß in der linken Seite ausgeglitten war und keine der edlen Theile getroffen hatte. Dieser Bericht des Chirurgen minderte die ängstliche Sorge Theodoras und erfüllte Don Fedrigo mit großer Freude. Er wandte seinen Kopf nach der Dame und sagte: Ich bin beruhigt, ich scheide ohne Klage aus diesem Leben, da ich meinen Freund außer Gefahr weiß; ich werde nicht mit eurem Hasse beladen sterben.

Er sprach diese Worte in einem so rührenden Tone, daß die Wittwe des Cifuentes tief davon erschüttert war. Da sie jetzt nicht mehr für Don Juan zu fürchten brauchte, hörte sie auf, Don Fedrigo zu hassen, und sah in ihm nur noch einen Unglücklichen, der ihr innigstes Mitleiden verdiente. Ach, Mendoza, rief sie, hingerissen von einem edelmüthigen Gefühle, laßt Euch eure Wunde verbinden, sie ist vielleicht nicht gefähr-licher wie die eures Freundes. Weiset die Sorgfalt, die man auf die Er-haltung eures Lebens verwenden will, nicht zurück, lebt noch lange, und wenn ich Euch nicht glücklich machen kann, so werde ich wenigstens auch nicht das Glück eines Andern machen. Aus Mitleid und Freund-schaft für Euch werde ich die Hand, die ich Don Juan reichen wollte, zurücknehmen, ich werde Euch dasselbe Opfer bringen, welches er Euch gebracht hat.

Don Fedrigo wollte antworten, allein der Chirurg, welcher fürchtete, das Sprechen möchte sein Uebel verschlimmern, gebot ihm Schweigen, und untersuchte seine Wunde. Sie schien ihm tödtlich zu sein, da der Degen in den obern Theil der Lunge eingedrungen war; er schloß dieses aus einem Blutverlust, der die schlimmsten Folgen haben konnte. Sobald er den ersten Verband angelegt hatte, ließ er die beiden Cavaliere neben-einander auf zwei kleine Betten in der Hinterkajüte legen, und führte Donna Theodora in einen andern Raum, da er ihre Anwesenheit für die Kranken nachtheilig fand.

Ungeachtet aller Vorsicht stellte sich bei Mendoza das Fieber ein, und gegen Abend wurde der Blutverlust wieder stärker. Der Chirurg erklärte alsbald seinen Zustand für hoffnungslos, und machte ihn darauf aufmerksam, daß er keine Zeit zu verlieren habe, wenn er seinem Freunde oder Donna Theodora noch etwas sagen wolle. Diese Nachricht versetzte den Toledaner in die schmerzlichste Bestürzung, Don Fedrigo hingegen nahm sie mit großer Ruhe auf. Er ließ die Wittwe des Cifuentes rufen, die sich in einem Zustande zu ihm begab, der eher zu begreifen als zu schildern ist. Ihr Gesicht war mit Thränen bedeckt, und sie schluchzte so heftig, daß Mendoza davon tief bewegt ward.

Senhora, sagte er zu ihr, ich bin der kostbaren Thränen, die Ihr vergießet, nicht werth. Ich bitte Euch, hört auf zu weinen, und schenkt mir einen Augenblick Gehör. Ich richte an Euch, mein theurer Zarate, dieselbe Bitte, fügte er hinzu, da er bemerkte, daß sein Freund den heftigsten Schmerz an den Tag legte. Ich weiß wohl, daß Euch diese Trennung sehr hart erscheint, ich kenne eure Freundschaft für mich zu gut, als daß ich daran zweifeln könnte, aber wartet Beide bis die Stunde meines Todes schlägt, um ihn mit diesen Beweisen eurer Zärtlichkeit und Theilnahme zu ehren.

Bis dahin unterdrückt euren Kummer, er ist mir bitterer als der Verlust meines Lebens. Vernehmt, auf welchen Wegen das Schicksal, welches mir zürnt, mich diese Nacht an die unselige Meeresküste geführt hat, die ich mit dem Blute meines Freundes gefärbt habe. Ihr werdet gewiß erfahren wollen, wie ich Don Juan für Don Alvaro halten konnte und ich will es euch erzählen, wenn die Zeit, die mir noch zu leben vergönnt ist, mir gestattet, euch diesen traurigen Aufschluß zu geben.

Einige Stunden, nachdem die Schiffe, die Don Juan und mich als Gefangene entführten, einander verlassen hatten, begegneten wir einem französischen Corsaren, der uns angriff; er bemächtigte sich des tunesischen Schiffes und setzte uns in der Nähe von Alicante ans Land. Kaum war ich wieder in Freiheit, als ich daran dachte, meinen Freund loszukaufen. In dieser Absicht begab ich mich nach Valencia, wo ich mich mit baarem Gelde versah, und darauf nach Barcelona, da ich erfahren hatte, daß sich dort einige Redemptoristenbrüder zur Reise nach Algier rüsteten. Bevor ich jedoch Valencia verließ, bat ich den Gouverneur Don Franzisco de Mendoza, meinen Onkel, seinen ganzen Einfluß am spanischen Hofe geltend zu machen, um die Begnadigung Zarates zu erwirken, da ich hoffte, ihn aufzufinden, zurückzuführen, und ihn wieder in den Besitz seiner Güter einzusetzen, die seit dem Tode des Herzogs von Naxera mit Beschlag belegt worden waren.

Sobald wir in Algier eingetroffen waren, besuchte ich alle die Orte, wohin die Sklaven gewöhnlich kommen, allein trotz der eifrigsten Nachforschungen fand ich nicht, was ich suchte. Ich begegnete dem catalonischen Renegaten, dem dieses Schiff gehört, und erkannte in ihm einen ehemaligen Diener meines Onkels. Ich machte ihn mit dem Zweck meiner Reise bekannt, und ersuchte ihn, mir beim Aufsuchen meines Freundes behülflich zu sein. Es thut mir leid, antwortete er, Euch nicht dienen zu können, ich muß diese Nacht mit einer Dame aus Valencia, einer Sklavin des Dey von Algier, abreisen. Und wie heißt diese Dame? fragte ich ihn. Sie heißt Donna Theodora, war die Antwort.

Das Erstaunen, welches ich bei dieser Nachricht zeigte, verrieth dem Renegaten sofort, daß ich mich für diese Dame interessire. Er entdeckte mir den Plan, den er zu ihrer Befreiung aus der Sklaverei entworfen hatte, und da er in seiner Erzählung mehrmals des Sklaven Alvaro erwähnte, zweifelte ich nicht daran, daß dieser Alvaro Ponce selber sei. Verschafft mir Genugthuung, sagte ich in großer Erregung zum Renegaten, gebt mir die Mittel an die Hand, mich an meinem Feinde zu rächen! Dazu wird sich bald Gelegenheit bieten, antwortete er, doch laßt mich zuvor die Ursache eures Grolles gegen diesen Alvaro wissen. Ich erzählte ihm nun unsre ganze Geschichte, und als ich damit zu Ende war, sagte er: Genug, Ihr dürft mich nur diese Nacht begleiten, man wird Euch euren Nebenbuhler zeigen, und wenn Ihr ihn bestraft habt, so nehmt seinen Platz ein, und führt mit uns Donna Theodora nach Valencia zurück.

Trotz meiner Ungeduld vergaß ich doch Don Juan nicht, ich legte die zu seinem Lösegeld nöthige Summe in die Hände eines zu Algier wohnenden italienischen Kaufmannes, Namens Franzisco Capati, der ihn loszukaufen versprach, sobald er ihn ausfindig gemacht habe. Endlich brach die Nacht herein, ich begab mich zu dem Renegaten, der mich an den Strand des Meeres führte. Wir blieben vor einer kleinen Thüre stehen, aus der ein Mann kam, der grade auf uns zutrat, und uns zwei Personen, die ihm auf dem Fuße folgten, zeigte, mit den Worten: Das ist Alvaro und Donna Theodora.

Bei diesem Anblick gerieth ich in Wuth, ich griff nach dem Degen, stürzte mich auf den unglücklichen Alvaro, und in der Meinung, einen verhaßten Nebenbuhler zu treffen, stoße ich diesen treuen Freund nieder, den zu suchen ich gekommen war. Doch dem Himmel sei Dank, mein

Irrthum wird weder ihm das Leben, noch Donna Theodora ewige Thränen kosten.

Ach, Mendoza, unterbrach ihn die Dame, glaubt doch an die Aufrichtigkeit meines Schmerzes um Euch; ich werde mich niemals über euren Verlust trösten, und sollte ich je euren Freund heirathen, so geschähe es nur, um vereint über Euch trauern zu können. Eure Liebe, eure Ergebenheit, euer Unglück würden den alleinigen Gegenstand unsrer Gespräche bilden. Das wäre zuviel, Senhora, erwiederte Don Fedrigo, ich verdiene nicht, daß Ihr mich so lange betrauert. Ich beschwöre Euch, Zarate zu heirathen, sobald er Euch an Alvaro Ponce gerächt haben wird. Don Alvaro ist nicht mehr, sagte die Wittwe des Cifuentes, er wurde an dem nämlichen Tage, wo er mich entführte, durch den Corsaren, der mich gefangen nahm, getödtet.

Senhora, entgegnete Mendoza, diese Nachricht erfüllt mich mit großer Befriedigung, mein Freund wird nun um so eher glücklich werden. Folgt also eurer gegenseitigen Neigung ohne Bedenken. Ich sehe mit Freuden dem Augenblicke entgegen, der auch das Hinderniß hinwegräumt, welches euer Mitleid und seine Großmuth eurem gemeinschaftlichen Glücke in den Weg legten. Möge euer Leben in seliger Ruhe dahinfließen, in einer Harmonie, welche selbst die Eifersucht des Schicksals nicht zu trüben wagt! Lebt wohl, Senhora, lebt wohl, Don Juan. Erinnert euch bisweilen eines Mannes, der nichts auf der Welt so sehr geliebt hat, als euch Beide.

Da die Dame und der Toledaner statt zu antworten nur um so heftiger weinten, fuhr Don Fedrigo, der es bemerkte und sich bereits sehr schwach fühlte, also fort: Ich darf mich nicht zu sehr erweichen lassen; schon umgiebt mich die Nacht des Todes und ich denke nicht daran, die göttliche Barmherzigkeit um Verzeihung anzuflehen, daß ich selbst Hand an mein Leben gelegt habe, über das nur der Himmel bestimmen durfte!

Nach diesen Worten richtete er die Augen mit allen Zeichen einer aufrichtigen Reue zum Himmel, und bald trat ein Blutsturz ein, der ein Ersticken zur Folge hatte und seinem Leben ein Ende machte.

Bei diesem Anblick greift Don Juan, wahnsinnig vor Schmerz, nach seiner Wunde, um den Verband abzureißen und sie unheilbar zu machen, allein Franzisco und der Renegat werfen sich über ihn, und widersetzen sich seinem rasenden Beginnen. Theodora ist entsetzt über diesen Ausbruch seiner Verzweiflung, und vereinigt ihre Bitten mit denen des Renegaten und des Navarresen, um Don Juan von seinem Vorhaben abzubringen. Sie redet ihm in so rührendem Tone zu, daß er sich ermannt; er läßt sich seine Wunde wieder verbinden und die Gefühle des Liebenden beruhigen nach und nach die Verzweiflung des Freundes. Wenn er jedoch der Vernunft wieder Gehör schenkte, so geschah es nur, um die unsinnigen Ausbrüche seines Schmerzes zu unterdrücken, nicht aber, um seinen Empfindungen Zwang anzuthun.

Der Renegat, welcher unter andern Dingen, die er nach Spanien ausführen wollte, auch einen vortrefflichen arabischen Balsam, und kostbare Wohlgerüche bei sich hatte, balsamirte auf Theodoras und Don Juans Wunsch den Leichnam Mendozas ein, da sie ihn in Valencia feierlich beerdigen lassen wollten. Während der ganzen Seereise hörten Beide nicht auf zu seufzen und zu wehklagen. Die Schiffsmannschaft hingegen war in der besten Stimmung, und da der Wind fortdauernd günstig war, so währte es nicht lange, bis sie die Küste Spaniens erblickten.

Bei diesem Anblicke überließen sich sämmtliche Sklaven einer unbändigen Freude, und als das Schiff glücklich in den Hafen von Denia eingelaufen war, faßte ein Jeder seinen Entschluß.

Die Wittwe des Cifuentes und der Toledaner schickten einen Eilboten mit Briefen an den Gouverneur und die Familie Donna Theodoras nach Valencia. Die Nachricht von der Rückkehr dieser Dame wurde von allen ihren Verwandten mit Freuden begrüßt. Für Don Franzisco de Mendoza war es dagegen ein großes Herzeleid, den Tod seines Neffen zu vernehmen, und er bekundete dieses dadurch, daß er sich sofort in Begleitung der Angehörigen Theodoras nach Denia begab, die Leiche des unglücklichen Don Fedrigo zu sehen verlangte, sie mit seinen Thränen benetzte, und in ein so herzzerreißendes Jammern ausbrach, daß alle Umstehenden tief davon ergriffen wurden. Er fragte endlich, durch welche Begebenheit sein Neffe den Tod gefunden habe. Ich werde sie Euch erzählen, Senhor, antwortete Don Juan. Weit entfernt, sie aus meinem Gedächtnisse auslöschen zu wollen, finde ich vielmehr ein wehmüthiges Vergnügen darin, sie mir beständig zu vergegenwärtigen, und meinen Schmerz zu nähren. Hierauf erzählte er ihm den Hergang der unseligen Geschichte, und die Thränen, die er dabei vergoß, vereinigten sich mit denen des armen Greises. Theodora wurde unterdessen von ihren Verwandten willkommen geheißen, und über ihre wunderbare Befreiung aus der Tyrannei Mezomortos beglückwünscht. Nach vollständigen Mittheilungen aller Erlebnisse trug man die Leiche Don Fedrigos in einen Wagen, und brachte ihn nach Valencia, wo er indessen nicht beerdigt wurde, da Don Franzisco im Begriff stand, seine Stelle als Gouverneur niederzulegen, und sich nach Madrid zurückzubegeben, und beschloß, den Leichnam seines Neffen gleichfalls dahin bringen zu lassen.

Während man die Vorbereitungen zu der Beerdigung traf, überschüttete die Wittwe des Cifuentes den Renegaten und Franzisco mit Wohlthaten. Der Navarrese begab sich nach seiner heimathlichen Provinz und der Renegat kehrte mit seiner Mutter nach Barcelona zurück, wo er sich wieder zum Christenthum bekannte, und noch heute in behaglichem Wohlstande lebt. Bald darauf erhielt Don Franzisco ein Schreiben vom spanischen Hofe, welches die Begnadigung Don Juans enthielt; der König hatte trotz seiner Rücksichten gegen das Haus Naxera den vereinten Bitten der Familie Mendozas nicht widerstehen können. Diese Nachricht war dem Toledaner um so erfreulicher, als sie ihm erlaubte, der Bestattung seines Freundes beizuwohnen, welches er sonst nicht gewagt hätte.

Sobald der Trauerzug, von einer großen Anzahl vornehmer Personen gefolgt, in Madrid eintraf, wurde die sterbliche Hülle Don Fedrigos in einer Kirche beigesetzt, wo Zarate und Theodora mit Genehmigung der Familie Mendoza ihm ein prächtiges Denkmal errichten ließen. Doch schien ihnen dieses nicht zu genügen, ihren Schmerz um den Verlorenen zu bethätigen, sie legten auch seinetwegen auf ein ganzes Jahr Trauerkleider an.

Nachdem sie so viele untrügliche Beweise ihrer Freundschaft für Mendoza abgelegt hatten, heiratheten sie sich, allein durch eine unglaubliche Wirkung der Macht der Freundschaft ruhte auf Don Juan eine lange Zeit eine tiefe Schwermuth, die nichts zu verscheuchen vermochte. Don Fedrigo, sein geliebter Fedrigo, war sein einziger Gedanke, er sah ihn allnächtlich im Traume, und am öftersten in dem Augenblicke, wo er seinen letzten Seufzer aushauchte. Allmählich befreite er sich jedoch von diesen traurigen Bildern; die Zärtlichkeit Theodoras, die er noch immer mit gleicher Innigkeit liebte, siegte nach und nach über eine so unheilvolle Erinnerung. Endlich begann für Don Juan ein glückliches, zufriedenes Leben. Doch vor wenigen Tagen stürzte er auf der Jagd vom Pferde und verletzte sich am Kopfe, in Folge dessen sich ein Geschwür bildete. Die Aerzte konnten ihn nicht retten, und er ist eben verschieden. Die Dame, die Ihr in den Armen ihrer beiden Kammerfrauen seht, welche sie vergebens zu beruhigen suchen, ist Donna Theodora. Sie wird wohl bald ihrem Gatten ins Grab folgen.

Sechszehntes Kapitel.

Von Träumen.

Als Asmodeus die Erzählung dieser Geschichte geendet hatte, sagte ihm Don Cleophas: Das ist ein sehr seltenes Gemälde der Freundschaft; aber wenn es selten, zwei Leute sich lieben zu sehen, wie Don Juan und Fedrigo, so glaube ich, daß man noch mehr Mühe hätte, zwei Freundinnen zu finden, die als Nebenbuhlerinnen sich so edelmüthig das gegenseitige Opfer eines Geliebten brächten.

Das, antwortete der Teufel, hat man ohne Zweifel noch nicht gesehen, und man wird es vielleicht niemals sehn. Die Frauen lieben sich nicht. Nehmen wir zwei, die vollkommen einig sind; ich räume sogar ein, daß eine von der andern in deren Abwesenheit nicht das geringste Uebles sagt, so sehr sollen sie Freundinnen sein; Ihr besucht sie alle Beide, Ihr neigt Euch mehr der einen Seite zu – und augenblicklich haben wir auf der andern die Wuth; nicht weil die Wüthende Euch liebte – aber sie wollte den Vorzug. So ist der Charakter der Weiber; sie sind zu eifersüchtig auf einander, um zur Freundschaft fähig zu sein.

Die Geschichte dieser zwei Freunde ohne Gleichen, bemerkte Leandro Perez, ist ein wenig romantisch und hat uns weitab geführt. Die Nacht ist sehr vorgerückt; wir werden in einem Augenblick die ersten Strahlen des Tages erscheinen sehn; ich erwarte von Euch ein neues Vergnügen. Ich sehe viele Personen, die im Schlafe liegen; ich möchte aus Neugier, daß Ihr mir die verschiedenen Träume, die sie haben mögen, sagtet. – Sehr gern, antwortete der Teufel; Ihr liebt die wechselnden Bilder und ich werde Euch zufrieden stellen.

Ich glaube, sagte Zambullo, ich werde von sehr lächerlichen Träumen hören. – Weshalb? antwortete der Hinkende; Ihr habt doch euren Ovid inne, wißt Ihr nicht, daß dieser Dichter sagt, um Tagesanbruch enthielten die Träume mehr Wahrheit, weil um diese Zeit die Seele der aus dem Magen kommenden Dünste entledigt ist? – Was mich angeht, versetzte Don Cleophas, so mag Ovid sagen, was er will, ich glaube nicht an Träume. – Das ist Unrecht, sagte Asmodeus, man muß sie weder als

Chimäre behandeln, noch an alle glauben; es sind Lügner, die zuweilen die Wahrheit sagen. Der Kaiser Augustus, der wohl so gescheut war, wie ein Student, verachtete Träume, welche ihn betrafen, nicht; und es ist ihm sehr wohl bekommen, daß er bei der Schlacht von Philippi in Folge eines Traumes, den man ihm erzählt hatte, sein Zelt verließ. Ich könnte Euch tausend andre Beispiele aufzählen, die Euch die Verwegenheit eures Urtheils zeigten; aber ich übergehe sie, um das neue Verlangen, das Euch quält, zu erfüllen.

Beginnen wir in diesem Hotel zur rechten Hand. Der Herr des Hauses, den Ihr in diesem reichen Apartement schlafen seht, ist ein freigebiger und galanter Graf. Er träumt, er sei im Schauspielhause, wo er eine ⁸³ junge Schauspielerin singen hört und sich der Stimme dieser Sirene ergiebt.

In dem daranstoßenden Apartement ruht die Gräfin, seine Gemahlin, die wüthend das Spiel liebt. Sie träumt, sie habe kein Geld und daß sie Schmucksachen bei einem Juwelier verpfände, der ihr gegen einen sehr ansehnlichen Profit dreihundert Pistolen leihe.

In dem nächsten Hotel auf derselben Seite wohnt ein Marquis von demselben Charakter, wie der Graf, der in eine berühmte Kokette verliebt ist. Er träumt, daß er eine beträchtliche Summe aufnehme, um ihr ein Geschenk zu machen; und sein Intendant, der ganz oben im Hotel schläft, träumt, daß er sich in demselben Maß, wie sein Herr sich ruinire, bereichere. Was scheint Euch nun von diesen Träumen? Nennt Ihr sie aberwitzig? – Nein, wahrhaftig, antwortete Don Cleophas, ich sehe wohl, daß Ovid Recht hat; aber ich möchte wissen, wer der Mann ist, den ich wahrnehme – er hat den Schnurrbart in Haarwickeln und behält im Schlafe eine Miene von Gewichtigkeit bei, die mich annehmen läßt, daß er etwas Besonderes sein muß. – Es ist ein Edelmann aus der Provinz, antwortete der Dämon, ein aragonesischer Viconde; ein eitler und stolzer Mensch; seine Seele schwimmt in diesem Augenblick in Wonne. Er träumt, daß er mit einem Grande zusammen ist, der ihm bei einer öffentlichen Ceremonie den Vorrang läßt.

Aber ich sehe im selben Hause zwei Brüder, die Aerzte sind und sehr niederschlagende Träume haben. Der eine träumt, daß man ein Gesetz verkünde, welches verbietet, Aerzte zu bezahlen, wenn sie ihre Kranken nicht geheilt haben; und sein Bruder träumt, daß der Befehl ergeht, die Aerzte sollen den Trauerzug bei jedem Begräbniß eines Kranken anführen, der unter ihren Händen gestorben ist. – Ich wünschte, sagte Zambullo, daß dieser letzte Befehl wirklich erginge, und daß ein Arzt sich beim Begängnis seines Kranken einfände, wie ein Criminallieutenant in Frankreich der Hinrichtung eines Verbrechers, den er verurtheilt hat, beiwohnen muß. – Der Vergleich gefällt mir, sagte der Teufel; man könnte behaupten, daß der Eine ginge, seine Sentenz ausführen zu lassen und daß der Andere sie schon habe ausführen lassen.

Ach, rief der Student, wer ist die Gestalt da, die sich die Augen reibt und hastig aufspringt? – Es ist ein Mann von Stande, der sich um eine Statthalterstelle in Neuspanien bewirbt. Ein fürchterlicher Traum hat ihn aufgeschreckt; er träumte, daß der Premierminister ihn schief anblicke. – Ich sehe auch eine junge Dame, die erwacht und mit dem Traum, den sie gehabt hat, nicht zufrieden ist. – Es ist ein vornehmes, junges Mädchen, ebenso tugendhaft als schön, das zwei Anbeter hat, welche sie belagern; den einen davon liebt sie zärtlich und gegen den andern hat sie eine Abneigung, die bis zum Abscheu geht. In ihrem Traume sah sie eben den Anbeter, welchen sie verabscheut, zu ihren Knien; er war so leidenschaftlich, so drängend, daß, wenn sie nicht erwacht wäre, sie ihm eine Gunst gewährt haben würde, wie sie sie nie dem Geliebten erwiesen. Die Natur schüttelt während des Schlummers das Joch der Vernunft und Tugend ab!

Werft eure Augen auf das Haus, welches die Ecke dieser Straße bildet; es ist die Wohnung eines Procurators. Ihr seht ihn mit seiner Frau zu Bette liegen, in einer Kammer, worin eine alte gewirkte Tapete mit Figuren und zwei neben einander stehende Betten sind. Er träumt, daß er einen seiner Clienten im Hospital besuchen will, um ihm aus seiner eigenen Tasche beizustehen; und die Procuratorin träumt, daß ihr Gatte einen großen Schreiber, auf den er eifersüchtig geworden, zum Hause hinausjagt.

Ich höre in der Nähe schnarchen, sagte Leandro Perez, und ich glaube, daß es der dicke Mensch ist, den ich in einem kleinen Gebäudetheile wahrnehme, welcher an die Wohnung des Procurators stößt. – Richtig, antwortete Asmodeus, es ist ein Kanonikus, der träumt, daß er sein »Benedicite« sagt.

Er hat zum Nachbar einen Seidenhändler, der seine Waare sehr theuer verkauft, aber an vornehme Leute auf Kredit. Er hat mehr als hundert tausend Dukaten ausstehen. Er träumt, daß alle seine Schuldner ihm Geld bringen, und seine Correspondenten ihrerseits glauben, daß er im Begriff ist, Bankerott zu machen. – Diese beiden Träume, sagte

der Student, sind nicht aus demselben Thore im Tempel des Traumgotts
hervorgegangen! – In der That nicht, antwortete der Dämon; der erste ist sicherlich durch das Thor von Elfenbein gekommen und der zweite durch das hörnerne Thor.

Das Haus, welches an das des Kaufmannes stößt, wird von einem berühmten Buchhändler bewohnt. Er hat kürzlich ein Buch verlegt, das einen großen Erfolg hatte. Bei der Ausgabe desselben versprach er dem Verfasser fünfzig Pistolen, falls sein Werk eine zweite Auflage erlebte, und er träumt eben, daß er diese veranstaltet, ohne jenen davon zu benachrichtigen.

O bei dem Traume braucht man nicht zu fragen, sagte Zambullo, aus welchem Thore er gekommen; ich zweifle nicht, daß er sich vollständig erfüllen wird. Ich kenne die Herrn Buchhändler – sie machen sich kein Gewissen daraus, die Schriftsteller zu betrügen. – Nichts ist wahrer, versetzte der Hinkende; aber Ihr müßt auch die Herrn Schriftsteller kennen lernen; sie sind nicht gewissenhafter, als die Buchhändler. Ein kleiner Vorfall, der sich in Madrid ereignet hat, ohne daß hundert Jahre darüber verflossen wären, wird es Euch beweisen.

Drei Buchhändler aßen in einem Wirthshause zu Abend; das Gespräch kam auf die Seltenheit der guten neuen Bücher. Meine Freunde, äußerte, darüber einer der Gäste, ich will Euch im Vertrauen sagen, daß ich in den letzten Tagen einen hübschen Schnitt gemacht habe. Ich habe ein Manuscript gekauft, das freilich ein wenig theuer ist – aber es ist von einem Verfasser … das reine gediegene Gold! Ein anderer Buchhändler nahm darauf das Wort und rühmte sich gleicherweise, einen vortrefflichen Einkauf am vergangenen Tage gemacht zu haben. Und ich, meine Herrn, rief seinerseits der dritte, ich will an Offenheit nicht hinter euch zurückstehen; ich will euch die Perle aller Manuscripte zeigen; ich habe heute das Glück gehabt, es ankaufen zu können. Zugleich zog Jeder aus seiner Tasche das kostbare Manuscript hervor, das er gekauft haben wollte, und da es sich herausstellte, daß es ein neues Theaterstück, betitelt: »Der ewige Jude« war, so fühlten sie sich höchlich überrascht, zu sehen, daß es ein und dasselbe Werk sei, das jedem einzeln verkauft worden war.

Ich entdecke in einem andern Hause, fuhr der Teufel fort, einen schüchternen und ehrfurchtsvollen Liebhaber, der eben aufwacht. Er liebt eine Wittwe vom lebhaftesten Naturell; er träumte, er sei mit ihr in einem einsamen Gehölze und er habe ihr die zärtlichsten Redensarten gesagt und sie habe ihm geantwortet: Ach, wie verführerisch seid Ihr; Ihr würdet mich bethören, wenn ich nicht auf der Hut wäre gegen die Männer; aber sie sind Betrüger, ich verlasse mich nicht auf ihre Worte, ich will Thaten sehen. Und welche Thaten, Senhora, verlangt Ihr von mir? hat der Liebhaber entgegnet; soll ich, um Euch die Heftigkeit meiner Liebe zu beweisen, die zwölf Arbeiten des Hercules unternehmen? O nein, Don Nicasio, hat die Dame geantwortet, so viel verlange ich von Euch nicht! Darüber ist er aufgewacht.

Erklärt mir, ich bitte Euch, sagte der Student, weshalb jener in einem braunen Bette liegende Mann wie ein Besessener um sich schlägt. - Das ist, antwortete der Hinkende, ein geschickter Licentiat, der einen Traum hat, welcher ihn furchtbar aufregt. Er träumt, daß er eine Disputation hält und die Unsterblichkeit der Seele gegen einen kleinen Doktor der Medicin vertheidigt, welcher ebenso guter Katholik als Arzt ist. Im zweiten Stock bei dem Licentiaten wohnt ein Edelmann aus Estremadura, genannt Don Baltasar Fanfarronico, der mit der Post gekommen ist, um bei Hofe eine Belohnung zu erwirken, weil er durch einen Büchsenschuß einen Portugiesen erlegt hat. Wißt Ihr, welchen Traum er hat? Er träumt, daß man ihm die Statthalterei von Antequera überträgt, und dennoch ist er nicht zufrieden; er glaubt, ein Vicekönigthum verdient zu haben!

Ich nehme in einem Hotel garni zwei Personen von Bedeutung wahr, die sehr unangenehme Träume haben. Der Eine, der Gouverneur einer Festung ist, träumt, er sei darin belagert und nach kurzer leichter Gegenwehr sei er gezwungen, sich mit seiner Garnison als kriegsgefangen zu ergeben. Der Andere ist der Bischof von Murcia; der Hof hat diesen beredten Prälaten mit der Leichenrede für eine Prinzessin beauftragt, und er muß sie in zwei Tagen halten. Er träumt, er stehe auf der Kanzel und bleibe gleich nach dem Eingang seiner Rede stecken. - Es ist nicht unmöglich, sagte Don Cleophas, daß dies Unglück ihm in der That zustößt. - Nein, wirklich nicht, fiel der Teufel ein, und es ist sogar noch nicht lange her, daß es bei einer ähnlichen Gelegenheit Seinen bischöflichen Gnaden so ergangen ist.

Soll ich Euch einen Nachtwandler zeigen? Ihr braucht nur in die Ställe dieses Hotels zu blicken; was seht Ihr darin? - Ich sehe, antwortete Leandro Perez, einen Mann im Hemde, der geht und, wie es scheint, eine Striegel in der Hand hält. - So ist es, versetzte der Dämon, es ist ein Reitknecht, der im Schlafe ist. Er hat die Gewohnheit, sich des Nachts aus seinem Bette zu erheben und im Schlafe seine Pferde zu striegeln,

87

wonach er sich wieder niederlegt. Man bildet sich im Hotel ein, es sei die Arbeit eines Kobolds und der Reitknecht selber glaubt es wie die andern.

In einem großen Hause, dem Hotel garni gegenüber, wohnt ein alter Ritter des goldnen Vließes, der einst Vicekönig von Mexico war. Er ist krank und da er sein Ende bevorstehen glaubt, beginnt sein Vicekönigthum ihn zu beunruhigen; allerdings hat er es in einer Weise verwaltet, die seine Unruhe rechtfertigt. Die Chronik von Neuspanien hat nicht viel Rühmliches von ihm aufgezeichnet. Eben hat er einen Traum gehabt, dessen ganze Schrecken sich noch nicht verflüchtigt haben, und der vielleicht Schuld an seinem Tode sein wird. – Dann muß dieser Traum, sagte Zambullo, ganz besonderer Art gewesen sein. – Ihr sollt ihn hören, entgegnete Asmodeus; er hat in der That etwas Seltsames. Der alte Herr träumte eben, er sei im Thale der Todten, wo alle Mexikaner, die Opfer seiner Ungerechtigkeit und Grausamkeit geworden, sich um ihn geschaart und auf ihn gestürzt haben, um ihn mit Vorwürfen und Schmähungen zu überhäufen; sie haben ihn sogar in Stücke reißen wollen, aber er hat die Flucht ergriffen und hat sich vor ihrer Wuth gerettet. Darauf hat er sich in einem großen, ganz mit schwarzem Tuch ausgeschlagenen Saale befunden, in welchem er seinen Vater und seinen Großvater an einem Tische sitzen gesehen, auf welchem drei Couverts standen. Die beiden düstren Gäste haben ihn zu sich heran gewinkt und sein Vater hat mit dem Ernst, den alle Verstorbene haben, zu ihm gesprochen:

Wir haben dich seit langer Zeit erwartet; komm, deinen Platz neben uns einzunehmen.

Welch häßlicher Traum! rief der Student aus; ich verzeihe dem Kranken, daß er davon erschüttert ist. – Im Gegensatz dazu, sagte der Hinkende, bringt seine Nichte, die in einem Gemache über dem seinigen schläft, die Nacht sehr angenehm zu; der Schlummer malt ihr die reizendsten Bilder aus. Es ist ein Mädchen von fünfundzwanzig bis dreißig Jahren, häßlich und schlecht gewachsen. Sie träumt, daß ihr Onkel, dessen einzige Erbin sie ist, nicht mehr lebt, und daß sie eine Schaar liebenswürdiger Herrn um sich sehe, welche sich den Ruhm streitig machen, ihr zu gefallen.

Wenn ich mich nicht täusche, sagte Don Cleophas, so höre ich hinter uns lachen. – Ihr täuscht Euch nicht, versetzte der Teufel, es ist eine Frau, die dicht in unsrer Nähe im Schlafe lacht, eine Wittwe, die die Spröde spielt und nichts so sehr liebt, als Klatscherei. Sie träumt, daß sie sich mit einer alten Frömmlerin unterhält, deren Geschwätz ihr so viel Vergnügen macht.

Ich, für mein Theil, muß lachen, indem ich in einer Kammer unter dieser Frau einen Bürger sehe, der Mühe hat, sich ehrlich mit dem wenigen Vermögen, das er besitzt, durchzuschlagen. Er träumt, daß er Gold- und Silberstücke aufraffe und je mehr er aufrafft, desto mehr findet er aufzuraffen; er hat schon einen großen Koffer damit angefüllt. – Der arme Bursche! sagte Leandro; er wird seinen Schatz nicht lange genießen. – Bei seinem Erwachen, versetzte der Hinkende, wird er wie ein in Wirklichkeit Reicher sein, der stirbt – er wird seinen Reichthum verschwinden sehn.

Wenn Ihr neugierig seid, die Träume von zwei Comödiantinnen zu erfahren, die zusammen wohnen, so will ich sie Euch sagen. Die eine träumt, daß sie mit der Lockpfeife Vögel auf der Leimruthe fängt, daß sie sie pflückt wie sie ihr in die Hände gerathen, und daß sie sie einem schönen Kater zu verschlingen giebt, in den sie vernarrt ist und der allen Vortheil davon hat. Die andere träumt, daß sie Windspiele und dänische Hunde aus ihrem Hause vertreibt, an denen sie sich lange ergötzt hat und die sie nicht länger haben will, um nur noch einen kleinen, ganz allerliebsten Spitz zu halten, den sie in ihr Herz geschlossen hat.

Das sind ein Paar verrückte Träume, rief der Student aus; ich glaube, daß wenn es in Madrid, wie ehemals in Rom, Traumdeuter gäbe, sie sehr in Verlegenheit gerathen würden, diese Träume auszulegen – Nicht zu sehr, antwortete der Teufel; wenn sie nur ein wenig in das heutige Treiben des Comödiantenvolks eingeweiht wären, würden sie bald Sinn und Verstand darin finden.

Was mich angeht, so begreife ich nichts davon, und kümmere mich auch nicht darum, entgegnete Don Cleophas; ich möchte lieber erfahren, wer jene Dame ist, die in einem prächtigen Bette von gelbem mit silbernen Franzen besetzten Sammt schläft, und neben der sich auf einem Gueridon ein Buch und ein Armleuchter befinden. – Das ist, erwiederte der Dämon, eine hochgeborene Dame, die eine sehr glänzende Equipage hat und Gefallen daran findet, ihre Livree von hübschen jungen Leuten getragen zu sehen. Eine ihrer Gewohnheit ist, im Bette zu lesen; ohne das würde sie die ganze Nacht das Auge nicht schließen können. Am gestrigen Abende las sie die Verwandlungen des Ovid, und diese Lectüre ist Ursache, daß sie in diesem Augenblicke einen sehr verwunderlichen Traum hat; sie träumt, daß Jupiter in sie verliebt geworden ist, und daß er sich unter der Gestalt eines großen, außerordentlich wohlgebauten Pagen in ihre Dienste begiebt.

Aber da wir von Verwandlungen reden, so vernehmt von einer andern, die mir ergötzlicher scheint. Ich sehe einen Schauspieler, der in tiefem Schlafe sich eines Traums erfreut, welcher ihm außerordentlich schmeichelt. Dieser Schauspieler ist so alt, daß Niemand in Madrid ist, welcher sagen könnte, ihn zuerst auftreten gesehen zu haben. Er ist nun seit so langer Zeit auf der Bühne erschienen, daß er so zu sagen vollständig verbühnt ist. Er hat Talent und ist so stolz und eitel darauf, daß er sich einbildet, ein Wesen wie er stehe über den Menschen. Wißt Ihr, welchen Traum dieser Coulissenheld eben hat? Er träumt, daß er stirbt, und daß er alle Gottheiten des Olymp versammelt sieht, um zu berathen, was sie aus einem Sterblichen von solcher Bedeutung wie er machen sollen. Er hört Merkur, der dem Götterrath auseinander setzt, dieser berühmte Schauspieler habe so oft die Ehre gehabt, Jupiter und die andern Häupter 90 der Unsterblichen auf der Bühne darzustellen, daß er dem allgemeinen Schicksale irdischer Wesen nicht überlassen werden dürfe, und daß er verdiene, in die himmlische Gesellschaft aufgenommen zu werden. Momus ruft der Ansicht Merkurs Beifall zu; aber einige andre Götter und Göttinnen empören sich wider den Vorschlag einer solchen noch nicht dagewesenen Apotheose; und Jupiter verwandelt, um sie beiderseits zufrieden zu stellen, den alten Schauspieler in eine Decorationsfigur.

Der Teufel wollte fortfahren, aber Zambullo unterbrach ihn, indem er sagte: Halt, Senhor Asmodeus, Ihr achtet nicht darauf, daß es Tag ist; ich fürchte, daß man uns hier oben auf diesem Hause bemerkt. Wenn das Volk einmal eure Senhoria gewahren sollte, so würden wir einen Lärm hören, der nicht sobald zu Ende wäre!

Man wird Euch nicht sehen, erwiederte der Teufel, ich habe dieselbe Macht wie jene fabelhaften Gottheiten, von denen ich eben redete, und just so wie auf dem Berge Ida der verliebte Sohn des Saturn sich in eine Wolke hüllte, um dem Weltall die Zärtlichkeiten, die er Juno erweisen wollte, zu verbergen, werde ich einen dichten Dunst um uns bilden, den der Blick der Menschen nicht durchdringen kann, und der Euch nicht verhindern wird, die Dinge zu sehen, auf welche ich Euch aufmerksam zu machen vorhabe. Und in Wirklichkeit wurden sie plötzlich von einem Rauch umgeben, der, wie dicht er auch war, doch den Augen des Studenten nichts verhüllte. –

Kehren wir zu den Träumen zurück, fuhr der Hinkende fort ... aber ich bedenke nicht, fügte er hinzu, daß die Art und Weise, wie ich Euch die Nacht habe zubringen lassen, Euch ermüdet haben muß. Ich glaube, es ist das Beste, ich bringe Euch in eure Wohnung und lasse Euch da einige Stunden ruhen; während dieser Zeit werde ich die vier Welttheile durchlaufen und hie und dort einen meiner Streiche ausführen; hernach werde ich Euch wieder aufsuchen, um mich mit Euch aufs neue zu ergötzen. – Ich habe durchaus kein Bedürfniß zu schlafen und bin nicht ermüdet, antwortete ihm Don Cleophas; statt mich zu verlassen, gewährt mir das Vergnügen, mich von den verschiedenen Absichten zu unterrichten, welche diese Leute haben, die ich aufgestanden sehe und die sich, wie mir scheint, anschicken, auszugehn. Was haben sie so früh am Morgen vor? – Was Ihr zu wissen wünscht, entgegnete der Dämon, ist allerdings der Beobachtung werth; Ihr werdet ein Gemälde der Sorgen, der Anstrengungen und Mühen wahrnehmen, welche die armen Sterblichen sich im irdischen Leben auferlegen, um so angenehm wie es ihnen möglich ist, den kleinen Raum auszufüllen, der zwischen ihrer Geburt und ihrem Tode liegt.

Siebzehntes Kapitel.

Worin man mehrere Originale, die nicht ohne Copie sind, erblicken wird.

Beobachten wir zuerst die Truppe von Bettlern, die Ihr schon in der Straße erblickt. Es sind liederliche Bursche, die meisten von guter Familie, die auf gemeinschaftliche Kosten leben, wie Mönche, und fast alle Nächte in ihrem Hause durchschwelgen, in welchem stets ein reichlicher Vorrath von Brod, Fleisch und Wein vorhanden ist. Sie sind im Begriff, sich zu trennen, um ihre Rollen in den Kirchen zu spielen, und diesen Abend werden sie sich versammeln, um auf die Gesundheit der Personen zu trinken, deren fromme Mildthätigkeit ihnen ihren Aufwand bestreitet. Es ist bewundernswerth, wie diese Schelme sich zu kleiden und heraus zustaffiren wissen, um Mitleiden einzuflößen; Koketten wissen nicht besser sich herauszuputzen, um verliebt in sich zu machen.

Betrachtet aufmerksam die drei, die zusammen desselben Weges gehn. Der, welcher sich auf Krücken stützt, welcher mit seiner ganzen Gestalt zittert und mit so viel Mühe zu gehen scheint, daß er bei jedem Schritt auf die Nase zu fallen droht, ist, obwohl er einen langen weißen Bart und ein verlebtes Aussehn hat, ein junger Mensch, so leichtfüßig und behende, daß er im Laufe einen Dammhirsch überholen würde. Der andre, der den Grindigen macht, ist ein hübscher Jüngling, welcher sich ein Fell über seinen reichen Lockenkopf, der einem Hofpagen Ehre machte, gezogen hat. Und der dritte, welcher an beiden Beinen gelähmt erscheint, ist ein Schelm, der die Kunst besitzt, aus seiner Brust so jammervolle Töne hervorzubringen, daß bei seinen trübseligen Lauten jedes alte Weib aus ihrem vierten Stockwerk herabsteigt, um ihm einen Maravedi zu bringen. 92

Während diese Faullenzer unter der Maske der Armuth den Leuten Geld abzwacken, sehe ich viele Handwerker, die, obwohl Spanier, doch arbeitsam sind und sich anschicken, im Schweiße ihres Angesichts ihr Brod zu verdienen. Ich beobachte auf allen Seiten Leute, die aufstehn und sich ankleiden, um ihren verschiedenen Beschäftigungen nachzugehn. Wie viele während dieser Nacht entworfene Pläne werden heute ausgeführt werden oder scheitern! Zu welchen Schritten wird der Eigennutz, die Liebe und der Ehrgeiz treiben!

Was sehe ich da in der Straße? unterbrach Don Cleophas. Wer ist diese mit Medaillen beladene Frau, die von einem Lakaien geführt wird und so hastig dahinschreitet? Sie hat ohne Zweifel ein sehr dringendes Geschäft. – O gewiß, antwortete der Teufel, es ist eine verehrungswürdige Matrone, die zu einem Hause eilt, wo man ihrer bedarf. Sie wird darin eine Schauspielerin finden, die Schreie ausstößt und ihr zur Seite zwei Cavaliere, die in großer Verlegenheit sind. Der eine ist der Ehemann und der andre ein vornehmer Herr, der an dem Vorgang Interesse nimmt – denn die Entbindungen der Damen vom Theater gleichen denen der Alcmene. Es ist immer ein Jupiter und ein Amphitryon da, welche Antheil an der Sache haben. –

Sollte man nicht sagen, wenn man jenen Cavalier zu Pferde sieht, es sei ein Jäger, der den Hasen und Rebhühnern der Umgegend von Madrid den Krieg machen wolle? Und doch hat er nicht die mindeste Lust, sich an der Jagd zu vergnügen; er ist mit einer andern Absicht beschäftigt; er will ein Dorf erreichen, wo er sich als Bauer verkleiden wird, um sich in dieser Gestalt auf einen Meyerhof einzuschleichen, auf dem seine Geliebte unter der Aufsicht einer strengen und wachsamen Mutter wohnt. 93

Der junge Baccalaureus, der vorübergeht und so rasche Schritte macht, hat die Gewohnheit, alle Morgen einem alten Kanonikus aufzuwarten, der sein Oheim ist und auf dessen Pfründe er spekulirt. Betrachtet in dem Hause uns gegenüber den Mann, der seinen Mantel nimmt, um auszugehn; es ist ein reicher ehrenwerther Bürger, den eine ziemlich ernsthafte Angelegenheit beunruhigt.

Er hat eine einzige Tochter zu verheirathen; er weiß nicht, soll er sie einem jungen Procurator, der um sie wirbt, geben oder besser einem stolzen Hidalgo, der sie begehrt. Er will darüber seine Freunde um Rath fragen, denn im Grunde ist nichts, was verlegener machen könnte. Wenn er den Edelmann wählt, so fürchtet er einen Schwiegersohn zu haben, der ihn verachtet; und wenn er sich an den Procurator hält, so fürchtet er einen Wurm sich ins Haus zu bringen, der ihm alle Möbeln darin anfrißt.

Blickt auf den Nachbar dieses Vaters in Verlegenheit und sucht in dem Bautheil, worin die prächtigen Möbel sind, den Mann im Schlafrock von rothem Brocat mit goldnen Blumen; es ist ein Schöngeist, der den großen Herrn macht trotz seines niedern Herkommens. Vor zehn Jahren besaß er noch nicht zehn Maravedis und jetzt bezieht er zehntausend Dukaten Rente. Er hat eine sehr hübsche Equipage, aber er spart sich ihre Kosten an seiner Tafel ab, deren Frugalität so groß ist, daß er gewöhnlich nur ganz im Stillen sein Hühnchen verzehrt; doch unterläßt er nicht zuweilen aus Großthuerei Leute von hohem Rang zu sich zu laden. Er hat heute Herrn vom Staatsrath zu Tisch und deshalb hat er einen Pastetenbäcker und einen Koch bestellt; er wird mit ihnen um jeden Heller feilschen; danach wird er auf Karten die Gänge schreiben, welche festgestellt sein werden. – Ihr schildert mir da einen großen Filz! sagte Zambullo. – Freilich, antwortete Asmodeus, alle Bettler, welche das Glück plötzlich bereichert, werden Geizhälse oder Verschwender; das ist die Regel.

Sagt mir, fuhr der Student fort, wer ist die schöne Dame, die ich an ihrer Toilette sehe und die sich mit einem sehr hübschen Cavalier unterhält? – Ach, in der That, rief der Hinkende aus, was Ihr da bemerkt, verdient sehr eure Aufmerksamkeit. Diese Frau ist eine deutsche Wittwe, die in Madrid von ihrem Wittthum lebt und sehr gute Gesellschaft bei sich sieht; und der junge Mann, der bei ihr ist, ist ein Senhor Don Antonio de Monsalva.

Obwohl dieser Cavalier einem der ersten Häuser Spaniens angehört, hat er der Wittwe versprochen, sie zu heirathen; er hat ihr sogar im Falle seines Rücktritts eine Zusicherung von dreitausend Pistolen gemacht; aber bei seiner Liebe sind ihm seine Eltern in den Weg getreten, die ihn einsperren zu lassen drohen, wenn er nicht allen Verkehr mit der Deutschen abbricht, welche sie als eine Abenteurin betrachten. Der Liebhaber kam in seiner Zerknirschung, Alles gegen seine Neigung empört zu sehen, am gestrigen Abend zu seiner Geliebten, die seinen Kummer wahrnahm und ihn nach der Ursache desselben fragte. Er theilte sie ihr mit und versicherte sie, daß aller Widerspruch von Seiten seiner Familie niemals seine Treue und Beständigkeit erschüttern werde. Die Wittwe erschien entzückt von seiner Festigkeit und sie trennten sich Beide um Mitternacht im besten Einvernehmen.

Monsalva ist diesen Morgen zurückgekehrt; er hat die Dame bei ihrer Toilette gefunden und er hat aufs neue begonnen, sie von seiner Liebe zu unterhalten. Während des Gesprächs hat die Deutsche ihre Haarwickeln abgelöst; der Cavalier hat zufällig eine davon in die Hand genommen, sie aufgefaltet und darauf seine Handschrift entdeckt. Wie, Senhora, hat er lächelnd gesagt, ist das der Gebrauch, den Ihr von den Billetdoux macht, die man Euch sendet? Ja, Monsalva, hat sie geantwortet, Ihr seht, wozu mir die Versprechungen der Liebhaber dienen, die mich ihren Familien zum Trotze heirathen wollen; ich mache Haarwickeln daraus. Als der Cavalier sich überzeugt hat, daß es in der That die Verschreibung für den Fall seines Rücktritts war, welche die Dame zerrissen hatte, hat er sich nicht enthalten können, die Uneigennützigkeit seiner Wittwe zu bewundern und er schwört ihr jetzt von neuem ewige Treue.

Werft eure Blicke, fuhr der Teufel fort, auf den großen dürren Mann, der unter uns vorübergeht. Er hat ein großes Schreibbuch unter dem Arm, ein Schreibzeug am Gürtel und eine Guitarre auf dem Rücken. – Diese Gestalt, sagte der Student, sieht lächerlich aus; ich wette, er ist ein Original. – Gewiß, versetzte der Dämon, ist es ein ziemlich wunderlicher Sterblicher. Es giebt in Spanien cynische Philosophen ... zu diesen gehört er. Er geht nach der Seite von Buen-Retiro, um eine Wiese aufzusuchen, in der eine Quelle sprudelt, deren reines Wasser einen zwischen Blumen sich dahin schlängelnden Bach bildet. Dort wird er den ganzen Tag bleiben, um den Reichthum der Natur zu betrachten, die Guitarre zu spielen und sich Gedanken hinzugeben, welche er in sein Buch eintragen wird. In der Tasche trägt er seine gewöhnliche Nahrung bei sich, das

95

heißt einige Zwiebeln mit einem Stück Brod; das ist das nüchterne Leben, welches er seit zehn Jahren führt, und wenn irgend ein Aristipp zu ihm, wie zu Diogenes spräche: Wenn du den Großen deinen Hof zu machen wüßtest, würdest du keine Zwiebeln zu essen brauchen, so würde ihm dieser moderne Philosoph antworten: Ich würde den Großen eben so gut wie du den Hof zu machen wissen, wenn ich einen Mann dazu erniedrigen wollte, vor einem andren Manne zu kriechen.

Und in der That ist dieser Philosoph in früherer Zeit in der Umgebung großer Herren gewesen; sie haben ihm sogar sein Vermögen gemacht; aber als er merkte, daß ihre Freundschaft für ihn nichts anderes sei, als eine ehrenvolle Sklaverei, brach er allen Verkehr mit ihnen ab. Er hatte eine Carosse, die er abschaffte, weil er sich sagte, daß er darin Leute mit Schmutz bespritze, die besser seien als er; er hat sogar fast sein ganzes Vermögen an mittellose Freunde fortgegeben; er hat nur so viel behalten, um leben zu können, wie er eben lebt; denn es scheint ihm für einen Philosophen nicht weniger eine Schmach, sich sein Brod beim Volke zu erbetteln, als bei großen Herrn.

Beklagt den Cavalier, der diesem Philosophen folgt, und den Ihr von einem Hunde begleitet seht. Er kann sich rühmen, einem der ersten Häuser Castiliens anzugehören. Er ist reich gewesen; aber er hat sich ruinirt wie der Timon des Lucian, indem er alle Tage seine Freunde regalirte und besonders, indem er große Feste zur Feier der Geburt oder der Vermählung von Prinzen und Prinzessinnen gab, mit einem Wort bei jeder Gelegenheit, welche Spanien bekam, sich der Freude hinzugeben. Sobald seine Schmarotzer gesehen haben, daß seine Töpfe leer waren, sind sie verschwunden; alle seine Freunde haben ihn verlassen; nur einer ist ihm treu geblieben – und das ist sein Hund.

Sagt mir, Senhor Teufel, rief Leandro Perez, wem gehört die Equipage, die ich dort vor einem Hause halten sehe? – Es ist, antwortete der Dämon, die Carrosse eines reichen Contadors, der alle Morgen in dieses Haus kommt, weil darin eine galizische Schönheit wohnt, deren sich dieser alte Sünder aus Maurenblut angenommen hat und in die er sterblich verliebt ist. Er erfuhr gestern am Abend, daß sie eine Untreue gegen ihn begangen; in der Wuth darüber schrieb er ihr einen Brief voll Vorwürfe und Drohungen. Ihr werdet nicht errathen, welchen Ausweg die Kokette zu ergreifen wußte; statt die Unklugheit zu begehen, die Thatsache zu leugnen, hat sie diesen Morgen dem Schatzbeamten zu wissen gethan, daß er mit Recht gegen sie aufgebracht sei; daß er sie nur noch verachten müsse, weil sie fähig gewesen, einen so galanten Mann zu verrathen; daß sie ihren Fehler erkenne, daß sie ihn verabscheue, und daß sie, um sich dafür zu bestrafen, sich schon ihr schönes Haar abgeschnitten, auf das sie, wie er wisse, so stolz sei; kurz, daß sie sich entschlossen habe, in ein Kloster zu gehen, um den Rest ihrer Tage der Buße zu weihen.

Der schmachtende Alte hat gegen die vorgeblichen Gewissensbisse seiner Geliebten nicht fest bleiben können. Er ist sofort aufgestanden, um sich zu ihr zu begeben; er hat sie in Thränen gefunden und die gewandte Comödiantin hat so gut ihre Rolle gespielt, daß er ihr das Vergangene eben vergeben hat; er wird noch mehr thun; um sie über den Verlust ihrer Haare zu trösten, verspricht er ihr in diesem Augenblick, sie zur Gutsherrin zu machen, indem er ihr ein schönes Landhaus kauft, das in der Nähe des Escurial eben zu erstehen ist.

Alle Buden sind geöffnet, sagte der Student, und ich sehe schon einen Cavalier, der bei einem Speisewirth eintritt. – Dieser Cavalier, entgegnete Asmodeus, ist ein junger Mensch von guter Geburt, der die Manie hat, zu schreiben und durchaus als Autor gelten will; es fehlt ihm nicht an Geist; er hat sogar genug, um alle neuen Werke, die auf der Bühne erscheinen, zu beurtheilen aber er hat nicht genug, um selbst ein vernünftiges zu Stande zu bringen. Er tritt bei dem Speisewirth ein, um ein großes Mahl zu bestellen. Er hat heute vier Comödianten zu Tisch geladen, – die er gewinnen will, damit sie sich eines schlechten Stücks, das er hervorgebracht hat und bei ihrer Truppe einreichen will, annehmen.

Und da wir von Autoren reden, fuhr er fort, seht da zwei, die sich in der Straße begegnen. Seht, wie sie sich mit spöttischem Lächeln begrüßen! Sie verachten sich gegenseitig und sie haben Recht. Der Eine schreibt so leicht, wie der Dichter Crispinus, den Horaz mit den Blasbälgen vergleicht, und der Andre braucht unglaubliche Zeit, um frostige und alberne Werke zu Stande zu bringen.

Wer ist jener kleine Mann, der aus einer vor dem Thore dieser Kirche haltenden Carrosse steigt? – Das ist, antwortete der Hinkende, eine beachtenswerthe Persönlichkeit. Es sind nicht zehn Jahre, daß er die Schreibstube eines Notars verließ, wo er Oberschreiber war, um sich in die Karthause von Saragossa zu vergraben. Am Ende von sechs Monaten Noviziats trat er aus dem Kloster aus, und tauchte wieder in Madrid auf; aber die, welche ihn kannten, waren verwundert, ihn plötzlich eines der Hauptmitglieder des Raths von Indien werden zu sehn. Man spricht noch heute von einem so plötzlichen Glückswechsel. Einige sagen, er habe sich dem Teufel verschrieben, andere wollen, er habe eine Wittwe des höchsten Adels in sich verliebt gemacht, und noch andere, er habe einen Schatz gefunden. – Ihr wißt, was davon wahr ist? unterbrach Don Cleophas. – Freilich wohl, entgegnete der Dämon, und ich will Euch das Geheimniß enthüllen.

Während unser Novize im Kloster war, trug es sich eines Tages zu, daß er in seinem Garten eine tiefe Grube machte, um einen Baum darin zu pflanzen. Dabei stieß er auf einen kupfernen Kasten, den er öffnete; im Innern fand sich ein Kistchen von Gold, das etwa dreißig Diamanten von großem Werthe enthielt. Obwohl der angehende Mönch sich auf Edelsteine nicht gerade verstand, so ahnte ihm doch, daß er einen hübschen Fund gemacht; und so faßte er sofort denselben Entschluß, wie in der Comödie des Plautus jener Crispus, der auf die Fischerei verzichtet, nachdem er einen Schatz erangelt hat; er warf die Kutte ab, und kam nach Madrid, wo er sich durch einen befreundeten Juwelier seine Edelsteine in Goldstücke umwechseln ließ, und diese Goldstücke in eine Anstellung, die ihm in der bürgerlichen Gesellschaft einen hübschen Rang giebt.

Achtzehntes Kapitel.

Was der Teufel sonst noch dem Don Cleophas zeigte.

Ihr werdet lachen, fuhr Asmodeus fort, wenn ich Euch einen Zug von jenem Menschen dort erzähle, der bei einem Händler mit Liqueuren eintritt. Es ist ein Arzt aus Biscaja; er will eine Tasse Chocolade nehmen und nachher wird er seinen ganzen Tag mit Schachspielen zubringen.

Während dieser Zeit beunruhigt Euch aber nicht wegen seiner Kranken. Er hat keine und wenn er welche hätte, so würden die Stunden, die er beim Spiele zubringt, für sie nicht die schlimmsten sein. Er geht alle Abende zu einer reichen und schönen Wittwe, die er heirathen möchte, und in die er sich sterblich verliebt stellt. Wenn er bei ihr ist, so bringt ihm ein Schelm von Lakai, der seine ganze Dienerschaft bildet, und mit dem er sich versteht, eine falsche Liste mit Namen vornehmer Leute, die zu ihm geschickt haben sollen, um seine Hülfe zu begehren.

Die Wittwe nimmt das Alles für baaren Ernst und unser Schachspieler ist im Begriff, die Partie zu gewinnen.

Bleiben wir bei dem Hotel stehen, neben dem wir uns befinden; ich will nicht weiter gehen, ohne Euch die Personen, die es bewohnen, gezeigt zu haben. Laßt eure Blicke durch die Apartements schweifen – was entdeckt Ihr darin? – Ich erblicke Damen, deren Schönheit mich blendet, antwortete der Student. Einige, seh' ich, erheben sich, andere sind schon aufgestanden. Welche Reize bieten sie meinen Blicken dar! Ich glaube, die Nymphen der Diana zu sehen, wie die Dichter sie uns ausmalen!

Wenn diese Frauen, die Ihr bewundert, nahm der Teufel wieder das Wort, die Reize der Nymphen Dianas haben, so haben sie wenigstens nichts von ihrer Keuschheit. Es sind vier oder fünf Abenteuerinnen, die auf gemeinschaftliche Kosten leben. Eben so gefährlich wie jene schönen Fräulein des Ritterthums, welche durch ihre Reize die vor ihren Schlössern vorüberziehenden Ritter fesselten, ziehen sie die jungen Leute in ihr Haus. Weh denen, die sich von ihnen bezaubern lassen! Um die Vorübergehenden vor der Gefahr zu warnen, müßte man vor diesem Hause Warnungspfähle einrammen, wie man es in den Flüssen macht, um die Stellen, vor denen man sich hüten muß, zu bezeichnen.

Ich frage Euch nicht, sagte Leandro Perez, wohin diese Herrn wollen, die ich in ihren Carossen sehe; sie begeben sich ohne Zweifel zum Lever des Königs. – Ihr habt es gesagt, versetzte der Hinkende, und wenn Ihr auch dahin gehen wollt, so werde ich Euch hinführen; wir werden da einige erheiternde Beobachtungen machen. – Ihr könnt mir nichts vorschlagen, was mir angenehmer wäre, entgegnete Zambullo; ich freue mich im Voraus darauf.

Der Dämon war beflissen, Don Cleophas zu befriedigen und trug ihn nach dem Palaste des Königs; auf der Fahrt dahin bemerkte der Student Handwerker, die an einem sehr hohen Thore arbeiteten, und fragte, ob es ein Kirchenportal sei, was man dort mache. – Nein, antwortete Asmodeus, es ist das Thor zu einem neuen Markte; es wird prachtvoll, wie Ihr sehet. Und trotzdem, wenn sie es auch bis zu den Wolken aufführten, so würde es doch niemals der zwei Verse würdig sein, die darauf angebracht werden sollen.

Was sagt Ihr? rief Leandro aus; welche Vorstellung erweckt Ihr mir von diesen zwei Versen; ich sterbe vor Begierde, sie zu hören.

So bereitet Euch vor, sie zu bewundern, versetzte der Dämon; sie lauten:

Quam bene Mercurius nunc merces vendit opimas
Momus ubi fatuos vendidit ante sales.

In diesen zwei Versen liegt das hübscheste Wortspiel von der Welt. – Ich fühle bis jetzt diese Schönheit nicht, sagte der Student; ich verstehe nicht recht das *fatuos sales*. – Wißt Ihr denn nicht entgegnete der Teufel, daß der Platz, wo man diesen Markt für Eßwaaren baut, ehemals ein Collegium von Mönchen war, welche die Jugend die Humaniora lehrten? Die Vorsteher dieses Collegiums ließen darin durch ihre Schüler Dramen aufführen, aberwitzige Theaterstücke mit Tanzaufführungen so unsinniger Art, daß man darin die Präterita und die Supina tanzen sah. – O, sagt mir nicht mehr davon, unterbrach ihn Zambullo, ich weiß sehr wohl, welches Zeug das ist, solche Collegienstücke! Die Inschrift erscheint mir bewundernswürdig.

Kaum waren Asmodeus und Cleophas auf der Treppe des Palastes des Königs, als sie auch schon die Hofleute die Stufen emporsteigen sahen. Der Teufel gab ihre Namen an, so wie sie vorübergingen. Da, sagte er zu Leandro Perez, indem er sie ihm einen nach dem andern mit dem Finger zeigte, da ist der Graf von Villalonso aus dem Hause von la Puebla von Ellerana; hier der Marquis von Castro Fueste; jener dort ist Don Lopez de los Rios, Präsident des Finanzraths; dieser hier der Graf von Villa Hombrosa. Er begnügte sich nicht damit, sie zu nennen, er verkündete auch ihren Ruhm, aber der boshafte Geist verflocht immer eine spöttische Bemerkung hinein; er gab jedem seinen kleinen Hieb.

Dieser Herr, sagte er von dem Einen, ist herablassend und verbindlich; er hört Euch mit einer huldvollen Miene an und verspricht Euch edelmüthig seinen Schutz, wenn Ihr ihn anruft, oder stellt Euch seinen Einfluß zu Gebote. Es ist nur Schade, daß ein Mann, der so sehr beizustehen und zu helfen liebt, ein so kurzes Gedächtniß hat, denn eine Viertelstunde später hat er Alles vergessen, was Ihr ihm gesagt habt.

Dieser Herzog, bemerkte er von einem Andern, ist einer von den besten Charakteren unter den Hofherrn; er ist nicht, wie die meisten seines Gleichen, von einem Augenblick zum andren sich selber ungleich; es sind keine Launen, keine wechselnden Stimmungen in ihm. Dazu kommt, daß er nicht mit Undankbarkeit die Ergebenheit gegen seine Person und die Dienste, die man ihm erweist, lohnt; aber unglücklicherweise lohnt er sie zu langsam und zu spät, er läßt das, was man von ihm erwartet, so lange ersehnen, daß man glaubt, es theuer bezahlt zu haben, wenn man es endlich erlangt.

Nachdem der Dämon dem Studenten die guten und bösen Eigenschaften einer großen Zahl von Herrn berichtet hatte, führte er ihn in einen Saal, worin Männer von allen Lebensstellungen waren und besonders so viel Ordensritter, daß Don Cleophas ausrief: Welche Menge von Ordensrittern … Spanien muß deren in Hülle und Fülle haben. – Dafür stehe ich Euch, sagte der Hinkende; und dabei ist nichts Verwunderliches, weil man, um Ritter von San Jago oder Calatrava zu werden, nicht nöthig hat, wie ehemals, um römischer Ritter zu werden, fünfundzwanzig tausend Thaler im Vermögen zu besitzen; auch sieht man, daß es eine sehr gemischte Gesellschaft ist.

Betrachtet Euch, fuhr er fort, das flache Gesicht hinter Euch. – Sprecht leiser, unterbrach ihn Zambullo, der Mensch hört Euch! – Nein, nein, antwortete der Teufel, derselbe Zauber, der uns unsichtbar macht, verhindert, daß man uns hört. Betrachtet Euch dieses Gesicht; es ist ein Catalonier, der von den Philippinen, wo er Flibustier war, zurückkehrt. Seht Ihr ihm an, daß er ein wilder Kriegsknecht ist? Und doch hat er Wunder von Tapferkeit verrichtet. Er wird heute Morgen dem Könige eine Bittschrift überreichen, in welcher er eine bestimmte Anstellung als Belohnung seiner Dienste verlangt; aber ich zweifle sehr, daß er sie bekommen wird, weil er sich nicht vorher an den ersten Minister wendet.

Ich sehe zur Rechten dieses Flibustiers, sagte Leandro Perez, einen großen wohlgenährten Mann, der den Wichtigen zu spielen scheint; wenn man seinen Stand nach dem Stolze seiner Haltung beurtheilen darf, muß er ein reicher und großer Herr sein. – Nichts weniger als das, entgegnete Asmodeus, es ist ein ganz armer Hidalgo, der, um zu leben, unter dem Schutz eines großen Herrn ein Spielhaus hält.

Aber ich nehme einen Licentiaten wahr, der wohl verdient, daß ich ihn Euch vorstelle; es ist der, welcher sich neben dem ersten Fenster mit einem in hellgrauen Sammt gekleideten Cavalier unterhält. Sie reden beide von einer Angelegenheit, die gestern vom Könige entschieden wurde; ich will Euch sagen, um was es sich dabei handelte.

102

Vor zwei Monaten gab dieser Licentiat, der Mitglied der Akademie von Toledo ist, ein Werk über Moral heraus, das alle alten castilianischen Autoren in den Harnisch brachte; sie fanden es voll von zu kühnen Ausdrücken und zu neuen Worten. Sie machten eine förmliche Verschwörung wider dies anstößige Buch; sie hielten Versammlungen und richteten eine Bittschrift an den König, damit er es verdamme als der Reinheit und dem Adel der spanischen Sprache zuwider.

Die Bittschrift schien der Majestät beachtenswerth und sie ernannte drei Männer, die das Werk prüfen sollten. Sie erachteten, daß der Stil in der That tadelnswerth sei, und um so gefährlicher, je glänzender er sei. Auf ihren Bericht hin hat nun der König entschieden: er hat bei Strafe seiner Ungnade befohlen, daß die Akademiker von Toledo, welche im Geschmack dieses Licentiaten schreiben, in Zukunft keine Bücher mehr verfassen sollen, und daß sogar, um die Reinheit der castilianischen Sprache desto besser zu erhalten, diese Akademiker nach ihrem Tode nur durch Personen vom höchsten Rang ersetzt werden sollen.

Diese Entscheidung ist merkwürdig, rief Zambullo lachend aus; die Anhänger der gewöhnlichen Ausdrucksweise haben nichts mehr zu fürchten! – Verzeiht mir, versetzte der Dämon, die Schriftsteller, welche Feinde jener edlen Einfachheit sind, die für vernünftige Leser so viel Reiz hat, gehören nicht Alle der Akademie von Toledo an! –

Don Cleophas war neugierig zu erfahren, wer der in hellgrauen Sammt gekleidete Cavalier sei, den er mit dem Licentiaten sich unterhalten sah. – Es ist, antwortete ihm der Hinkende, ein nachgeborener Sohn aus Catalonien, der in der spanischen Garde dient und, wie ich Euch versichern kann, ein aufgeweckter Bursche. Um Euch von seinem Geiste ein Pröbchen zu geben, will ich Euch die Antwort sagen, die er gestern in sehr guter Gesellschaft einer Dame ertheilte – doch um sein Wortspiel zu erklären, muß ich voraussenden, daß er einen Bruder, Don Andrea de Prada, hat, der vor einigen Jahren Offizier wie er in demselben Truppentheil war.

Es ereignete sich, daß eines Tages ein dicker Pachter von den königlichen Domänen diesen Don Andrea anredete und ihm sagte: Senhor de Prada, ich habe denselben Namen wie Ihr; aber unsre Familien sind verschieden. Ich weiß, Ihr seid aus einem der besten Häuser Cataloniens, aber auch, daß Ihr nicht reich seid. Ich dagegen bin reich und von sehr wenig vornehmer Geburt. Gäbe es kein Mittel, das ein wenig auszugleichen, und die beiderseitigen Vortheile uns einander mitzutheilen? Habt Ihr eure Adelsbriefe hier? – Don Andrea bejahte. Dann, fuhr der Pachter fort, will ich mit eurer Erlaubniß sie einem geschickten Genealogen mittheilen, der sich darüber hermachen und uns zu Verwandten stempeln wird trotz unsrer Ahnen. Aus Dankbarkeit werde ich Euch dagegen ein Geschenk von dreißig Tausend Pistolen machen. Schlagt Ihr ein? Don

Andrea wurde von der Summe geblendet; er ging auf den Vorschlag ein, vertraute seine Schriftstücke dem Pachter an und kaufte für das Geld, welches er erhielt, ein ansehnliches Gut in Catalonien, auf dem er seitdem lebt.

Sein jüngerer Bruder aber, der bei diesem Handel nichts gewonnen hat, war gestern an einer Tafel, wo man zufällig von dem Senhor de Prada, Pachter der Domänen des Königs, redete; und bei dieser Gelegenheit fragte eine Dame aus der Gesellschaft den jungen Offizier, ob er nicht Verwandter dieses Pachters sei? Nein, Senhora, antwortete er ihr; ich habe diese Ehre nicht, – aber mein Bruder!

Der Student brach in Lachen aus bei dieser Antwort, die ihm vortrefflich schien; dann plötzlich einen kleinen Mann, der einem Hofherrn folgte, wahrnehmend, rief er aus: O, gütiger Gott, wie viel Verbeugungen macht jener kleine Mann, der dem Hofherrn nachschreitet; er hat ohne Zweifel ein Anliegen an ihn. – Es ist, versetzte der Teufel, wohl der Mühe werth, daß ich Euch über diese Höflichkeiten Aufschluß gebe. Der kleine Mann ist ein ehrlicher Bürger, der in der Nähe von Madrid an einem Orte, wo sich sehr gesuchte Mineralwässer befinden, ein Landhaus besitzt; er hat dieses Haus auf drei Monate ohne Zins jenem Herrn geliehen, der dort die Mineralwässer getrunken hat; in diesem Augenblicke bittet der Bürger sehr inständig den Herrn, ihm einen Dienst zu leisten, und der Herr schlägt ihm mit großer Heftigkeit diesen Dienst rundweg ab.

Ich darf jenen Cavalier von plebejischer Herkunft nicht entschlüpfen lassen, welcher sich durch die Menge drängt, indem er den vornehmen Herrn spielt. Er ist in kurzer Zeit durch die Kenntniß der Zahlen unglaublich reich geworden; in seinem Hause sind ebenso viele Bedienten, wie in dem Hotel eines Granden und seine Tafel übertrifft die eines Ministers an Feinheit und Ueberfluß der Gerichte. Er hat eine Equipage für sich, eine für seine Frau und eine andere für seine Kinder. In seinen Ställen sieht man die schönsten Maulthiere und die schönsten Pferde der Welt. Er kaufte sogar in den letzten Tagen und bezahlte mit baarem Geld einen wundervollen Postzug, den der Infant von Spanien zu theuer gefunden hatte. Welche Unverschämtheit, sagte Leandro. Ein Türke, der diesen Burschen in einem so blühenden Zustande sähe, würde ihn ganz gewiß am Vorabende irgend eines trübseligen Glückswechsels glauben. – Die Zukunft ist mir verhüllt, sagte Asmodeus, aber ich kann nicht umhin zu denken wie ein Türke.

Aber was sehe ich da, fuhr der Dämon überrascht fort, ich bin nahe daran, meinen eigenen Augen zu mißtrauen; ich entdecke in diesem Saale einen Poeten, der nicht dahin gehören sollte; wie wagte er sich hier zu zeigen, nachdem er Verse gemacht hat, welche die großen spanischen Herrn beleidigen; er muß wohl sehr auf die Verachtung, die sie gegen ihn hegen, rechnen!

Betrachtet Euch aufmerksam jene ehrwürdige Persönlichkeit, die, auf ihren Stallmeister gestützt, eintritt. Seht, wie aus Rücksicht alle Welt zur Seite tritt, um ihm Platz zu machen. Es ist der Senhor Don Joseph von Reynaste und Ayala, der Großpolizeirichter; er kommt, dem Könige Bericht abzustatten über das, was sich diese Nacht in Madrid ereignet hat. Seht Euch diesen guten Greis mit Bewunderung an.

In der That, sagte Zambullo, er sieht aus wie ein rechtschaffner Mann. – Es wäre zu wünschen, nahm der Hinkende wieder das Wort, daß alle Corregidore sich ihn zum Muster nähmen. Er gehört nicht zu jenen heftigen Geistern, die nur nach Laune und stoßweise handeln; er wird nie einen Menschen auf den einfachen Bericht eines Alguasils, eines Schreibers oder eines Commis hin verhaften lassen. Er weiß zu gut, daß diese Art von Leuten meistentheils feile Seelen sind und fähig, aus ihrem Einfluß ein schmachvolles Geschäft zu machen. Deshalb ergründet er bis zur Ermittelung der Wahrheit eine Anklage, wenn es sich darum handelt, einen Menschen einsperren zu lassen. Auch schickt er nie Unschuldige in die Gefängnisse, er sendet nur die Schuldigen dahin und überläßt auch diese nicht der Barbarei, welche in den Gefangenhäusern herrscht. Er macht selbst Besuche bei diesen Unglücklichen und sorgt dafür, daß man zu der Strenge des Gesetzes nicht die Unmenschlichkeit fügt.

Ein schöner Charakter, rief Leandro aus, ein liebenswürdiger Sterblicher, ich möchte hören, wie er mit dem Könige spricht. – Es thut mir leid, sagte der Teufel, zu dem Geständniß gezwungen zu sein, daß ich diesen neuen Wunsch nicht erfüllen kann, ohne mich einer Beleidigung auszusetzen. Es ist mir nicht erlaubt, mich bei gekrönten Häuptern einzuführen; ich würde dadurch in die Rechte Leviathans, Belphegors und Astarots eingreifen. Ich habe Euch schon bemerkt, diese drei Geister sind im Besitz des Rechts auf die Fürsten; den anderen Dämonen ist es verboten, an den Höfen zu erscheinen, und ich weiß nicht, woran ich dachte, als ich Euch hierher führte; ich habe damit, ich gestehe es, einen sehr verwegenen Schritt gethan. Wenn jene drei Teufel mich wahrnehmen, so würden sie sich mit Wuth auf mich stürzen und unter uns gesagt, ich würde nicht der Stärkere sein.

Wenn das ist, entgegnete der Student, so wollen wir uns schnell aus diesem Palast entfernen; es würde mir einen tödtlichen Schmerz machen, Euch von euern Höllenbrüdern durchgebläut zu sehen, ohne Euch helfen zu können; denn wenn ich mich in die Sache mengte, so würde es Euch darum, glaube ich, nicht viel besser ergehen. – Nein, in der That nicht, entgegnete Asmodeus; von euren Hieben würden sie wenig verspüren, aber Ihr würdet unter den ihrigen umkommen.

Aber, fügte er hinzu, um Euch dafür, daß ich Euch nicht in das Cabinet eures großen Monarchen einführe, zu trösten, will ich Euch ein Vergnügen verschaffen, welches das, dessen Ihr beraubt werdet, vollständig aufwiegt. Indem er diese Worte sprach, ergriff er Don Cleophas an der Hand und durchschnitt mit ihm die Lüfte nach der Seite von De la Merced.[1]

Neunzehntes Kapitel.

Von Gefangenen.

Sie hielten beide an auf einem Hause, das nahe bei diesem Kloster lag, vor dessen Thore ein großer Zusammenlauf von Leuten jedes Geschlechts Statt fand. Welche Volksmenge! rief Leandro Perez; zu welcher Feierlichkeit strömen alle diese Menschen hier zusammen? – Zu einer Feierlichkeit, antwortete der Dämon, wie Ihr nie eine gesehen habt, obwohl sie von Zeit zu Zeit in Madrid veranstaltet wird. Es werden dreihundert Sklaven, alle Unterthanen des Königs von Spanien, im nächsten Augenblick eintreffen; sie kommen aus Algier zurück, wo die Väter von der »Redemption« sie losgekauft haben. Alle Straßen, durch welche sie ziehen, werden sich mit Zuschauern anfüllen.

Es ist wahr, entgegnete Zambullo, daß ich bis jetzt nicht sehr neugierig auf ein solches Schauspiel war; und wenn es dies ist, was eure Senhoria mir vorbehält, so sage ich Euch offen, daß Ihr es mir nicht so hoch anzurechnen braucht. – Ich kenne Euch zu gut, versetzte der Teufel, um

---

1   Kloster der Mönche des Ordens von der Barmherzigkeit oder »Redemptoristen«, gestiftet zur Befreiung von Christen aus der Sklaverei.

nicht zu wissen, daß Ihr nicht viel Vergnügen daran findet, Unglückliche zu beobachten. Aber wenn ich Euch sage, daß ich sie Euch zeigen will, um Euch die merkwürdigen Umstände, die bei der Gefangennahme des Einen vorkamen und die Verlegenheiten, in welche Andere bei ihrer Rückkehr nach Hause gerathen werden, zu berichten, so bin ich überzeugt, daß Ihr mit dem Vergnügen, welches ich Euch gewähren will, nicht so unzufrieden sein werdet. – O, dann allerdings nicht, erwiederte der Student; was Ihr da sagt, verändert die Dinge und Ihr werdet mir ein wahres Vergnügen machen, wenn Ihr euer Versprechen haltet.

Während sie sich so unterhielten, hörten sie plötzlich laute Schreie, welche die Volksmasse beim Anblick der Gefangenen ausstieß, die in folgender Weise daherschritten: sie gingen zu Fuß, zwei und zwei, in ihren Sklavenkleidern und jeder seine Kette auf der Schulter tragend. Eine ziemlich große Anzahl von Mönchen de la Merced, die ihnen entgegen gegangen waren, zog vor ihnen einher, reitend auf schwarz behangenen Maulthieren, und einer dieser guten Väter trug die Fahne der »Redemption«. Die jüngsten Gefangenen waren an der Spitze; die älteren folgten ihnen; hinter diesen erschien auf einem kleinen Pferde ein Mönch vom selben Orden wie die vorausziehenden, der ganz das Aussehn eines Propheten hatte. Auch war er der Vorsteher der Mission. Er zog die Augen der Zuschauer durch seinen strengen Ernst und einen langen grauen Bart auf sich, der ihn ehrwürdig erscheinen ließ; auf dem Antlitz dieses spanischen Moises las man die unaussprechliche Freude, die er bei der Zurückführung so vieler Christen in ihr Vaterland empfand.

Diese Gefangenen, sagte der Hinkende, sind nicht alle gleicher Weise entzückt, die Freiheit wieder gefunden zu haben. Wenn einige sich freuen, bald ihre Eltern oder Verwandten wieder zu sehen, so sind andere darunter, die fürchten zu erfahren, daß während ihrer Abwesenheit im Kreise ihrer Familie sich Dinge ereignet haben, die für sie grausamer als die Sklaverei sind.

Die Beiden, die an der Spitze einherschreiten, sind zum Beispiel in diesem Falle; der eine, der aus der kleinen Stadt Velilla in Aragonien stammt und zehn Jahre in der türkischen Sklaverei war, ohne eine Nachricht von seiner Frau zu bekommen, wird diese in zweiter Ehe verheirathet als Mutter von fünf Kindern finden, an denen er kein Theil hat. Der andere, der Sohn eines Wollhändlers zu Segovia, wurde vor fast vier Lustren durch einen Corsaren geraubt. Er besorgt, daß in so

vielen Jahren seine Familie ein ganz andres Ansehn bekommen hat; und seine Sorge ist nicht ungegründet; seine Eltern sind gestorben und seine Brüder, die sich in das ganze Erbe theilten, haben es durch ihre schlechte Aufführung durchgebracht.

Ich betrachte aufmerksam einen Sklaven, sagte der Student, und schließe aus seiner Miene, daß er entzückt ist, der Bastonade nicht mehr ausgesetzt zu sein! – Der Gefangene, den Ihr im Auge habt, antwortete der Teufel, hat große Ursache, über seine Befreiung erfreut zu sein; er weiß, daß eine Tante, deren einziger Erbe er ist, starb und daß ihn ein glänzendes Vermögen erwartet; das beschäftigt ihn in angenehmster Weise und giebt ihm dies Aussehn von Zufriedenheit, das Ihr an ihm wahrnehmt.

Anders steht es um den unglücklichen Cavalier, der an seiner Seite schreitet; eine grausame Unruhe quält ihn ohne Aufhören und Folgendes ist die Ursache. Als er durch einen algierischen Piraten auf der Fahrt von Spanien nach Italien gefangen wurde, liebte er eine Dame, deren Gegenneigung er gewonnen hatte; er fürchtet, daß während seiner Abwesenheit die Treue seiner Schönen nicht unerschütterlich geblieben. – Und ist er lange Sklave gewesen? fragte Zambullo. – Achtzehn Monate, erwiederte Asmodeus. – Dann, versetzte Leandro, glaub ich doch, daß dieser Cavalier sich einer eitlen Furcht hingiebt; er hat die Treue seiner Dame nicht einer hinreichend starken Probe ausgesetzt, um sich so beunruhigen zu müssen! – Darin irrt Ihr Euch, entgegnete der Hinkende; seine Prinzessin hat nicht sobald erfahren, daß er von den Barbaresken gefangen, als sie sich einen andern Liebhaber angeschafft hat.

Würdet Ihr denken, fuhr der Dämon fort, daß die Gestalt, welche unmittelbar den zwei, von denen die Rede war, folgt, und die ein dicker rother Bart so scheußlich entstellt, ein sehr hübscher Mensch war? Und doch ist nichts wahrer und Ihr seht in dieser häßlichen Figur den Helden einer ziemlich sonderbaren Geschichte, die ich Euch erzählen will.

Der große Bursche nennt sich Fabricio. Er hatte kaum fünfzehn Jahre, als sein Vater, ein reicher Ackerbauer in dem großen Flecken Cinquello im Königreich Leon, starb, und bald darauf verlor er auch seine Mutter, so daß er als einziges Kind in den Besitz eines bedeutenden Vermögens kam, dessen Verwaltung einem seiner Oheime, einem redlichen Manne, anvertraut wurde. Fabricio beendete seine bereits begonnenen Studien in Salamanca, er lernte dort ferner Reiten und Fechten, mit einem Worte er vernachlässigte nichts, was dazu dienen konnte, ihn der Gunst der Donna Hippolyta würdig zu machen, der Schwester eines kleinen

Edelmanns, der sein Strohdach-Edelhöflein zwei Büchsenschuß weit von Cinquello hatte.

Diese Dame war von vollkommner Schönheit und von demselben Alter wie Fabricio, der sie von Kindesbeinen an gesehen und so zu sagen mit der Muttermilch die Liebe eingesogen hatte, in der er für sie erglühte. Hippolyta ihrerseits hatte sehr wohl wahrgenommen, welch hübscher Bursche er war; aber da sie ihn als den Sohn eines Ackersmanns kannte, so ließ sie sich nicht herab, ihm viel Aufmerksamkeit zu schenken; sie war von einem unerträglichen Stolze, eben so wie ihr Bruder, Don Thomas von Xaral, der vielleicht an Bettelarmuth und Adelshochmuth nicht seines Gleichen in Spanien hatte.

Dieser stolze Krautjunker bewohnte ein Haus, das er sein Schloß nannte und das eigentlich nur eine alte Baracke war, die auf allen Seiten den Einsturz drohte. Dennoch, obwohl sein Vermögen zu einer Wiederherstellung nicht ausreichte, obwohl er Mühe hatte zu leben, hielt er einen Lakaien zu seinem Dienst und seiner Schwester eine maurische Zofe zur Aufwartung.

Es war ein ergötzliches Schauspiel, Don Thomas an Sonn- und Festtagen im Flecken erscheinen zu sehen, in einem Kleide von schäbigem karmoisinrothen Sammt und in einem kleinen, mit einem alten gelben Federbusch geschmückten Hute, die er während der andern Wochentage wie Reliquien bei sich aufbewahrte. Mit diesem Plunder angethan, der ihm das Zeugniß seiner adligen Herkunft schien, spielte er den großen Herrn, und glaubte die tiefen Verbeugungen, welche man ihm machte, hinreichend zu belohnen, wenn er sie mit einem Blicke zu erwiedern sich herabließ. Seine Schwester war nicht weniger ahnenstolz und vernarrt als er und verband mit dieser Lächerlichkeit noch die, so eitel auf ihre Schönheit zu sein, daß sie in der glorreichen Hoffnung lebte, irgend ein Grande werde kommen, und sie als Gemahlin heimführen.

So waren Don Thomas und Hippolyta; Fabricio wußte es nur zu gut, und um sich den zwei hochmüthigen Leuten angenehm zu machen, gebrauchte er das Mittel, ihrer Eitelkeit durch übertriebene Ehrfurcht zu schmeicheln, was er mit so viel Geschicklichkeit that, daß der Bruder und die Schwester endlich für gut befanden, ihm die Ehre zu gewähren, ihnen recht oft in ihrem Hause seine Huldigungen darbringen zu dürfen. Da er eben so gut wie ihren Stolz ihre Armuth kannte, fühlte er sich täglich versucht, ihnen seine Börse anzubieten; aber die Furcht, ihren Hochmuth wider sich zu empören, hielt ihn davon ab. Nichtsdestoweniger fand sein listiger Edelmuth die Wege aus, ihnen beizustehen, ohne daß sie dabei zu erröthen brauchten. Senhor, sagte er eines Tages dem Edelmann unter vier Augen, ich habe zwei tausend Dukaten unterzubringen; erweist mir den Gefallen, sie für mich aufzubewahren; ich möchte Euch diese Verbindlichkeit schulden.

Man braucht nicht zu fragen, ob Xaral darein willigte; neben dem, daß er nicht bei Gelde war, hatte er die Gewissenhaftigkeit eines Depositars. Er übernahm sehr gern die Summe und hatte sie nicht sobald in Händen, als er einen Theil davon aufwendete, um seine Baracke wieder herzustellen und sich alle seine kleinen Bequemlichkeiten zu verstatten; ein neuer Anzug von sehr schönem blauem Sammt wurde angeschafft und in Salamanca verfertigt, und eine grüne Feder, die eben dort erstanden wurde, raubte dem gelben Federbusch die Ehre, die er seit unvordenklichen Zeiten genossen, das adlige Haupt des Don Thomas zu schmücken. Die schöne Hippolyta erhielt auch ihre Verehrung und wurde vollständig aufgeputzt. Auf diese Art verschwendete Xaral die ihm anvertrauten Dukaten, ohne zu bedenken, daß sie ihm nicht gehörten, und daß er sie niemals werde zurückgeben können. Er machte sich nicht das geringste Gewissen daraus, so zu verfahren; er hielt es sogar für gerecht, daß ein Bürgerlicher für die Ehre zahle, mit einem Edelmann zu verkehren.

Fabricio hatte dies sehr wohl vorausgesehen, aber zugleich hatte er sich mit der Hoffnung geschmeichelt, daß seinem baaren Gelde zu Liebe Don Thomas mit ihm auf vertraulichem Fuße verkehren und daß Hippolyta sich nach und nach daran gewöhnen würde, seine Aufmerksamkeiten zu dulden, und daß sie ihm endlich die Kühnheit, seine Augen bis zu ihr erhoben zu haben, vergeben würde. In der That hatte er von nun an freieren Zutritt zu ihnen; sie bezeigten ihm mehr Freundschaft, als sie es früher gethan. Ein reicher Mann findet die Großen immer sehr gnadenreich, wenn er sich von ihnen als ihre Milchkuh gebrauchen läßt. Xaral und seine Schwester, die bislang den Reichthum nur dem Namen nach gekannt, hatten nicht sobald die Annehmlichkeit desselben erfahren, als sie räthlich fanden, Fabricio sich warm zuhalten; sie hatten Rücksichten und Aufmerksamkeiten für ihn, die ihn entzückten. Er glaubte, daß seine Persönlichkeit ihnen nicht mißfalle und daß sie sich sicherlich das Geständniß gemacht, daß tagtäglich Edelleute gezwungen seien, ihre Zuflucht zu bürgerlichen Verbindungen zu nehmen, um ihren Adel

111

aufrecht zu erhalten. In dieser Voraussetzung, die seiner Leidenschaft schmeichelte, entschloß er sich, Hippolytas Hand zu begehren.

Bei der ersten günstigen Gelegenheit, welche er finden konnte, mit Don Thomas zu reden, sagte er ihm, daß er leidenschaftlich wünsche, sein Schwager zu werden, und daß er, um dieser Ehre willen, ihm nicht allein das anvertraute Kapital überlassen, sondern auch noch ein Geschenk von tausend Pistolen machen werde. Der stolze Xaral erröthete bei diesem Anerbieten, das seinen Stolz erregte, und war in der ersten Bewegung nahe daran, die ganze Verachtung zu zeigen, welche er für den Sohn eines Bauern hatte. Doch so empört er über die Verwegenheit Fabricios war, hielt er doch an sich und ohne ein Zeichen von Verachtung an den Tag zu legen, antwortete er ihm, daß er in einer solchen Angelegenheit sich nicht auf der Stelle entscheiden könne, daß es nöthig sei, Hippolyta dabei zu Rathe zu ziehen und sogar einen Familienrath zusammen zu berufen.

Er entließ den Liebhaber mit dieser Antwort und berief in der That eine Versammlung aus mehreren Hidalgos der Nachbarschaft, die mit ihm verwandt waren und die sämmtlich wie er die Wuth der Hidalguia hatten. Er berathschlagte mit ihnen, nicht, um von ihnen zu erfahren, ob sie der Meinung, er solle seine Schwester Fabricio gewähren, sondern um zu besprechen, auf welche Art man am besten den verwegenen jungen Mann strafe, der trotz der Niedrigkeit seiner Geburt wagte, nach dem Besitze eines Mädchens von dem Range Hippolytas zu streben.

Sobald er diese Keckheit der Versammlung mitgetheilt hatte, hättet Ihr die Augen all' dieser adligen Herrn sich bei dem bloßen Namen Fabricio, und Sohn eines Ackersmanns, entflammen sehen müssen! Jeder spie Feuer und Flammen gegen den Verwegenen; alle waren einstimmig, daß er unter Stockschlägen umkommen müsse, um die Schmach, die er der Familie durch einen solch entehrenden Antrag zugefügt, zu sühnen. Nachdem man jedoch die Sache reiflicher bedacht, war das Ergebniß der Berathschlagung, daß man den Schuldigen am Leben lassen, aber daß man ihm einen Streich spielen wolle, an den er sich lange erinnern solle, um ihn zu lehren, sich niemals wieder höher zu versteigen, als ihm zukomme. –

Man schlug verschiedene Bosheiten vor und folgende wurde endlich beschlossen: Hippolyta sollte den Schein annehmen, als ob sie durch Fabricios Neigung gerührt sei; unter dem Vorwande, ihn trösten zu wollen in seinem Schmerz über Don Thomas Weigerung, ihn zum

Schwager anzunehmen, sollte sie ihm in einer Nacht ein Rendezvous in ihrem Hause gewähren; im Augenblicke aber, wo die maurische Zofe ihn einführte, sollten versteckte Leute ihn mit der Zofe überraschen und man wollte ihn dann mit Gewalt zwingen, diese zu heirathen.

Die Schwester Xarals gab sich anfangs zu diesem Bubenstück ohne Widerstreben her; sie glaubte, ihre Ehre erfordere, daß sie die Bewerbung eines so viel niedriger geborenen Menschen als eine Beleidigung betrachte. Aber diese gereizte Stimmung wich bald einer Regung des Mitleids, oder vielmehr, die Liebe machte sich plötzlich den Hochmuth Hippolytas unterwürfig.

Von diesem Augenblicke an erschienen ihr die Dinge in einem andern Lichte; sie fand die niedere Geburt Fabricios aufgewogen durch seine 113 guten Eigenschaften und erblickte in ihm nur noch einen ihrer ganzen Neigung würdigen Cavalier. Bewundert, mein Herr Student, die merkwürdige Verwandlung, welche diese Leidenschaft hervorzubringen vermag; dasselbe Mädchen, welches sich einbildete, ein Fürst sei kaum würdig, sie zu besitzen, wird in einem Augenblick auf einen Bauernsohn versessen und frohlockt über Bewerbungen, die sie anfangs als eine Schmach betrachtet hat!

Sie gab sich der Neigung hin, von welcher sie erfaßt worden, und weit entfernt, der Rachsucht ihres Bruders zu dienen, unterhielt sie ein heimliches Verständniß mit Fabricio, den ihre maurische Zofe zuweilen Nachts in ihr Haus einließ. Aber Don Thomas faßte Argwohn wider das, was vorging; seine Schwester wurde ihm verdächtig; er beobachtete sie und überzeugte sich mit seinen eigenen Augen, daß sie die Absichten der Familie, statt ihnen zu entsprechen, verrieth. Er unterrichtete davon sofort zwei seiner Vettern, die dabei in den Harnisch gerathend: Rache, Don Thomas, Rache! schrien. Xaral, der nicht nöthig hatte, angespornt zu werden, um sich Genugthuung für eine Beleidigung dieser Art zu verschaffen, sagte ihnen mit spanischer Bescheidenheit, daß sie sehen würden, wie er seinen Degen zu gebrauchen wisse, wenn es sich darum handle, seine Ehre zu rächen; darauf bat er sie, sich an einem bestimmten Tage bei Eintritt der Nacht in seinem Hause einzufinden.

Sie erschienen sehr pünktlich. Er führte sie ein, und verbarg sie in einer kleinen Kammer, ohne daß irgend Jemand im Hause es bemerkte. Dann verließ er sie mit dem Versprechen, daß er sofort zu ihnen zurückkehren werde, wenn der Liebhaber in das Schloß gekommen – vorausgesetzt, daß er in dieser Nacht sich einfallen lasse zu kommen; und dies war allerdings der Fall, da der böse Stern unsrer Liebenden gewollt, daß sie diese selbe Nacht sich ein Stelldichein gegeben hatten.

Don Fabricio war bei seiner theuren Hippolyta. Sie begannen Reden zu tauschen, die sie schon hundertmal getauscht hatten, aber die, wenn auch noch so oft wiederholt, stets den Zauber der Neuheit haben, als sie aufs unangenehmste durch die Cavaliere unterbrochen wurden, die sich vorgenommen, sie zu überraschen. Don Thomas und seine Vettern stürzten sich alle drei mit gewaltigem Muth auf Fabricio, der nur eben noch Zeit hatte, seinen Degen zu ziehen, und der, aus ihrem Auftreten schließend, daß sie ihn ermorden wollten, sich wie ein Verzweifelter wehrte. Er verwundete sie alle drei und ihnen die Spitze seines Degens vorhaltend, gewann er glücklich die Thüre und rettete sich.

Als Xaral sah, daß sein Feind, ohne für die Entehrung seines Hauses gestraft zu sein, ihm entging, wandte er seine Wuth wider die unglückliche Hippolyta und stieß ihr seinen Degen ins Herz; seine beiden Vettern aber zogen sich sehr gedemüthigt über den schlechten Ausfall ihres Complotts mit ihren Wunden nach Hause zurück.

Bleiben wir dabei stehen, fuhr Asmodeus fort; wenn alle Gefangenen an uns vorübergezogen sein werden, wollen wir zu diesem da zurückkehren. Ich werde Euch erzählen, wie sich bei Gelegenheit dieses traurigen Ereignisses die Justiz seines ganzen Vermögens bemächtigte und er das Unglück hatte, bei einer Fahrt übers Meer Sklave zu werden.

Während eurer Erzählung, sagte Don Cleophas, habe ich unter jenen Unglücklichen einen jungen Menschen bemerkt, der so traurig und niedergeschlagen aussah, daß ich nahe daran war, Euch zu unterbrechen, um Euch nach der Ursache zu fragen. – Ihr sollt nicht darum verkürzt werden, antwortete der Dämon; ich kann Euch das, was Ihr zu wissen wünscht, berichten. Der Gefangene, dessen Niedergeschlagenheit Euch auffiel, gehört einer guten Familie in Valladolid an. Er war zwei Jahre lang in der Sklaverei, bei einem Herrn, der eine sehr hübsche Frau hat; sie war aufs heftigste in diesen Sklaven verliebt, der ihre Liebe aufs Wärmste erwiederte. Da der Herr es ahnte, beeilte er sich, den Christen zu verkaufen, aus Sorge, daß er bei ihm für die Vermehrung der türkischen Race arbeite. Der zärtliche Castilianer weint seitdem ohne Unterlaß über den Verlust seiner Herrin; die Freiheit hat nicht die Macht, ihn zu trösten.

Ein Greis von gewinnendem Aussehen zieht meine Blicke auf sich, sagte Leandro Perez. Wer ist dieser Mann? – Der Teufel antwortete: Es ist ein Barbier aus Guipuzcoa, der nach Biscaja heimkehren wird, nachdem er vierzig Jahre in der Sklaverei verlebte. Als er auf einer Reise von Valencia nach der Insel Sardinien in die Gewalt eines Corsaren fiel, hatte er eine Frau, zwei Knaben und eine Tochter; von ihnen allen ist ihm nur ein Sohn geblieben, der, glücklicher als er in der Fremde war, von Peru mit unermeßlichem Reichthum in sein Vaterland zurückkehrte und sich in seinem Geburtslande zwei hübsche Landgüter ankaufte. – Welche Freude, fiel der Student ein, welches Entzücken für diesen Sohn, seinen Vater wiederzusehn und im Stande zu sein, ihm seine letzten Tage angenehm und sorgenlos zu machen!

Ihr sprecht, versetzte der Hinkende, wie ein Kind voll Zärtlichkeit und Gefühl; der Sohn des biscajischen Barbiers ist von einem borstigeren Naturell. Die unvermuthete Ankunft seines Vaters wird ihm mehr Verdruß als Freude bereiten; statt ihn in seinem Hause in Guipuzcoa zu behalten und nichts zu sparen, um ihm zu zeigen, daß er entzückt ist, ihn zu besitzen, wird er ihn vielleicht zum Hausmeister auf einem seiner Güter machen.

Hinter diesem Gefangenen, der Euch von so einnehmendem Aussehen erscheint, geht ein andrer, der wie ein Tropfen dem andern einem alten Affen gleicht; es ist ein kleiner Heilkünstler aus Aragonien, der nicht vierzehn Tage in Algier war. Sobald die Türken erfahren haben, welches Handwerk er trieb, haben sie ihn nicht bei sich dulden wollen; sie haben vorgezogen, ihn ohne Lösegeld den Vätern de la Merced zu überlassen, die sicherlich kein Geld für ihn ausgelegt hätten, und ihn nur widerwillig nach Spanien zurückbrachten.

Aber wie werdet Ihr, die Ihr so mitfühlend bei den Schmerzen Andrer seid, jenen Sklaven dort beklagen, der auf seinem kahlen Kopf ein braunes Käppchen trägt, wenn Ihr all die Qualen kenntet, die er bei einem englischen Renegaten, seinem Herrn, während zwölf Jahren in Algier erduldet hat! – Und was ist dieser arme Gefangene? sagte Zambullo. – Es ist ein Franziskaner aus Navarra, antwortete der Dämon; ich gestehe Euch, daß es mir Vergnügen macht, daß er so jämmerlich hat leiden müssen, weil er durch seine Moralpredigten mehr als hundert Christensklaven abgehalten hat, den Turban zu nehmen.

Und ich sage Euch mit derselben Offenheit, versetzte Don Cleophas, daß ich betrübt darüber bin, daß dieser gute Alte so lange in der Gewalt eines Barbaren war. – Wir haben beide Unrecht, Ihr, Euch zu grämen, und ich, mich zu freuen, entgegnete Asmodeus. Dieser gute Mönch hat seine zwölf Leidensjahre so gut angewandt, daß es ihm mehr Vortheil bringt, diese ganze Zeit in Qualen zugebracht zu haben, als wäre er in seiner Zelle geblieben, um Versuchungen zu bekämpfen, denen er nicht immer widerstanden haben würde.

Der nächste Gefangene nach dem Franziskaner, sagte Leandro Perez, sieht für einen Mann, der aus der Sklaverei zurückkommt, sehr gelassen aus; es reizt meine Neugier, zu wissen, wer er ist. – Ihr kommt mir zuvor, antwortete der Hinkende, ich wollte Euch auf ihn aufmerksam machen. Ihr seht in ihm einen Bürger von Salamanca, einen unglücklichen Vater, einen Sterblichen, der so viel Schmerz erfahren, daß er unempfindlich dagegen geworden. Ich fühle mich versucht, Euch seine trübselige Geschichte mitzutheilen, und den Rest dieser Gefangenen ziehen zu lassen; es sind auch wenige darunter, deren Erlebnisse nach denen des Mannes, von dem wir reden, noch der Mühe des Erzählens werth sind.

Der Student begann schon sich zu langweilen bei dem Anschauen von so vielen trübseligen, an ihm vorüberziehenden Gestalten und sagte deshalb, daß er nichts Besseres verlange. Darauf theilte ihm der Teufel die in dem folgenden Kapitel enthaltene Geschichte mit.

Zwanzigstes Kapitel.

Von der letzten Geschichte, die Asmodeus erzählte; und wie er am Ende derselben plötzlich unterbrochen, wurde, und auf welche für den Dämon unangenehme Weise Don Cleophas und er getrennt wurden.

Pablos von Bahabon, Sohn eines Dorfalcalden in Altcastilien, hatte mit einem Bruder und einer Schwester das Vermögen getheilt, welches ihm sein Vater hinterlassen und das, obwohl der letztere zeitlebens ein Geizhals gewesen, doch sehr mäßig war; dann zog er gen Salamanca, um die Zahl der Schüler dieser Universität zu vermehren. Er war ein hübscher aufgeweckter Mensch und er trat damals in sein dreiundzwanzigstes Jahr.

Er besaß etwa tausend Dukaten, und da er besten Willens schien, sie in kurzer Zeit zu verzehren, machte er bald in der Stadt von sich reden. Alle jungen Leute bewarben sich wetteifernd um seine Freundschaft, und drängten sich zu den Lustpartien, die Don Pablos täglich veranstaltete. Ich sage Don Pablos, denn er hatte diesen Titel angenommen, um sich auch mit adligen Studenten einen vertraulichen Umgang zu ermöglichen. Er liebte das Vergnügen und gute Mahlzeiten so sehr, und schonte seine Börse so wenig, daß nach Verlauf von fünf Vierteljahren bereits das Geld ihm ausging. Desungeachtet lebte er noch eine Zeitlang in derselben Weise fort, theils von dem Credit, den man ihm schenkte, theils von den kleinen Summen, die er erborgte, doch konnte ihm dies auf die Dauer nicht nützen, und er fand bald jede Hülfsquelle versiegt.

Sobald seine Freunde sahen, daß er ruinirt war, verließen sie ihn, seine Gläubiger hingegen fingen an, ihn zu quälen. Obgleich er diesen nun die Versicherung gab, daß er in nächster Frist Wechsel von Hause erhalten werde, wollten sich doch einige von ihnen nicht gedulden, und reichten ihre Klagen gegen ihn bei Gericht ein. Sie waren schon im Begriff, ihn gefänglich einziehen zu lassen, als er auf einem Spaziergange an den Ufern des Flusses Tormes einem seiner Bekannten begegnete, der ihm sagte: Senhor Don Pablos, nehmt Euch in Acht. Ihr müßt wissen, daß ein Alguazil und mehrere Häscher Euch auf den Fersen sind, sie wollen Euch verhaften, sobald Ihr wieder in die Stadt kommt. 118

Bahabon erschrak über diese Nachricht, die ihm in Anbetracht seiner zerrütteten Verhältnisse nur zu glaubwürdig schien; er ergriff sofort die Flucht, und schlug zunächst den Weg nach Borita ein. Bald aber verließ er die Straße, die zu diesem Oertchen führte, um ein Gehölz, welches er seitwärts erblickte, zu gewinnen. Er ging tief hinein, und beschloß, sich dort so lange verborgen zu halten, bis er, vom Dunkel der Nacht begünstigt, in größerer Sicherheit seinen Weg fortsetzen könne. Es war in der Jahreszeit, wo die Bäume in ihrer ganzen Blätterfülle prangen, er wählte den belaubtesten von allen aus, stieg hinauf und setzte sich auf einen Ast, der ihn mit seinen grünen Zweigen völlig einhüllte.

Da er sich hier in Sicherheit glaubte, verlor er nach und nach die Angst vor dem Alguazil, und da die Menschen gewöhnlich die schönsten Betrachtungen von der Welt anstellen, wenn der Fehler bereits begangen ist, so machte sich jetzt auch Don Pablos seiner schlechten Aufführung wegen ernste Vorstellungen, und gelobte sich heilig und theuer, daß, wenn er je wieder zu Geld kommen sollte, er einen bessern Gebrauch davon machen wolle. Er schwur insbesondere stets vor falschen Freunden auf der Hut zu sein, die einen jungen Mann zu einem ausschweifenden Leben verleiten, und deren Freundschaft mit dem Dunste des Weines verfliegt.

Während er sich so den verschiedenen Gedanken überließ, die sich ihm einer nach dem andern aufdrängten, brach die Nacht herein. Er machte sich nun aus den ihn verbergenden Zweigen los, und war eben im Begriff, hinabzusteigen, als er bei dem blassen Scheine des aufgehenden Mondes die Gestalt eines Menschen wahrzunehmen glaubte. Dieser Anblick erregte seine Furcht aufs neue; er bildete sich ein, dies könne nur der Alguazil sein, der ihm auf der Spur sei, und ihn nun in diesem Gehölze suche, und sein Schrecken verdoppelte sich, als er sah, daß diese Gestalt sich am Fuße des Baumes, auf welchem er sich befand, niederließ, nachdem sie zwei- bis dreimal um denselben herumgegangen war.

Der hinkende Teufel hielt hier in seiner Erzählung inne. Senhor Zambullo, sagte er zu Don Cleophas, erlaubt, daß ich mich ein wenig an der Spannung weide, in die ich Euch eben versetzt habe. Ihr seid sehr begierig zu erfahren, wer der Unbekannte war, der sich hier zu so ungelegener Zeit einstellte, und was ihn herführte. Das werde ich Euch nun gleich erzählen, denn ich will eure Geduld nicht länger auf die Probe stellen.

Nachdem dieser Mann sich am Fuße des Baumes niedergesetzt hatte, dessen dichtes Laubwerk Don Pablos seinen Blicken entzog, ruhte er einige Augenblicke aus. Dann begann er mit einem Dolch die Erde auszugraben, machte ein tiefes Loch, in welches er einen Beutel von Büffelleder vergrub, warf darauf das Loch wieder zu, bedeckte es vorsichtig mit Rasen, und entfernte sich wieder. Bahabon, der Alles mit der gespanntesten Aufmerksamkeit beobachtet hatte, und dessen Besorgnisse sich nun in die größte Freude verwandelten, wartete nur bis der Mann verschwunden war, um von seinem Baume herabzusteigen, und den Beutel wieder auszugraben, der, wie er nicht zweifelte, Gold oder Silber enthielt. Er bediente sich zu diesem Zwecke seines Taschenmessers, und wenn er eben keines bei sich gehabt hätte, so würde er in dem großen Eifer, den er für diese Arbeit fühlte, mit seinen Händen wohl gar die Eingeweide der Erde aufgewühlt haben.

Als er endlich im Besitz des Beutels war, befühlte er dessen Inhalt, und da er sich überzeugte, daß harte Münze darin sci, eilte er mit seiner Beute das Gehölz zu verlassen; er fürchtete jetzt viel weniger, dem Alguazil zu begegnen, als dem Manne, dem der Beutel gehörte. In seinem Freudenrausch über diesen glücklichen Fund ging unser Student die ganze Nacht, ohne einen bestimmten Weg zu verfolgen, weiter und weiter, und die schwere Last, die er trug, verursachte ihm weder Unbequemlichkeit noch Müdigkeit. Aber mit dem anbrechenden Tage machte er unter den Bäumen in der Nähe des Dorfes Molorido Halt, doch weniger weil er des Ausruhens bedurfte, als um endlich seine Neugierde zu befriedigen und zu sehen, was sein Beutel enthalte. Er band ihn also los in jener zitternden Aufregung, in der wir uns befinden, wenn uns eine große Freude zu Theil wird. Er fand schöne Doppelpistolen darin, und zählte deren zu seiner angenehmsten Ueberraschung nicht weniger als zweihundertundfünfzig.

Nachdem er sie mit Wollust betrachtet hatte, fragte er sich ernstlich, was er damit anfangen solle, und als er einen Entschluß gefaßt hatte, steckte er die Goldstücke in seine Taschen, warf den ledernen Beutel fort, und machte sich auf den Weg nach Molorido. Hier ließ er sich ein Gasthaus anweisen, und während man ihm ein Frühstück zubereitete, miethete er sich ein Maulthier, auf dem er noch selbigen Tages nach Salamanca zurückritt.

Aus der Ueberraschung, welche man dort bei seiner Rückkehr verrieth, konnte er deutlich schließen, daß man den Grund seines plötzlichen Verschwindens sehr wohl kenne; er hatte jedoch ein Märchen in Bereitschaft. Er sagte, er habe sich in Geldverlegenheit befunden, und da man ihm keines von Hause geschickt, trotzdem er zwanzigmal darum geschrieben habe, sei er endlich, des Wartens müde, selbst hingereist. Gestern Abend aber, bei seiner Ankunft in Molorido, sei ihm sein Pächter, der ihm Geld habe bringen wollen, begegnet, und so befinde er sich jetzt in der Lage, alle diejenigen eines Bessern zu belehren, die ihn für ruinirt gehalten hätten. Er fügte hinzu, daß er nun seinen Gläubigern zeigen wolle, wie unrecht es von ihnen gewesen sei, rücksichtslos einen ehrlichen Mann zu drängen, der sie längst zufrieden gestellt haben würde, wenn seine Pächter ihm seine Einkünfte pünktlicher zugeschickt hätten.

Tags darauf ließ er wirklich alle seine Gläubiger zu sich kommen, und bezahlte seine Schulden bis auf den letzten Heller. Kaum hatten seine alten Freunde, die ihn in seinem Elend verlassen, erfahren, daß er wieder bei Gelde sei, so stellten sie sich sofort wieder bei ihm ein, und singen an, ihm zu schmeicheln, in der Hoffnung, sich von neuem auf seine Kosten gütlich thun zu können. Doch jetzt war die Reihe an ihm, sie abzuweisen. Treu dem Schwure, den er in jenem Gehölze geleistet hatte, fertigte er sie mit ernsten Worten ab. Statt seine frühere Lebensweise wieder zu beginnen, dachte er jetzt nur an seine Ausbildung als Jurist, und das Studium wurde seine einzige Beschäftigung.

Uebrigens, werdet Ihr mir sagen, verbrauchte er doch immerhin Geld, welches ihm nicht gehörte. Das ist ganz richtig, er that, was die Mehrzahl der Menschen in gleichem Falle heute thun würden. Er hatte jedoch die beste Absicht, es wieder zu erstatten, wenn er den rechtmäßigen Eigenthümer eines Tages zufällig entdecken sollte, und von diesem Gedanken beruhigt, verzehrte er das Geld ohne Bedenken und wartete geduldig auf diese Entdeckung, welche er ein Jahr darauf wirklich machte.

Es verbreitete sich in Salamanca das Gerücht, daß ein Bürger dieser Stadt, Namens Ambrosio Piquillo, einen Beutel mit Goldstücken in einem Gehölz vergraben habe, und daß er jetzt, wo er hingegangen sei, denselben wieder abzuholen, das Loch leer gefunden habe, und daß dieses Unglück den armen Mann an den Bettelstab bringe.

Ich muß Bahabon zum Lobe nachsagen, daß er gegen die geheimen Vorwürfe, welche ihm sein Gewissen bei dieser Nachricht machte, nicht taub blieb. Er erkundigte sich nach Ambrosios Wohnung und suchte ihn in seinem ärmlichen Stübchen auf, dessen ganze Einrichtung aus einem Stuhle und einer Matratze bestand. Mein Freund, sagte er in salbungsvollem Tone zu ihm, das Gerücht von dem Euch widerfahrenen Unglück ist auch zu mir gedrungen, und da die christliche Liebe uns die Pflicht auferlegt, dem Nebenmenschen nach Kräften beizustehen, so komme ich, Euch eine kleine Unterstützung anzubieten. Ich möchte jedoch die traurige Begebenheit von Euch selbst erfahren. Senhor Caballero, antwortete Piquillo, ich will sie Euch kurz erzählen. Ich hatte einen Sohn, der mich bestahl; ich bemerkte es, und da ich fürchtete, er möchte sich auch an einen büffelledernen Beutel, worin ich zweihundert und fünfzig Doppelpistolen hatte, vergreifen, glaubte ich nichts Besseres thun zu können, als sie in jenem Gehölze zu vergraben, welches ich auch unvorsichtigerweise ausführte. Seit jenem unseligen Tage hat mir mein Sohn Alles, was ich besaß, genommen, und ist mit einem Frauenzimmer, welches er entführte, verschwunden. Als ich mich nun in der kläglichen
Lage sah, in die mich die Schlechtigkeit dieses ungerathenen Sohnes oder vielmehr meine einfältige Gutmüthigkeit gegen ihn versetzt hat, wollte ich zu meinem büffelledernen Beutel meine Zuflucht nehmen, doch ach! diese einzige Hülfsquelle, die mir, um zu leben, geblieben war, ist mir von grausamer Hand geraubt worden. Der arme Mann fühlte bei diesen Worten, wie seine Betrübniß sich erneuerte, und brach in ei-

nen Strom von Thränen aus. Don Pablos wurde gerührt und sagte ihm: Mein lieber Ambrosio, wir müssen uns über alles Ungemach dieses Lebens zu trösten wissen. Eure Thränen sind vergeblich, sie bringen Euch eure Goldstücke nicht zurück, und wenn irgend ein Spitzbube sie gefunden haben sollte, so sind sie Euch wirklich für immer verloren. Aber, wer weiß? vielleicht sind sie in die Hände eines ehrlichen Mannes gefallen, der sie Euch wiedergiebt, sobald er erfährt, daß sie Euch gehören. Hofft also, daß sie Euch eines Tages redlich wieder erstattet werden. Einstweilen, setzte er hinzu, indem er ihm zehn von denselben Doublonen, die er in dem büffelledernen Beutel gefunden, einhändigte, nehmt dieses Geld, und kommt in acht Tagen zu mir. Dann nannte er ihm seinen Namen und seine Wohnung, und entfernte sich ganz verlegen ob all der Danksagungen und Segenswünsche von Seiten Ambrosios. So verhält es sich mit den meisten großmüthigen Handlungen, man würde sie wahrlich nicht bewundern, wenn man ihre Beweggründe durchschaute.

Nach Verlauf von acht Tagen begab sich Ambrosio, der die Aufforderung Don Pablos nicht vergessen hatte, zu diesem. Bahabon empfing ihn mit großer Freundlichkeit, und sagte ihm in gütigem Tone: Mein Freund, nach all dem Rühmlichen, welches mir über Euch mitgetheilt worden ist, bin ich entschlossen, so viel als es mir möglich ist, dazu beizutragen, Euch wieder auf einen grünen Zweig zu bringen. Ich werde meinen Einfluß und meine Börse dabei zu Hülfe nehmen. Wißt Ihr, was ich bereits gethan habe, um mit der Verbesserung eurer Lage den Anfang zu machen? Ich kenne mehrere vornehme Personen, die sehr wohlthätig sind. Ich habe sie aufgesucht und ihnen so viel Mitleid für Euch einzuflößen gewußt, daß sie sich zu einer Gabe von zweihundert Thalern herbei gelassen haben, die ich Euch gleich übergeben werde. Hierauf ging er in ein Nebenzimmer, und kehrte bald mit einem leinenen Beutel zurück, in den er diese Summe in Silbergeld gezählt hatte, nicht in Doublonen, da er fürchtete, der gute Mann möchte Verdacht schöpfen, wenn er so viele Doppelpistolen von ihm empfange. Don Pablos erreichte durch diese Vorsicht auch sicherer seinen Zweck, nämlich das Geld in einer Weise wiederzuerstatten, daß sein Gewissen beruhigt wurde, ohne daß sein guter Leumund in Gefahr kam.

So war denn Ambrosio weit entfernt zu argwöhnen, daß diese Thaler wiedererstattetes Geld sein könnten. Er nahm sie in dem guten Glauben, daß sie das Ergebniß einer zu seinen Gunsten veranstalteten Collecte seien, und nach wiederholten Danksagungen kehrte er zu seinem ärmlichen Stübchen zurück, und segnete das Geschick, einen Cavalier gefunden zu haben, der so lebhaften Antheil an ihm nehme.

Am folgenden Tage begegnete ihm auf der Straße einer seiner Freunde, der sich in ebenso dürftigen Umständen befand, als er. Dieser sagte zu ihm: Ich reise in zwei Tagen von hier nach Cadix ab, wo ein Schiff nach Neuspanien segelfertig liegt. Ich bin hier im Lande nicht mehr mit meiner Lage zufrieden, und mir ahnt, daß ich in Mexico glücklicher sein werde. Ich würde Euch rathen, mich zu begleiten, wenn Ihr nur über hundert Thaler Herr wäret.

Ich kann sogar über zweihundert verfügen, antwortete Piquillo, und ich würde diese Reise ohne Zögern antreten, wenn ich sicher wäre, in Indien mir meinen Unterhalt erwerben zu können. Hierauf pries ihm sein Freund die Fruchtbarkeit Neuspaniens und stellte ihm so viele Mittel und Wege, dort reich zu werden, in Aussicht, daß er sich überreden ließ, und nur noch an die Vorbereitungen zur Reise nach Cadix dachte. Ehe er jedoch Salamanca verließ, schrieb er einen Brief an Bahabon, in welchem er ihm anzeigte, daß sich ihm eine günstige Gelegenheit nach Indien zu reisen darbiete, und daß er sie benutzen wolle in der Hoffnung, daß ihm das Glück in der Ferne gewogener sein möchte, als in seiner Heimath; er nehme sich die Freiheit, ihn hiervon zu unterrichten, und versichere ihn, daß die Erinnerung an seine Güte nie in seinem Gedächtnisse verlöschen werde.

Die Abreise Ambrosios verursachte Don Pablos einigen Kummer, denn sie vereitelte sein Vorhaben, sich vor und nach seiner Schuld gegen ihn zu entledigen; doch der Gedanke, daß er nach etlichen Jahren vielleicht zurückkommen werde, tröstete ihn allmählich, und er warf sich eifriger als je auf das Studium des bürgerlichen und kanonischen Rechts. Er machte darin vermöge seines Fleißes und seiner großen Geistesgaben so erstaunliche Fortschritte, daß er sich vor allen Andern an der Universität auszeichnete, und endlich sogar zum Rector[1] derselben erwählt wurde. Er beschränkte sich nicht darauf, diese Würde durch tiefe Gelehrsamkeit zu behaupten, sein Streben war auch darauf gerichtet, sich alle Tugenden eines edlen Mannes anzueignen.

124

1 Auf einigen der ältesten Universitäten wurden die Rectoren aus der Zahl der Schüler erwählt.

Während seines Rectorats erfuhr er, daß sich in Salamanca ein junger Mensch im Gefängnisse befinde, der des Weiberraubes angeklagt sei und sein Todesurtheil zu gewärtigen habe. Er erinnerte sich nun, daß der Sohn Piquillos ein Frauenzimmer entführt habe, und erkundigte sich deswegen nach dem Gefangenen. Als er hörte, daß es Ambrosios Sohn sei, übernahm er dessen Vertheidigung. Die Rechtswissenschaft hat das Bewunderungswürdige, daß sie Waffen sowohl für eine Sache als gegen dieselbe liefert, und da unser Rector sie aus dem Grunde verstand, so bediente er sich ihrer zum Vortheil des Angeklagten; freilich nahm er auch den Einfluß seiner Freunde in Anspruch, und ließ es nicht an Empfehlungen bei den Richtern fehlen, welches mehr bewirkte als alles Andere.

Der Schuldige ging also aus diesem Rechtshandel weißer als der Schnee hervor. Er begab sich zu seinem Befreier, um ihm seinen Dank auszudrücken. Dieser sagte ihm: Ich habe Euch diesen Dienst aus Rücksicht gegen euren Vater erwiesen. Ich liebe ihn und um Euch einen neuen Beweis davon zu geben, will ich für euer Fortkommen sorgen, falls Ihr hier in der Stadt bleiben und das Leben eines rechtschaffenen Mannes führen wollt. Wenn Ihr aber vorzieht, eurem Vater nach Indien zu folgen, so dürft Ihr auf fünfzig Pistolen rechnen, die ich Euch schenken werde. Der junge Piquillo antwortete: Da ich so glücklich bin, in Ew. Magnificenz einen Beschützer gefunden zu haben, so würde es thöricht von mir sein, wollte ich mich von einem Orte entfernen, wo ich eines so großen Vortheils genieße. Ich will daher in Salamanca bleiben, und verspreche Euch, daß Ihr mit meiner Aufführung von nun an zufrieden sein sollt. Auf diese Versicherung drückte ihm der Rector einige zwanzig Pistolen in die Hand, indem er sagte: Nun wohl, mein Freund, widmet Euch irgend einem ehrlichen Gewerbe, wendet eure Zeit gut an, und seid überzeugt, daß ich Euch meine Theilnahme nicht entziehen werde.

Zwei Monate nach dieser Begebenheit kam der junge Piquillo, welcher von Zeit zu Zeit Don Pablos seine Aufwartung machte, bitterlich weinend zu ihm. Was fehlt Euch? fragte Bahabon. Senhor, erwiederte er, ich habe eben eine Nachricht erhalten, die mir das Herz zerreißt. Mein Vater ist von algierischen Seeräubern gefangen genommen worden und liegt in Ketten. Ein alter Mann von Salamanca, der nach zehnjähriger Gefangenschaft von den Mönchen von der Barmherzigkeit losgekauft und aus Algier zurückgekommen ist, hat mir gesagt, daß er meinen Vater in der Sklaverei verlassen habe. Ach, fuhr er fort, indem er sich die Brust zerschlug und das Haar ausraufte, ach, ich elender Mensch, ich bin es, der meinen Vater gezwungen hat, sein Geld zu verstecken und sein Vaterland zu verlassen. Ich habe ihn in die Hände der Barbaren geliefert, die ihn in Fesseln geschlagen haben! Ach, Senhor Don Pablos, warum habt Ihr mich aus den Händen der Justiz gerettet? Da Ihr meinem Vater zugethan waret, hättet Ihr als sein Rächer mich mit dem Tode das Verbrechen sühnen lassen sollen, wodurch ich die Ursache seines ganzen Unglücks geworden bin.

Der Rector wurde gerührt bei dem Schmerze des jungen Piquillo, der ihm zeigte, daß er einen reumüthigen Sünder vor sich habe. Mein Sohn, sagte er zu ihm, ich sehe mit Vergnügen, daß Ihr eure begangenen Fehler bereut; trocknet eure Thränen. Nun ich weiß, was aus eurem Vater geworden ist, kann ich Euch die Zusicherung geben, daß Ihr ihn bald wiedersehen werdet. Seine Befreiung hängt nur von einem Lösegelde ab, das ich zu zahlen übernehme, und was er auch immerhin während seiner Sklaverei gelitten haben mag, so bin ich doch überzeugt, daß er sich nicht über sein böses Geschick beklagen wird, wenn er bei seiner Heimkehr einen braven und zärtlichen Sohn findet.

Don Pablos entließ den Sohn Ambrosios durch dieses Versprechen völlig getröstet, und reiste selbst einige Tage später nach Madrid, wo er den Ordensbrüdern von der Barmherzigkeit eine Börse mit hundert Pistolen einhändigte, nebst einem Schreiben folgenden Inhalts: »Diese Summe wird den Redemptoristen übergeben zur Loskaufung eines armen Bürgers von Salamanca, Namens Ambrosio Piquillo, der in Algier gefangen ist.« Die guten Mönche haben nicht verfehlt, den Willen des Rectors auszuführen, sie haben Ambrosio losgekauft, und er ist eben jener Sklave, dessen ruhige Haltung wir bewundert haben.

Es scheint mir aber, sagte Don Cleophas, daß Bahabon diesem Bürger von Salamanca nichts mehr verschuldet. – Don Pablos, antwortete Asmodeus, denkt darüber anders. Er will nicht allein das Kapital, sondern auch die Zinsen ersetzen; seine Gewissenhaftigkeit geht so weit, daß er Bedenken trägt, das Vermögen, welches er als Rector erworben hat, als sein Eigenthum zu betrachten. Er hat die Absicht, dem alten Piquillo, wenn er ihn wiedersieht, zu sagen: Ambrosio, mein Freund, Ihr dürft mich nicht länger als euren Wohlthäter ansehen, ich bin jener Schurke, der das Geld, welches Ihr im Gehölze verstecktet, wieder ausgegraben hat. Es ist nicht genug, daß ich Euch eure zweihundertundfünfzig Doublonen wieder erstatte; da ich mich ihrer bedient habe, um zu der Stellung zu gelangen, die ich jetzt in der Welt einnehme, so gehört Euch Alles, was ich besitze. Ich will nur so viel davon behalten, als Euch gefällt, mir … Hier verstummte der hinkende Teufel plötzlich, es ergriff ihn ein Schauder, und er wechselte die Farbe.

Was ist Euch? fragte der Student betroffen. In welche ungewöhnliche Aufregung gerathet Ihr plötzlich, was benimmt Euch die Sprache? – Ach, Senhor Leandro, rief der Dämon mit zitternder Stimme, welch ein Unglück für mich! Der Zauberer, der mich in einer Flasche eingesperrt hielt, hat eben bemerkt, daß ich nicht mehr in seinem Laboratorium bin; er wird mich nun durch so kräftige Beschwörungen zurückrufen, daß ich nicht widerstehen kann. – Das beklage ich außerordentlich, rief Don Cleophas in tiefer Betrübniß, das ist ein harter Schlag für mich! Ach, wir werden uns auf ewig trennen müssen. – Das glaube ich nicht, erwiederte Asmodeus. Der Zauberer bedarf wahrscheinlich meiner Hülfe, und wenn ich so glücklich bin, ihm einen Dienst leisten zu können, schenkt er mir vielleicht zum Dank die Freiheit wieder. Sollte dies der Fall sein, wie ich hoffe, so rechnet darauf, daß ich mich Euch bald wieder zugesellen werde, doch nur unter der Bedingung, daß Ihr keinem Menschen verrathet, was in dieser Nacht unter uns vorgegangen ist, denn wenn Ihr die Unvorsichtigkeit beginget, mit irgend Jemanden davon zu sprechen, so wißt, daß Ihr mich niemals wiedersehen würdet.

Was mich bei unsrer Trennung halbwegs tröstet, fuhr er fort, ist das Bewußtsein, daß ich wenigstens euer Glück begründet habe. Ihr werdet die schöne Seraphine, die ich in Euch sterblich verliebt gemacht habe, heirathen. Don Pedro, ihr Vater, hat die Absicht, sie Euch zur Frau zu geben, laßt Euch eine so gute Partie nicht entgehen Aber, o Jammer! Ich höre bereits die Stimme des Zauberers, der mich beschwört; die ganze Hölle entsetzt sich bei den schrecklichen Formeln, die dieser furchtbare Cabalist ausspricht. Ich kann nicht länger bei Euch bleiben. Auf Wiedersehen, lieber Zambullo. Bei diesen Worten versetzte er Don Cleophas in seine Wohnung, umarmte ihn und verschwand.

Einundzwanzigstes Kapitel.

Von dem, was Don Cleophas that, nachdem ihn der hinkende Teufel
verlassen hatte, und der Art und Weise, wie der Verfasser dieses
Werkes dasselbe zu beendigen
für gut findet.

Als Asmodeus sich entfernt hatte, fühlte der Student, der die ganze Nacht auf den Beinen gewesen war und sich viele Bewegung gemacht hatte, eine große Ermüdung; er entkleidete sich daher und legte sich zu Bette. Die Aufregung, worin er sich befand, ließ ihn zwar nicht sofort einschlafen, doch endlich zahlte er dem Gotte Morpheus reichlich den Tribut, den ihm alle Sterblichen schulden, und er fiel in einen lethargischen Schlaf, worin er den ganzen Tag und die folgende Nacht verblieb.

Er hatte bereits vierundzwanzig Stunden in diesem Zustande verbracht, als einer seiner Freunde, der junge Cavalier Luis de Lugan, in sein Zimmer trat und aus Leibeskräften rief: Hollah! Don Cleophas, aufgestanden! Bei diesem Lärm erwachte Zambullo. Wißt Ihr wohl, sagte Don Luis, daß Ihr seit gestern Morgen zu Bette liegt? – Unmöglich, erwiederte Leandro. – Es ist wirklich so, versetzte sein Freund, Ihr habt zweimal rund ums Zifferblatt geschlafen. Alle Leute hier im Hause haben es mich versichert.

Der Student war erstaunt über einen so langen Schlaf, und fürchtete anfänglich, daß sein Abenteuer mit dem hinkenden Teufel nur ein Traum gewesen sein möchte, doch konnte er es nicht glauben, und als er sich nun gewisser Umstände erinnerte, zweifelte er nicht länger an der Wirklichkeit dessen, was er gesehen hatte. Um aber seiner Sache ganz sicher zu sein, stand er auf, kleidete sich an, verließ, von Don Luis begleitet, das Haus, und führte diesen zur Puerta del Sol, ohne ihm jedoch zu sagen warum. Als sie dort angekommen waren und Don Cleophas das Hotel Don Pedros fast ganz in einen Aschenhaufen verwandelt sah, stellte er sich sehr überrascht. Was sehe ich? rief er aus. Welch eine Verheerung hat das Feuer hier angerichtet! Wem gehört dieses Haus? Ist es schon lange, daß es niedergebrannt ist?

Don Luis de Lugan beantwortete diese Frage und fuhr dann fort: Diese Feuersbrunst macht in der Stadt viel von sich reden, doch weniger um des Schadens willen, den sie anrichtete, als eines eigenthümlichen

Vorfalls wegen, der sich dabei zugetragen hat. Die Sache ist folgende: Don Pedro de Escalano besitzt eine einzige Tochter, die eine seltene Schönheit ist. Diese soll sich bei dem Brande in einem bereits in Flammen stehenden Zimmer befunden haben, wo sie rettungslos verloren schien, nichtsdestoweniger aber von einem jungen Cavalier, dessen Namen ich noch nicht habe erfahren können, gerettet worden sein. Diese Begebenheit ist der Gegenstand des Gespräches von ganz Madrid. Man erhebt den Muth dieses Cavaliers bis in die Wolken, und obgleich derselbe nur ein schlichter Edelmann ist, glaubt man doch, er werde zur Belohnung für seine kühne That die Tochter Don Pedros zur Gemahlin erhalten.

Leandro Perez hörte Don Luis an, ohne das Interesse zu verrathen, das seine Mittheilungen in ihm erregten. Dann suchte er sich unter einem besonderen Vorwande von ihm loszumachen, und ging nach dem Prado, setzte sich dort unter den Bäumen nieder und versank in Grübeleien. Zunächst beschäftigte der hinkende Teufel seine Gedanken. Ich kann es nicht genug beklagen, sagte er, meinen geliebten Asmodeus verloren zu haben! Er würde mich in kurzer Zeit durch die ganze Welt geführt haben, ohne daß mir diese Reise Unbequemlichkeiten verursacht hätte. Sein Verlust ist mir sehr schmerzlich; doch, fügte er nach einer Weile hinzu, er ist vielleicht nicht für immer von mir geschieden. Warum sollte ich die Hoffnung aufgeben, ihn wieder zu sehen? Es kann ja sein, wie er selbst sagte, daß der Zauberer ihn unverzüglich wieder in Freiheit setzt. Dann dachte er an Don Pedro und seine Tochter und beschloß, sie aufzusuchen, schon allein zur Befriedigung seiner Neugierde, die schöne Seraphine zu sehen.

Don Pedro kam ihm bei seinem Besuch mit offnen Armen entgegen und sagte: Seid willkommen, edler Cavalier, ich fing schon an ganz ungehalten über Euch zu werden. Ich fragte mich, wie es möglich sei, daß Don Cleophas, den ich so dringend gebeten hatte, mich zu besuchen, noch immer zögere, diese Bitte zu erfüllen, und mein Verlangen zu befriedigen, ihm die Achtung und Freundschaft zu bezeigen, die ich für ihn empfinde. Zambullo machte bei diesem verbindlichen Vorwurfe eine ehrerbietige Verbeugung und sagte dem Greise zu seiner Entschuldigung, daß er besorgt gewesen sei, ihm in der Verwirrung, die der Brand seines Hauses zur Folge gehabt haben müsse, lästig zu fallen. – Dieser Grund rechtfertigt Euch nicht, erwiederte Don Pedro, Ihr könnt in einem Hause, welches ohne eure Hülfe in die tiefste Trauer versetzt worden wäre, nie unwillkommen sein. Aber, fuhr er fort, wollt Ihr mir nicht gütigst folgen, Ihr habt noch einen andern Dank als den meinen zu empfangen. Bei diesen Worten nahm er ihn bei der Hand und führte ihn nach Seraphinens Zimmer.

Die junge Dame hatte eben ihre Siesta gehalten. Meine Tochter, sagte Don Pedro zu ihr, ich stelle dir hier den Edelmann vor, der dir so muthig das Leben gerettet hat. Sage ihm jetzt, wie dankbar du es anerkennst, was er für uns gethan hat, da dir dies vorgestern in dem traurigen Zustande, worin du dich befandest, nicht vergönnt war. Darauf wandte sich Donna Seraphine an Leandro Perez, öffnete ihren Rosenmund und sagte ihm so schmeichelhafte Dinge, daß alle meine Leser entzückt sein würden, wenn ich sie ihnen Wort für Wort wiederholen könnte; da sie mir aber nicht ganz getreu mitgetheilt worden sind, will ich sie lieber mit Stillschweigen übergehen, statt sie vielleicht zu entstellen.

Nur das sage ich, daß Don Cleophas eine Göttin vor sich zu sehen glaubte, und daß seine Augen und Ohren in gleichem Maße berauscht waren. Er faßte sofort eine heftige Liebe zu ihr, doch weit entfernt, mit Sicherheit auf ihren künftigen Besitz zu rechnen, zweifelte er vielmehr ungeachtet der Versicherungen des Teufels daran, daß sie der Preis für den Dienst sein würde, den man ihm irrthümlicherweise zuschrieb. Je reizender er sie fand, desto weniger wagte er auf dieses Glück zu hoffen.

Was ihn vollends ganz und gar irre führte, war, daß Don Pedro in seiner langen Unterredung mit ihm diese Saite gar nicht berührte, ihn freilich mit Höflichkeiten überschüttete, doch den Wunsch, sein Schwiegervater zu werden, durchaus nicht durchblicken ließ. Seraphine war ihrerseits ebenso höflich gegen ihn, als ihr Vater, sie drückte ihm wiederholt ihren tiefgefühlten Dank aus, jedoch ohne ein Wort fallen zu lassen, welches ihn zu dem Glauben führen konnte, daß sie in ihn verliebt sei. So verließ er also Don Escalano mit viel Liebe, doch wenig Hoffnung im Herzen.

Asmodeus, mein Freund, sagte er auf dem Heimwege, als ob der Teufel immer noch bei ihm wäre, als Ihr mir die Versicherung gabt, daß Don Pedro Willens sei, mich zu seinem Schwiegersohne zu machen, und daß Seraphine eine lebhafte Neigung für mich empfinde, die Ihr unter meiner Gestalt ihr einzuflößen gewußt, da wolltet Ihr Euch wohl nur über mich lustig machen, oder Ihr kanntet die Gegenwart eben so wenig als die Zukunft.

Es verdroß unsern Studenten jetzt, daß er der Dame einen Besuch gemacht hatte. Er betrachtete seine Leidenschaft für sie als eine unglückliche Liebe, und nahm sich vor, Alles aufzubieten, um sie zu bekämpfen. Er stellte sich außerdem vor, daß es schmachvoll sei, sein Glück einer Täuschung verdanken zu sollen.

Das waren die Betrachtungen, die Zambullo anstellte, als Don Pedro ihn Tags darauf zu sich bitten ließ. Senhor Leandro Perez, sagte er zu ihm: es wird Zeit, daß ich Euch durch die That beweise, daß Ihr in mir Euch keinen jener Höflinge verpflichtet habt, die sich damit begnügen würden, Euch mit artigen Redensarten abzufinden; ich habe meine Tochter Seraphine selbst zum Lohn für die Gefahr, in die Ihr Euch ihretwegen gestürzt habt, bestimmt. Sie ist bereits mit meinem Entschluß bekannt gemacht und hat sich willig gezeigt, mir ohne Widerstreben zu gehorchen. Ich muß gestehen, daß ich mein eignes Blut in ihr erkannte, als ich sie aufforderte, ihren Lebensretter zu ihrem Gatten zu wählen. Der Ausbruch ihrer Freude bei meinem Vorschlage bewies mir deutlich, daß ihre Gesinnungen den meinigen an Großmuth nicht nachstehen. Es ist also eine abgemachte Sache, Ihr heirathet meine Tochter.

Nach diesen Worten erwartete der gute Don Pedro mit Recht, daß Don Cleophas ihm für eine so große Gunst in den wärmsten Ausdrücken danken würde, und war daher nicht wenig erstaunt, ihn stumm und verwirrt zu sehen. So redet doch, Zambullo, sagte er zu ihm, was soll ich von der peinlichen Verlegenheit denken, in die Euch mein Antrag setzt? Wie soll ich mir euer Benehmen deuten? Sollte ein einfacher Edelmann eine Verbindung ausschlagen wollen, die ein Grande freudig und stolz eingehen würde? Hat etwa der Adel meines Hauses, ohne daß ich es weiß, einen Flecken?

Senhor, erwiederte Leandro, ich bin mir nur zu gut bewußt, welch ein Abstand zwischen mir und Euch besteht. – Warum denn, fragte Don Pedro, nehmt Ihr mein Anerbieten, welches doch so ehrenvoll für Euch ist, so kühl auf? Bekennt es mir, Don Cleophas, Ihr liebt bereits irgend eine Dame, die das Gelöbniß eurer Treue empfing, und ihre Ansprüche an Euch widersetzen sich jetzt eurem Glücke. – Wenn ich eine Geliebte hätte, an die ich durch heilige Schwüre gebunden wäre, antwortete der Student, so würde freilich nichts im Stande sein, mich dahin zu bringen, diese zu brechen. Dies ist aber nicht der Grund, der mich hindert, von eurer Güte Gebrauch zu machen. Mein Gewissen ist es, welches von mir fordert, auf die glänzenden Aussichten, die Ihr mir eröffnet, zu verzichten. Ich will nicht länger euren Irrthum unterhalten, ich will ihn Euch endlich aufklären: Ich bin der Retter Seraphinens nicht.

Was höre ich, rief der Greis äußerst betroffen, Ihr seid es nicht, der sie den Flammen, die sie zu ergreifen drohten, entrissen hat? Ihr seid es nicht, der diese kühne That gewagt? – Nein, Senhor, antwortete Zambullo, ein Sterblicher würde sie vergeblich unternommen haben; ich will es Euch offen bekennen: Ein Teufel war es, der eure Tochter gerettet hat.

Diese Worte dienten nur dazu, das Erstaunen Don Pedros zu vergrößern, doch glaubte er sie nicht buchstäblich nehmen zu dürfen und bat den Studenten, sich deutlicher zu erklären. Nun erzählte Leandro, ohne zu bedenken, daß er Asmodeus Freundschaft vielleicht dadurch verscherzte, Alles, was sich zwischen ihm und dem Teufel zugetragen hatte. Dann nahm der Greis das Wort und sagte zu Don Cleophas: Die Mittheilung, die Ihr mir eben macht, bestärkt mich nur in meinem Entschluß, Euch meine Tochter zur Gemahlin zu geben, denn Ihr seid ihr eigentlicher Erretter. Wenn Ihr den hinkenden Teufel nicht gebeten hättet, sie dem Flammentode zu entreißen, so würde er sie ohne Zweifel haben umkommen lassen. Ihr seid es also, dem sie ihr Leben verdankt, mit einem Wort: Ihr verdient ihre Hand und ich biete sie Euch nebst der Hälfte meines Vermögens an.

Bei diesen Worten, die alle seine Bedenken beseitigten, warf sich Leandro Perez zu den Füßen Don Pedros und dankte ihm für all seine Güte und Gunst.

Bald darauf fand die Vermählung statt, die mit einer des Hauses Escalano würdigen Pracht und zur Freude der Eltern unsres Studenten gefeiert wurde. Er selbst aber fühlte sich überreichlich belohnt für die wenigen Stunden der Freiheit, die er dem hinkenden Teufel verschafft hatte.

Biographie

1668	*13. Dezember:* Alain René Lesage wird in Sarzeau (Morbihan) geboren.
	Seine Familie entstammt dem mittleren Beamtentum.
1682	Mit vierzehn Jahren Waise, veranlaßt sein Vormund seine Unterbringung im Jesuitenkolleg in Vannes.
1690	Er beginnt in Paris juristische Studien, die er jedoch aus finanziellen Gründen abbrechen muss.
1695	Er verdient seinen Lebensunterhalt mit literarischen Gelegenheitsarbeiten, vor allem Adaptationen spanischer Romane und Theaterstücke. Lesage ist der erste französische Autor, der, sich auf den Geschmack seines Publikums einrichtend, von seiner Tätigkeit als Berufsschreiber leben kann. Seine bekanntesten Adaptionen zeugen von seiner Kenntnis der spanischen Literatur, die ihm wahrscheinlich von seinem Gönner, dem Abbé de Lyonne, nahegebracht wird.
1698	Er hängt den Anwaltberuf an den Nagel und geht nach Paris als Autor.
1702	»Le Point d'honneur«.
1704	Er veröffentlicht neue Abenteuer des Don Quichotte mit dem Titel »Les Nouvelles Avantures de l'admirable Don Quichotte de la Manche«.
1707	Er veröffentlicht den »Diable boiteux«, die französische Fassung der Novelle Velez de Guevaras, »El diabolo cojuelo«.
	»Crispin rival de son maître« (Theaterstück).
1709	Das Theater Lesage folgt der Tradition Molières im Sinne einer satirisch-kritischen Komödie, die das Lachen als soziales Korrektiv bewußt einkalkuliert. Doch seine bekanntesten Stücke wie »Turcaret« zeugen von der Krise der klassischen Komödie und der Suche nach neuen dramatischen Formen und Inhalten.
1710–1712	»Les Mille et Un Jours«.
1715–1735	Mit Gil Blas schafft er einen picaresken Helden, der sich vom spanischen Vorbild entfernt und erstmals die Kompo-

nente des sozialen Aufstiegs des typenhaften Dieners enthält. Die insgesamt vier Bände des »Gil Blas de Santillane«,
entstehen innerhalb dieser Jahre. Sie beinhalten neben den
üblichen Abenteuerketten auch die Kritik an Reichtum und
Willkür der Mächtigen.

1721–1737   Eine Möglichkeit eines Neuanfangs zeigt Lesage in seinem
»Théâtre de la Foire ou l'Opéra Comique« auf. Die mit
unterschiedlichsten Darbietungen angefüllten Stücke (insbesondere Chansons, die vom Publikum aufgenommen werden) nehmen durch den intensiven Einsatz der Theaterma-
schinerie die Gestalt von Spektakeln an, die einen wichtigen
Beitrag zur spezifisch französischen Theatertradition der
Opéra-comique (volkstümlich-operettenhafte Komödien)
leisten.

1724   Der dritte Band von »Gil Blas« entsteht. In diesem wird
der Diener selbst zum Herren.

1735   Der vierte Band von »Gil Blas« entsteht. Hier sichert der
Held durch die Heirat mit einer Adeligen seine neue soziale
Position ab.

1747   *17. November:* Lesage stirbt bei Boulonge-sur-Mer.

Dekadente Erzählungen

Im kulturellen Verfall des Fin de siècle wendet sich die Dekadenz ab von der Natur und dem realen Leben, hin zu raffinierten ästhetischen Empfindungen zwischen ausschweifender Lebenslust und fatalem Überdruss. Gegen Moral und Bürgertum frönt sie mit überfeinen Sinnen einem subtilen Schönheitskult, der die Kunst nichts anderem als ihr selbst verpflichtet sieht.

Rainer Maria Rilke Die Aufzeichnungen des Malte Laurids Brigge **Joris-Karl Huysmans** Gegen den Strich **Hermann Bahr** Die gute Schule **Hugo von Hofmanns-thal** Das Märchen der 672. Nacht **Rainer Maria Rilke** Die Weise von Liebe und Tod des Cornets Christoph Rilke

ISBN 978-3-8430-1881-4, 412 Seiten, 29,80 €

Erzählungen aus dem Sturm und Drang

Zwischen 1765 und 1785 geht ein Ruck durch die deutsche Literatur. Sehr junge Autoren lehnen sich auf gegen den belehrenden Charakter der - die damalige Geisteskultur beherrschenden - Aufklärung. Mit Fantasie und Gemütskraft stürmen und drängen sie gegen die Moralvorstellungen des Feudalsystems, setzen Gefühl vor Verstand und fordern die Selbstständigkeit des Originalgenies.

Jakob Michael Reinhold Lenz Zerbin oder Die neuere Philosophie **Johann Karl Wezel** Silvans Bibliothek oder die gelehrten Abenteuer **Karl Philipp Moritz** Andreas Hartknopf. Eine Allegorie **Friedrich Schiller** Der Geisterseher **Johann Wolfgang Goethe** Die Leiden des jungen Werther **Friedrich Maximilian Klinger** Fausts Leben, Taten und Höllenfahrt

ISBN 978-3-8430-1882-1, 476 Seiten, 29,80 €

Erzählungen aus dem Sturm und Drang II

Johann Karl Wezel Kakerlak oder die Geschichte eines Rosenkreuzers **Gottfried August Bürger** Münchhausen **Friedrich Schiller** Der Verbrecher aus verlorener Ehre **Karl Philipp Moritz** Andreas Hartknopfs Predigerjahre **Jakob Michael Reinhold Lenz** Der Waldbruder **Friedrich Maximilian Klinger** Geschichte eines Teutschen der neusten Zeit

ISBN 978-3-8430-1883-8, 436 Seiten, 29,80 €